大阪市立空堀中學校歌

作詞：木下久吾　作曲：中村日吉

坐擁坡道之上町
在夕陽照耀的難波
商業氣息橫溢
築起嶄新的明日
啊啊　空堀　空堀
我們的空堀中學

遙望北邊大阪城
年輕健兒齊聚一堂
追逐豐太閤之夢
朝夕共同的努力
啊啊　空堀　空堀
光榮的空堀中學

過去與現在重疊
大阪永遠光輝燦爛
以滿腔的熱忱
培育我們的國家
啊啊　空堀　空堀
光耀的空堀中學

京橋站
大川
寢屋川
大阪OBP商業區
（Osaka Business Park）
第二寢屋川
天滿橋
谷町筋
大阪城天守閣
金明水井
大阪城公園站
大阪府廳
大阪府警局總部
噴水池
NHK大阪電視台
森之宮站
法圓坂
難波宮遺址
十二軒町
上町筋
谷町七丁目
玉造站
JR大阪環狀線
鶴橋站

《豐臣公主》之大阪散步地圖

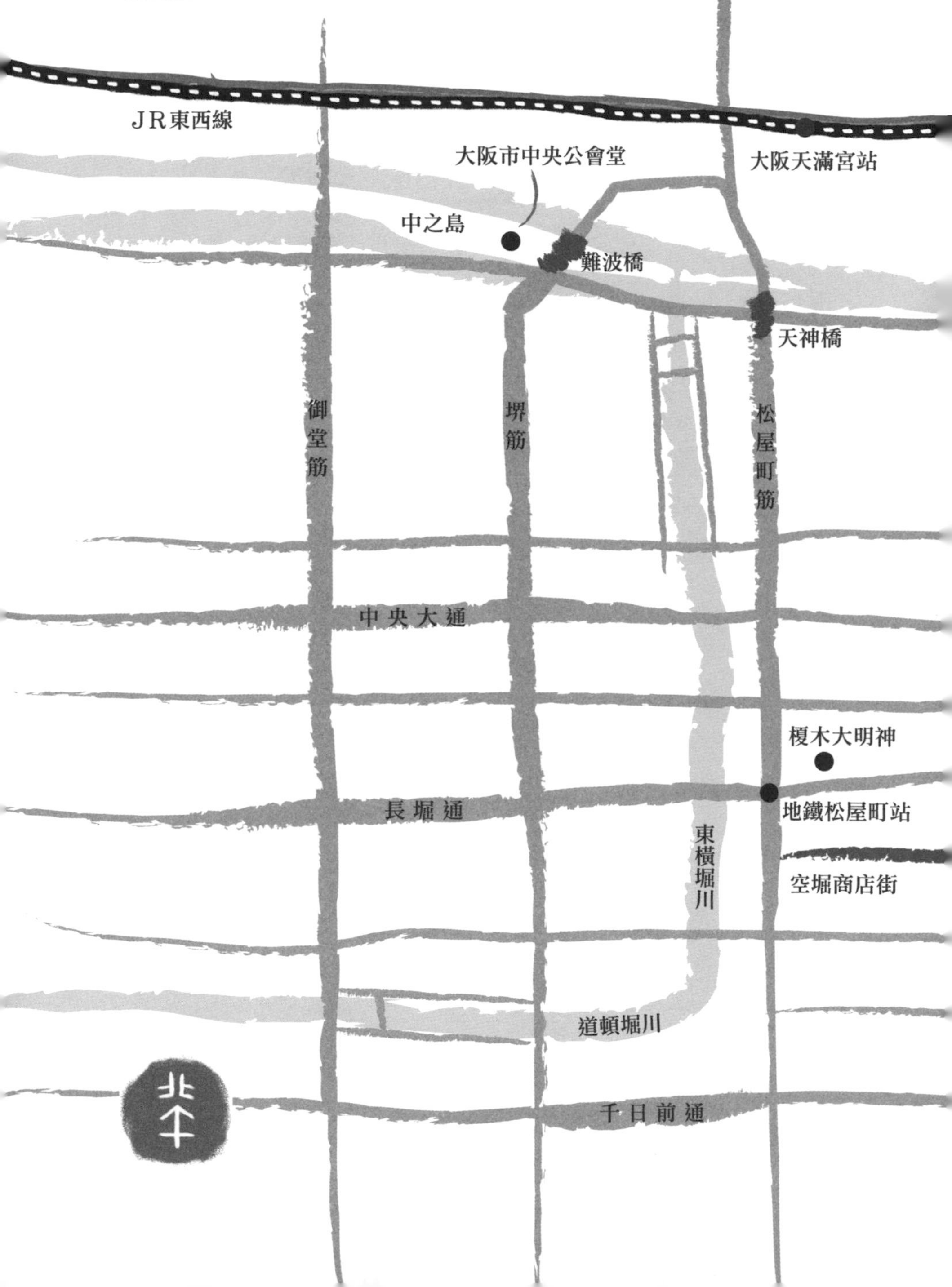

大阪城公園平面圖

1. 天守閣
2. 金明水井
3. 櫻門
4. 內濠
5. 內濠（空濠）
6. 內濠（空濠）
7. 豐國神社
8. 修道館
9. 多聞櫓
10. 大手門
11. 西之丸庭園
12. 玉造口
13. 東外濠
14. 北外濠
15. 西外濠
16. 南外濠
17. 戶外音樂堂
18. 噴水池
19. 本町通
20. 上町筋

豐臣公主

萬城目 學
Makime Manabu

涂愫芸一譯

他們會愛上《豐臣公主》，都是有理由的！

這真是本很痛快、讀起來大快人心、讓人熱血沸騰、大呼爽快的溫馨的小說呀！雖然書頗厚，卻讓我不但學到了大阪的歷史地理，還複習了日本「城」的建築結構、了解大阪男女的至情至性、不畏強權、有話直說……繼京都的《鴨川荷爾摩》、奈良的《鹿男》之後，萬城目學再度以自己的方式詮釋關西的「三都（京阪神）物語」；他的每一部作品，都可化身成另類的觀光導遊書，引領讀者穿梭於歷史的時光隧道之間，做一趟文化之旅。

不久的將來，萬城目學一定會成為日本的觀光大使吧！

——【萬城目學頭號書迷】張東君

將日本戰國時代的知名人物轉化為現代的平民百姓，藉此呈現出翻轉歷史人物固有形象的幽默魅力；但別擔心，縱使你對日本戰國史不算熟悉，《豐臣公主》也同樣值得一讀。萬城目學利用如同歷史陰謀論般的設定，書寫出一則在現實環境裡仍有強烈奇幻特質的有趣作品，並於熱鬧惡搞的情節中，以信任、信仰、親情、友情作為主要命題，毫無保留地展現出一名作家對於自己國家歷史及文化的熱情所在。

——【文字工作者】劉韋廷

讀完《豐臣公主》，我看見一股自歷史糾葛傳承下來，令大阪人團結一心的深刻力量，無形卻強韌，虛構卻真實，令人動容不已。如果你造訪過大阪，請不要放過每一段關於商店街、城郭與景點的描述；如果你通曉日本戰國史，也請留意每個彷彿向歷史人物致敬的角色姓名；即使你兩者都不是，也可以在大阪人守護某些事物的心情裡，找到與台灣人相似的那部分。結合歷史與地物、人情，形成富日本古味的奇幻史詩——這就是萬城目學筆下的世界。

——【推理作家】寵物先生

【中文版獨家收錄．認識天才作家其人其事】

萬城目學「關西三部曲」越洋專訪

編　輯：您的前兩本小說《鴨川荷爾摩》、《鹿男》和最新作品《豐臣公主》，有「關西三部曲」之稱。請問您是一開始就有計畫要以京都、奈良與大阪為故事舞台而寫嗎？為什麼是寫這三個地方呢？

萬城目：為了當小說家，變成無業遊民，埋頭寫《鴨川荷爾摩》時，我就已經決定，如果這本書能付梓發行，接下來就把舞台移到奈良、大阪，繼續寫下去，因為這些都是我出生、成長，非常熟悉的地方。京都、奈良和大阪不但是令人愛戀的地方，更擁有在日本屈指可數的悠深歷史。我覺得這些地方有足夠的深度，可以與我的作品風格相契合，所以正式出道後，立刻毫不猶豫地選為第二本書、第三本書的故事舞台。

編　輯：在您的長篇小說中，出道作《鴨川荷爾摩》出現了異世界的小鬼，《鹿男》則有會說話的鹿與神話貫穿全書，《豐臣公主》卻是完完全全以人類架構出的奇幻世界。三本書的趣味迥然不同，請問您的寫作靈感各是從何而來？

萬城目：編寫故事時，我會不斷思考如何將地方具有的獨特魅力，昇華成娛樂小說。不過，常有人問我：「最剛開始的發想是什麼？」我自己卻也說不清楚。重新閱讀《鴨川荷爾摩》時，連我自己都覺得不可思議，怎麼會寫出這麼奇怪的故事。

編　輯：從《鴨川荷爾摩》的「安倍」、「早良」到《豐臣公主》的「真田」、「松平」……您的作品中不但巧妙融入了日本歷史，以真實人物為書中角色命名，甚至往往對應到歷史人物之間的關係。您本身對歷史很有興趣嗎？您覺得歷史有趣的點在哪裡？在進行寫作時，有沒有遇到什麼困難或好玩的地方呢？

萬城目：我就讀的小學，就在《豐臣公主》的舞台大阪城旁邊，我是看著大阪城長大的，所以，很自然地就對歷史產生了興趣。創作時，最難的不是有效地運用歷史，而是抱持敬意，正確地將歷史編入故事裡，因此，很多不會寫在小說裡的東西也要一一查證，但是在這樣的過程中，可以得到很多新的知識，也是另一種樂趣。

編　輯：《鴨川荷爾摩》裡在社團混吃混喝的安倍、《鹿男》裡帶點神經質的男老師，還有《豐臣公主》故事中，明明是貨真價實的男子漢、卻一心想變成女生的大輔，以及冷靜沉著卻酷愛吃冰的「鬼之松平」……您筆下的每一個人物都極獨特又有趣，請問您是如何構思出書中這些角色的呢？

萬城目：如果把故事比喻成馬拉松賽，我會朝「由所有人把故事帶到終點」的方向去努力。不過，對於喜歡吃冰的松平，我並沒有特意做任何設定，只是不知道為什麼，一開始時他就拿著冰淇淋了。之後常有人問我：「你喜歡吃冰嗎？」老實說，我對冰的喜好，還不到「喜歡」的程度。

編　輯：《鴨川荷爾摩》已改拍成電影，《鹿男》則已改拍成日劇，若《豐臣公主》也改拍成戲劇，您認為故事裡的角色最適合由哪幾位演員來演呢？

萬城目：我沒有特別人選，不管由誰擔綱演出，都很值得感謝。可以到拍攝現場打攪，見到很多大明星，是原著作者的天大福利。其實，我是很想寫場景浩大的故事，浩大到「根本不可能拍成電影！」，然而，現在的拍攝技術太進步了，所以有時還真有點遺憾。如果是從大中華圈找演員，那麼，我覺得梁朝偉最適合演《豐臣公主》裡的松平。自從大學看過「重慶森林」後，我就成了梁朝偉的粉絲。

編　輯：以台灣人來看「關西三部曲」，感覺上，《豐臣公主》對大阪當地的種種描寫，比《鴨川荷爾摩》和《鹿男》對另兩地的描寫來得更深入。身為大阪人的您，在寫《豐臣公主》時有什麼特別感動或特別想表達的地方嗎？

萬城目：應該是「傳承」的重要性吧！但是，把這種事正經八百地拿出來談，又好像會忽然從手上蒸發不見，所以最好還是不要說出來。現在我是住在遠離大阪舞台的東京，但是，大阪永遠都是我最美好的故鄉。我試著以我個人的方式，在這部作品中充分表現我對故鄉的愛。

編　輯：豐臣秀吉與德川家康的那一段戰國史，在日本應該大多數人都耳熟能詳。而對於較不熟悉日本歷史的台灣讀者而言，要以何種角度發掘《豐臣公主》的閱讀樂趣呢？

萬城目：豐臣秀吉與德川家康，在日本歷史上的知名度，跟項羽、劉邦差不多。這兩個人是同世代的英雄，但是德川家康比較長命，所以最後取得了日本霸權。首都因此從原來的日本中心大阪，轉移到德川家康的大本營東京。直到四百年後的現在，大阪人都還不太喜歡東京。這種類似賭氣的情感，衍生出大阪人獨特的大眾文化。總之，就是愛開玩笑、討厭上級（政府）。台灣一定也有性格類似大阪的城市，若想成是那個城市來閱讀，或許更能從中得到樂趣。

編　輯：繼《鴨川荷爾摩》之後，有名為「戀愛荷爾摩」的《荷爾摩六景》，那麼在《豐臣公主》之後，您有相關的寫作計畫嗎？

萬城目：最近剛完成的故事，是描寫小學一年級的小女生與她飼養的貓，書名為《鹿乃子（かのこ）與瑪德蓮夫人》（暫譯）。這次的故事跟以前不一樣，不再纏繞著歷史，舞台小而精緻，但還是有點曲折離奇。

編　輯：許多讀者看了您的書，都會產生到故事地點的城市一遊的衝動，譬如京都、奈良，《豐臣公主》出版之後，相信大家會對大阪更有興趣。關於這三個地方，您有沒有特別推薦一定要去看看或好吃的東西呢？

萬城目：去大阪當然要去大阪城，去京都當然要去鴨川，去奈良當然要去奈良公園。說不定，會在大阪城底下發現秘密的〇〇〇、在鴨川遇見進行荷爾摩比賽的人們、在奈良公園突然聽到鹿開口說話。至於美食，我推薦大阪的「大阪燒」和「烏龍麵」、京都的「親子蓋飯」。奈良的「鹿仙貝」是給鹿吃的食物，但是人吃了也無害，所以有勇氣的人可以咬一口看看。

目錄

第一章……011
第二章……071
第三章……125
第四章……187
第五章……273
終　章……367
解說／萬城目學又來了【日本文化名家】茂呂美耶……392

沒有人知道這件事。

那是發生在五月的最後一天，星期四下午四點的時候。

大阪全面停擺。

一般城市應有的營業活動、商業活動全都被擱置，地下鐵、公車等交通工具也全部停駛，連種種非法活動也都在那一瞬間，從這世上消失了。

開啟長期封鎖的大門之重大鎖鑰者，就是當時來自關東的三名調查官，與在關西土生土長的兩名少男和少女——哦，不！也許這時候應該說是兩名少女。

從大阪全面停擺的那天起，往回倒數十天，也就是在星期一的早晨——故事揭開了序幕。

既始於東海道新幹線的東京車站。

亦始於大阪「坐擁坡道」的商店街一角。

第一章

會計檢查院 I

三個人拖著行李箱，出現在早晨熙來攘往的東京車站。

帶頭的男人，吃著冰淇淋。

中間的男人，步伐顯得特別倉卒。

殿後的女人，讓所有擦身而過的男人都會回頭多看她一眼。

走上通往第十九月台的電扶梯後，三人都站定不動。鳥居把行李箱放在下一層階梯上，抬起頭，看著眉頭深鎖、舔著冰淇淋的松平。

「好吃嗎？」

松平低頭瞥了鳥居一眼，用門牙咬碎冰淇淋外面的餅皮。他轉動包著紙的地方，從餅皮外圍咬起，餅皮裡塞著滿滿的冰淇淋。松平吃冰淇淋時，會把裝得又高又尖的冰淇淋往下舔壓，這麼一來，連底部都會塞滿冰淇淋，到最後可以同時吃到冰淇淋和餅皮。只有鳥居知道他這個癖好。

「這不是靠窗位置吧？」

背後的聲音這麼說著，鳥居轉過頭，正好對上甘絲柏格的淡茶褐色眼睛。她明明站在下兩層階梯，臉的位置卻跟鳥居差不多。甘絲柏格遞出手上的車票。伸手去拿車票的鳥居，視線掃過她纖細的頸子和白皙的胸口，就在接過車票時，他偷看到露出翻領襯衫外的鎖骨角落有顆痣。

「這是副局長隔壁的位置。」

「我不坐靠窗就會暈車。」

「怎麼可能？又不是小孩子。」

「你是要我證明給你看？」甘絲柏格面不改色地說：「那麼，我就在靜岡一帶吐給你看。」

「我、我沒那個意思啦！」鳥居語無倫次地搖著手。

「為什麼不全選靠窗的位置？」

上頭傳來聲音，鳥居趕緊回過頭說：

「對不起，我昨天去買車票時，已經沒有連續的三個靠窗位置了。」

「不一定要連在一起啊！又不是去遠足。」

「不，一定要三個人連在一起才行，因為我們是一個團隊。」

聽到鳥居充滿熱情的陳述，松平露出困擾的神色，低聲問：

「所以……你要跟旭換位置？」

「嗯，沒辦法。」

「那麼，我得跟你一起坐到大阪？」

「祝我們相處愉快囉！副局長。」

松平沒說話，把最後的餅皮放進嘴裡，在電扶梯終點前拉起了行李箱。

新幹線的馬達聲微微震盪著月台的空氣。隔壁月台的廣播聽起來像模模糊糊的波浪聲，與發車鈴聲混雜在一起。三個人拖著喀喀作響的行李箱走在月台上，可能是星期一的關係，大都是上班族打扮的乘客。

「旭年紀最小，本來應該她去買票才對。」

途中，鳥居好幾次回過頭，對甘絲柏格投以責備的眼神。

「我昨天才從倫敦回來啊！」

「真有閒情逸致呢！好羨慕。」

「我只是把黃金週的假期延到後面休而已，自從三月調來檢查院後，我幾乎沒休過假，所以是名正言順地休假。還有，請不要再叫我旭。」

「妳不就是叫這個名字嗎？」

「我說過很多次了，旭是名字，請叫我的姓。」

「甘絲柏格好長哦！」

「我想不出任何理由可以讓你直呼我的名。」

「那妳也直接叫我的名字啊！這樣不就扯平了？」

「不用。」

「副局長也叫妳旭啊！」

「副局長沒關係。」

「為什麼？」

「因為他長得帥。」

「一早就吃冰淇淋也帥？」

「很迷人。」

根本就是差別待遇嘛！鳥居喃喃嘀咕著。旭．甘絲柏格的嘴角泛起毫不在乎的笑容，精神抖擻地從旁邊超越鳥居。被高跟鞋響起的聲音吸引而不由得把臉轉向她的上班族們，瞬間露出驚嘆的表情看得出神。

鳥居緊跟在旭的後面，從她背後看著這副屢見不鮮的光景。當視線落在從裙底延伸出來的修長雙腿時，鳥居突然發現她的腰部位置正好在自己胸前。於是，為了做實驗，他沿著旭走過的地磚前進，結果證明旭走兩步，自己就要走四步。如果悠哉地跟著旭的步伐走，距離就會越拉越遠。

鳥居有種被藐視的感覺，冷冷地哼一聲，把頭轉向正在清潔中的「希望號」（NOZOMI）列車。成縱隊前進的松平、旭與鳥居的身影，映在新幹線的窗戶上。三個人都穿著西裝，鳥居打著領帶，松平沒打。走在中間的旭，姿態美得引人注目，帶點茶褐色的頭髮綁在背後、端莊地拖著行李箱的模樣，很有空服員的味道。鳥居快步跟在她後面。

若要用一個字來形容他們三人，最貼切的莫過於「山」字吧！前頭的松平並不矮，應該有一百七十五公分，但還是比不上穿上高跟鞋就超過一百八十公分的旭。鳥居只有一百六十公分，就更比不上她了。因此，三個人並排時，自然形成像「山」的文字，而且運筆還要配合個別體型，把松平、旭的地方寫細一點，只有鳥居那一筆畫稍微粗一點。

「快跟我換車票。」

旭等著鳥居追上來，回過頭說。

「知道啦！」

鳥居抬頭看著淡茶褐色眼睛，不情願地遞出了車票。

就在站員廣播「讓大家久等了」，宣佈車廂的清潔工作已完成的同時，新幹線的門全都打開了。三個人夾雜在乘客行列裡，上了第七節車廂。快開車前，鳥居衝出車門，在售貨亭買了體育報和Pocky，又急忙從發車鈴聲大響的月台跑回車廂內。

地點是東海道新幹線東京車站，時間是上午九點。

隸屬會計檢查院第六局的三個人，搭乘「希望號」一一三號列車，朝大阪出發。

購買新幹線車票時，要指定縱向的連續座位。

會計檢查院有這麼一條不成文的出差規矩，而鳥居從很久以前就討厭這個規矩。明明是去同一個目的地的同事，為什麼要刻意縱向排列而坐，不能坐在隔壁？

理由很簡單，因為會「厭煩」。接下來的一個禮拜，必須從早到晚膩在一起行動，所以希望至少在來回的新幹線上，可以保有自己的時間。

鳥居卻認為，確認過出差期間的調查名單後就無事可做的這段時間，應該有效利用，乘機提高士氣，促進彼此間的交流。一旦開始調查後，每天都得「泡」在工作裡。這是鳥居第六次和松平一起做實地檢查了，但是松平從來不會在晚上飲酒作樂放鬆心情，總是帶著資料直接回到旅館房間窩著。

既然這是松平的做法，鳥居也只能順從。所以，這次是跟松平大聊特聊的最好機會。他分票時並沒有任何盤算，沒想到因為旭的抗議，讓他可以坐在松平旁邊。

因此，從新幹線駛離東京車站開始，鳥居就不停地跟松平說話，但是松平的視線一直落在財經雜誌上，幾乎沒有回應。至於為什麼沒有嫌他囉唆，要他閉嘴，大概是因為顧慮到部下的感覺吧！

不過，穿越小田原、進入靜岡時，鳥居說快看見富士山了，開始喧嚷起來，松平也從雜誌裡抬起了頭。

「喂！旭，妳知道嗎？」

鳥居從座位探出頭來，往後座看。坐在窗邊的旭把Pocky的盒子放在大腿上，優雅地咬著其中一根巧克力棒。

「知道什麼？」她靈活地挑動單邊的清秀眉毛反問。

坐在隔壁的中年上班族對她投以訝異的視線。這名從品川站上車的男子，沒看到在東京車站，鳥居從座位上站起來說要去買體育報時，旭拜託他順便買Pocky那一幕。他很可能從那張洋味的臉和全身的比例，認定旭不是日本人吧！不過，修長的手臂遠遠超出椅子扶手，懸在半空中搖來晃去的旭．甘絲柏格，的確如姓名所示，在白皙的美貌下流著法國與日本各半的血液。

「就是富士山魔咒啊！有沒有聽說過？」

她搖搖頭。

「旭，這是妳第幾次出差？」

「旭是誰？」

「甘絲柏格小姐，請問妳來我們單位後，這是第幾次出差？」

「第二次。」

「第一次是東北地方吧？」

旭又從盒子裡拿出一根Pocky，回說：「是仙台。」蹺著腳輕咬Pocky的模樣，美到可以直接拍成一張海報。

「那妳可能不知道有所謂的富士山魔咒。如果在去程的新幹線上可以清楚看到富士山，就會在某項檢查行動中查到大事件。」

「富士山是在這邊吧？」她望著右手邊的窗戶，用Pocky指著那裡說：「有點雲。」

「一年之中，大約有一百一十天可以清楚看到富士山，其他日子都被雲遮住了。冬天空氣清澄，可以看得很清楚，夏天則幾乎看不見。五月就很難說了，因為正好在兩個季節之間。」

「你很清楚呢！」

「因為我是靜岡人呀！我的老家就在剛才經過的三島。」

那裡的水很乾淨，鰻魚很好吃呢！鳥居這麼說完，就把頭轉回了座位。

「過了沼津之後，就差不多可以看見了。」

鳥居坐定後，很快又把說話對象改成了松平。

「小時候，我在新幹線上看過很奇妙的景色。」

把手肘靠在窗台上望著窗外風景的松平，猛然抬起了頭。

「奇妙的景色？」

「我看到富士山山麓有很大的十字架。」

松平啞然失笑，沒什麼肉的臉頰擠出淺淺的皺紋。

「很快就會到連富士山山麓的原野都看得到的地方，我就是在那裡看到的。富士山山麓前那片森林裡，豎立著好幾根十字架。」

「是送電用的電塔吧？」

「電塔是電塔，另外有白色十字架一根根孤獨地豎立在山麓的森林裡。」

「那是幾歲時的事？」

「那時我讀幼稚園，所以差不多是五歲的時候吧！我祖父母住在岐阜，每到假日，我就會搭新幹線去那裡玩。那次應該是放春假吧！富士山很漂亮，可以清楚看見一路延伸到山麓的柔和稜線。當時母親也跟我一起望著窗外，說富士山很漂亮，所以我還以為她也看到跟我一樣的東西呢！可是等看不到富士山後，我對母親說有很多十字架，母親卻問我在說什麼。」

蹙著眉頭聽鳥居說話的松平，絕不是心情不好，也不是在思考什麼深奧的問題，只是雙眉之間已經養成習慣，就算沒必要時，也會深鎖起來。

「我母親什麼也沒看到。」

「她一定很擔心吧？」

「不知道耶！幾年前，我跟母親一起去岐阜時，在新幹線上提起了這件事，可是她完全不記得了。如果那時候我五歲，就是二十七年前的事了，老實說，我自己都搞不清楚十字架的記憶是我自己幻想出來的，還是真的看過。所以現在搭新幹線時，我一定會找找看有沒有十字架。」

「結果呢？」

鳥居嘿嘿笑著說：

「要是真有那種十字架，高度恐怕超過一百公尺吧？如果哪天找到了，表示我的神經嚴重衰弱，請讓我好好休幾天假。」

啊！快到了。鳥居欠身向前，把臉湊向窗戶。

「副局長，你也有這樣的回憶嗎？就是分不清小時候的事是夢還是現實的記憶。」

松平依然眉頭深鎖，左手在短髮上來回撫摸著，這是他在思考什麼時的習慣動作。當望著窗外的他突然想說什麼時，鳥居高聲叫了起來：

「啊，這個厲害！」

窗外，剛才迤邐不絕的雲朵已經散去，富士山呈現出柔和的稜線，聳立在淡藍色的背景裡，隆起的山脈有一半都還覆蓋著白雪。不受任何干擾、睥睨四海的模樣，看起來十分雄偉，很像從宇宙某處俯瞰被雲遮蔽的地球景觀。可能是天氣難得這麼好吧！車掌還特別廣播：「現在右手邊的富士山看得非常清楚。」

「看來這次會查到大事件。」鳥居說。

松平瞇起眼睛，臉頰似乎放鬆了一些。

「說不定會很忙哦！旭。」

鳥居單腳抵在座位上，轉身往後看。

旭不知道是不是沒聽到鳥居說的話，手拿Pocky，目不轉睛地盯著富士山。鳥居望著她端莊的美麗側臉，看得有點入迷的同時，也覺得她說不靠窗就會暈車，絕對是騙人的。

「我真的會暈車哦！」

旭突然把臉轉向鳥居，嚇得他發出「啊！」的驚叫聲。

抿嘴一笑的旭．甘絲柏格，用雪白的牙齒咬斷了Pocky。

✤

有個政府機關叫會計檢查院。

這個起源於明治二年（西元一八六九年），被設置在太政官政府❶底下的部門，是歷史非常悠久的政府機關。名稱從監督司、檢查寮、檢查局，到現在的會計檢查院，歷經一百三十年才塵埃落定。

要說明會計檢查院有點困難。

譬如，在說明國家結構時，常常會提到三權分立，就是把國家權力分為行政權、立法權、司法權三種，各自由獨立機關負責。

打開課本，在解說三權分立的地方，通常會出現金字塔圖案，頂端寫著內閣、國會、法院。

那麼，若要把會計檢查院的名稱放進這個圖案裡，該隸屬於哪個機關、寫在哪裡呢？

有「檢查」兩個字，或許比較接近警察或調查局等搜查機關吧？又好像可以從「會計」兩個字，感覺到財務省、經濟產業省、金融廳等機關的氛圍。既然這樣，組織圖應該跟其他各機關一樣，列入內閣之下吧？

其實，這個問題的答案是——「沒有答案」。

是的，會計檢查院的名稱不能被寫在任何機關下面。在三角形內部，「沒有」會計檢查院容身之處，因為會計檢查院不在三權分立的範圍內。

戰後，在制定日本憲法時，同時頒佈實施的「會計檢查院法」第一條的記載如下：

「會計檢查院不屬於內閣，具獨立之地位。」

不屬於內閣，也不屬於國會、法院。會計檢查院是完全獨立，不受制於內閣、國會與法院的機關。

從大日本帝國憲法時代開始，就直屬於天皇，現在也是超然於任何國家權力影響之外的機關——這就是會計檢查院。

現在，來自會計檢查院的三名調查官，正意氣風發地走在東海道新幹線的新大阪車站內。

才剛這麼想，他們就在剪票口亂成了一團。

好像是鳥居找不到車票，正到處拍打著西裝。旭．甘絲柏格雙手環抱胸前站在他後面，滿臉無奈地望著別的地方。已經打好領帶的松平一手拿著手機，皺起眉頭說著話。

好不容易等鳥居找到車票後，三人才拉起行李箱，通過剪票口。

從剪票口出來還走不到幾公尺，就有四個穿西裝的人小跑步過來，圍住了他們。

「歡迎大駕光臨。」四人當中髮量最少的中年男人向前一步，語帶緊張地說：「車子在那

❶太政官政府是西元一八六八年，根據訂定明治政府政治組織之「政體書」設置的最高行政機構。翌年官制改革後，掌管民部省以下六省，相當於現在的內閣。於一八八五年廢止，成立內閣制。

邊等著了。」向松平一鞠躬。

接著，男人又表情僵硬地向鳥居點頭致意。然後他抬起頭，正要把視線轉移到最後的旭身上時，男人的視線猶疑了，因為在預設的高度位置沒看到旭的臉，他露出「咦？咦？」的表情，把視線往上抬。終於看到旭的臉時，男人的嘴巴大張成「哇」的形狀，但沒叫出聲來。

旭看著不知如何應對、顯得有點驚慌失措的男人，點頭致意，微微一笑說：

「我是旭．甘絲柏格，放心，我是日本人。」

三人才走出車站，公務車「豐田CELSIOR」就抓準時間點滑了進來。年輕男人走上前，把行李放入後車廂後，很快打開門，恭請三人上車。

「那麼，府廳❷見，我們會搭後面的車去。」剛才那名中年男人說。

「府廳見。」

松平嚴肅地點點頭，輕輕關上了車門。

黑色CELSIOR無聲地駛離，開向了新御堂筋❸。三人乘坐的車子在平穩的駕駛中，沿著與高架橋並行的地鐵御堂筋線南下。坐在副駕駛座的松平神情凝重地翻閱著文件。他原本應該坐在後座，但想到「又要跟鳥居坐在一起」，他嘀咕幾句就鑽進了副駕駛座，所以現在是鳥居跟旭坐在後座。就算被松平排擠，鳥居好像也不覺得怎麼樣，低聲跟旭聊了起來。

「旭，妳有來大阪工作過嗎？」

「嗯，來過幾次。」

「是在內閣法制局的時候？還是在中央機關的時候？」

「兩邊都有。」

「原來內閣法制局也有國內出差？」

「嗯，偶爾。」車子開上了淀川上的橋。旭望著窗外高樓大廈林立的梅田景致說：「你呢？鳥居，你來大阪幾次了？」

「兩次。這回去府廳是第一次，我最喜歡去縣廳或府廳檢查。」

「為什麼？」

「因為可以看到城堡。」

「城堡？」

「縣廳、府廳的所在地住址，大多有『大手前』、『追手』或『丸之內』等字，這代表就在城堡附近，像靜岡和福井的政府辦公所在地就在濠溝內側。剛進入明治時代，在行政架構尚未完整之前，都是由諸侯直接擔任縣知事，所以應該是那時候留下來的。」

聽到鳥居的說明，旭低頭看手上的調查名單。大阪府廳的地址欄果然記載著「中央區大手前」，她興致索然地看過後，轉頭跟身旁的鳥居說：

「呃，鳥居。」

眼前，鳥居正跟旭一樣蹺起腿來，往後深坐。兩人以同樣的姿勢並排而坐，膝蓋以下的長度差距就一目了然了。譬如說，旭蹺腳時，是從裙下延伸出兩條交叉在一起的柔順線條，從膝蓋到鞋跟的距離比椅子的高度高出許多，所以交叉的膝蓋會緊實地往上抬。

而鳥居的蹺腳方式，怎麼看都很不自然，最大的問題是他的腳搆不到地面。超過三十歲之後，他的腰圍突然增加了不少，體重也在這一年增加了五公斤。

❷日本的行政區劃分為一都（東京）、一道（北海道）、二府（京都府、大阪府）、四十三縣。此處的府廳指大阪府辦公廳。

❸在大阪，南北走向的道路稱為「筋」，東西走向的道路稱為「通」。

硬是在緊繃的大腿一帶交叉的模樣，讓人聯想到瑜伽的姿勢。總之，就是很不自然。

「你這樣坐……不難過嗎？」

為什麼會難過？鳥居一派天真地反問。旭只好說沒什麼，輕輕地搖搖頭。

「鳥居，我想拜託你一件事。」她改變了語調。

「什麼事啊？突然變成這麼嚴肅的聲音。」

「我跟你說過很多次了，以後請叫我甘絲柏格。」

「幹嘛那麼計較？那樣很難叫耶！」鳥居說。

旭不管他，微微低下頭說：

「在車站把行李放進後車廂時，你也在那些隨行人員面前叫我旭，萬一接下來要去的地方，初次見面的人都學你叫我旭，我就很難辦事了。為了讓工作順利進行，拜託你叫我甘絲柏格。」

可能是旭出人意表的低姿態，讓鳥居無法置之不理，只好坦然地點點頭說的確有道理。

「對不起，這是我第一次跟妳一起工作吧？因為我最近經常出差，妳調來之後，我幾乎沒有機會跟妳相處，所以我想既然同組，就儘可能地縮短我們之間的距離。」

「我很感謝你這份心意。」

「那麼，至少在我們幾個私下相處時，請讓我叫妳旭，妳也可以叫我的名字啊！」

不用跟我客氣哦！啊！妳知道我的全名嗎？應該知道吧？

旭豎起柳眉，直盯著對她傻笑的鳥居。

「呃——鳥居，我不想當你母親。」她的語氣分外平淡。

「什麼意思？」

「聽說你進會計檢查院後，從來沒有交過女朋友，對吧？」

「幹、幹嘛突然說這個？是誰胡說八道……」

「這件事在局內很有名呀！所以我想直呼你名字的女性，這世上應該只有你母親吧？」

如果說錯了，我道歉。

旭冰冷的聲音，讓鳥居豐滿的臉頰越來越紅。

「妳、妳太失禮啦！妳究竟知道我多少事？沒、沒錯，我是沒有女朋友，可是妳也不必在這種場合說吧？什麼嘛！不過是人長得漂亮一點、從哈佛大學畢業，就跩成這樣。」

「這跟從什麼大學畢業無關，我只是在跟你談日常生活中彼此往來的問題，希望你不要那樣叫我，好像跟我很熟。」

「旭這個字很模稜兩可，可以當成姓氏，也可以當成名字，所以我才會不自覺地那麼叫，從來沒想過要跟妳裝熟。」

模稜兩可？旭稍微挑了挑眉毛。

「妳做什麼都是我行我素，請假也是說請就請，害我不得不在昨天禮拜天匆匆忙忙跑去買票。」

「關於這件事，我休假前就發伊媚兒通知你了。是你自己太散漫，昨天才想起來要買票吧？」

「我、我沒收到那封伊媚兒啊！怎麼可以發封伊媚兒就算通知了？我一天至少收到十多封伊媚兒，妳要口頭告訴我嘛！」

「是你自己出差不在局裡啊！原來如此……也許真是我不對吧！我應該直接去你出差的地方通知你。對不起，是我疏忽了，上禮拜沒去九州。」

每吵一句，鳥居的臉就越來越紅，旭卻還保持著冰山美人的表情，甚至因為視線變得冷酷，更烘托出她的美貌。

「幹嘛這樣看我？好像很不屑。」

「我完全沒有那種意思，因為你比我矮，所以我的視線自然會往下，請不要在雞蛋裡挑骨頭。」

「不是我在雞蛋裡挑骨頭，是妳瞧不起我矮吧？」

「我只是陳述事實而已，而且我向來很尊敬你。」

「哪裡尊敬了？」

「夠了——到此為止。」

從剛才一直沉默著的副駕駛座傳來銳利的聲音。鳥居和旭一陣愕然，閉上了嘴巴。大概是被聲音震懾，連司機的肩膀都稍微顫抖了一下。

「連這裡都聽得見，你們不覺得丟臉嗎？」

被渾厚有力的聲音喝斥，鳥居和旭都小聲地說對不起。

「鳥居，今後不管到哪裡，都叫她甘絲柏格。」

鳥居立刻回應：「是。」

「旭，我們私下相處時，鳥居叫妳旭，妳也不要老刁難他，可以嗎？」

松平從駕駛座與副駕駛座之間探出頭來，嚴厲地看了旭一眼。旭也乖乖地點頭說：「知道了。」

「從現在起一個禮拜，我們必須同心協力地完成工作。如果一無所獲地回去，就等於浪費了稅金，所以現在不是吵架的時候。」

鳥居和旭都垂下頭，聽著松平語重心長的訓話。

「對了，」半晌後，松平放輕鬆地說：「只有我們私下相處時，我也可以叫妳旭吧？」

「嗯……當然可以。」

旭頓時滿臉泛紅，點點頭。松平說謝謝，眼角浮現笑意，轉回了前方。看到這麼明顯的差別待遇，鳥居望著車窗外，不悅地說：「太不公平啦！」

在短暫的寂靜中，車子通過了大川上的天滿橋。從新大阪開始，沿途經過不少河川，不愧是「水都大阪」。河川沿岸連綿不絕的樹木一片新綠，讓人看得入迷。來新大阪車站接他們的男子說，雨從昨晚下到早上，十點多時才突然放晴。在雲彩朵朵的青空下，側面掛著好幾個輪胎的船隻悠閒地滑過水面。

車子下了天滿橋，左轉進入谷町筋時，鳥居突然大叫一聲：「啊！」

在經過政府聯合辦公大樓的道路上，可以從大樓與大樓之間的縫隙，看到四角形的櫓❹浮現在半空中。鮮明對比的白壁黑瓦，在石牆上方幽深地佇立著，背後金光閃閃。壁面浮雕被陽光照耀得燦爛輝煌的大阪城天守閣❺，聳立在森林的簇擁之中。

「鳥居調查官、甘絲柏格調查官，工作時間到了。」

松平沉穩而充滿鬥志的低沉聲音，在車內嚴肅地響起。

✤

會計檢查院第六局副局長松平元的身分是公務員。

既然是公務員，就要通過國家公務員考試，才能進入會計檢查院。目前，會計檢查院有超過八百名的調查官與調查官候補，在現場從事會計檢查工作。跟其他機關一樣，他們都是從通過國家公務員考試的考生中選出來的菁英。

❹櫓是設置於城堡上，作為防禦用途的瞭望樓。
❺天守閣是位於城堡中心處的櫓，在戰爭時是司令塔或最後根據地，其中最廣為人知的是大阪城天守閣。

松平是在十七年前報考國家公務員I種考試，以優於其他三名同期同事的成績，邁入了會計檢查院的大門，是官職受到保障的所謂「carrier」❻，在院內當然備受矚目。不過，松平是在更「特別」的關注下，進入了會計檢查院。在他入院的第一天，會計檢查院院長就特地把他找去，對他說：「謝謝你選擇跟我們一起工作。」向他表達了謝意，這就是最好的證據。不知情的人看到院長那樣的態度都很訝異，但是不久後就知道原因了。松平不單是會計檢查院錄取的四人當中的第一名，也是當年報考國家公務員I種考試的四萬個考生中的第一名。

當然，榜單公佈後，大藏省、通產省等熱門單位，都積極招攬松平，松平卻毫不猶豫地選擇了會計檢查院。當時會計檢查院的錄取承辦人，被他這個跌破眼鏡的選擇嚇得不知如何是好，一再向他確認：真的要這麼做嗎？松平注視著年紀大他兩輪、驚慌不已的錄取承辦人，平靜地表達了他想進入會計檢查院的意願。

在他大學畢業、進入會計檢查院後，同事們一逮到機會就會問他：為什麼選擇這裡？他總是帶著淡淡的笑容，簡單扼要地回說：

「因為我想做檢查工作。」

成為會計檢查院的一員整整十七年，松平今年三十九歲了。現在，凡是跟會計檢查院相關的人，沒人不知道「第六局之松平」的名號。因為卓越的調查能力，與稱得上熾烈的追根究柢的嚴格精神，讓他也經常被稱為「鬼之松平」。

那種近乎「聖人」的調查精神，有時難免與高層起摩擦，因為高層擔心會計檢查院的地位不夠高，所以非常重視與其他單位之間的相互包容。每次上司把他找去，面有難色地對他說「成熟點」，他都會不苟言笑地抗辯：

「身為調查官，我只是做適當的檢查而已。」

當松平以堅定不移的表情陳述信念時，上司都會專心傾聽。雖然他有點欠缺圓融，但身為調查官，他的資質好到不容懷疑。上司不得不承認，他太過嚴格的調查手法，有時是會招來外界的反彈，但他比任何人都忠於會計檢查院設立的精神，無論如何都會如實完成任務。

因此，當他一到大阪，就趁著等待大阪府幹部到齊的空檔跑去地下販賣部，即使這種時候也絲毫不減他平靜堅定的意志；即使販賣部一開門，他就衝到冰淇淋賣場買「最中冰淇淋」❼，也完全無損於他的形象。

「這棟建築物也很老舊了，天花板上裸露的管線，讓我想起上個月去拜訪過的農林水產省，因為那裡也很老舊。」

走出販賣部，鳥居邊喝著在自動販賣機買的罐裝咖啡，邊望向昏暗的通道盡頭。

「到處都一樣吧！因為沒有重建或修繕的預算。」

松平站在鳥居旁邊，打開了最中冰淇淋的袋子。

「旭呢？」

「她剛才還跟在我們後面，可是中途不是有個地方的天花板特別矮嗎？她走路不看路，一頭撞上去，就先回會議室了。」

「沒怎麼樣吧？」

「沒吧！她有拜託我幫她買礦泉水。她好像常這樣呢！不久前也撞到大手町車站的天花板，因為那裡的天花板也很矮。」

❻Carrier指通過國家公務員考試，進入中央機關的傑出公務員。

❼「最中」原是外殼夾餡的特製日式甜點，後來森永、明治等乳製品公司把裡面的紅豆、抹茶、栗子等甜餡換成冰淇淋，就成了「最中冰淇淋」。

鳥居嘿嘿笑說這種事都與他無緣。

「沒想到她也有這麼糊塗的地方。」

「不過，她是哈佛大學畢業的吧？」

「好像是。」

「而且還有過外派內閣法制局的經驗，那裡是各省菁英匯集的地方吧？她才二十多歲呢！簡直是特例中的特例。接著又調來我們這裡，這可是史無前例……不，是空前絕後的人事調動。」

松平單手扠腰，用門牙咬著最中冰淇淋的外殼。就算吃的是最中冰淇淋，他皺著眉頭咬東西的模樣還是那麼威風凜凜。抬起下巴、盯著半空中、啃著冰淇淋的上司側臉，常會讓鳥居想起三島由紀夫。那蓄著短髮的清爽額頭、有點長的臉、粗眉與流露出堅定意志的嘴唇，總是會跟鳥居以前在黑白照片上看到的身影重疊。當然，他從來沒有把這樣的印象告訴過松平。

「說真的，這次為什麼會帶旭來？我還以為跟上次去岡崎檢查一樣，是大久保跟我們一起來呢！沒想到出差回來，組員就變了，讓我大吃一驚。」

「大久保臨時有國外的工作，所以局長叫我帶旭來，代替大久保。」

「太突然了吧！出差計畫不是很早以前就要提出來嗎？怎麼會這樣？」

松平沒有回答鳥居的問題，一口氣把最中冰淇淋啃掉一半。

「不過，這次的實地檢查的確比較簡單，所以才會選中旭吧！」

「檢查沒有簡單跟困難的分別。」

松平立刻這麼說，鳥居慌忙低頭說對不起。

「對了，一定是想讓她跟副局長一起工作。畢竟她是菁英中的菁英，這就是所謂的英才教育。聽說即使在人才濟濟的內閣法制局，她的工作效率還是相當驚人，大家都叫她『公主』。她才二十九歲呢！好厲害的女人。」

鳥居滔滔不絕地彌補自己剛才的失言後，一口氣喝乾了罐裝咖啡。松平看看手錶，把最後一口冰淇淋塞進嘴裡。

「差不多該走了，大頭應該都到齊了。」

松平點點頭，把袋子揉成一團，邁出了腳步。

走到電梯前，鳥居問他：「最近一天吃多少個冰淇淋？」

「五個。」

「有稍微減少呢！」

噹一聲，電梯來了，兩人走進裡面。

大阪府的所有幹部都已經聚集在六樓的會議室裡了。室內的鋼管桌被排成正方形，背對窗戶那一排，為會計檢查院準備了三張椅子，旭．甘絲柏格坐在左邊。她就像這間會議室的主人，坐得威風凜凜，所以圍坐在三邊的大頭們，看起來都像她的部下。鳥居把買回來的礦泉水放在她面前，隔著一個位子坐下來。最後進來的松平坐在旭和鳥居中間。

「妳還好吧？」

聽到松平的低聲耳語，旭瞬間露出了疑惑的表情，發現松平的視線在自己的額頭上轉來轉去，她才趕緊撇開臉說：「沒事，沒怎麼樣。」松平呼地發出吐氣般的笑聲說：「好了，開始吧！」

松平才說完，就有個類似主持人的男人站起來說：「那麼……」

這時候，鳥居的聲音突然響徹整個會議室。他以渾厚有力的聲音唸出所有單位的名稱，再一一列舉資料名稱，令人懷疑那樣的聲音究竟來自矮小身軀的哪個部位。

「以下資料，如果沒有制式的表格文件，請提出數據，包括補助金交付申請書、交付決定通知書、補助事業實績報告書、補助金額相關確定通知書……」

還以為要從自我介紹開始而把名片放在桌上、做好萬全準備的幹部們都一臉茫然，看著正在唸資料名稱的矮小調查官。

鳥居宣佈完這次實地檢查對象的單位名稱和必要數據資料後，接著換松平說話。

當他以沉穩的語調開始質詢時，幹部們才知道眼前發生了什麼事。

檢查已經開始了。

✤

鳥居在男廁上完小號，正在洗手時，背後有人跟他說話。

「你們還真嚴格呢！」

他回過頭，看到一個大約四十歲的男人，剛上完小號，正邊拉起拉鍊邊往這裡走來。

「這次會計檢查院派來的人查得好仔細。」

廁所裡有兩個洗手台，一個貼著「修理中」的告示，所以那個男人不得不在鳥居後面排隊等候。鳥居邊洗手邊從鏡中觀察他，認出他是去會議室送過好幾次資料的人。現在，會議室被會計檢查院的三人佔據，當成作業檯的鋼管桌上堆滿了資料。

以他有點輕浮的感覺來看，應該還不到副課長級，頂多只是個主查。他似乎很在意自己的頭髮，不時對著鏡子看著旁分的髮型，左右搖晃著脖子。看到他那副樣子，鳥居明明洗完手了，還故意回他說：「不好意思，這就是我們的工作。」裝出繼續洗手的樣子。他果然忍不住用還沒洗過的手摸起了頭髮。鳥居在心中暗叫：「哇，髒死了！」趕緊把洗手台讓給他。

「其實上面有交代，不可以跟會計檢查院的人交談。」

男人一邊望著鏡子裡的髮型，一邊扭開了水龍頭。

「是嗎？為什麼？」

「剛才我來廁所前，部長正到處交代這件事，大概是怕我們說了什麼不該說的話。兩年前的檢查時就沒有這樣。」

「何必這麼神經質呢？我想大阪府應該很守規矩吧！」

「很高興聽到你這麼說。」

鳥居在洗手台旁甩掉手上的水，拿出手帕。

「你們會在大阪待多久？」

「待到星期五，會計檢查院的出差通常是從禮拜一到禮拜五。」

「整整一個禮拜啊！很長呢！」

「我們的工作幾乎都是在外面做檢查，一月到六月是檢查出差的高峰期，每個月都要出差兩次做實地檢查。所以，算起來一年有八十天以上都在某處進行檢查。」

「那很辛苦呢！」男人感嘆地說：「不過可以去很多地方吧？」

「嗯，按理說，只要是使用國家預算的地方都會去，調查ＯＤＡ（政府開發援助案）時，也會去國外。」

「真好，我不管過去或今後都只能待在大阪，所以有點羨慕你。」

「整天都關在屋子裡埋頭檢查，不管去哪都一樣吧！像我這種單身的人，沒什麼包袱還好，有家庭的人就累了。女性更是不容易持續做這份工作，尤其是有了孩子以後，因為一年有四分之一都要出差，不能待在家裡。」

「啊！原來如此。」男人關掉洗手台的水龍頭，甩乾手上的水說：「那麼，長得很高的那位也是單身嗎？」

「你是說旭……啊！不，你是說甘絲柏格調查官嗎？嗯，她單身。」

「她長得跟模特兒一樣漂亮，在我們那一課引起很大的騷動呢！大家都想拿資料去會議室。」男人說：「很羨慕你每天都跟那樣的大美人一起工作。」

鳥居一本正經地回他說：

「她不坐靠窗的位子就會吐，頭又常常撞到天花板，很忙呢！」

男人不知道該不該笑，只愣愣地應了一聲：「哦。」

「那麼，等一下送資料來的人會不一樣嗎？」

兩人出了廁所，並肩走在走廊上時，鳥居問他。

「可能吧！光是我送，大家會說不公平。」

「但你們部長不是交代你們不能跟我們交談嗎？那就不能跟她說話啦！也不能約她去吃飯。」

「沒關係，大家只是送資料去，順便看她一眼而已。誰敢約會計檢查院的人去吃飯啊？太可怕了。」男人笑著搖搖手。

「我希望有女生送資料來，你們這裡沒有女生嗎？」

「只有出納課的資深職員，沒有年輕女生。」

「啊！沒關係，只要沒有比我高就行了。」鳥居笑嘻嘻地說。

「可是她已經結婚，小孩也讀高中了。」

「啊！那就不行了。」

男人用好奇的眼光看著稍微小跑步走在他旁邊的鳥居，笑嘻嘻地說：

「你很幽默呢！鳥居先生。」

「咦？有嗎？」

「跟兩年前會計檢查院派來的人完全不一樣。」

「啊！因為我是不成材的調查官，常被罵警覺性不夠，老是給周遭的人添麻煩。」

「不會吧！」

「不，是真的。」

兩人發出喀喀腳步聲往前走，石面地板淡淡反射著天花板日光燈的光線，感覺有點冰冷。

在走廊分岔點，男人停下腳步，恭敬地一鞠躬說：

「再見，有什麼事請儘管吩咐。」

「請幫我問候出納課的那位小姐。」

鳥居低頭行禮，男人笑著點點頭說知道了。

「啊！對了。」鳥居才轉身，男人就放聲大叫。

「怎、怎麼了？」

「對不起……我突然想起來，剛才我要去上廁所時，那位出納小姐拜託我幫她買茶。真糟糕，她很強悍，沒幫她買會挨罵的。」

「我知道，強悍的女人特別難應付。」

鳥居感同身受地點頭表示贊同，男人也點頭致意，接著轉身走向了廁所前的自動販賣機。

回到會議室時，旭正站在窗邊用手機發簡訊。松平不在座位上，桌上疊著一層又一層攤開來的檔案。

「咦，副局長呢？」

「冰淇淋休息時間。」

旭漫不經心地回答，視線沒離開過手機畫面。鳥居走到旭旁邊，嘟嘟囔囔地說副局長以後一定會得糖尿病。

窗外，大阪城天守閣的淡綠色瓦頂巍峨聳立在逐漸轉暗的天際。望著那雄偉的黑影，鳥居不禁發出讚嘆。這時候，眼前的大阪城在昏暗中無聲地浮現了。

「哇！燈亮了。」

聽到叫聲，旭從手機抬起頭，望向窗外。

「我看到開燈的瞬間呢！有種超幸運的感覺。」

來自四面八方的白色燈光灑落，大阪城在暮色中浮現出穩重的身影。旭只看了一會，沒有發表任何感想，又把視線拉回到手機上。

「有時間的話，真想爬上那個天守閣，景觀一定很好。旭，妳也一起去吧！」

「我有懼高症。」

「妳的臉長在那麼高的地方，也會有懼高症？」

「跟身高無關。」

旭瞪他一眼，闔起手機放進口袋裡，把手搭在椅背上。

「對了，旭，妳大受歡迎呢！」

「什麼意思？」

旭皺起眉頭，停止拉椅子的動作。鳥居背對窗戶，笑嘻嘻地看著她。會議室的門被推開，是松平回來了。他直接走到資料堆積如山的作業檯前，拿起檔案。

鳥居感覺到上司的背部有股無聲的壓力，趕緊跟著旭坐下來。他邊整理手上的資料，邊小聲說起在廁所遇到的男人所說的話。旭聽著他說，表情滿是不屑與無聊，覺得根本沒有聽的價值。

「我說男人來沒意思，最好請出納課的那位小姐來，結果被拒絕了。」

「我想也是。」

「什麼意思？」

鳥居停下整理資料的動作，不悅地反問。

「沒什麼意思，因為她今天請假沒來。」

「妳是說出納課的那位小姐請假？妳怎麼知道？」

「剛才我打電話去問帳簿的事，聽說她今天請假。」

「誰說的？」

「接電話的課長。」

「那就奇怪了，」鳥居不解地偏著脖子說：「剛才在廁所遇見的人說，那位出納課的小姐叫他去買茶呢！他還說她很強悍，不買會被罵，說完就趕快跑去自動販賣機了。」

把短脖子扳回原狀的鳥居往旁邊一看，正好撞見旭超嚴厲的眼神，嚇了一大跳。

「怎、怎麼了？幹嘛這種表情？」

「鳥居……」

這時候，旭的眼神晃一下，突然端正了坐姿。鳥居心想怎麼回事？往前一看，就看到作業檯前的松平正盯著他。

「鳥居，你剛才說的是真的？」

松平直視鳥居的眼睛，聲音低沉地問。

「呃……你是說旭大受歡迎的事嗎？」

「不是，是那位出納小姐的事。」

「啊！是真的，我剛剛才在那邊聽說的。」

「那位小姐現在在座位上？」

「應該是吧……剛剛才聽說……」

「旭，妳打電話給課長是為了什麼事？」

「有關活期存款的簡單確認。」

松平闔上檔案，以犀利的眼神對著鳥居說：

「鳥居，你馬上檢查現金、存款類的檔案，把所有與補助金相關的收據通通查過一遍。」

「是、是。」鳥居緊張地發出假音般的尖細聲音回應，同時站了起來。

「旭，改打電話給部長，跟他談其他事，順便提起出納部門，看他怎麼回答。」

旭沉著地回說知道了，也從座位站起來。

「啊！對了。」繞過椅子走向作業檯的鳥居，沒特定對誰開口說：「我在廁所還聽說，部長下令不可以跟會計檢查院的人說話。幹嘛這樣呢？感覺不太好。」

聽到鳥居這麼講，松平與旭面面相覷，片刻後說：

「看來不用打電話了。」

「沒錯。」

松平雙手扠在褲袋裡，把腳張開與肩膀同寬，瞪著前方。眼前，沐浴在光線中的大阪城，正慘白地矗立在完全轉暗的天際。

眉頭深鎖、縮起下巴的松平，舉起左手摸摸頭頂，感受短髮的觸感。不一會兒，就把手放到腰部，一扭擺，腰部就發出了聲響。接著，他把手指關節一根根折響，先折響手指根部，再折

第一關節，微弱的聲音響遍安靜的會議室。折完雙手，再折雙腕。然後，他把雙手向前伸並用力反轉，讓雙肘同時發出聲響，轉動手臂讓肩膀嘎吱作響，轉動脖子製造四連響。還以為這樣就結束了，沒想到他又把手貼在臉頰上，扭動下巴，就聽到拔開免洗筷般的聲響。這下總該結束了吧？不，松平的手又伸到耳垂，用力把耳朵往下拉，就聽到分外響亮的「啪嘰」聲，令人懷疑究竟是從哪兒發出來的。

旭只是呆呆看著他這些怪異的行動。鳥居知道「大事不好了」，趕快繃緊全副精神，翻開手上檔案的封面。

在會計檢查院第六局待很久的人，都知道那一連串的儀式代表什麼。

那就是「鬼之松平」即將啟動的訊號。

✤

如同松平有「鬼之松平」的稱號，會計檢查院第六局的其他人，在檢查院裡也有稱號。譬如，鳥居的稱號就是「奇蹟鳥居」。

不過，他本人並不知道這個稱號。就有人揶揄地說，旁人都這麼叫他，他卻完全沒發現，真的是「奇蹟」啊！不管怎麼樣，這些都是鳥居的「不自覺」產生的後果。

在作業檯前，鳥居拿著彙整前年度收據的厚厚一疊資料，正在執行松平的命令。他啪啦啪啦地翻閱收據，差不多過了十分鐘，下腹部突然產生便意。

鳥居回想吃進肚裡的東西。在新幹線上，只提早吃了午餐的燒賣便當，之後就沒吃過什麼了。他慎重地摸索那種感覺，試圖搞清楚是便當有問題的遲來反應？還是來自其他原因的便意？

撐大鼻孔、露出今天最煩惱的表情瞪著天花板的鳥居，把注意力集中在下腹部幾十秒鐘。斷定是「平常」那種便意後，他沒有去廁所，反而拉開椅子坐下來，把手上的收據檔案放在桌上，快速瞥過釘在上面的紙張，而非收據。

翻到某一張時，鳥居的視線定住了。下面紙張的墨水輕微地複印在上面那張紙的背後，於是，鳥居輕輕把手指壓在收據上，看到淡淡的墨水沾在指腹上，而收據上寫的日期是一年多以前。

「副局長，找到了。」

聽到鳥居好像強忍著什麼痛苦，又好像有點開心的奇妙聲音，松平快步走過來。

「這張收據寫的是去年的日期，墨水卻還沒乾，應該是今天早上匆匆忙忙寫的。」

「旭，把部長找來。」松平站在鳥居背後，看著短短手指所指的地方，壓低聲音下令。

「鳥居，幹得好。」

「謝謝。」

「胃又絞痛了？」

「是啊！我去一下廁所。」

「儘管去吧！」

鳥居急忙站起來，滿臉蒼白地走向會議室的門口。旭看著他彎腰蜷曲的背影，強忍住笑，拿起電話。

坐在馬桶上的鳥居用力擠壓著腹部。

他當然不可能知道，被松平叫去的部長正蒼白著臉，從離廁所只有十公尺的走廊走向會議室。

一聞到新墨水的味道，鳥居的大腸就會產生反應。剛進會計檢查院時，直到身體習慣彌漫整個辦公室的印刷墨水味為止，鳥居跑了兩個禮拜的廁所。但是，有誰想得到，這個只會讓旁人皺眉蹙眼的習性，竟然在實地檢查時派上了用場。

譬如，要找混在舊檔案裡、才剛重新寫過的文件時，鳥居的肚子就會發揮極大的效用。滲入偽造文件裡的新鮮墨水味會直接刺激鳥居的副交感神經，然後便意會轉為鬥志，成為發現偽造文件的線索。

還有，他在找資料時的直覺也很敏銳。常常看他漫不經心地啪啦啪啦翻著資料，卻在突然停下來的那一頁發現重大問題。他的外表與欠缺警覺性的形象，還會帶來另一種作用，就是減緩被檢查人的緊張，讓工作順利進行。

如果說松平是「剛」的調查官，鳥居就是「柔」的調查官，他也是會計檢查院第六局引以為傲的優秀人才。生性浮躁的他，在製作例行文件時難免發生慘不忍睹的錯誤，但是沒過多久，大家就因為他的特殊才能，替他冠上了「奇蹟鳥居」的稱號。

鳥居維持向前彎曲的姿勢，從襯衫口袋拿出摺疊整齊的紙，上面記載著這次出差所列的檢查對象。

他把從大阪府廳開始的名單，由上往下依序看過。心想第一天就這樣，恐怕很難全部檢查完，他已經覺得有修改行程的必要了。不過，富士山的魔咒還真靈驗呢！他這麼感嘆著，再次用力擠壓腹部。

「噗」的豪邁屁聲響徹廁所。

大阪市立空堀中學 I

「要這麼做嗎？真要這麼做嗎？」母親一再詢問，大輔嗯地點點頭，在玄關坐下來，穿上運動鞋。

一站起來推開拉門，就看到茶子撐著傘站在那裡。

「在下雨。」茶子舉舉紅色的傘，代替打招呼。

大輔望向屋簷外的陰暗天空，把手伸向鞋櫥旁的傘架。原本要拿常用的透明塑膠傘的手，突然停下來，拿起了旁邊的黑傘。

母親竹子說領子沒整理好，從身後幫大輔窸窸窣窣地整理時，茶子默默看著他的裝扮。

「我這樣穿好不好看？」大輔問。

「你太胖啦！」茶子冷漠地回答他。

「茶子，拜託妳啦！」

從玄關後面傳來父親幸一的聲音，茶子微微低頭行禮。

大輔撐開傘，走到茶子旁邊，對並排在拉門後的父母說：

「不要露出那種表情嘛！禮拜六、日，大家不是討論了整整兩天嗎？放心吧！」大輔對雙手在胸前緊握的母親笑笑，揮揮手說：「我走了。」

茶子與大輔各自撐著傘，並肩往前走。天氣預報說早上會放晴，結果一點都不準。大輔看著在柏油路上跳躍的雨滴，覺得今天是他人生中的大日子，卻一早就下著雨，實在太諷刺了。不過，也讓他充分體會到這就是現實。現實是很殘酷的，這一點必須謹記在心。

「你真的做了……」走在稍前方的茶子喃喃說著。

「很奇怪嗎？」大輔問。

「很奇怪吧！」單鳳眼的茶子轉向他，簡短回答。

去年，在祖父七週年忌法會的聚餐時，大輔有生以來第一次喝到蓴菜湯。他看著用筷子夾起來的蓴菜，說很像茶子的眼睛，被竹子狠狠罵了一頓，不准他這麼說。茶子的眼睛真的很細，她自己好像也很在意。不久前，大輔買回來的雜誌有雙眼皮定型液特集，她就看得很專注。其實，大輔覺得她的眼睛雖然細長，但眼白部分很漂亮，她自己卻不這麼認為。

「該怎麼說呢？」在十字路口等車子通過時，茶子看著雨傘內側，悶悶地說：「雖然大腦知道是怎麼回事，可是親眼看到時，思緒還是一片混亂，沒辦法直視。」

「妳真坦白呢！茶子。」

「對不起。」

大輔搖搖頭說沒關係。

就在大輔看著前方時，茶子斜眼瞄了他一下，皺起眉頭說：

「還是很怪。」

這回大輔有點不高興地說：「我知道！」跨步往前走。

看到雨中的紅色鳥居了。

高聳入雲的巨木環抱著鳥居，大片枝葉延伸開來，狹窄的道路幾乎被這棵樹佔去了一半。大樹前有座小小的神廟悄悄佇立著，緊緊依偎著樹根。

大輔叫茶子等一下，收起雨傘，穿過鳥居。只有一扇紙拉門大的鳥居上面掛著一面匾額，用紅字寫著「榎木大明神」。雨和朝陽混雜的天空，亮著色調詭異的白色光芒。從樹下往上看，雲間的亮光自茂密的樹葉間白茫茫地灑落，枝葉看起來迷濛不清。

誠如其名，榎木大明神就是大樹神。嚴格來說，那並不是榎木，而是槐木，也是守護著這一帶的偉大神明。粗大的樹幹上纏繞著粗繩，樹根旁有座小小的神廟，裡面祭拜的是白蛇，當地人把這座小廟稱為「阿巳」。

「請賜給我堅強。」

大輔雙手合十，除了這七年來每天許的願望之外，還第一次許了其他願望。

當他把圓滾滾的身體縮得更圓，對著「阿巳」低頭許願時，茶子直盯著他身上剛做好的新裙子，裙褶還很清楚。四個撐著黃色雨傘的小學生從茶子身旁跑過去。他們看到大輔的模樣，並沒有發現什麼異狀，嬉鬧著從小廟旁邊跑過去，消失在往下的石階盡頭。直到看不見黃色雨傘之後，大輔才轉向茶子。

「你拜了好久。」

「是啊！因為最後一次了。」大輔點點頭，穿過鳥居。

「最後？」

「因為變成女生之後就不必再許願了吧？」

「女生啊……」茶子滿臉困惑地盯著撐開傘的大輔，對著比自己白皙、豐腴的臉，毫不客氣地說：「太醜了吧！」

然而，大輔的心情一點都沒受到影響。

「我醜沒關係，這個很漂亮。」

他開心地抓起裙褶給茶子看。

「你真的決定這麼做嗎？大輔。」

茶子看著抓起裙褶的他，語帶緊張地問。他默默點點頭說走吧！走向了被雨淋成黑色的石階。濡濕的風迎面而來，吹起大輔胸前的水藍色領巾。經過直木三十五❽的文學碑後，大輔踩著節奏感十足的步伐走下石階。

全新訂做的水手服裙子迎風飄揚著。

大輔一直很想變成女生。

不管生日或聖誕節，他都沒有想要的禮物，唯一的希望就是變成女生。

「請把我變成女生。」

小學二年級的春天，大輔第一次向榎木大明神許下了願望。

從那天起，在下課回家的路上順道拜「阿巳」，成了大輔每天必做的事。假日去朋友家玩時，他一定會順便去拜「阿巳」。在朋友家，如果大家玩起摔角遊戲，他就會不高興地一個人先回家。

跟大輔說「阿巳」很偉大的人，是已經不在人世的祖父昌一。大輔跟出生於大正年間的祖父非常契合。祖父的工作，就是代替在空堀商店街❾經營大阪燒店的父母，照顧從幼稚園回來的大輔。

❽「直木賞」在日本的正式名稱叫做「直木三十五賞」，是西元一九八五年，文藝春秋社為了紀念名作家直木三十五在大眾文學上的先驅貢獻而設，頒給新進、中堅作家，並成為日本文壇的最高榮譽象徵。直木三十五是大阪人，著有《南國太平記》、《楠木正成》等作品。

❾空堀地區仍保存著舊時大阪的風味，空堀商店街則像是當地居民的市場。

每天下午五點，祖父會帶著大輔去散步。先去逛松屋町筋沿路的玩具批發店，再去父母經營的大阪燒店吃晚餐，然後拜過「阿巳」回家，這就是每天的固定行程。

祖父總是邊散步，邊講大阪大空襲的事。大輔很不喜歡聽被炸死的人，屍體飛到電線杆那麼高、還掛在電線上之類的事，卻很喜歡聽榎木大明神在空襲中沒被燒毀的事情。

位於「阿巳」南邊約兩百公尺的空堀商店街周邊，有好幾棟老舊的長屋⑩，其中不乏屋齡超過一百年的建築，祖父說，那些長屋就是有「阿巳」的守護，才沒被燒毀。

「阿巳」的神木，據說樹齡已經超過六百七十年。算起來，從豐臣秀吉建立大阪城的兩百五十年前，「阿巳」就佇立在現在那個地方了。據祖父說，大阪城在豐臣時代的規模比現在更浩大，榎木大神明曾經是在大阪城內。

「空堀商店街取名為『空堀』，就是因為以前有大阪城的空濠⑪。」

除了「阿巳」的事之外，祖父也告訴過大輔不少附近地名的由來。很多房子在大坂夏之陣⑫被燒毀，為了恢復原來的樣子，請來不少磚瓦師父，因此形成「瓦屋町」。這些磚瓦師父順便做起素燒人偶，由此發展出來的人偶店城鎮就是「松屋町」。與松屋町筋之間隔著空堀商店街的谷町筋，是德川軍進攻大阪城時進軍之處。被稱為「相撲之谷町」，是因為以前有大相撲迷的醫生住在谷町……

有些聽得懂，有些聽不懂，最令大輔驚嘆的是，「阿巳」曾經在大阪城內。他完全無法想像，現在就很大的大阪城，以前竟然大到連他家都包括在內。而且，在幼稚園時，大阪城是他帶著便當特地去遠足的地方啊！

讀幼稚園時，大輔曾經跟茶子一起挖過家後面只有巴掌大的小庭院，因為聽了祖父的話之後，他就想會不會挖出以前的大阪城遺跡。當然，挖再多深度不到大人膝蓋的洞，也挖不出什麼來。然而，一想到自己腳下躺著大阪城的遺跡，就讓大輔興奮不已，好像很久以前的夢幻故事與自己產生了地緣關係，感覺很威風。只有在這方面，大輔的精神還非常男生。

在孫子心中種下豐盈種子的昌一，在大輔小學一年級的冬天去世了，死因是心臟病痼疾惡化。因為祖父常說「阿巳很偉大」，所以在上小學二年級前的春假，大輔就開始一個人去拜「阿巳」了。他永遠忘不了，祖父說過住在「阿巳」裡面的白蛇，會實現人們的願望。

不管颳風、下雨，大輔都會去拜「阿巳」，不曾間斷過。除了「阿巳」之外，他還拜過城鎮裡各個地方的小土地公廟。在長屋之間像迷宮般的巷子裡，看到了冰箱大小的寺廟，他也一定會拜。附近的歐巴桑都稱讚他，說他是個虔誠的孩子，他從來沒說過自己是祈禱「可以變成女生」。年紀還小的他也隱約覺得，這種事被大人知道會惹來麻煩。他也沒告訴父母，全世界只有橋場茶子知道這件事。

「任何神明都做不到這種事吧！」

同樣是小學二年級的茶子說得非常實在，但她既不會輕視大輔，也不會把這件事說出去。不過，就算大輔不明說，他的父母也看得出來。

那之後，整整過了七年。

大輔持續向「阿巳」祈禱，並沒有得到任何回報，只是不知道做過多少次夢，夢到自己某天醒來突然變成了女生。然而，大輔自己也知道，那是絕不可能發生的事。

說起來，這七年只是他下定決心的準備期。光是祈禱，不管花多久時間，都不可能產生任

⑩長屋是大阪的傳統房屋，為一種細長形的建築，多是一棟有好幾戶人家緊鄰而居，就像大雜院。
⑪日文中的「堀」，就是「濠」，是護城河的意思，所以空堀就是空濠，即沒有水的護城河。
⑫大阪在室町時代分為小坂、大坂，到明治時代初期才統一稱為「大阪」。「大坂夏之陣」是豐臣家族被德川家族徹底殲滅的戰役。

何變化。若是自己不嘗試改變，這世界就不會改變。而且，要把那樣的覺悟帶進現實世界，會隨著時間的流逝越來越困難。

「啊……連我都緊張起來了。」

走過了長堀通的斑馬線，越來越接近空堀商店街的拱廊，茶子不由得把手按在胸前，喘了好幾口大氣。

從家裡出發後，還沒有人發現大輔的異常。因為大輔跟人擦身而過時，都用大黑傘擋住了自己的臉。離家前，他沒拿透明塑膠傘，而拿了黑色雨傘，就已經代表他萌生怯懦的念頭了。每次與人擦身而過時，他就會督促自己勇敢面對，然而只要一看到有人過來，他撐著傘的手就會僵硬，怎麼樣都無法抬頭挺胸地走路。

兩人眼前就是空堀商店街的拱廊，走進屋簷下，就沒必要撐傘了，他將無所遁形。

「走吧！茶子。」

大輔緊張地轉頭說，茶子把嘴巴緊緊抿成一條線，點點頭。

現在，大輔將面對現實。這是他至今期待已久的時刻，然而，現實卻是如此的恐怖。

他把傘收起來，希望藉此斬斷他的恐懼。

從蔬果店旁的道路進入拱廊，他就停下來了。左手邊是每天已經看習慣的商店街斜坡，今天卻覺得坡度特別陡。大輔就讀的大阪市立空堀中學的三名學生走在他們前面。那三名男學生都穿著大輔上禮拜還穿過的制服，高聲嬉鬧著。

「早，橋場。」

這時候，兩個女生小跑步從茶子旁邊經過，轉頭對她嫣然一笑。

聽到茶子以僵硬的聲音回應，兩人訝異地看著她。突然，視線轉移到茶子身旁的水手服上，兩人的表情都僵住了。

「真田……？」

其中一個人好不容易擠出聲音來，大輔臉色蒼白地點了點頭。

剎那間，尖銳的慘叫聲響徹大阪中央區坐擁著坡道的商店街。

✤

因為下雨，朝會取消了。

改在教室開班會，二年B班的教室卻不見大輔的身影。

大輔縮著身子，一個人坐在學生指導室的房間裡。把大輔帶來這裡的體育老師沒開燈就走了，所以房裡有點暗。

用手指摸著裙褶的大輔，把露出裙外的體育褲的綻線拔掉。他很清楚，就算穿著跟女生一樣的衣服，自己也跟女生不一樣。他其實是想要穿長到腳踝的裙子，但是，制服店老闆說現在已經沒有地方賣那種裙子了。他只好在裙子裡穿上深紅色的體育短褲才出門。

大輔聽到拖鞋的聲音，有人從走廊走過來了。當他抬頭看著門時，拖鞋的聲音靜止，門把轉動了。

「怎麼沒開燈呢？」門打開了，果然是後藤，他東張西望地探頭進來。「喲！真田……」看到穿水手服的大輔，後藤一時張口結舌。

「今天是星期一，特別忙。」他喃喃說著，打開燈，「這裡的空氣不太好呢！」他又拉開窗簾，打開一點窗戶，仰望著校園的天空說：「雨好像停了。」接著隔著桌子與大輔面對面坐下來。

「大野老師都跟我說了，他說你認為自己沒有做錯什麼。」

後藤邊撫平已經很稀疏的頭髮，邊瞇起大鏡片下的眼睛盯著大輔。後藤是二年B班的班導。空堀中學的制度是老師每學年都跟著學生升級。去年，大輔正巧被編入後藤的班級。上國中至今一年又兩個月，大輔的班導一直都是後藤，但兩人這樣單獨在房間裡交談是第一次。

大輔沉默地把玩著裙襬。穿上裙子後，他才知道女生做這種動作的感覺。裙子的裙褶具有誘惑人心逃避現實的魅力。

「大野老師是擔心你，才把你帶來這裡，因為教室前已經吵翻天了。」

大輔不太高興地聽著後藤維護大野的話。大野在體育課時，會嚴厲地苛責不積極參與活動的大輔。為了讓大輔參與，他還刻意安排大輔跟運動神經很好的男生同組。大輔是個徹底的運動大白癡，在隊伍中根本起不了作用，結果被同組的人排斥，反而更痛苦。

「喂！真田，你應該也知道，不先報備就穿這種服裝來，會引發大騷動吧？為什麼不事先告訴我呢？」

被後藤這麼一說，大輔想起教室一片騷動的氣氛。當他跟不同班的茶子分開，進入二年B班教室後，聽到消息跑來看熱鬧的人就越來越多了。教室的前後門都擠滿了學生，走廊瀰漫著異樣的氛圍。大輔能坐在教室裡的時間，只有到校後的不滿十分鐘。因為聽到嘈雜聲的體育老師大野，不管三七二十一就把大輔拉出了教室。

撥開人群進入教室的大野看到大輔的穿著，先是愣了一下。

「真田，你……」他用力拉住大輔的手說：「先跟我離開這裡。」

進入教室後，沒有回應任何來跟他說話的同班同學，一直盯著桌面的大輔，反射性地甩開大野的手。

「請不要這樣，」大輔面向頓時滿臉通紅的大野，用顫抖的聲音說：「我沒有做錯什麼，請不要這樣對我。」

體育老師張大眼睛瞪著大輔。他還以為會挨打，大野卻只是低聲說：「去學生指導室。」還用下巴示意催促他快走。

想起對大野回嘴時湧現胸口的那股熾烈情感，大輔抬起頭說：

「我一直想變成女生。」

他注視著後藤的眼鏡鏡片，彷彿仔細咀嚼每個字似地，緩緩地說：

「可是我是男生，在學校必須打扮成男生的樣子，說話要像個男生、行動要像個男生、決定將來的方向要像個男生……還要活得像個男生。」

一口氣說完後，大輔把手壓在胸前，用力吸了口氣。

「這樣……很辛苦。」

真的很辛苦。

他用從腹部勉強擠出來的聲音接著說：「一直裝成男生的樣子很難過。老師都說有事可以找老師商量，那麼，跟老師商量過後，老師就會允許我穿水手服來上課嗎？」

不知不覺中，大輔看著後藤的眼睛佈滿了紅紅的血絲。

「老師一定會說不要急，我們慢慢談。可是這麼做，花再多時間也改變不了什麼。結果我只能忍耐。沒錯，只要我忍耐，也許所有問題就解決了。可是我不要這樣，我再也受不了默默地作假。我又不會妨礙任何人，就不能當我是個奇怪的孩子，不要管我嗎？老師。」

大輔的目光犀利，雙手緊緊在裙子上交握。

不曾撇開臉、專心聽著大輔說話的後藤，呼地用力嘆了口氣，點了兩、三下頭，身體慢慢地靠在椅背上。

後藤把胳膊搭在胸前，若有所思地用單手托著臉頰。他的左臉有個像是被蓋過章般圓圓、扁扁的痣，中間還長出一根毛。據說如果拔掉那根毛，後藤就不能動了，這樣的謠言在學生之間流傳一時。但是，當然沒有人確認過。

窗外傳來鳥兒飛來飛去的重重鳴叫聲，從窗戶灑落的陽光，白晃晃地堆積在地上。雨好像停了。

「喂，真田……」

後藤有點含混不清的聲音，讓人覺得接下來的話應該是要否定什麼，大輔全身不由得僵硬起來。

「你現在是什麼心情？」後藤簡短地問。

大輔發現，從沾滿指紋的髒鏡片背後看著他的，是出奇沉穩——不，甚至是帶點溫暖的視線。他的心沒來由地激動起來，終於低下頭說：「很害怕……」

隔了一會，大輔又用嘶啞的聲音囁嚅著：

「我覺得大家都很討厭我，所以我很害怕，也怕老師，怕老師其實現在就覺得我很噁心……」

「傻瓜，」後藤苦笑起來，從椅背挺起身體說：「你把我看扁了。」

後藤那有點發白的眉毛皺成八字形。他把手指伸進稀疏的頭髮裡抓著頭。

「我沒有那麼覺得，絕對沒有。從你進來這所中學後，我就一直看著你。一年級時，就批過很多次你的聯絡簿，所以知道你一路走來是什麼心情。空堀小學的老師們也跟我談過你的事。更何況，我不是那種以貌取人的人。」

後藤又補上一句：「不過，要我說你穿水手服很可愛，我實在說不出口。」接著哈哈大笑起來。明明是很過分的一句話，大輔卻覺得很欣慰。與其被小心翼翼地對待，他還寧可對方把感覺清楚地表達出來。

「喂！真田，」後藤把雙手擺在桌上，慢慢地說：「你覺得這世上最困難的是什麼事？」雙手手指相扣的後藤意味深長地問。看到大輔表情複雜地沉默著，他輕輕地點點頭，又接著說：「那就是做真正的自己。」

大輔不自覺地挺直了背脊。

「人很難做真正的自己。」

後藤說得簡短扼要。大輔點點頭，小聲地說：「對。」

「從現在開始要奮戰啦！你有這樣的覺悟嗎？」

大輔臉色發白地回說：「有。」

「我知道了，」後藤點點頭說：「我會全力支持你，但是不能給你任何保證。這所學校除了你之外，還有四百多個學生。老實說，你這身水手服很難行得通，剛開始我也以為你在耍寶。」

看著板起臉但仍然保持沉默的大輔，後藤說：「你就維持這樣吧！」臉上浮現笑容。

「不過，真田，你要學聰明點。你頭腦不錯，膽子也夠大，一般男生絕對沒有勇氣這麼做。聽起來也許有點諷刺，現在的你比誰都有男子氣概。但是，你要做的事困難重重。如果你要繼續做真正的自己，今後會聽到很多人對你說些不堪入耳的話，如果跟他們計較，你就輸了。這可是場戰爭啊！你要學聰明點，我相信你做得到。」

看著後藤真摯的眼神，大輔目光閃閃地直點頭。後藤目不轉睛地盯著大輔好一會後，突然又難以啟齒似地抓著臉說：「不過，真田……」

那種聲音的感覺，讓猜不透怎麼回事的大輔滿臉緊張地等著他繼續說下去，沒想到他一本正經地對大輔說：「你還真不適合穿水手服呢！難看得嚇人。」

✤

空堀商店街是很奇妙的商店街。

從地下鐵長堀鶴見綠地線松屋町站出來，沿著松屋町筋往南走一百五十公尺，穿過面對大馬路的老舊導覽門，就可以看到正面的拱廊入口。抬起頭，會看到「空堀商店街」這幾個圓滾滾的字旁邊，用英文寫著「KARAHORI MALL」。

從這裡開始的商店街長約八百公尺，是一直線的上坡。兩旁密密麻麻地排滿了蔬果店、魚店、昆布店、肉店、日式點心店、豆腐店、鐘錶店、柴魚店、窗簾店、玩具店、小魚乾店等店面，陡急的坡道一直延伸到谷町筋。年輕人要騎腳踏車上坡都很辛苦，上了年紀的歐巴桑們卻可以在腳踏車的車籃裡堆滿東西，強健有力地騎上坡道。還有前後載著幼兒的媽媽們，也勇敢地跟在歐巴桑的後面。這條地名來自豐臣秀吉豐功偉業的商店街，至今仍是朝氣蓬勃的大眾的廚房。

儘管傳說這裡有大阪城的空濠，卻找不到任何濠溝的痕跡。只有從上町台地⑬延伸出來，被比喻為「山脊」的大大小小坡道，阻礙了人們的去路。這個城鎮是名副其實地「坐擁」著坡道。

茶子和大輔就讀的大阪市立空堀中學，要爬上空堀商店街的坡道，越過谷町筋，再繼續走到拱廊結束的盡頭。就是那棟矗立在運動場前，白色與土黃色左右相對的建築物。因為把創立時蓋的老校舍與最近重建的校舍，硬生生地從中間接起來，所以外觀變得非常不協調。茶子每天早上看到那樣的校舍，都會想起從紙盒突出來的巨大橡皮擦。

還處處可見水窪的校園，蓬勃地進行著放學後的社團活動。整片天空都是男男女女的吶喊聲，好不熱鬧。校門口冷冷清清，只有零星幾個側揹著書包離開學校的學生，其中也包括穿著全身運動服的大輔。

大輔將書包側揹，手上提著紙袋，低著頭走路，紙袋裡是摺好的水手服。後藤建議他今天還是穿運動服上課，他接受了。

運動服會凸顯出他豐腴的體型。如果有人說他胖，他會想抗議，但是要他大聲宣佈說「我不是胖子」，又有點缺乏根據。他不太喜歡穿運動服，因為會暴露出他說胖又不是太胖的體型。然而，那又比穿男生制服好得多——比為了扮演「男生」而穿的制服要好得太多了。

從大輔身旁走過的學生們會看他一眼，然後竊竊私語。其中幾個人還不停地彼此點頭，露出嘲諷的笑容。大輔也不知道有沒有看到那些人的模樣，只管低頭看著腳下，走進空堀商店街的拱廊。越過谷町筋，走一小段下坡路，就可以看到右手邊寫著「太閤」的黃色招牌。掛在門口右邊的板子上，寫著「大阪燒」、「炒麵」、「名產豬肉蛋大阪燒」。

停在「太閤」招牌前的大輔，伸手拉開了入口處的黑格子門。

「啊！大輔。」

才拉開門，站在鋪著鐵板的櫃台對面準備開店的竹子就叫住了他。躺在裡面房間看體育報的幸一，也緩緩站起來。

大輔還來不及把手上的東西放下來，就不得不面對竹子從「還好吧？」開始的一連串問題。「嗯，沒怎麼樣。」他以這句話回答其中八成的問題，從店裡的櫥子拿出更換的衣服。他迅

⓭位於大阪市中央的上町台地，是從大阪城往南，寬約兩公里、南北長約十公里的細長形台地，西側有好幾條在大阪罕見的陡急坡道。上町台地為大阪歷史的起源地，大阪地名的由來便是源自於上町台地的小斜坡。

速地在裡面的房間換上長袖襯衫和休閒褲後，就到流理台洗手。

「後藤老師下午打過電話來。」

幸一把體育報放在櫃台角落，拿起立在門邊的店門簾。大輔全身變得僵硬，等著聽父親說後藤到底講了什麼。

「後藤老師是個好老師呢！」幸一只這麼說，就拿著店門簾出去了。

「後藤老師說，他會把你的事告知其他老師，叫你不要擔心。」竹子切著高麗菜，眉開眼笑地接著說。

「可是他不准我穿水手服。」大輔邊擦著手，邊不滿地嘟囔著。

「不要不知足，你也知道這件事沒那麼簡單辦到吧？」

大輔默默地打開冰箱，往裡面看。

「啊！黃鶯餡⑭快沒了。」

「是嗎？那你去淺野家買吧！」

很有節奏感地切著高麗菜的竹子，拜託大輔去買餡料。

大阪燒店「太閤」會在中午的午餐時間過後，先把店關起來，到傍晚五點再開店。大輔比較早從學校回來時，也會幫忙做開店準備，在店裡吃過晚餐再回家。從有記憶以來，除了禮拜四的公休日外，大輔的晚餐都是大阪燒。這已經是十多年來不變的習慣，大輔的主食既不是米、也不是麵包，而是「大阪燒」。

「對了，聽說後藤老師問你，你是不是喜歡男生？」

「嗯，東扯西扯一堆後，他很緊張地問我這句話，很噁心耶！」

「不可以說老師噁心，難得他這麼關心別人家的孩子呢！」

竹子的苛責聲立刻傳來，大輔道歉說對不起，從收銀機拿出兩張千圓大鈔。

在學生指導室時，後藤用非常慎重的語氣問過大輔：「呃……真田，你不會也喜歡男生吧？」

大輔滿臉錯愕地看著後藤好一會，搖搖頭，含糊地說：「我不知道。」

他很老實地告訴後藤，他光想自己的事都來不及了，從來沒想過那種事，即使自己想變成女生，應該也不代表自己喜歡男生。然而，大輔也沒喜歡過女生。只是看到可愛的女生時，曾經想過：「啊！如果自己也長成那樣該多好。」說不定，那是比淡淡的愛慕更強烈的感情，但大輔自己也不知道那到底是什麼樣的情緒。

「為什麼會問那種事呢？」

「因為他是老師啊！」

「哦～」大輔點點頭，對母親說：「我去買兩盒黃鶯餡。」就走出了店門口。

店前，幸一正隔著街道跟對面小魚乾店的老闆娘島媽閒聊。大輔先跟島媽打聲招呼，再告訴父親要去淺野家，幸一只短短回應了一聲「哦」。

大輔走下坡道，在將近拱廊終點的日式點心店買了黃鶯餡。在刨冰上加黃鶯餡、白湯圓，是「太閤」大受歡迎的甜點。

提著塑膠袋，心不在焉地爬上坡道時，突然有人從路旁叫住了他。

「喂！」

他的視線還來不及轉向聲音來源，就被抓住肩膀，拖進了巷子裡。

空堀商店街就像蜈蚣的身體，有好幾條狹窄的巷子，像是蜈蚣的百隻腳般從拱廊左右分岔

⑭「黃鶯餡」是把煮過的青豆壓碎，加入糖或蜂蜜調味的豆沙餡，是做日式點心的內餡材料。

開來。寬約兩公尺的石階不斷延伸出去，前端又分岔成好幾條巷弄，形成長屋與長屋之間的複雜連接網。

在前後左右的推擠拉扯下，大輔莫名其妙地被逼進了巷子裡面。他既緊張又害怕，完全無法確認周遭狀況，只知道自己被空堀中學的男生制服包圍了。

拐個彎向前，有個祭拜土地公的地方。水泥基石上有座佛堂形狀的小廟，前面站著一個穿制服的男生。把小廟的小玻璃門開開關關、往裡面瞧的男生，聽到有人說「我們把他帶來了」，便緩緩轉過身來。

一看到他的臉，大輔就嚇得面無血色。

他是蜂須賀勝。

在空堀中學，沒有人不知道三年級的蜂須賀之名。

國中生常常會宣稱自己「跟不良分子有往來」，當成耍狠的手段。譬如，剛開始先說「認識飆車族、小混混」，再往上就說「認識黑社會流氓」，越來越囂張。

蜂須賀勝從來沒有用過這些「狐假虎威」的庸俗伎倆，因為他自己就是「老虎」的兒子，所以沒有那種必要。也就是說，他的父親「蜂須賀組組長」，本身就是如假包換的「道地流氓」。

國中生的世界，在精神上、環境上都狹隘得可怕。在人類架構出來的種種團體中，恐怕是屬於最狹隘的類別。

這個蜂須賀，渾身上下都散發著屬於那個狹隘世界的「邪惡」形象。對大輔等低年級的學生來說，「蜂須賀」這三個字就跟魔鬼一樣可怕。關於蜂須賀的虛虛實實的傳聞從沒間斷過，譬如他跟二十五歲的女人交往、有高中生的小弟、把自己犯下的竊盜罪和傷害罪推給幫派裡的小嘍囉等等。

身高約一百六十五公分的蜂須賀，不算很高，只比大輔高一點。但是，那雙眼睛非常無神，光看到他如遼闊的空虛沙漠般的陰森眼神，大輔就覺得不只是頭部，連手臂、手腕以下也都瞬間失去了血色。

好一會，蜂須賀面無表情地盯著大輔肉肉的臉。

「你竟敢穿這樣來學校。」

說著，蜂須賀伸出手，抓住大輔的肩膀。

這麼胖還敢穿，噁心死了。

才剛聽到這麼陰沉的低喃，大輔的胸口就挨了一拳。他連叫都叫不出聲來，蜷起身體，癱瘓似地蹲坐在地上。

「這傢伙真沒用。」蜂須賀低頭看著大輔，不屑地喃喃咒罵著：「下次再讓我看到你這身打扮，我就殺了你。」

蜂須賀踢開從大輔手上掉落的塑膠袋，走向通往商店街的巷子。四個穿制服的男生魚貫地跟在他後面。

「人妖！」

大輔按著肚子蜷縮在地上，聽著蜂須賀最後的叫罵。

直到再也聽不見他們的腳步聲，大輔才抬起頭。

黃鶯餡慘不忍睹地散落在土地公廟前的石階上。

「我走囉！」

茶子抓起裡面裝著整套田徑隊道具的運動袋，從玄關對著屋內叫喊後，就走出了家門。

跟昨天一樣，她選擇離學校比較遠的路，先繞到真田家。十分鐘前，大輔的母親打電話來，希望她先繞到她們家。在電話裡，竹子沒有明說，但是從她的語氣，十之八九可以猜到大輔做了什麼事。

「那小子真會找麻煩。」

茶子低聲叨唸著，把運動袋斜揹在肩上。

在茶子眼裡，大輔有著奇妙的地位。

既沒有男性朋友的感覺，也不算是女性朋友。所謂青梅竹馬，也許是最貼切的說法，但感覺又不太一樣。對茶子來說，大輔應該是「需要保護的對象」。

從小，大輔的反應就遲鈍到無藥可救，一不注意就會被男生惹哭，而茶子總是扮演讓男生哭的角色。兩人都上國中後，大輔的身高比茶子高出十公分，體重也比茶子重二十公斤，茶子對他的感覺卻還是沒有多大改變。不過，她已經不會再為大輔跟人打架了。

茶子兩歲時，父母親死於車禍，她被單身的姑姑收養，撫養長大。晚上，姑姑都要騎著腳踏車去宗右衛門町的自營酒吧工作。在姑姑打烊回家前，就是由真田一家照顧幼小的茶子。幸一的姊姊跟茶子的姑姑是從小學開始的同學、好朋友，幸一也從小就認識茶子的姑姑了。姑姑不在家時，幸一和竹子就很理所當然地看顧茶子。所以在小學畢業前，茶子一個禮拜有五天都在「太閤」吃大阪燒。大輔的祖父也常帶著她去松屋町筋散步，她還不明就裡地跟大輔挖過庭院。

茶子是在幼稚園中班時，發現大輔跟一般男生不太一樣。在幼稚園，大輔不太喜歡跟男生玩，比較喜歡跟女生一起玩扮家家酒，不過上幼稚園之前也常跟大輔玩扮家家酒的茶子，並不覺得那樣有什麼奇怪。直到五歲那年夏天，看到大輔在七夕的詩箋⑮寫下「我想變成女生」的心願，才覺得有哪裡不對勁。

當時，大輔被擔任班導的女老師訓了一頓，只好重寫別的心願。茶子對這件事印象深刻，所以小學二年級，當大輔說出「我想變成女生，所以每天都要去拜小巳」的決定時，茶子並沒有太過驚訝。她比較驚訝的是，在小學畢業前，大輔真的每天都去拜小巳。

上國中後，大輔還是繼續拜小巳。茶子帶著「真夠執迷」的感嘆與對他沒轍的心情，默默守護著他。

升上國二後，茶子心想他也差不多該停止這樣的行動了，大輔卻告訴她要穿水手服去學校的計畫。剛開始她當成笑話，聽聽就算了，沒想到黃金週假期結束後，大輔真的把訂做的制服拿來了。大輔說他還要跟父母商量，在談好前要先放在茶子家裡。看到在自己房間高高興興地試穿水手服的大輔，茶子心想：「真是個無法盡如人意的世界啊！」很替他難過。

本以為應該很難突破家庭會議這一關，沒想到大輔的雙親在長達四個小時的討論後，答應了兒子的要求。聽說，竹子自始至終都表示反對，最後是被幸一的一句話說服了。

「自己認為重要的東西，要自己守護。」

來報告會議結果的大輔抱著茶子交給他的水手服袋子，幸福地回家了。那份幸福是大輔的父母以堅定的意志送給他的，茶子不禁很羨慕他。茶子是個堅強的孩子，同時也是個年僅十四歲的女孩。那一晚，她難得從壁櫥裡拿出父母的舊照片，一個人哭了起來。

她從馬路走進被大廈包圍的巷子裡，看到老婆婆在沿著石階排列成一長條的長屋玄關前，

⑮日本人在七月七日的七夕活動中，會把心願寫在長形紙條或木條的詩箋上，再綁在竹子上，祈禱願望成真。

拿著噴水壺為盆栽澆水。老婆婆挺起彎曲的腰，對茶子說：「早啊！」茶子也笑咪咪地回說：「早安。」走向在巷子盡頭的大輔家。

昨晚社團活動結束後，茶子去「太閤」吃晚餐。在學校因為班級不同，她都沒有機會跟大輔交談，等到終於可以跟他說話了，卻不見他的蹤影。幸一說，他在開店前就趕回家了，還沒吃晚餐。竹子開心地說，雖然還是不能穿水手服，但是後藤老師准許他穿運動服。既然可以不用再穿他那麼厭惡的男生制服，應該算有成果了吧？那麼，還有什麼其他問題嗎？

大輔家門前，擺著一盆盆蘆薈、仙人掌等多肉植物。茶子站在玄關，正要按下「真田」名牌下的電鈴時，眼前的格子門突然被用力拉開了。

跟昨天一樣穿著水手服的大輔站在那裡。

「等等，大輔，你不是答應過後藤老師嗎？」竹子從後面追上來。

「我才不管。」

大輔兇巴巴地回答，走出玄關，看也不看茶子一眼，就快步往前走了。

從玄關探出頭來的竹子跟茶子說，大輔突然穿成那樣從房間跑出來。

「我跟他一起去學校。」

茶子對竹子點點頭。

「麻煩妳了，茶子。」

茶子重新抱穩社團的袋子，把竹子的話拋在身後，追上了大輔。

「真是個會找麻煩的傢伙。」

她在心中暗自嘀咕著。

穿著水手服到學校的大輔跟前一天一樣，在第一堂課開始前，就被體育老師大野帶出了教室。

「怎麼回事？真田，你不是答應過我，從今天起要穿運動服來嗎？你不遵守約定，我怎麼跟其他老師談呢？」

後藤的語氣明顯帶著怒氣，大輔只是沉默地摸著裙褶。但是，他似乎也無意跟後藤作對，當後藤說不准他穿水手服上課時，他就乖乖換上了早已準備好、放在書包裡的運動服。

明明表現出乖乖聽從後藤指示的模樣，隔天，他卻第三度穿著水手服來學校。

「真田，我還以為你是個更聰明的孩子呢！你應該知道，這麼做只會把事情鬧得更大，百害而無一利吧？」

後藤怏怏不悅地說教，大輔低頭聽著。後藤問他為什麼今天也穿水手服來學校，他到最後都沒有給明確的答案，只有在後藤無奈地說「也稍微替我想想」時，低下頭說了聲「對不起」。後藤反問他，既然知道錯，為什麼又穿水手服來？他還是緊閉著嘴，什麼也不答。

所幸，從禮拜一開始的「水手服事件」，到第四天就中斷了。因為禮拜四有全校體能測驗，所有學生都必須穿運動服來學校。

在二年A班擔任體育股長的茶子比平常早到校。她也擔心大輔，但是昨晚在「太閤」時，大輔說過：「大家都穿運動服，我就不會穿水手服。」所以，她判斷應該不會有事。當時竹子一邊磨著山藥，一邊追問他為什麼不遵守跟後藤老師之間的約定，他沒有回答。在回家的路上，茶子問他，他也沒回答。

走廊上的時鐘指著八點十分。茶子在教職員辦公室前，漫不經心地看著貼在牆上的新聞報導，等待體育老師大野。

上午八點，各班的體育股長在教職員辦公室前集合，領取全班的測試表和工作人員臂章。茶子排最後一個，輪到她時，運氣不好，臂章剛好發完。大野趕緊回辦公室找庫存品，就那樣一去不回，茶子已經在走廊上等了五分鐘多。

這時，突然傳來雜沓的拖鞋聲，茶子轉過頭，看到校長和教務主任正並肩往這裡走來。茶子覺得他們的態度不像平常那樣高高在上，仔細一看，發現後面跟著兩個穿西裝的人。不，不是兩個人，是三個人，其中一個特別矮小，被前面的男人擋住了。最後面那個女人的個子很高，而且漂亮到令人難以置信。

茶子背靠牆壁，看著踩響拖鞋從她面前經過的五個人。

這時候，特別矮小的男人在茶子面前說：「對不起，我可以去一下廁所嗎？」

教務主任說明地點後，那個男人就快步走向了走廊盡頭的教職員專用廁所。看著男人胖嘟嘟的體型，茶子想到大輔成為大人後，應該就像那樣子。那個人的高度、肌肉都跟大輔差不多。

「這樣不太好呢！」茶子老實地在心裡嘟囔著。

校長問要不要等那位先生回來再開始，前面那個看起來精明的短髮男人回說不用，不必在意他。

「那麼，這是校長室，請進。」校長指向教職員辦公室隔壁的房間。

「甘絲柏格，等鳥居回來，妳帶他過來。」男人回頭對女人說。

被稱為「甘絲柏格」的女人看著三人進入校長室，站姿美得迷人。連難看到極點的客人專用綠色拖鞋穿在她腳上，看起來都像高貴的顏色，很不可思議。

從相隔兩公尺遠的地方看著那個女人的側臉，茶子不禁期望自己將來可以變成那麼出色的大人。她的眼睛是漂亮的雙眼皮，皮膚也白得晶瑩剔透，跟每天熱中社團活動、晒得像麻花捲的茶子完全不一樣。

「外國人真的很漂亮。」

就在茶子出神地望著將近一百八十公分的女人時，那個女人目送其他人進入校長室後，突然轉過頭來，與她四目交接。

「哈、哈囉！」

看到淡褐色的眼睛，茶子不由得出聲打招呼。講了以後才想到，「甘絲柏格」很像是法國人的姓，不知道英文通不通？

女人有點驚訝地看著茶子，困惑地微微皺起眉頭說：「不好意思，我是日本人。」

咦？茶子目不轉睛地盯著對方的臉。從側面看，高挺的鼻子的確給人深刻的印象，但是從正面看，多少還是看得到熟悉的日本人容貌。

「對、對不起。」

茶子慌忙低頭致歉。因為動作太大，整疊測試表從手中滑落，飛得滿地都是。

「哎喲！」女人把公事包放在地上，不管連聲說沒關係的茶子，一起蹲下來撿紙。

「真的麻煩妳了，謝謝。」

茶子不好意思地從女人的手中接過測試表。

女人低聲笑說不用客氣，然後視線突然靜止了。茶子看她定住不動，以為是自己的身上沾到了什麼，趕緊循著她的視線看看自己，發現她正盯著縫在深紅色運動服上，印有「2—A　橋場」的名牌。

驚覺到茶子訝異的視線，女人赫然抬起頭致歉：

「對不起。」

茶子慌忙搖頭說沒關係。

「請問妳是英文老師嗎?」

茶子邊整理手上的紙張,邊戰戰兢兢地問。

「咦,我嗎?」

女人一瞬間愣了一下,下一秒便猛搖著手。

「不是、不是。」

「那麼,是教法文?」

茶子不由得脫口說出從她的姓聯想到的國家語言,但是後來才想到學校並沒有法文課。

走廊盡頭傳來拖鞋聲,茶子轉過頭,看到剛才那個男人從教職員專用廁所走了過來。

「法文啊……」

女人回頭看著那個男人,嘴裡唸唸有詞,從胸前的口袋裡拿出了一張名片。在她遞到茶子面前的名片上,印著「會計檢查課　第六局調查官　旭.甘絲柏格」。

「這是我的名字,我也的確是在法國出生,」女人停頓一下,彎下腰,在茶子耳邊輕聲說:「但是,我不會說法文。」

✤

一拿到大野老師拿來的臂章,茶子就趕緊走回教室。

從穿堂快步走向沿著校園延伸的通道時,茶子不斷想起剛才那個女人。突然聽到她說大阪腔日文時，茶子嚇了一大跳。還以為她是外國人，沒想到她不但是日本人，還是關西人，簡直就像史帝芬席格⑯。

茶子很想跟她多說些話，但是，大野剛好從教職員辦公室出來，另一個男人也從廁所出來了，所以兩人的交談時間就那樣結束了。

進校長室前，女人微微舉起手做出再見的動作，讓茶子很開心。

「什麼人啊？」

大野一從教職員辦公室出來，就被眼前這女人的高大身材和美麗所震懾，失神地喃喃問著。

「是會計檢查院的人。」茶子回答。

「那是幹什麼的？稅務人員嗎？」大野愣愣地回頭看著茶子。

喇叭響起八點二十五分的預備鈴聲，茶子正打算加快腳步，突然聽到嘈雜的喧鬧聲。

一拐過校舍轉角，就看到體育社團辦公室前的通道上擠滿了人。

忽然，從團團圍著的那群學生之間，斷斷續續地傳出「二年級」、「真田」之類的聲音。一股不祥的預感湧上心頭，怎麼伸長了脖子也看不見裡面的茶子，從那群學生中間闢出一條路，硬是擠到了最前面。

眼前的景象讓茶子啞然失色。

周遭一片白茫茫的。看到立在社團隔間板旁的石灰袋，茶子才知道是石灰撒滿了一地。

有東西蹲在那片石灰大海中。

花了些時間，才看出那是一個人。

⑯曾經紅極一時的美國影星史帝芬席格年輕時在日本學合氣道，並且在日本結婚生子，也是第一個在日本開道場的外國人。

茶子把臂章和測試表塞給旁邊的男生，從遠處圍觀的人群中走了出來，一個人慢慢地走向中央。

走到一公尺距離時，茶子才從縮成一團的背影，清楚辨認出大輔的輪廓。

大輔是全裸的。

全身被撒滿石灰的大輔，光著身子，縮成一團蹲在地上。

「是誰做的……」

茶子聲音顫抖地低嚷著。

「大輔，你沒事吧？」

跪在石灰上的茶子彎下了腰，在大輔耳邊呼喚。一連串的動作帶來的風，吹起了大輔頭髮上、背上的石灰粉，他微微顫抖了一下。

茶子顧不得臉上或運動服會沾到多少石灰，緊緊抱住了大輔。

「你們不要看！」

她瞪著圍觀的人群，尖聲叫喊著，所有人都被她的氣勢嚇得往後退。

「誰快拿衣服來，快！」

茶子緊緊咬住嘴唇，強忍著快掉下來的淚水，又放聲大叫。

這時候，一個抱著藍色塑膠布的男生邊發出「讓開」的低沉聲音，邊從人群外圍擠了進來。

「魚乾店……」

茶子抬頭看到從人牆走出來的高個子男生，不由得叫出聲來。

被稱為「魚乾店」的少年看著淚眼婆娑的茶子說：「妳身上都是石灰粉啦！」

說著，他攤開了手上的塑膠布。看樣子，他是把今天測試時要鋪在操場上的塑膠布拿來了。

「魚乾店」不管三七二十一，把圍觀人群裡的幾個熟人叫來，讓他們抓住有八張榻榻米大的塑膠布四角，接著把塑膠布拉成圓筒形圍住大輔，當成圍屏。

「先去清洗乾淨吧！真田。」

從圓筒上方往下看的「魚乾店」這麼說著。可能是因為大輔沒有回應，他又叫了一聲「喂！真田」，自己順便鑽進了裡面。

「來，把手搭在我肩上。」從圓筒裡傳出這樣的聲音沒多久後，就聽到「這傢伙還真重呢」的低嚷聲，好像是把大輔揹起來了。

「帶他去淋浴室。」「魚乾店」這麼交代後，對抓著塑膠布的同學們說：「好，慢慢前進。」正看著塑膠布慢慢地往游泳池方向移動的茶子，突然聽見有人叫她。

「學姊！」

她猛然轉過頭，看到田徑隊的學弟站在那裡，手上拿著她不知道塞給了誰的測試表和臂章。啊！對了，她想起來，正要伸手去拿時，對方退後一步說：「學姊，妳全身都沾到了。」

她發現自己伸出去的手沾滿了石灰。

學弟說：「學姊，請擺出萬歲的姿勢。」於是她就遵照指示舉起了雙手。

「班會已經開始了。」

「沒關係。」

學弟邊咳嗽，邊用捲起來的測試表拍打茶子的身體。

在漫天飛揚的石灰中，茶子默默地讓學弟拍打著。這時候，一個看似學弟朋友的女孩走過來，很小聲地告訴茶子：「我全都看見了。」

茶子叫女孩講給她聽。女孩說，社團的晨間練習結束後，她走出社團辦公室時，正好看到大輔被三年級的學生包圍，帶進了辦公室裡，不分青紅皂白就先毒打他一頓，再脫光他的衣服，對他說：「不是告訴過你，下次再穿水手服來就殺了你嗎？你還真敢呢！」然後就踢他，把石灰撒在他身上。

「那個說『你還真敢』的是誰？」

女孩看著還高舉雙手的茶子，顯得有些害怕，但是敵不過茶子熾烈的眼神，還是說出了名字。

茶子沾滿石灰的眉間，蹙起了深深的皺紋。

「蜂須賀！」

在白煙中，茶子陰沉地低囔著。

那件事發生在當天傍晚。

蜂須賀與高中生夥伴道別，一個人走在空堀商店街的坡道上。

他一隻手扠在褲袋裡，一隻手玩弄著手機，正往上坡走時，突然聽到有個女生從遠處叫著自己，他不由得停下了腳步。

「蜂須賀。」

當他以呆滯的表情環視周遭時，清楚聽到這次叫喚自己的聲音是來自前方。

他把臉轉向正前方，只看到穿著深紅色運動服的女孩從坡道上面衝下來。他完全來不及問什麼事，女孩已經快速接近他，冷不防地跳了起來。

一隻手拿著手機的蜂須賀呆呆地張大了嘴巴。

茶子以受過田徑隊跳高訓練的跳躍動作，躍上空堀商店街的半空中。

下一刻，她的運動鞋膠底便烙印在蜂須賀臉部的正中央。

第二章

會計檢查院 II

在為數不少的中央機關中，沒有其他單位像會計檢查院這樣，幾乎沒有人知道他們的工作內容。

每當有人問：那到底是什麼樣的單位？旭・甘絲柏格就會嫣然一笑，簡單扼要地回答：

「是檢查國家預算使用途徑的機關。」

鳥居會回答：

「呃，就是監督會計事務吧！還有，主要業務是決算的確認。這裡的會計，指的是國家在各種行政活動中所使用的經費。由國家出資的法人，或是由國家給予補助金的地方公共團體等，也都是監督對象。所謂決算，就是相對於國家預算的決算。總金額嗎？比國家預算少一點，大約八十兆日圓。很可觀吧？檢查分為書面檢查與實地檢查兩種。是的，這樣來打攪各位就是實地檢查。以日本全國來說，檢查對象就超過三萬個地方。調查官會分頭巡迴進行檢查。調查官的人數也有限，所以每三年能檢查一次就不錯了。不過，調查官只是名稱好聽，並沒有強制搜查的權限，需要各位的配合，才能完成工作。」

滔滔不絕的陳述，對方往往聽到一半就聽不下去了。

最後，松平會說：

「就是檢查的單位。」

他只說這麼一句就閉嘴了，然後直盯著對方，面不改色。所以被松平調查的人都會屈服在他的威嚴之下，感覺像在接受審訊。

即便是在大阪府廳，面對被指控收據不完整的部長，松平也絕不會說明會計檢查院在法律上的立場。其實，所有檢查都需要對方的配合，未經允許，連一張文件都不能隨便調查。但松平絕不會讓對方知道他們的權限如此薄弱，甚至會讓對方誤以為他們跟警察或檢察官一樣，擁有強制搜查的力量，這樣工作比較容易展開。

因此，當松平眉頭深鎖，嚴厲追究關於中央補助金的使用途徑時，部長就像接受警方審訊般，臉色蒼白地坐在松平面前。

松平的工作是減少國家稅金的浪費。他該做的，不是證明部長的欺瞞行為，也不是糾舉某單位的失職，更不是與大阪府為敵。松平被賦予的使命，是今後萬一發生同樣的案例，該如何防止國家稅金的浪費。

商人最不樂見的，就是自己的荷包越來越小。政府官員不一樣，不管荷包怎麼浪費、縮水，只要每天的業務進行得順利，就可以保住世界的平衡。對政府官員而言，國家的荷包是別人的荷包。他們全權管理荷包，卻不論荷包再怎麼浪費虛耗都不痛不癢，這就是所有問題的根源。

所以松平怒火中燒。

他一點都不想把「負起經手國家財源者應有的責任」這種正經八百的想法，灌輸給與他對峙的人。因為幾乎所有案例，當事者都沒有浪費公帑的自覺，甚至認為，自己只是認真地做著好幾年延續下來的工作，而松平卻突然跑來譴責自己浪費公帑。

當事者都是滿臉困惑，不知道自己做錯了什麼。但是面對這些反應遲鈍的人，松平的視線總是冰冷到極點。

「我不知道。」

這樣的藉口對松平來說，不過是失職的自我陳述。松平的工作不是去理解對方的錯誤認知，而是提升對方的認知水準。

所以，松平會給對方相當大的壓力。他認為要讓對方知道下場有多嚴重，譬如：浪費公帑就會被小十多歲的調查官毫不客氣地指控；浪費公帑就會被迫提出報告，呈給上級；浪費公帑就會被會計檢查院威脅，將視報告內容決定是否當成問題事項，列入每年呈給總理大臣的「決算檢查報告」中。更重要的是，要讓對方覺得會計檢查院事後還會繼續張大眼睛監督。

因此，只要鎖定對象，松平就會追查到底。這時候的松平，完全不會顧慮自身的評價。不管對方多討厭他、多恨他，他堅信建立起不允許浪費公帑的機制，才是最重要的事。

如果只是蜻蜓點水的檢查，毫無成果地回到東京，那麼花稅金出差的自己和同事就會淪落為浪費公帑的當事人，所以松平會讓自己變成魔鬼，「鬼之松平」的稱號就是這麼來的。

回到東京時，松平幾乎都會被局長請去談話，因為很快就會有人來抱怨松平的高姿態。然而，上司的警告從來沒有撼動過松平的信念。「為什麼老是發生同樣的事？」當局長疲憊地這麼說時，松平一定會回答：「因為這就是檢查。」

局長只能滿臉無奈地揮揮手，示意他離去。

深深一鞠躬後，松平就回到了自己的座位上。

✤

假設我國的國家年度預算約八十兆日圓。

其中，有大約二十兆日圓變成補助金，流入了地方或法人等團體。

在如此龐大的補助金當中，有大約百分之十五，也就是三兆日圓，被當成教育相關費用使用。

在這三兆日圓中，有大約百分之五十的一點五兆日圓，會被當成義務教育費用花掉。同樣的三兆日圓中，有大約百分之〇．〇〇〇一的三百萬日圓，被列為公立學校等設施配備補助金，成為大阪市立空堀中學的老舊校舍整修費。

所以會計檢查院的調查官才會來學校調查。

針對是否依照申請內容使用中央補助金、是否在使用時有浪費情形、是否有不當申請過多金額等相關事項，進行實地檢查。

上午還不到九點，三名調查官就在大阪市立空堀中學的校長室，嚴肅地展開了調查。松平邊看著手上的校舍略圖，邊聽取坐在旁邊的鳥居報告的數字，不時點著頭。校長坐在他對面，不安地看著他們的調查行動。

校長室裡有四張高級的單人皮沙發，隔著茶几兩兩相對。戴著黑框眼鏡的校長挺直背脊，坐在松平和鳥居對面，但是旁邊不見教務主任。松平進入校長室大約十五分鐘後，有個老師才敲門就衝了進來，匆匆把教務主任請出了房間。當時，正在看文件的調查官只聽到「社團辦公室」、「石灰」等字眼，不知道發生了什麼事。

所以現在是旭坐在校長旁邊的沙發上。她的修長雙腿斜斜地併攏，膝頭緊實地朝向天花板，眼睛專注地看著擱在大腿上的檔案。

忽然，從操場傳來麥克風的廣播聲，三名調查官都抬起了頭。校長惶恐地低下頭說：

「今天舉辦全校體能測驗，操場可能會有點吵。」

「沒關係，不用介意。是我們不該在學校正忙的時候來打攪，對不起。說到體能測驗，還真懷念呢！對了，以前我最討厭登階測驗了。那個測驗不是所有人都要在同樣間距的樓梯爬上爬下嗎？我覺得很不公平，因為間距一樣的話，長得高的人爬起來當然比較輕鬆嘛！結果呢？呃，應該說是長得不高的人嗎？總之，絲毫沒考慮到我們這種人，我實在不服氣。」

鳥居開始提起往事，說得滿臉泛紅。校長只「哦」了一聲，不知道該如何回應。

「可以請教一下嗎？」松平低聲叫喚。

「是、是。」校長立刻緊張地端正坐姿。

「這上面寫的地址在哪一帶？」

松平把一張文件放在桌上。

地址嗎？校長把眼鏡移到額頭上，臉湊近桌面，調整好與松平所指的位置之間的距離後，才安下心似地「啊」了一聲，抬起視線。

「大阪市中央區谷町七丁目……之十八嗎？我不是很清楚，不過，應該是在空堀商店街旁邊那一帶吧！啊！空堀商店街就是從我們學校正門出去，右手邊那條拱廊。來的時候有經過嗎？啊！對了，你們是搭計程車來的。這條商店街過了谷町筋之後就是一直線的下坡。這個住址……應該是在坡道中間的左手邊一帶。」

「從這裡去很近嗎？」

「嗯，走路大約十分鐘，不過……」

不過什麼？松平把紙張從校長前面拉回來，反問他。

「那個地方以前蓋了很多長屋，到處都是巷子，結構非常複雜，所以說不定要花點時間才找得到。」

是嗎？松平這麼回應，皺起眉頭，盯著手上的紙看了一會，說：

「我們出去一下，鳥居調查官、甘絲柏格調查官……」

他拿著檔案從沙發站起來。

三名調查官丟下以為是被抓到什麼把柄而滿臉蒼白的校長，走到走廊上。可能是所有人都被趕到了操場吧！隔壁教職員辦公室靜悄悄地，沒半點聲響。麥克風的廣播夾雜在年輕的嘶喊聲中，從操場傳了過來，像遙遠的波浪般在走廊回響。

松平從手上的檔案之中抽出一疊文件，把剛才給校長看的那一張放在最上面，遞給鳥居說：

「你跟旭現在就去這個地方。」

跟旭嗎？鳥居嘟起了嘴。

「時間不夠了，這所學校我一個人處理就行了。下午再去三個地方，就可以照預定計畫完成所有地方的檢查。這裡由你們兩個負責。」

松平淡淡地交代他們。鳥居接過文件說知道了，但是看也不看旭一眼。旭還是跟平常一樣，冷冷地望著低頭看文件的鳥居。松平似乎沒發現鳥居散發出來的微妙氛圍，接著又說明了下午的行程。

「你們快去收拾東西，我結束這裡的檢查就會回到府廳，我們在那裡會合。」

說完，松平就折回了校長室。

鳥居和旭拿著行李離開校長室，走向大樓的穿堂。並肩走在走廊上時，鳥居沒跟旭說半句話。若要再往前推，兩人從離開御堂筋路旁的旅館時，就沒有任何交談了。

從樓梯走到了一樓，就看見一個穿運動服的男學生迎面而來。不知道為什麼，他的頭髮像淋了雨一樣濕答答的。天花板的電燈沒有開，反而使他帶著水氣的頭髮顯得更有光澤。鳥居和旭都不由得把視線轉向他，一個看似老師的男人拿著毛巾走在他旁邊。

「怎麼樣？你可以去操場做測驗嗎？不用太勉強哦！」

男人直盯著男學生所說的話，他們都聽見了。男人的左臉有顆很大的痣。在走廊上與他們擦身而過時，男人猛然轉向了他們，抬頭看到旭的一剎那，他發出了「哇啊」的奇妙聲音。男學生對兩位調查官顯然沒有任何興趣，只是陰沉地看著自己的腳下。

到穿堂時，大門敞開著，前面就是遼闊的操場。穿堂的光線正好與陽光照耀的操場成強烈對比，感覺特別昏暗。

「剛才那孩子……頭髮為什麼是濕的呢？」

鳥居從客人專用鞋櫃拿出自己的皮鞋，終於打破了從早上開始的沉默。

「嗯……為什麼呢？」

簡短回應的旭，在一瞬間與鳥居四目交接。

兩人東張西望，不知道怎麼處理換下來的拖鞋。正好有個看似工友的老人經過，指著放在鞋櫃旁，乍看會誤以為是垃圾桶的圓筒形箱子說：

「啊！穿過的嗎？請丟在那裡。」

說完，老人就快步離開了。

鳥居訝異地目送老人離去，旭很快從他旁邊經過，走到箱子前面。打開表面塗著白漆的木頭蓋子，裡面躺著一堆綠色拖鞋。

「喲！妳居然聽懂了。」鳥居驚嘆著，走到旭的旁邊。

「聽懂什麼？」旭豎起柳眉問他。

「因為他突然叫我們把東西『丟』在那裡，難道妳不會想，我們又沒穿壞，為什麼要丟掉嗎？原來是叫我們把拖鞋丟進回收處啊！」

旭低頭看著鳥居好一會，懶得理他似地說：「不就是那樣嗎？」說完，便把拖鞋丟進了箱子裡。

兩人走出門口時，剛好有六個男學生在白色起跑線上就位，其中四人擺出蹲伏起跑姿勢，兩人就這麼站著，準備起跑。

「就位——準備！」

老師吹響笛子，學生們同時開跑，衝向五十公尺前方的終點線。

✤

羨慕、嫉妒、鬧彆扭。

人類有種種負面的感情，其中又以這三種感情與男人糾纏不清時最難處理。

「有什麼不懂的地方都可以問我。」星期一剛踏上新大阪月台時，鳥居以遊刃有餘的態度，向後輩展現了他的氣魄。

「謝謝。」旭以謙虛的笑容迎接從視野超低處吹來的前輩風，低頭看著得意地吹噓凡事都要靠經驗累積的鳥居，落落大方地回應：「都靠你了。」

然而，遺憾的是，鳥居這番好意完全沒有實際發揮的機會。

第一天在大阪府廳時，鳥居的確充分發揮了「奇蹟」的天分，發現篡改的收據，大大保住了身為前輩的面子。然而第二天，鳥居就充分領教到年紀輕輕才二十九歲的旭，為什麼能派調內閣法制局了，那裡可是中央機關的菁英聚集的地方。

有一次松平不在場，鳥居對接受檢查的職員指出補助金處理方法的相關錯誤。對方不承認自己有錯，提出對自己有利的法律論述反擊。鳥居被對方一連串的專業用語說得啞口無言，坐在一旁保持沉默的旭便緩緩地開口了。

「我對這條法律解釋有異議。」

對於對方可以說是強詞奪理的主張，旭一針見血地提出了確切的反對意見。那展現美麗曲線的額頭深處，似乎藏著無數的法律判例知識。看著在眼前展開的異次元唇槍舌戰，連六法名稱都說不出來的鳥居，完全沒有插嘴的餘地，只能懊惱地看著旭把對方駁斥得體無完膚。

除了豐富的法律知識外，她為什麼會被稱為「公主」的理由，以及在內閣法制局時代的經驗也大大派上了用場。當對方不肯在現場下判斷，以「我要問上級」的手法一味逃避，而使鳥居陷入苦戰時，旭又開口了。

「那麼，我來問吧？」

她立刻拿起手機，與上級的人直接對話，說明狀況，再交談幾句後，就把手機交給對方。講完電話後，那位負責人的應對態度就有了戲劇性的變化。旭在「菁英中的菁英」聚集的內閣法制局建立起來的高層人脈，對檢查工作的進行非常有幫助。

「方法真的是看人怎麼用呢！」

平常不太誇獎人的松平由衷讚嘆著。由他單槍匹馬的處事態度就可以看得出來，他喜歡的是威壓勝過懷柔、「硬」勝過「軟」的手法，所以對他而言，使用人脈是最後一種解決事情的方法之一。不，應該說他幾乎做不來。也因為這樣，看到旭只要戳戳霞關⑰就能一舉消除障礙的做法，似乎帶給了松平新鮮的驚嘆。

會計檢查院展開的實地檢查，是先根據一個月前提出的出差計畫做成檢查名單，再依照名單一一執行。差點因為第一天的大阪府廳案而大幅更動的檢查進度，現在有希望照預定進行了。不用說，這當然是旭超越新人的優秀表現所帶來的結果。

眼看著就要被逼退到配角地位，鳥居只能乾脆地認輸。而且，鳥居還自然流露出人類與生俱來的情感。

那就是羨慕後輩、嫉妒後輩，與後輩大鬧彆扭。

總之，就是耍脾氣，像小孩子一樣賭氣，也不想跟旭說話。這麼下定決心後，可能是精神亢奮的關係，突然就覺得餓了。就在他東張西望找東西吃時，優秀到幾乎完美無缺的後輩可能是注意到他的動作，把來訪時對方送上來的點心盤子推到他面前說：

「我不吃這個，鳥居，你要嗎？」

「妳不要嗎？我要、我要。」

一時疏忽開了口後，鳥居叫一聲：「糟了。」

旭滿臉狐疑地看著他，他還是把盤子裡的點心放進了嘴巴。

「啊，還是金鍔燒⑱好吃。」

不一會兒，又發出「糟糕」的狼狽叫聲，響遍房間。

✤

旭與鳥居站在谷町筋的斑馬線前。

如校長所說，兩人出校門後往右手邊走，就看到商店街的拱廊了。走在延伸到谷町筋的短拱廊時，鳥居把松平交給他的資料大約看過了一遍。旭走在鳥居後方約三步的距離，觀賞著左

⑰「霞關」指位於東京千代區南部的中央辦公大樓區域，有外務部、大藏省、法務部等各政府大樓聚集在此，與國會議事堂、首相官邸所在的「永田町」並稱日本的政治、行政中心。

⑱金鍔燒是在麵皮中包入甜餡，壓成刀身與刀把間的護手片形狀或長方形後，在鐵板上抹油煎成的一種日式點心。

右的店面。

在等紅綠燈時，兩人之間依然寂靜無聲。從資料中抬起頭來的鳥居，先是神情凝重地看著眼前來來往往的車流，然後下定決心似地開口說：

「喂，旭。」

這是走出空堀中學後，鳥居第一次出聲。旭「啊」一聲回應，轉頭面向他。

「我們……和好吧！」

對於來自下方二十公分的唐突要求，旭反問：「什麼？」聲音有點走調。

「從現在開始，只有我們兩人一起工作，不能再意氣用事了，要好好調查，交出完美的報告給副局長才行。」

旭顯得有些驚慌，低頭對大義凜然地抬頭看著自己的鳥居，用試探般的低沉聲音問：

「呃……和好是指？」

「那件事就算了，我已經不計較了。」鳥居在臉前猛揮著手，「或許我幫不上什麼忙，不過，不管有什麼事，妳還是隨時都可以找我商量。」說得臉色微微泛紅，還用力點著頭。

旭正張嘴想說什麼時，「啊！綠燈了。」鳥居跨步走向斑馬線。旭皺起眉頭，看著那個矮小的背影。一輛重心看起來很低的業務用腳踏車從她旁邊經過，後座裝滿冰塊的魚箱搖晃著，她就像追著那箱魚似地，大步走上了斑馬線。

面向谷町筋的拱廊三角形屋頂入口處，標示著「はいからほり」⑲的紅字，下面還懸掛著「空堀商店街」的招牌。明明是以同樣的步伐前進，旭卻在斑馬線中央就追上了鳥居。

「『はいからほり』是什麼意思？」鳥居問。

「是把high collar跟karahori（空堀）重疊的文字遊戲吧？」

「咦，是嗎？」

那是腦筋急轉彎嗎？鳥居訝異地仰望拱廊。「我也不知道。」同樣抬頭看著紅色文字的旭說。不愧是大阪，心思細膩到這種程度，鳥居讚嘆不已。

越過斑馬線，正要進入拱廊時，鳥居突然在入口處停下來，買了旁邊那家店的章魚燒。

「等紅綠燈時，我就決定要買了。」鳥居眉開眼笑。

「這樣好嗎？」旭以苛責的眼神看著他。

他滿不在乎地說：

「那地方不是離這裡不遠嗎？直接去的話，我們不就沒有時間先討論了？而且這裡是大阪呢！怎麼可以不吃一次呢？」

說著，他把手裡的文件塞給旭，從店員手上接過放了章魚燒的盤子。

「旭，妳不吃嗎？」

「我不吃。」

「為什麼？這裡是發源地呢！一定很好吃。妳看，柴魚還在跳舞呢！好可愛。」

鳥居很快把一顆章魚燒塞進嘴裡，哈呼哈呼地轉動著丸子。旭不知道怎麼回答他，站在自動販賣機旁，一頁一頁翻著資料。

「那地方很奇怪。」

已經把第三顆章魚燒塞進嘴裡的鳥居，用手上的牙籤粗魯地指向旭的手。

⑲はいからほり的發音是「haikarahori」。「haikara」是來自英文的high collar，在日文中有洋化、追求流行的意思，而collar的發音正好跟日文的「空」(kara)同音，於是把兩個字重疊，就有時尚的空堀商店街的意思。

「奇怪……哪裡奇怪？」旭問。

鳥居沒有馬上回答，繼續吃下第四顆、第五顆章魚燒。

「妳已經通知對方要去了嗎？」

「嗯，昨天通知了。」

「結果呢？」

「什麼結果……跟平常一樣啊！」

哦～鳥居點點頭，吃下最後一顆章魚燒。

「哪裡奇怪了？」

難得旭問他問題，他卻喃喃說著：「啊！真好吃。」把空盤子還給店裡的人，才摸著有點圓的肚子走到旭旁邊。

「我在新幹線上看名單時，就在想ＯＪＯ到底是什麼名稱的縮寫？」

鳥居從旭的指縫望過去，指著文件上的英文字母。

「社團法人ＯＪＯ……哪裡有寫正式名稱嗎？沒有吧？」

旭啪啦啪啦地翻著資料，翻到最後一頁，才輕輕搖了搖頭。

「業務內容也幾乎什麼都沒寫，只寫對地方有貢獻、振興文化等等，都是領補助金本來就該做的事。」鳥居抬頭看著旭的淡褐色眼睛，扭動鼻子說：「太可疑了。」又說：「絕對有問題。」

對於鳥居唐突的斷定，旭只說：「是這樣嗎？」反應並不熱烈。

「旭，妳的經驗太少，可能感覺不出來，我有很強烈的感覺呢！啊！妳剛來檢查院，可能不知道，我的直覺向來很準。」

鳥居以盛氣凌人的口吻說，心機頗重地看著後輩。

「這次應該會是很好的試驗吧？可以讓副局長知道誰才是真正優秀的調查官。好了，讓我們好好進行檢查吧！」

嘴角的笑容充滿挑戰意味的鳥居，又扭了扭鼻子。可見剛才那句「我們和好吧」，根本是鳥居的假動作。外在、內在都很大氣的新人，當然感受不到他那種複雜、矮小的小男人心態。旭不理睬鬥志有點高昂的前輩，獨自眺望著俯瞰谷町筋的高樓大廈。

「差不多該走了，那個可不可以還我？」鳥居從旭手上接過文件，「旭，妳怎麼想？」他看著文件上的地圖問。

「什麼怎麼想？」

「關於ＯＪＯ呀！他們從大阪府取得百分之七十的資助金，其中百分之五十是來自中央的間接補助金。八成是以『大阪』（Osaka）開頭的名稱，譬如『Osaka・某某・Organization』。那麼，Ｊ到底是什麼呢？有沒有什麼是J開頭、可能放在這裡的單字？」

妳不是哈佛畢業的嗎？聽到這句酸溜溜的催促，旭的眼中瞬間亮起強烈的光芒。

「Jurisprudence——」

旭說得很快。「咦？什麼？」鳥居滿臉問號。旭又用流暢的發音重說一次，再補上說明：「就是『法律學』的意思。」

「大阪法律學機構啊……是有可能，不過聽起來有點奇怪。嗳，法律是妳擅長的領域嘛！所以妳難免會把每件事都往那裡想。」

鳥居斷然推翻了旭的說法，「總之，去看看就知道了。」自己先往前走。旭大概也懶得再跟他爭，默默地走在他後面。

空堀商店街從張貼「はいからほり」的入口處到松屋町筋為止，是一直線的下坡道。進入

拱廊後，鳥居也不停唸著「J、J、J……」。

「對了，」他猛然停下來，「會不會是『大阪玩笑機構』？J是joke的J。不，說不定是直接使用日文的「玩笑」這個字⑳。這種事大有可能吧？因為這裡是大阪。」他興奮地徵求後面的旭的同意。

「不要跟我開玩笑，你的臉就夠好笑了。」

兩人視線一交接，旭就給了他這樣的回答，還有冰冷的眼神。

「幹嘛啊！不必說得那麼過分吧？」

鳥居抬起下巴，很不高興，旭突然用食指指向他的嘴。

「怎、怎麼了？」

「有海苔。」

咦？鳥居愣了一下，「是章魚燒上的海苔嗎？」他開始慌張地蠕動嘴唇內側。旭就近看著他像猴子般的嘴巴動作，嘆口氣，從公事包拿出了小鏡子。

「哇！好慘。」

看著推到自己眼前的鏡子，鳥居發出高八度的叫聲，又折回原路去找自動販賣機。旭背對下坡道，岔開雙腿站在商店街正中央，看著前輩窩囊的背影。兩個提著購物袋的矮小老婆婆抬頭看著她高高在上的臉，邊竊竊私語，邊從她旁邊走過去。

「最近的年輕人真會長呢！」

「不是啦！這個人是外國人。」

聽到來自背後的對話，旭又大大地嘆了一口氣。

「沒事、沒事。」鳥居一再重複這句話，逕自走下空堀商店街的坡道。為什麼連說沒事呢？因為旭不斷建議他，差不多該彎進附近的小路了。可是每次鳥居都說：「不，應該再下去一點。」又繼續往下坡走。中途，有長布條從天花板垂掛下來，上面寫著「日日往來之街　空堀商店街」㉑，鳥居不禁深深讚嘆：「心思真的夠細膩了。」

才快上午十點，商店街就已經很熱鬧了。腳踏車在並不寬闊的街道上忙碌地來來去去。不時有年長的女性邊把腳踏車的煞車按得吱吱響，邊以驚人的速度騎下坡道。

「應該在這附近吧！」錯過好幾條從商店街延伸出去的小巷子後，鳥居終於停下了腳步。

「從這裡進去左手邊的地方吧？一定是。」

旭從建築物旁望過去，前面是一條陡急的下坡石子巷道。

「這條路太窄了吧？」

「不，就從這裡進去。」

「地址有寫到大樓的名稱，大樓不太可能面對這麼小的巷道。」

「嗯，可是就是在這裡。」

不等旭繼續反駁，鳥居就快步走進了巷子裡。旭看著他的背影好一會，百般不情願地跟在他後面。

⑳日文「玩笑」的羅馬拼音為jodan，也是J開頭的發音。

㉑原文為「毎日がおつき愛の街」。「おつきあい（otsukiai）」是往來的意思，漢字寫成「お付き合い（otsukiai）」，而「合い（ai）」與「愛（ai）」同音，所以玩文字遊戲，故意將「合い（ai）」字寫成「愛（ai）」字。

「咦，沒路了？」

走到狹小的下坡道盡頭，鳥居發出了狼狽的叫聲。巷道前面是長屋的玄關，接下來必須沿著牆壁往右邊走。

不知道什麼時候，鳥居左手邊的路被堅固的石牆擋住了，更上面是聳立的圍牆。目的地應該在圍牆的另一邊，但是沒有通往那裡的階梯，也沒有梯子。

「為什麼這種地方會有石牆？」

「因為是下坡吧？」

在鳥居身旁的旭冷靜地提示答案。

「怎麼說？」

「商店街是一直往下的下坡。」

「沒錯。」

「跟開山闢地蓋房子一樣，由於直接蓋在斜面，房子會傾斜，所以必須把地面整修成階梯狀，以減緩斜度。這道石牆應該是階梯和階梯之間的落差部分。」

「哦──我聽不太懂，反正妳的意思是說我們走過頭了？」

「是的，沒錯。」旭回答的聲音夾雜著疲憊與煩躁。

「那麼，往這邊走總會走得到吧？」

「走不到，還是乖乖折回去吧！」

往巷道前方看的鳥居根本聽不進旭的正確意見，還說：「哇！這條巷子也很窄呢！好像在探險。」眼神像個孩子般閃閃發亮，又繼續往巷道前進。

滿臉無奈的旭只能跟在矮小的前輩後面，往巷子裡面走。

巷道前方的確是不可思議的空間。

石子路小徑的兩旁，密密麻麻矗立著兩層樓的長屋。沿著長屋的牆壁，盆栽綿延不絕。每一間長屋前都搭設了矮棚，排列著各自喜愛的盆栽，有蘆薈、山茶花、松、紫蘇、仙人掌、香草、杜鵑、牽牛花，從高大到矮小的花草、從道地的盆栽到布丁杯的廢物利用，應有盡有。

走在像是植物園溫室的景色中，終點是一棵高大的棕櫚樹。一座小小的土地公廟坐鎮在樹前，兩輛腳踏車硬塞在土地公廟與長屋牆壁之間。土地公廟前有一隻只有脖子根部是白色的黑貓，生氣地瞪著冷氣的室外機。鳥居和旭一靠近，貓就以憂鬱的眼神瞥他們一眼，溫吞吞地站起來，消失在某處了。

鳥居已經完全迷失了自己的方位，不知道該往哪裡走，只能一逕地往眼前出現的蜿蜒小路前進。一路上沒有碰到任何人，左右長屋也幾乎感覺不到人的動靜。他才這麼想，就看到一扇玄關的拉門敞開著，他正好與呆呆坐在裡面的老婆婆四目交接。

中途遇到不少小廟、土地公廟，幽深地佇立在長屋旁或巷道角落。總不會是在同一個地方轉來轉去吧？可能是這樣的不安在心中萌芽，鳥居的臉上已經看不到探險者會有的表情了。

「又是小廟。」

雅致的紅色小廟彷彿嵌入一般，坐鎮在長屋側面。仔細一看，昏暗的廟裡點著一盞小小的燭燈。

「旭，怎麼辦？」

當鳥居不由得說出喪氣話時，眼前突然開出了一條路。騎著紅色機車的郵差，車聲隆隆地經過了狹窄的車道。一個穿著理容師服裝的年長男人從路旁的理容院出來，開始抽煙休息。鳥居安下心來，問他空堀商店街往哪裡走。

「商店街？就在那裡啊！」

男人用香煙指著右手邊，呼地把煙吐向半空中。

如男人所說，往前走沒多久，眼前就是空堀商店街的拱廊側面。看來，鳥居和旭是以「ㄈ」字形在巷子裡繞了一圈，又回到原來的路線了。

鳥居確認手錶的時間，從空堀中學校長室出來到現在，已經過了五十分鐘。

臉色發白的鳥居開始爬上商店街的坡道。旭默默地從旁邊追過他，不管他怎麼叫都不回頭，似乎很氣白走了剛才那些路。

無論鳥居再怎麼加快腳步，都無法縮短兩人之間的距離。

「等、等等我！」

他只好開始小跑步，在旭後面急起直追。

✤

看看右手邊，烏龍麵店的玄關前靜靜垂著藍色染布簾子，上面寫著「蓋飯套餐」的白色字。再看看左手邊，一般住家前的牽牛花盆栽旁，有一輛小小的三輪車倒在那裡。被丟在三輪車旁的跳繩已經發黑，感覺有些淒涼。

鳥居指著中央的老舊建築，回頭說：「真的是這裡？」

「這是長濱大樓，門號也跟這上面的地址一樣。」

旭把手上的文件舉高給鳥居看。

可能是再也受不了把地圖交給看不懂地圖的前輩這種毫無意義的事，所以走在商店街途中，旭要求鳥居把地圖交給她。鳥居也覺得對她不好意思，就乖乖把地圖交出來了。由旭帶領，兩人便走進了與商店街交錯的道路。這是之前旭提議過要走的路，雖然窄，卻還是有兩線道，兩人走不到五分鐘，就到了目標的建築物前。

「大阪市中央區谷町七丁目……之十八，長濱大樓４Ｆ……真的呢！」

鳥居看看旭手上的文件，正要把視線再拉回到建築物時，「四樓？」突然驚叫一聲說：「這上面……是寫四樓吧？」

「是的。」

「怎麼想都不對啊！」

「說得也是。」

「什麼叫『說得也是』啊！」

鳥居急躁地說，抬頭望著正面入口，那裡掛著「長濱大樓」的牌子。

長濱大樓是非常古老的大樓，從紅磚的堅固外觀，可以知道年代相當久遠。從富有時代感的縱長形窗框、環繞框邊的裝飾、入口兩旁模仿油燈的照明等匠心獨具的設計，就可以明顯看得出來。應該很久沒有整修過了，覆蓋牆面的紅磚看起來顏色有點暗淡。不過，窗框上下有兩條寬約三十公分的白色帶子，從右至左橫跨建築物，如此強烈的紅白對比的外觀，給人的印象是「復古」、「時尚」，勝過「寒傖」。

聳立在鳥居眼前的建築物，的確就是文件上的「長濱大樓」。但是，有個很大的問題。

「怎麼看都沒有四樓吧？」

鳥居狼狽地大叫，直直伸出右手指著大樓。

是的，長濱大樓沒有四樓。

不用說四樓了，連三樓也沒有。

不管從哪裡看，長濱大樓都是兩層樓建築。跟右邊同樣是兩層樓建築的烏龍麵店、左邊的住家幾乎同樣高度，所以絕對錯不了。

「旭，妳昨天不是打過電話嗎？真的有人接？」

「嗯，有人接。」

「那麼是記載錯誤囉？可是，這是從我們局裡的電腦資料庫叫出來的吧？不可能會錯。」

妳會不會打錯電話了？鳥居的眼神充滿懷疑，旭沒理睬他的視線，走向大樓入口。穿過四周木框都已經發黑的入口，就看到四個銀色信箱沿著牆壁排列。旭半蹲了下來，觀察那幾個信箱。

「有了。」

她指著其中一個信箱，用眼神示意鳥居。

「有什麼？」

「四樓。」

就告訴妳只到二樓嘛！鳥居不耐煩地碎碎唸著，從入口鑽進來，把臉靠近旭線條優美的食指所指的地方一看，投信口下面的確貼著一張有點髒的字條，上面寫著「４Ｆ　社團法人ＯＪＯ」。再看其他三個信箱，也分別寫著「１Ｆ」、「２Ｆ」、「３Ｆ」，後面跟著入駐的公司或團體的名稱。

「４Ｆ不是指樓層嗎？」

鳥居大惑不解地輪流看著信箱，旭丟下他往裡面走。盡頭的樓梯平台處，牆上有扇左右對開的細長形窗戶。旭抓住中央的把手打開玻璃窗，把頭探出窗外，觀看著四周環境。

「鳥居，」片刻後，旭發出低沉的聲音，聽起來似乎還帶點興奮，「這裡是這棟大樓的三樓。」

「妳說什麼？怎麼可能嘛！剛剛還有車子從前面經過呢！妳看，又一輛過去了。」

鳥居的大拇指指著背後的車道，一輛綠色計程車剛剛開過去。但是，旭還是很沉著地對他說：

「你從這裡往外看看。」

「可以看到什麼？」

「可以看到一樓和二樓。」

別開玩笑了！鳥居在嘴裡嘟囔著，把手搭在窗框上，聽到旭說「看下面」，他就乖乖把頭探出了窗外。

「真的呢！」

鳥居聲音嘶啞地低囔著。

把頭從窗外拉回來，轉向樓梯平台後，鳥居看到旭背後有分別通往上面和下面的樓梯。

「這個樓梯並不是通往地下室。」鳥居抓著黑得發亮的木製樓梯扶手，往昏暗的樓下望去。「妳在這裡等著。」說完，快步衝下了樓梯。

過了一會，從窗外傳來鳥居的聲音。

「喂，旭！」

旭把頭探出窗外，看到鳥居在很下面的地方，要說距離，大約有五、六公尺。鳥居站在大樓前的狹窄巷道中，悠哉地揮著手，旭回給他一個假惺惺的微笑。

「那裡的確是三樓。」

滿臉通紅的鳥居用手指比出三的數字。

不久後他才爬上樓來，心情還是難掩亢奮。

「這一帶真的很奇怪，應該說還保留著以前的氛圍吧！這棟建築物也很老舊了。真是的，害我們找那麼久，早知道就打電話請他們來接我們。」

這樣抱怨了一會兒後，他瞪著老舊的天花板說：

「好，終於要開始調查了。對吧，旭？」

鳥居的聲音聽起來很嚴肅，旭面向他說是啊。鳥居齜著牙，抬頭盯著旭說：「上面有沒有海苔？」

「沒有。」

很好，走吧！鳥居終於轉為嚴謹的調查官表情，跨出上樓的第一步。

✤

長濱大樓是四樓建築。

但是，有時會變成兩層樓建築的外觀。

為什麼會發生這種奇特的現象？歸根究柢，就是因為空堀商店街坐擁著坡道。

商店街周邊一帶都是階梯狀地形，而長濱大樓就蓋在那種地形的落差上。以比喻來說，長濱大樓就像坐在樓梯上的人。觀察者從背後看，只能看到從腰部到頭部的上半身；從正面看時，就會從腳跟到頭部的距離來測量高矮。

會計檢查院的調查官迂迴曲折地到達的位置，是長濱大樓的背部，也就是「後門」。鳥居衝下樓出去的出口，才是長濱大樓的「玄關」。從巷道仰望四層樓高的大樓時，就能一目了然了。長濱大樓左右都是牢固的石牆，上面環繞著圍牆，看起來應該是烏龍麵店和住家的後方。長濱大樓夾在石牆與石牆之間，下半身彷彿嵌在山崖裡。

大樓外牆從地面到高約一公尺的地方，鋪著長方形的石子，中間有個雄偉的石砌拱形入口。「後門」無法比擬的壯麗造型，充分顯示出那裡才是「玄關」。入口的門上掛著趣味盎然的門牌，上面寫著「長濱BUILDING」。文字排列也是由右至左，跟現在的排列法相反。拱形中央，雕刻著某種日式的徽章圖案。暗紅色的磚瓦壁面，有白色帶子經過樓層接續處和上下窗框，再加上四樓的房簷已經褪化成綠色，讓老舊的大樓醞釀出穩重且時尚的氛圍。

然而，造型越講究，越給人一種突兀感，因為這個玄關面對的，是寬不到兩公尺的長屋背後的巷道。衝下樓梯，從門口跑出去的鳥居，第一眼看到的就是上面有一長條龜裂的長屋水泥牆。走到巷道拐彎處，往前一看，一樣是矗立在石子路兩旁的長屋、排列著多肉植物的棚架、土地公廟、貓的屁股等等，怎麼看都是很眼熟的風景。

這個豪華的玄關與狹窄擁擠的巷道，怎麼看都不搭調，只會讓人增強那股說不上來的疑惑。而且，鳥居還有種不同於外觀的突兀感所帶給他的奇妙感覺。

不知道為什麼，他總覺得這棟紅磚建築的大樓看起來很眼熟。

這是他第一次看到這棟大樓，卻覺得很親切。對不該熟悉的事物感到熟悉，這種全新的突兀感，莫名地在鳥居心底飄散開來，感覺不太舒服。他東看看、西看看，看過一圈後，甚至覺得連門牌上方的徽章都很熟悉。

但是，他硬是把這種種感覺都先暫時擱置在「可疑」的念頭裡了。

「我來啦！ＯＪＯ。」

調查官對著四樓的窗戶勇敢宣告。

不只外觀，連窗戶旁的電熱器、半球形照明、柱子的雕刻、石子地面等內部裝潢，都醞釀出長濱大樓的獨特氛圍，有點像大阪府廳的古老氣息。鳥居問過府廳的職員，他們說大阪府廳的建築有八十多年的歷史了。說不定這棟大樓也有那麼老了。

才覺得內部裝潢得很有復古味道，就看到樓梯盡頭擺著一張骯髒的桌子，還有兩張綠色長椅隨便扔在那裡，上面印有「富士彩色」的廣告。可能是當作吸煙處吧！桌上的煙灰缸裡有四根煙屁股，被捻彎的地方殘留著深深的摺痕。

「好安靜的大樓。」

大概是沒開燈的關係，四樓顯得冷清寂寥，不過有一扇大窗戶，所以環境十分明亮。每層樓似乎只有一個房間，樓梯平台前只有一扇門孤獨地佇立著。

「行動吧！」

鳥居站在掛著「社團法人ＯＪＯ」牌子的門前，對旭使眼色。

然後，他連按了兩次門牌下的小門鈴。與建築物內的裝潢相比，這扇門看起來嶄新多了，不過，發黑的深棕色木框與木框內鐵門的搭配有點奇特。門的右上方貼著保全公司的標籤。

沒有人回應，所以鳥居又按了一次門鈴，再接著叩叩敲門。

「對不起，我們是會計檢查院的人。」

鳥居大聲告知，門後還是沒有任何反應。

「咦？奇怪了。」

鳥居回過頭，訝異地看著後輩的臉。

「昨天妳跟他們聯絡過吧？旭。」

「是的。」

「有約好時間嗎？」

「我照松平的交代，跟他們約了十點以後。」

鳥居看看手錶，已經快十一點了。

「對方說什麼？」

「說知道了。」

根本就不知道嘛！鳥居埋怨地鼓起腮幫子，又按了三次鈴，裡面還是沒半點回應。

「打電話吧！」

鳥居這麼說。旭拿出手機，很快按下文件上記載的電話號碼。

片刻後，從門後傳來有點模糊的電話鈴聲，但是連響了好幾聲，都不像有人會接的樣子。

「不在呢！算了。」

旭按下手機的停止鍵，房間裡的鈴聲也靜止了。

「這表示我們被放鴿子了？真不敢相信，我從事這份工作十年了，第一次受到這樣的待遇。」

等鳥居發完一陣牢騷後，旭在他旁邊冷靜地表示意見：

「怎麼辦？要不要先跟松平聯絡？」

鳥居立刻閉上嘴巴，點頭說：「嗯，說得也是。」態度卻有些不自在。

「可是如果告訴他說我們才剛到，一定會挨罵。而且，對方不在導致不能檢查，是最糟糕的結果。啊～那個校長為什麼說十分鐘就會到？太不負責任了。」

如果他不在章魚燒店摸魚，而且乖乖聽從旭的建議，就有可能在十分鐘之內到達，他卻完全忘了這回事，滿口怨言。

「旭，妳打電話吧？」

「我不要。」

聽到不假思索的回答，鳥居喃喃唸著：「我想也是。」從口袋拿出手機，盯著畫面好一會後，才認命似地撥了松平的手機號碼。

幾乎是一接通就傳來松平的聲音了。

「結束了嗎？」

開口的第一句話，就是鳥居最不想聽到的話。

旭從吞吞吐吐地說明原委的鳥居身旁走開，站在窗邊，低聲哼著歌，望著眼前的一大片長屋。

不知為什麼，那雙淡茶褐色的眼睛，閃爍著分外愉悅的光芒。

✤

兩人留下字條，告知對方曾經來訪但沒人在，並寫下鳥居的手機號碼，就離開了長濱大樓。

從電話中得知事情經過的松平，出人意料之外並沒有生氣，只是下指示說先跳過那裡，前往下一個檢查地點。松平已經結束空堀中學的檢查，正搭計程車前往大阪府廳。他說府廳的工作只剩下確認事項，應該不會花太多時間，要兩人直接去下一個檢查地點大阪南港，先開始檢查。

「通知對方下午一點開始檢查，我這邊結束後，也會立刻趕去與你們會合。」

松平交代完後就掛了電話。

鳥居呼地吐口大氣，把手機從耳旁拿開，邊用襯衫袖子擦拭被汗水沾濕的畫面，邊確認時間——剛過上午十一點。

「走吧！」鳥居怨恨地瞪一眼直到最後都保持無聲狀態的鐵門，轉向樓梯。「真是夠倒楣了。」他邊拍打木製扶手，邊走下樓。

在返回空堀商店街的路上，鳥居問旭午餐要吃什麼。

「在斜坡中途有一家看起來很好吃的店，剛才還關著，現在已經十一點多，應該開了吧！雖然還有點早，要不要去吃？」

「可以啊！」旭不是很熱絡地表示同意，鳥居就說：「好，決定了！」瞬間變得精神抖擻，開始往前走。

回到商店街，稍微走下斜坡，就到那家店了。門口已經掛上布簾，旁邊掛著「營業中」的木牌。

「既然來到大阪，就非吃不可，我已經厭倦了員工餐廳的午餐。」

鳥居很快鑽過布簾，拉開格子門，走進店裡。旭先看看頭上用粗體字寫著「大阪燒　太閤」的招牌，好一會才彎腰鑽過布簾。

兩人在鋪滿鐵板的櫃台前坐下來，點了大阪燒套餐。鳥居拿著菜單說：「大阪燒果然有附白飯和味噌湯。」一個人興奮不已。

大阪燒正在眼前的鐵板上煎著，鳥居趁等待的時間翻閱剛才白跑一趟的檢查對象的資料。旭大概是怕大阪燒的味道沾在衣服上，脫掉了西裝上衣。櫃台後的女人毫無顧忌地說：「小姐，妳長得真漂亮，是混血兒嗎？」旭做作地笑笑，點點頭。

「被檢查對象放鴿子，還真是前所未有的事呢！他們到底在想什麼啊？要去檢查的事，一個月前就通知他們了呀！旭，妳打電話聯絡時，是誰接的電話？這個人嗎？」

怒氣還未消的鳥居指著文件上「社團法人ＯＪＯ」下面的負責人名字。

「嗯，應該是他。」

「哼！真是個莫名其妙的傢伙。」鳥居用手指在文件的名字上彈了一下。

老闆站在櫃台後，用大刷子在大阪燒上塗著醬汁。滴到鐵板上的醬汁膨脹、破裂，一舉爆開來的香味彌漫在店內。油的聲音像彼此搔癢般嬉戲喧鬧著，大把的柴魚片忙著在醬汁和美乃滋上面扭腰擺臀地起舞。

看著說不出來的活力在鐵板上沸騰的樣子，鳥居說：「看起來很好吃呢！」所有注意力都被吸走了。旁邊的旭直盯著鳥居手上的文件看。嚴格來說，應該是看著「社團法人ＯＪＯ負責人真田幸一」這幾個字。

旭從文件抬起頭，悄悄轉頭望向入口旁的收銀機。收銀機前擺著金色與白色的漂亮招財貓，貼在牆上的營業許可證俯瞰著這兩隻招財貓。旭目不轉睛地看著「許可證」三個大字下面的名字。

「好了，讓您久等了。」

聽到平鏟滑過鐵板的聲音，旭才轉回頭，嘴角還浮現不明原因的淡淡笑容。

「妳好像很開心呢！旭。」

鳥居注意到旭的表情，像看著珍禽異獸般，望著後輩的側臉。

「鳥居，你為什麼會選擇這家店？」

「因為對招牌上的文字很有感覺。」

鳥居毫不猶豫地回答，旭發出吐氣般的輕笑聲說：

「你果然是奇蹟呢！鳥居。」

「咦，怎麼說？」

「沒什麼，很久沒吃大阪燒了，有點開心。」

眼角依然漾著淡淡笑容的旭，面向被送到眼前的大阪燒，雙掌合十說：「我要開動了。」

鳥居也右手握著平鏟，做好萬全準備迎接遲來的大阪燒。豪邁地用平鏟鏟起切好的大阪燒後，他也張大嘴巴說：「我要開動了。」

大阪市立空堀中學 II

聽到「魚乾店」問：「你還好嗎？」大輔回說：「還好。」換個手勢握住短掃把，彎著腰繼續打掃店前因為坡道斜度而地勢較低的地方。

「掃輕一點嘛！灰塵都飛到這裡來了。」

「剛才某個歐巴桑假裝在選你家的小魚乾，偷吃了好幾口。」

「是對面那個吧？下次看到幫我制止她嘛！」

「我才不要呢！歐巴桑最可怕了。」大輔說著，把垃圾掃進畚箕裡。「我還是要不厭其煩地跟你說，蓋上塑膠布不就好了嗎？」

「笨蛋，這是我爸的販賣方式，蓋上塑膠布不就看不見裡面了？」

「魚乾店」把父親抬了出來，大輔只好閉上嘴巴。拉開格子門，將掃把和畚箕放好後，大輔拿起了櫃台上的木牌。

販賣小魚乾等各種乾貨長達二十五年的「島商店」老闆島先生，因為腦中風病倒，去年十一月與世長辭，年僅四十七歲。有段時間聽說他們打算把店收起來，後來一起掌管這家店的島媽決定繼續營業。從那天起，「魚乾店」每逢禮拜六、日都會來看店，幫母親分擔工作。不過，他常常是躲在店裡看漫畫。大輔來自家店裡幫忙時，他就會像剛才那樣晃到店外。

「魚乾店」本名島猛司，因為是魚乾店的兒子，所以綽號叫「魚乾店」。不過，他現在真的在魚乾店工作，所以綽號本身也帶有商號意味了。

島商店前面，有四個邊長四十公分的塗漆大黑箱，並排在長桌上。各個黑箱裡都裝著不同種類的魚乾，堆成漂亮的圓錐形。由於是開放式陳列在道路旁，所以經過的歐巴桑偶爾會偷偷抓來吃。想也知道，店家不可能準備那麼大的魚乾金字塔給人試吃，所以那些人都是吃霸王魚乾。「竟然可以這麼大膽。」每次看到那些歐巴桑在上、下坡時不以為意地偷吃魚乾，大輔都會這麼感嘆。想到茶子和同班女生們，總有一天也會變得那麼神勇，他便深深體會到人類的未來實在無法預測。

兩年前，大輔與島家的關係只是單純的「對面鄰居」——彼此父親經營的店，隔著空堀商店街的狹窄道路面對面而立，就只是這樣的關係。東西延伸的空堀商店街，北側是大輔家，南側是島家的公寓，所以雖然兩家店就在正對面，然而兩人就讀的幼稚園、小學都不一樣。上國中後，大輔才跟島進了同一所學校。

大輔不會叫島「魚乾店」，因為想也知道會被反叫「大阪燒」，更何況，他們雖然認識很久，但彼此之間並不是很熟絡。島的體格非常好，身高也比大輔高十公分，不過，體重說不定差不多。與島面對面時，大輔就會有說不出的壓迫感。島的話並不多，但是身體代表一切，成長期一天比一天發達的年輕身體在大輔面前炫耀著，精力過盛的模樣壓得人喘不過氣來。凡是像他這樣有消耗不完的體能又無法掩飾的男生，大輔都覺得很討厭。

因為上學一定會經過，所以島家是開魚乾店的，就跟大輔家經營大阪燒店一樣，在學校無人不知，無人不曉。但是，沒有人敢在長相兇狠的島面前喊他「魚乾店」。只有茶子一個人，從幼稚園起就把這個常在魚乾店屋簷下見到的小男生叫做「魚乾店」，直到現在。

在學校，茶子也會肆無忌憚地喊他「魚乾店」，但是他從來沒有抗議過，似乎從以前就不知道如何應付心直口快的茶子。

「她那雙細細的眼睛瞪人很可怕。」

最近大輔才聽島這麼說。

島和茶子現在是二年A班的同班同學，還剛好都擔任體育股長。體能測驗那天早上，島會扛著塑膠布出現，就是因為身為體育股長，正在操場做準備。

大輔在格子門旁掛上「營業中」的木牌時，島搓著手臂說，他對三天前的體能測驗結果感到很滿意。

「我今年吊單槓吊了十四下呢！」

打從出生以來，大輔就沒有吊上去過一次。今年沒參加體能測驗，所以連挑戰的機會都沒有。

「我負責測驗，發現沒有幾個人可以做到正確的反覆橫跳。」

島這麼喃喃唸著，從魚乾金字塔上拔起插在上面的計量杯，再用銀色計量杯杯緣小心地把白色小魚乾鋪成圓錐形。

「喂！真田，」島突然聲音僵硬地叫喚大輔，「你……明天會去學校嗎？」島的視線一跟大輔接觸，立刻就逃開，仰望上方。上面寫著「日日往來之街　空堀商店街」的長布條，從天花板垂掛下來。

「我會去，」大輔毫不遲疑地回答：「因為禮拜五請過假，不能再請了。」

「嗯，說得也是。」島的視線很快掃過大輔的臉後，又把計量杯插回魚乾山，「你不怕嗎？」低沉的聲音帶著顧慮。

大輔的視線落在腳下鋪著六角形磚塊的道路上。一個燙著捲髮的中年女人穿著老虎跳躍圖案的鮮豔運動服，從大輔和島中間，推著腳踏車爬上斜坡，車籃裡裝滿了東西。

「會啊……」大輔嘶啞地回答：「可是不能回頭了，我不能讓人家說我之前的所作所為都是錯的。」

「說得也是。」島邊用指尖把溢出邊緣的小魚乾撥回黑箱裡，邊簡短地回應，「你明天也要穿那套制服去嗎？」

「還沒決定。」

「你知道嗎？」

知道什麼？大輔抬起頭問。

「蜂須賀的鼻梁斷了。」島低聲說。

聽到「蜂須賀」三個字，大輔的臉上瞬間出現驚慌、厭惡與恐懼交雜的表情，神經質地眨了好幾下眼睛。

「禮拜五蜂須賀來學校時，臉中央套著護面罩，有人說他的鼻梁斷了，雖然只是傳聞，但應該就是那樣。」

「會不會跟人打架了？」

大輔滿臉不安，卻說得好像事不關己。

「你白癡啊！」島急躁地說：「你總不會什麼都不知道吧？你什麼都沒聽說嗎？」

「聽說什麼？」話才剛出口，大輔就張大眼睛看著島說：「茶子嗎？」

「學校還沒人知道這件事。」

「你怎麼會知道？」

「因為我親眼看見啊！」島淡淡地回答。

「親眼看見？在哪？」

「在這裡。」島指著腳下。「體能測驗結束後，體育股長要收拾器材，所以我跟橋場一起走出校門，不過我是走在橋場後面。到那附近時，她突然大叫一聲，接著拚命往前衝，還在斜坡下方跳起來。」

「跳起來？」

「我從這裡只能看到背影，不過聽『魚藤』的今井說，是很漂亮的飛踢，一腳就搞定了。」

「踢、踢誰？」

「蜂賀須呀！正中臉部，鼻血都噴出來了。」

「茶、茶子呢？」

「她踢完就跑了。」島心有所感地說：「真是個可怕的女人。」

「那是禮拜四的事？」

「嗯。」島點點頭。

「禮拜五的時候，學校什麼事都沒發生嗎？」

「我待在教室裡也是提心弔膽的，結果到最後什麼事都沒發生。大家都在背後說那傢伙好像是跟高中生打架了……蜂須賀大概也不想說自己是被低年級的女生踢斷了鼻梁吧！」

「他知道是茶子踢的嗎？」

「不知道吧！因為他一腳就被踢倒了，在地上躺成大字形，好久都沒動，今井還以為他完蛋了，沒想到他又突然爬起來，對從店裡衝出來問他：『你不要緊吧？』的今井破口大罵：『煩死了！』然後就走了。」

島接著問大輔：「你都沒見過橋場嗎？」大輔搖搖頭說他一直待在家裡，沒見到橋場。不知道為什麼，聲音聽起來特別低沉。

「蜂須賀最近都跟高中生混在一起，你最好小心一點。橋場也真是的，太莽撞了。她從以前就天不怕地不怕……不過，她這麼做，你的心情好多了吧？」

強裝出豁達開朗的樣子跟大輔說話的島，看到大輔的表情，臉上頓時失去了笑容。

「你……你在生氣？」

大輔低聲說沒有，就轉身背向島，走進了店裡。「喂，真田！」的叫喚聲被關上格子門的聲音掩蓋了，他走向屋裡的電話，粗魯地抓起話筒。

✤

滿臉不悅的大輔，雙臂環抱胸前盤坐著。茶子坐在書桌前的椅子上，也不高興地嘟起嘴，低頭看著大輔。

兩盤見底的鱈魚子義大利麵擺在大輔面前，那是茶子在宗右衛門町經營輕食酒吧的姑姑，利用公休日替他們做的。兩人不發一語地吃到盤底朝天，只剩下幾粒粉紅色的鱈魚子和海苔片孤寂地黏在盤子上。

「我還是很不爽。」

大輔打破長時間的沉默，鬱悶地叨唸著。茶子一聽，立刻吊起細長的眼睛，把堆積在心裡的話一股腦兒全吐了出來。

「為什麼？為什麼我要挨你的罵？明明就是那傢伙做了不能原諒的事，難道你忘了他對你做過什麼嗎？那樣教訓他還嫌不夠呢！應該把他的鼻子踢下來。」

「不，不對，」大輔搖搖頭說：「這是我的問題，不是妳的問題。」

「那麼，你打算今後繼續保持沉默，忍耐下去嗎？被他整成這樣，你還想永遠忍下去嗎？你花了多長的時間認真思考這件事，又下了多大的決心穿水手服去學校，那傢伙根本不知道，恐怕以後也不會知道吧！默默忍受那種笨蛋所做的事，又有什麼意義？」

「茶子，妳錯了。」

「我哪裡錯了？」

茶子拉高音調，瞪著大輔。

「我說不上來……總之，妳不該那麼做。我隱約可以理解，不可能某天突然所有一切都改變了，而且變得盡如人意，這世上絕對沒有這種事。不管任何事，都是一點一滴地逐漸改變，所以……」大輔粗魯地搔著耳朵後方接著說：「我不知道該怎麼說，總之，我認為茶子的做法不對，只會把事情鬧得更大。」

「現在才說這種話，你太狡猾了！」

茶子故意用力咂著舌，在椅子上弓起一隻腳。

「是誰明知會引發騷動，還穿著女生制服去學校的？自己引起了那麼大的騷動，還氣我不該把事情鬧大？禮拜五那一整天，我也很怕蜂須賀會來找我報復啊！老實說，我瞬間還閃過一個念頭，我想如果你不穿水手服去學校，就不會發生這種事了。但是，我是真的很生氣，覺得他不可原諒，所以才那麼做的，一切都是為了你呀！大輔，你卻……」

茶子瞪著大輔的眼睛開始濕潤起來，大輔慌忙說：「我知道了，對不起。」還舉起手來安撫她。

這時候，隔間的格子門被輕輕拉開了。

「哎呀！吵架了？」茶子的姑姑初子端著托盤走進來，「大輔，你來得正好，這是點心，ZE—六的最中冰淇淋，昨天客人送的。」

初子把盛著白色最中冰淇淋的盤子放在地毯上，再把義大利麵的盤子收到托盤上，對他們說：「不要吵架哦！」就關上了隔間的格子門。

大輔拿了一個像擲沙包遊戲的米袋大小的圓形冰淇淋給茶子。茶子含糊地說了聲謝謝，接過冰淇淋。用門牙咬下去時，冰淇淋外皮破裂的酥脆感，跟滑順的冰淇淋滋味同時湧了上來。

「ZE——六真好吃。」

「嗯。」

兩人各自默默吃完了一個冰淇淋。大輔把第二個遞給茶子，再伸手拿最後一個。

「我不是在生妳的氣，茶子。我只是討厭暴力，像是踢斷他的鼻子這種事……還是過分了一點。」

茶子用手指撫摸著最中冰淇淋的外皮，微微點頭說：

「嗯，我知道。」

「我只是單純地希望大家能夠接納我，我也能夠理解有人會覺得厭煩、噁心，無法在心理上接納我。而且，說不定這種人才是正常的。但是，這世上還是有像我這樣外觀與內在不同的人。我希望大家知道，像我這樣的人也許有點怪，但跟大家一樣都是人。」

微低著頭的茶子邊吃著冰淇淋，邊默默聽著大輔傾訴。大輔往上看著茶子，等待她的反應。然而，茶子把臉靠在弓起的膝蓋上，完全沒有回話的意思。看到她那樣子，大輔又把冰淇淋塞進了嘴裡，用門牙一咬白色的皮，就能聽到微弱的啪哩聲。

「明天你還要穿水手服去學校嗎？」

吃完冰淇淋，茶子低聲問他。

「島也問過我這件事。」

大輔把最後的碎屑丟進嘴裡，轉頭看著後面。水手服就掛在牆上的掛鉤上，彷彿在俯瞰著茶子的床似的。

「如果又發生那種事怎麼辦？你要永遠忍下去嗎？」

「不知道……可是如果照他的話做，我會有種認輸的感覺。」

「笨蛋！」茶子突然冒出來的吶喊聲響徹房間。「不要以為只有你一個人在作戰！」

茶子眼睛泛紅，從椅子上瞪著顫抖著肩轉過頭來的大輔。

「沒錯，也許如你所說，事情都是一點一點地改變，可是你一個人孤軍奮戰，是不會有半點進展的。要在大家的協助下，你才能向前走，不是嗎？說什麼認輸，這是你個人的戰爭嗎？我也帶著恐懼，跟你在一起作戰啊！伯父、伯母也是，儘管被周遭的人指指點點，還是為你而戰，假裝什麼都不知道。你以為你什麼事都可以一個人辦到嗎？少自以為是了！」

大輔滿臉蒼白地看著茶子怒氣沖天的眼神。

「我要回去了。」

沉重的靜默又回到兩人之間。大輔弓起背，微低著頭，茶子則直盯著牆上的木框。

大輔低著頭站起來。拉開隔間的格子門，對坐在廚房桌旁打掌上型遊戲機的初子說：「謝謝招待。」就走到了玄關。

「大輔，加油哦！姑姑支持你。」

因為做那種生意的關係，初子的聲音有點沙啞。大輔邊繫鞋帶，邊背著她聽她說話。

回家途中，大輔順道去拜了榎木大明神。巨大的神木形成黑影遮蔽了天空，鳥居的紅色彷彿滲入了黑暗中。大輔站在供奉鏡子與小白蛇的小廟前，雙掌合十膜拜。

「我不知道該怎麼辦才好。」

小巳當然沒有給他任何回答。只有大樹迎著微風，枝葉發出窸窸窣窣的聲響。

星期一，大輔穿著運動服上學。這是相隔一個禮拜後，他第一次沒有被帶去學生指導室，在教室裡度過了第一堂課。

自從上禮拜四以來，今天是他第一天上學。在社團辦公室前發生的事應該已經傳遍了全校，所以大輔一踏進二年B班教室，大家就停止了交談，強烈的緊張感四處流竄。但是看到大輔一如往常地坐在位子上，不一會兒，教室氣氛就像漣漪擴散般逐漸緩和了下來。幾個同學走過來，跟大輔短暫交談，而且女生比男生多，其中還有很久沒說過話的女生。

從小學開始，大輔在學校的玩伴就幾乎都是女生。雖然也有男的朋友，但是他通常都待在女生的圈圈裡，一點也不覺得彆扭。上國中後，大輔還是同樣的心境，女生們卻開始意識到大輔是個「男生」，不管主觀還是客觀的角度，都產生了根深蒂固的差距。曾幾何時，他與小學時感情很好的女生之間開始拉開了距離。儘管如此，他還是無法和男生們混在一起，在校園裡一起玩。最近，到了午休時間，大輔多半是一個人獨處，但是他並不覺得寂寞，開始在圖書館默默閱讀雜誌，一點一點擬定「變成女生」的計畫。

同學來找他說話，他都只短短地回答「嗯」或「我沒事」。因為他怕說太多話，眼淚會掉下來。他這才發覺，自己很喜歡這個班級的氣氛。大家不會刻意保持距離，而是認清「真田就是這樣的人」，很自然地面對大輔的存在，這是大輔現在最求之不得的事。

也有人小心翼翼地提起蜂須賀的話題，蜂須賀果然是折斷了鼻梁。聽起來，骨折的原因似乎成了英勇傳說，那就是蜂須賀跟三個高中生打架時折斷的。大輔很想沉著地聽他們說，可是一聽到「蜂須賀」三個字，臉就不由得僵硬起來，視線也開始在桌上飄來飄去。

上午，度過了平靜的時間。

午休時，在前往圖書館的途中，大輔看到蜂須賀等三年級學生群聚在穿堂的混亂人潮外。他慌忙轉身折回去。就在那一瞬間，他瞥見與人高馬大的三年級生在一起的蜂須賀，臉上果然套著白色的東西。總覺得蜂須賀正遠遠地看著自己，大輔汗流浹背地跑上樓梯，繞遠路去圖書館。

禮拜四那件事，不管班導後藤怎麼問，大輔都沒有說出蜂須賀的名字。因為他不願想起自己遭受的待遇，所以絕口不提那個名字，這是他的堅持。而且全校的人都知道，就算老師去警告蜂須賀，也起不了任何作用。

然而，不過短短的時間，光看到蜂須賀，大輔就徹底明白了。在經過這麼多事情之後，他極力壓抑對蜂須賀的負面情感，其實只是害怕被報復而已，僅僅只是這樣而已。他想起在社團辦公室前，身體因恐懼而僵硬、嘴巴發不出聲音、只能蹲在那裡的樣子，想起漫長、黑暗、沉重而絕望的時間，想起被脫光衣服、毆打、被踹、撒石灰的畫面，想起彷彿世界被什麼摧毀、比疼痛更難以忍受的感覺，想起還留在運動服底下的瘀青。

還是不行。

走廊上充滿來自操場的歡樂聲，使原本以為不會打開的記憶之門，大大地敞開來了。大輔停下腳步，靠著牆，覺得有股黑色、黏稠的泥流，在身體裡一圈又一圈地環繞。從窗戶照進來的陽光，把大輔的臉照得白晃晃，肌膚卻感覺不到熱度。等他回過神來時，發現自己感到毛骨悚然，有點噁心的感覺。

他把手搭在牆上，慢慢往走廊前進。

現在回想起來，最快樂的時光，莫過於自由地夢想著「要是哪天可以穿著女生制服去學校，會有多麼幸福」的時候。總以為，只要穿上水手服，就可以像魔法一樣，把眼前的障礙通通消除。彷彿漫長的黑夜即將過去，光一件裙子就帶給了他解決一切的「希望」。

然而，所有一切的一切都是錯覺。別說是希望了，只有現實的黑暗越來越濃，淹沒了大輔。在霧中迷失方向的大輔，已經不用再穿曾經那麼折磨他的男生制服了，卻感覺不到絲毫的喜悅。穿著難看的運動服、滿心恐懼的自己，是那麼的難堪、悲哀。

大輔踉蹌地經過圖書館入口，走到盡頭的逃生門前，停下腳步，轉開學校說平常不可以打開的門鎖，走向逃生梯。

從螺旋梯爬上頂樓後，他推開了生銹的欄杆矮門。樓頂鋪著斑駁又粗俗的綠色墊子，大輔站在中央，手按著膝蓋。

看著已經磨破、變色的綠色墊子，大輔把剛才吃的營養午餐全都吐了出來。吐完後，他開始哭。

直到午休結束，下一堂課開始了，大輔還背靠著樓頂的欄杆，仰望著天空。漫無邊際的五月天空，不知為何讓他想起國文課剛教過的句子。

「闢路深入再深入，仍是青山無盡頭。」㉒

直到下課鐘聲響起，大輔才抬起沉重的身體。他把手搭在欄杆上，正要轉過身時，不由得輕輕地叫了一聲：「啊！」

周圍是最近不斷急遽增加的摩天大樓，俯瞰著空堀中學四層樓建築的校舍。有棟建築就佇立在鱗次櫛比的大樓縫隙中，彷彿直接對大輔傾訴著什麼。

㉒這是漂泊俳人種田山頭火的俳句，意思是這座青山怎麼也走不完，描寫流浪詩人漫無目的的孤獨心境。

望著那遙遠的身影，大輔在心中喃喃唸著：好久沒去玩了。

在大樓與大樓之間切割出來的細長藍天下，被石牆與茂密森林簇擁的大阪城天守閣，正靜靜地注視著大輔。

✤

這世界上，大阪燒煎得最好吃的人是誰？只要有人這麼問時，大輔都會毫不猶豫地回答「真田幸一」。

幸一做的大阪燒總是熱騰騰的，煎得均勻熟透，但殘留著水氣，保有食材的軟嫩口感。自製的甘味醬汁，更能烘托出爽口的風味。很難吃得到這樣的美味。

他在當地非常受歡迎，禮拜六、日傍晚後，客人總是絡繹不絕。慕名而來的電視節目和雜誌都跟幸一聯絡，希望能來採訪他。但是，幸一從來沒有點過頭。接受採訪有助於打開知名度，說不定可以改變想再買一台冷氣卻久久無法實現的現況，所以大輔希望父親可以接受採訪，幸一卻一再拒絕邀約，說那不符合他的個性。但是，夏天一年比一年熱，大輔真的很想要冷氣，所以有時候會埋怨父親冥頑不靈的個性。

幸一今年四十二歲。如果說，大輔白皙豐腴的體型、溫和的長相、長長的睫毛等外觀，大多遺傳自母親竹子，那麼，他長不出毛髮的鬢角與個性，可以說大多遺傳自父親，當然，也包括那頑固的性格。

在煎大阪燒時，幸一總是雙手扠腰，默默觀察大阪燒的熟度。工作時，他幾乎不說話。在一旁幫忙的竹子，主要任務就是跟客人交談。面向鐵板時的幸一，完全就是匠人的神情。跟大輔不同的細長臉龐，與他過瘦的體格成正比，而來自那張臉的銳利視線全都投注在鐵板上，邊計算著煎的火候，邊用雙手緊握平鏟，不時地在旁邊漂亮地混合炒麵和配料，或是很快地替大阪燒翻面。偶爾會用「這是Monkey turn」（飛艇急轉彎）的賽船用語，來形容平鏟劃出漂亮弧線收集鐵板鍋巴的動作，惹得常客哈哈大笑。

工作結束後，幸一就會變回喜歡體育的中年人。回到家，他會喝一小瓶啤酒，跟竹子坐在餐桌旁有一搭沒一搭地閒聊。每當他最喜歡的廣島鯉魚隊贏得球賽時，他的心情就特別好，不過，因為地緣關係，這裡的人都一面倒地支持「直線條球隊」阪神虎，所以這件事不能公開說。「同樣的報導你要看幾次啊？」不管竹子怎麼唸他，他還是會一次又一次地看體育新聞。白天休息的時候，他也常常在店裡的房間躺著看體育報。前幾天，廣島的前田智德大出鋒頭時，他又花了更多的時間仔細閱讀。自己名字裡有個一，剛好就是前田的背號，也讓他非常開心。

「男人的背部就該像那樣。」他常常這麼對大輔說。

對棒球完全沒興趣的大輔，每次都會冷冷地回他說：

「我不要當男人。」

儘管父親每次上完大號，廁所都會臭到暫時不能進去，讓大輔很不滿，但是大致上，大輔還是很尊敬從小就每天做大阪燒給自己當主食的，頑固卻又明理的父親。

最近，父親看起來不太對勁。

大輔發現父親的不尋常，是在星期一的晚上。

那天晚上，大輔坐在櫃台角落等晚餐，看到父親煎焦了兩客大阪燒。幸一是人，難免也會有失敗的時候，當然，失敗作品都被端到了大輔面前。但是，在大輔待在店裡的大約一小時內，幸一又煎焦了兩客大阪燒。

幸一像平常一樣，雙手扠腰，專注地看著大阪燒，但好像想著其他事情。證據就是，當眼前的客人因為免洗筷掉到地上而大叫一聲時，他也完全沒發現。

雖然擔心不尋常的父親，但是茶子結束社團活動來店裡後，大輔還是起身離去。只要還沒簽訂休戰協定，大輔與茶子之間的戰爭就要持續下去。大輔悶不吭聲地從坐在櫃台的茶子背後走過去，茶子也面向前方，連看都不看大輔一眼。

當他拉開格子門，正要走出去時，「喂，大輔。」幸一叫住了大輔。

「明天學校有什麼重要的活動嗎？」

「沒有，跟平常一樣到第六堂課。」

「是嗎？」

幸一喃喃說著，又集中精神到工作上，用平鏟前端把豬肉切成絲。大輔搞不清楚父親為什麼這麼問，視線不小心與坐在櫃台的茶子交接，讓他覺得很不甘願。茶子應該也是同樣想法，很快就撇開了視線，繼續跟櫃台後的竹子說話。

回家路上，經過榎木大明神時，大輔也沒停下來，就直接回家了。仰望在夜空中展開枝葉的神木時，他突然想到再三天，五月就結束了。應該會成為「光榮的五月」的時間，就快孤寂地宣告結束了，只留下無盡的苦澀餘味。

✤

這是星期二的事。

第五堂課的下課時間，班導後藤急匆匆地跑來教室，把大輔找出去。

後藤壓低聲音，對站在走廊上的大輔說了很奇怪的話。

「真田，你快收拾書包回家去。」

「我什麼都沒做啊！」

大輔立刻想到是不是自己又闖了什麼禍。

「不是的，真田，不是你做了什麼。」

後藤搖搖頭。

「那麼，是我家嗎？我家出了什麼事？」

惶恐不安的大輔問。後藤說：「不，不是那種事。」只給了很奇怪的答案。

「我搞不懂，請說清楚一點，到底怎麼回事？」

「回家再問你父親詳細情形吧！」

「為什麼現在不能告訴我？」

「放心，沒什麼事。」後藤說：「快，快去拿書包。」硬是結束了對話，把大輔趕回教室。同學們看到大輔在收拾書包，都問他怎麼了？大輔搖搖頭說不知道，就走出了教室。

把大輔送到穿堂的後藤，恭敬地鞠躬說：

「請轉告你父親，事情可能不好辦，加油了！」

「呃，如果你知道什麼，請告訴我，我真的很擔心。」

「放心吧！不是意外或生病之類的事。還有，你要協助你父親。」後藤又說了謎樣的話。

「好了，你快趕回去。」他拍拍大輔的背部，催他快走。

後藤老師令人難以理解的言行舉止，讓大輔越來越擔心，心想會不會是母親出了什麼事。他邊想，邊走下空堀商店街的坡道。午餐時間結束的「太閤」沒掛布簾，格子門也推不開。他打開鎖往裡面瞧，店裡一個人都沒有，大概是在傍晚開店前，先回家休息了。他從榎木大明神旁邊走過，匆匆趕回家，有個歐巴桑把購物手拉車丟在一旁，正在那裡膜拜。

「我回來了！」

大輔使勁地拉開玄關的格子門，聽到父親在起居室慵懶地回了一聲：「哦！」他碰碰碰跑向起居室，卻看到父親正在電爐桌旁攤開體育報，悠哉地喝著茶。

「你、你在做什麼？」氣氛悠哉得讓大輔頓時說不出話來。「媽媽呢？」

「竹子？」幸一把報紙摺起來，看看牆上的時鐘說：「應該正在整骨院做按摩吧？她說按摩完後，要去蒲生家喝茶。」

幸一拿著茶杯站起來，走向廚房。他應該才剛從「太閤」回來沒多久，卻已經換上了深灰色的西裝。

「為什麼穿西裝……」

除了婚喪喜慶外，父親從來沒有穿過西裝，大輔滿臉驚訝地看著他唐突的裝扮。

「不好看嗎？」

「不、不是。」

「大輔，你有禮服嗎？」

「沒有。」

「那麼，只有學校的立領制服了？」

「我再也不要穿那種衣服了。」大輔立刻以堅定的語氣回答。

「啊，對哦！」幸一抓抓頭，把茶杯洗好，放在流理台上。

「你為什麼通知學校，叫我趕快回來？怎麼想都覺得很奇怪，後藤也什麼都不告訴我，到底發生了什麼事？」

「要叫後藤老師吧？」幸一瞪大輔一眼，「等一下再跟你解釋，你先去換衣服，穿什麼都行，只要不會對人家失禮就好，再十分鐘就要出門了。」不容分說地把話交代完。

大輔看看牆上的時鐘，時間是下午兩點半多。他回到房間，脫下運動服，只剩一件內褲，然後打開衣櫥，心不甘情不願地把並排的衣服從頭看到尾。

十分鐘後，幸一與大輔一起走過了榎木大明神旁。

「你只能穿這樣嗎？還有其他衣服吧？」

「女生參加婚禮時，都是穿這樣吧？而且你又不告訴我去做什麼。」大輔沒看父親，拍著袖子上的灰塵說：「到底要去哪？」

似乎還有話要說的幸一嘆了口氣，跟穿著水手服的兒子一起走下石階。

「去大阪城。」

既然冠上了「空堀」（空濠）這個地名，可見大輔家離大阪城公園並不是太遠。以直線來說，大約是一公里。路線也非常簡單，只要從長堀通的坡道一直往上，走到銜接大阪城外濠的上町筋就行了。途中，轉入上町筋，再直直往北走。經過大阪女學館、難波宮遺址、ＮＨＫ大阪電視台後，很快就到大阪城公園了，即使步行也不需要三十分鐘。

從榎木大明神旁經過後走下石階的幸一，應該要繼續往眼前的長堀通走，不料他卻穿過斑馬線，開始走向空堀商店街，跟大輔上學的路線一模一樣。

「跟大阪城的方向相反耶！」

大輔質疑，幸一也不回答。大輔猜想他大概有東西忘在「太閤」吧？但是幸一並沒有進入拱廊，而是直接走進岔路。他把拱廊拋在身後，從理容院所在的拐角轉彎，進入巷子。之後又拐了好幾個彎，經過好幾座土地公廟、小廟，來到某棟兩層樓建築的長屋前，停下了腳步。

「你跟誰約好了嗎？」

大輔怎麼樣都覺得這不是通往大阪城的路，終於忍不住問父親。

「什麼都不要問，跟我來就是了。」

幸一回過頭，用低沉的聲音說。看到父親嚴肅的表情，大輔不由得把後面想問的話都嚥了下去。幸一打開設在長屋一樓、漆成黑色的矮欄杆，未經許可就往裡面走。穿過長屋一樓像隧道般的昏暗通道盡頭，又出現了巷道。小時候，他曾經來探險，把這一帶的巷子都摸透了，卻不知道有這樣的路。

從左右排列著長屋與盆栽的石子路往前走沒多久後，幸一停下了腳步。一棟磚紅色外觀、配上橫向白線，顯得古色古香的四層樓建築，正俯瞰著父子倆。看到與周遭長屋格格不入的這個景象，大輔聲音嘶啞地問：

「這是哪裡？」

「是城門。」

幸一簡短回答，推開了入口處的門。拱形的雄偉入口處，掛著「長濱BUILDING」的牌子。不知道為什麼，上面的雕刻圖案讓大輔覺得很眼熟。

跟著父親鑽過入口，就看到毫不寬敞的昏暗處，站著一個男人——可能是從店裡直接過來的，腰上還綁著圍裙，是日式點心店的老闆淺野老先生。跟幸一短短交談幾句話後，淺野老先生輕輕舉起手說：

「哦，大輔也來了啊！不過，你這身打扮……很特別呢！」

淺野老先生看著大輔的水手服裝扮，一時之間不知道該說什麼。

「他已經來了嗎？」幸一問。

「是啊、是啊！他來早了，所以我先讓人帶他去了。我叫他們慢慢走，不過，應該也快到了。」老先生看看手錶說：「來，進來吧！」老先生招呼兩人走進他背後敞開的門。

什麼都不知道的大輔，跟在父親後面走進了房間裡。入口處的門旁掛著一個門牌，上面寫著：

1F　空堀閘門工會

約五坪大的房間空空如也，感覺很殺風景。不過，天花板高得超乎想像。牆壁上有扇外觀奇特的巨大黑色門，門邊擺著小小的桌子。

門的高度約二點五公尺，寬度也有兩公尺。發黑的鐵門表面釘著幾百根鉚釘，形成很規則的正方形。那種穩重的氛圍，就像把真的「城門」搬來了。

「看到大輔，我就想到幸一第一次來這裡的時候。那時，你比現在的大輔小很多吧？」

「是啊！那時候我七歲。」

「真田家的男人都很辛苦呢！」淺野老先生顯得感慨萬千，走到門邊，拿起桌上的小徽章說：「這是規矩，戴在看得見的地方吧！」之後交給了大輔。

圓形徽章中央，畫著剛才在入口處看見的雕刻圖案。「淺野爺爺。」大輔邊把徽章戴在水手服的衣領上，邊嘶啞地叫了一聲。

「什麼事?」

「你在這裡做什麼?」

大輔如身處五里霧中,搞不懂黃鶯餡做得比誰都好吃的人為什麼在這裡?這裡究竟是什麼房間?還有,出門時說要去大阪城的父親為什麼會來這裡?

「我是守門人。」

「守門人?」

「對,守這個空堀之門。」

老先生往門一指,站到門邊,打開了牆上的壁板,露出底下反射光線的玻璃面感光板,老人把白皙、佈滿皺紋的手慢慢貼在那上面。

從門的另一邊傳來沉重的聲響,接著響起下沉般的聲音,巨大的門就沉甸甸地往旁邊平順地滑開了。

大輔不由得伸長了脖子,往門裡面看。

起初,大輔不知道自己看到的是什麼,還以為是出現了充分利用繪畫的遠近技法畫成的巨幅海報之類的東西。

然而,當眼睛調準焦距,視野產生深度時,他不禁啞然失言。

視線所及之處,敞開的大門前方是一條直直往前延伸的隧道。從天花板懸掛下來的電燈泡照在地面上,形成無數個光圈,訴說著隧道無止盡的距離。

「但願事情進行得順利。」淺野老先生看都不看眼前的景象,語氣突然變得非常恭敬,對幸一低下了頭。然後,又拍拍把嘴巴張得老大的大輔肩膀說:「要協助你父親哦!大輔。」

天花板的燈光綿延不絕地連成一直線。

快步走約二十分鐘後，就到了隧道盡頭。跟入口處一樣，盡頭也有一扇巨大的鐵門。兩人站定後，門就緩緩地滑開，歡迎來訪者。

門前站著兩個男人，年紀跟剛才的淺野老先生差不多。他們低頭行禮，對幸一說「辛苦了」，然後指向背後的走廊說：

「他在大廳等著。」

幸一沒有做任何說明就快步從走廊往前走，大輔慌忙跟在他背後。就在幸一突然放慢腳步時，大輔發現眼前的視野忽然變得開闊了。

在高達二十五公尺的挑高天花板下，有個正方形的巨大廳堂。壁面排列著粗壯的柱子，二樓像迴廊般環繞著欄杆。沿著四面牆壁而立的柱子與天花板交接成拱形，半圓形內側裝飾著彩色玻璃。

只怕映入眼簾的所有地方，都鋪著大理石吧！地上有細緻的鑲嵌圖案，朦朧地反射著天花板的燈光。像某座宮殿般兼具莊嚴與華麗的裝潢，讓大輔從剛才就幾乎忘了呼吸。

「這……這是哪裡？」

聽到大輔好不容易才擠出來的聲音，幸一低聲說：

「是大阪城——真正的大阪城。」

什麼意思？大輔把視線從天花板拉下來，才發現大廳中央站著一個人。

一個穿著黑色西裝、年約四十歲的男人，默默地站在地板上描繪的巨大幾何圖案的鑲嵌畫上。短髮、粗眉的他，看起來十分精明幹練，眼睛炯炯有神。從他挺拔的身體散發出一股壓迫感，神經緊繃到彷彿一碰觸就會被他割傷。他只有在視線與大輔交接時，表情有些異樣，皺起了眉頭。過了好一會，大輔才想到是因為自己穿著水手服。

「讓您久等了。」

輕輕乾咳後，幸一的聲音在大廳響起。

男人提著公事包，走向幸一。雖然表情依然嚴肅，但是大輔注意到，男人的步伐在瞬間有些遲疑。直覺告訴他，這個男人跟他一樣，對這個地方不熟。男人走到離兩人約三步遠的地方，停下來一鞠躬，輪流看看幸一和大輔後，以渾厚到足以傳入耳朵深處的聲音說：

「我是會計檢查院第六局副局長松平。」

父親也向男人一鞠躬，以清晰的語調說：

「我是大阪國總理大臣真田幸一。」

第三章

會計檢查院 III

在此，我們要稍微往前回溯。

通常，會計檢查院在禮拜一到禮拜五出差期間所做的實地檢查，會在最後一天進行會商做總結。除了告知對方檢查結果外，若有質疑事項，還能協議今後該如何應對。

禮拜五，在大阪府廳進行會商時，松平簡直就像魔鬼，疾言厲色，不時地敲著桌子，在很多員工面前報告檢查結果。在安靜得像墓地般的會議室裡，松平的聲音像銳利的鑽子鑽著所有幹部的耳朵，時間長達兩小時。他一改檢查期間嚴肅卻沉著文靜的形象，毫不留情地追究責任，所有人都臉色發白，屏氣凝神地聽他說話。連早已領教過他真正威力的部長都面如死灰，僵硬地坐在最前排。

結束會商後，三名調查官就各自拖著行李箱離開了大阪府廳。對方說要送他們到新大阪車站，松平一口拒絕說「不用」，很快上了車。在從頭到尾臉色都很難看的員工們目送下，公務車CELSIOR沿著禮拜一開來的路，又開回了新大阪車站。

在車內，松平環抱雙臂，直盯著膝上的公事包。鳥居以為他在反省剛才會商時自己的行為舉止，所以從副駕駛座轉過頭說：

「放心吧！即使有人來抱怨，也絕不是副局長的錯。」

或許有人會覺得這個上司的言行舉止太過粗暴，但是鳥居知道，他這麼做是為了達成今後的牽制效果，表演成分居多。

聽到鳥居這麼說，松平沒有回應，開始用左手撫摸著頭。這時候，暗紅色光芒從窗戶灑進來，照在松平清瘦的左臉上。松平抬起頭，眺望著窗外流水潺潺的淀川。西側面海的大阪，有東京無可比擬的漂亮夕陽。松平瞇起眼睛，越過隔壁的旭・甘絲柏格，看著紅光反射在淀川水面上，喧囂熱鬧的燦爛景象。

「你總不會在想ＯＪＯ的事吧？」

同樣望著窗外的旭輕聲問他。

「不，不是。」

松平低聲說著，搖了搖頭。

「對不起，都怪我沒聯絡好。」

旭轉回視線，雙手齊放膝上，低下了頭。對「ＯＪＯ」這幾個字產生反應的鳥居擔心地望向松平，還以攻擊性的眼神瞪了旭一眼，好像在對她說「不要多嘴」。

那天，整天都沒有聯絡上害鳥居和旭白跑一趟的社團法人ＯＪＯ。隔天，他們從上午就開始準備會商事宜，並安排好若聯絡上ＯＪＯ，鳥居和旭就立刻前往檢查。然而，一直到會商開始的下午兩點，都沒有聯絡上。松平在大阪府廳的地下販賣部舔著冰棒時，旭向他報告了這件事。可能認為自己是聯絡人應該負起責任，所以旭一直低著頭。松平拍拍她的肩膀說：

「那也沒辦法。」

「時間差不多了。」鳥居說。

松平點點頭，把冰棒棍扔進垃圾桶，挺直背脊，走向電梯。

站在深紅色電梯門前，松平抬頭看著樓層顯示燈，開始一隻一隻地折響手指關節。就在他雙手扠腰、扭動身體，折響全身關節時，老舊的電梯門打開了。在電梯裡，松平繼續折響下顎關節、拉扯耳垂。每動一下，都會響起輕微的啪嘰聲。

到達目的樓層時，他已經完全是「鬼之松平」的模式。松平踩著沉著的步伐，前往員工等待的房間，鳥居抱著文件資料在他後面追。想到即將展開的可怕場面，鳥居就緊張得滿臉僵硬。

結果，在長達兩小時的會商中，ＯＪＯ都沒有跟他們聯絡。會商結束後，旭向松平報告，松平只淡淡地說：「這樣啊！」著手準備離開。但是，鳥居不會忘記，前幾天在旅館休息室做報告時，上司聽完事情的來龍去脈後，臉色有多麼難看。現在，旭又提起這件事，鳥居心驚膽戰地等著看松平會有什麼反應，不時偷窺著後座的情況。松平依然默不作聲，用手掌撫摸著頭髮。車子正經過夕陽灑落的新淀川大橋，車內充斥著莫名的沉默，鳥居渾身上下都不自在。

到新大阪車站，三名調查官下了車，拖著輪子作響的行李箱，排成一列走向剪票口。

「我去買票。」

到剪票口前，走在最前面的鳥居正要去ＪＲ售票口時，松平突然從他豐腴的背後叫住他。

「買你們兩個的票就好了，不用買我的。」

「咦，你已經有票了？」鳥居訝異地回頭問他。

「沒有，我要在大阪再待一會。」松平低聲說。

「咦，為什麼？」

「去掃墓。」

掃墓？鳥居不由得發出假音反問。

「這裡有我親戚的墓，我好幾年沒去掃了，想過去看看。」

松平用無法辨別表情的聲音接著說。

旭與鳥居面面相覷。既然是要掃墓，他們也沒有理由反對。只是覺得既然這樣，為什麼還把行李拖到新大阪？而且以時機來說，也太突然了。從剛才車內的氣氛來看，很可能是跟ＯＪＯ

這個案子有關，但鳥居不太想再提起那件事，只好問他：

「那你什麼時候回東京？」

「禮拜天。」松平簡短回答，轉向售票口，以眼神示意他快去買票。

「真的不用買你的？」

鳥居再確認一次，難以釋懷地走向售票口。松平轉向前方，正好面對淡茶褐色的眼睛放射出來的強烈視線。

「有沒有買大阪特產？」松平平靜地問。

旭沒有回答上司的問話，從行李箱拿出厚厚的透明檔案夾，抽出裡面一疊文件，遞給松平。

「喲！」

松平看著交到他手上的文件封面，苦笑起來。那是前天旭和鳥居看過好幾回的社團法人ＯＪＯ的相關資料。

「我留下來不是為了工作，是真的要去掃墓，回東京後，我會處理這個案子。」

「帶著吧！不用也沒關係。」

旭自顧自說著，很快把透明檔案夾放回行李箱。松平困擾地笑笑，看著手上的文件，呼地嘆口氣，打開了左手的公事包。

✤

鳥居和旭搭乘「希望號」十四號列車離開了大阪。

列車開動沒多久後，鳥居就向推著手推車的女銷售員買了兩個幕之內便當和兩罐啤酒。

「這一個禮拜辛苦妳了，這些我請客，幫我把前面的桌子放下來吧？」

鳥居把手上的東西放到隔壁位子上。

旭看著眼前桌上的便當和啤酒好一會，低聲問他：

「你為什麼坐我旁邊？」

這是新幹線發車後，她第一次開口。

鳥居與旭並肩坐在列車行進方向左側的兩人座位。今天車內比較沒人，兩人前後的座位都是空的。

「啊，妳要坐靠走道的位子嗎？可是妳不坐窗邊的話，會暈車吧？」

鳥居開始拆幕之內便當的橡皮筋，旭狠狠瞪他一眼，委婉地抗議說：

「會計檢查院在出差時，不是應該靠窗坐成一排嗎？」

「我說過，我討厭那樣坐。」鳥居一口駁回了後輩的意見，再補上一句：「而且買車票的人是我，墊錢的也是我。」拉起了啤酒的拉環。

「唉，我有點擔心副局長呢！」一拉開拉環，就溢出了白色泡沫，鳥居「哦哦哦」叫著，噘起嘴吸乾泡沫。「到底怎麼了，副局長怎麼會突然說要去掃墓呢？旭，妳怎麼想？」

旭用濕巾擦著手說：「不知道，為什麼呢？」顯得不是很關心。

「難道真是為了OJO的案子？沒錯，要結束那個案子，才算是照預定完成了所有的檢查，他內心一定很不甘願吧！因為他是那種『超級』完美主義者。啊！早知道就把OJO的資料交給副局長了。旭，那份資料還在妳那裡吧？現在想起來也太遲了。」

鳥居停頓一下，很享受似地咕嘟咕嘟喝下了啤酒。旭默默看著這樣的前輩，什麼話也沒說，拆下幕之內便當蓋子的橡皮筋。

「副局長真的很喜歡工作，好像生來就是當調查官的料。」
「是啊！」
「我們是不是不該搭上新幹線，丟下副局長一個人呢？可是副局長說他要去掃墓啊！」
「既然這麼在意，何不在下一站京都下車，折回去呢？」
「妳說得簡單，我也有我的事要辦啊！真要我留下來，我也會很困擾，所以在車站時才沒有逼問副局長到底是什麼事。」
「反正你禮拜六、日都沒事吧？」
「妳憑什麼這麼說？我隨時都很忙呢！妳太失禮了。」
旭挑釁的言語使鳥居的臉逐漸泛紅，她本人卻沒事似地說：「我要喝囉！」用長長的手指拉開拉環，開始咕嘟咕嘟喝了起來。很遺憾，鳥居充滿敵意的眼神，完全沒有進入她朝向天花板看的高視野中。
「我來查查看吧！」
喝完半罐，旭又低下了頭。
「查什麼？」
「關於OJO呀！因為禮拜六、日我有事要去檢查院。如果查到什麼，我就發伊媚兒到松平的電腦吧？他應該會在旅館裡收信。」
對於後輩這個具建設性的提議，鳥居大大表示同意。
「沒、沒錯，這麼做也可以。」
然而，掩飾不了他的心神不寧。
「我、我也來查查資料，查到什麼就通知副局長。」

明明沒什麼資料可以提供，卻燃起了他的競爭心理，刻意虛張聲勢起來。

「喂，妳要是查到什麼，也要傳給我哦！」

最後還不忘替自己保個膽小險。

「當然會。」

旭坦蕩蕩地回應，還點了點頭，然後用筷子夾起光澤亮麗的香菇，豪邁地往嘴裡放。

「喂！旭。」

「什麼事？」

「妳想副局長為什麼會進會計檢查院？」

不知道呢！旭這麼嘟囔著，在便當裡尋找下一道要吃的菜。

「妳知道嗎？他是公務員考試的榜首呢！」

「這樣進來檢查院很奇怪嗎？」

「當然奇怪啦！我不是貶低我們單位，可是，一般人會選擇更主流的中央機關吧？」

旭邊用門牙啪哩啪哩咬著相中的醃製櫻花，邊聽著鳥居說話。

「我覺得自己一點都不奇怪呀！」

她偏著頭說。

「咦，什麼意思？」

「我也是榜首進了會計檢查院，我一點都不覺得怎麼樣啊！」

一瞬間，鳥居停止手上的動作，滿臉驚訝地問。

「咦，妳也是？」

旭點頭說：「是啊！」把筑前煮㉓裡的蓮藕放進嘴裡。鳥居默默看著後輩端正的側臉，過了好一會才嘀嘀咕咕地說：

「真是的，今天簡直是榜首大拍賣……啊！這麼說，聽起來好像是洗衣粉之類的特價日。」邊說邊一口吞下炸Kiss魚的鳥居，又接著說：

「不過，妳是外派進來的，跟副局長不太一樣。副局長是每次有人問他進檢查院的理由，他就說『因為我想檢查』，我覺得其實並不是這樣。啊！我的直覺常常都很準哦！對了，旭，妳進我們機構是為了什麼呢？是妳自己提出申請的嗎？」

「是上面的命令，二月接到的派令。」

「三月就外派來我們單位了？怎麼這麼突然？」

「上面本來就很會差遣人。」

「每個地方都一樣。」鳥居邊吃肉丸邊喝啤酒，「這個月，我幾乎都在各地出差，下禮拜終於可以進辦公室了。啊！一定有堆積如山的文書工作等著我。」他憂鬱地皺起了眉頭。

「對了，這次不靈驗呢！」

「不靈驗？」

正要把煎蛋送進嘴裡的旭，訝異地把視線轉向前輩。

「就是富士山魔咒呀！在去程的新幹線上，不是看得清清楚楚嗎？我還以會發現什麼大案子呢！結果期待落空。」

「是嗎？」

旭望著筷子上的煎蛋回應他，然後用門牙咬下了三分之一的蛋。

㉓筑前煮是一種將雞肉、根莖類蔬菜、蒟蒻等材料炒過後，再用醬油和糖熬煮的小菜。

「結果就屬我第一天發現的舞弊最嚴重。不過，旭，以新人來說，妳的表現也夠優秀了。」鳥居的聲音突然變得愉悅起來，咕嘟咕嘟喝乾了剩下的啤酒。旭慢慢地咀嚼煎蛋後，默不作聲地喝下了啤酒。

出差的疲乏困倦似乎一舉湧了上來，吃完便當沒多久，鳥居就墜入了深眠的世界。旁邊的旭打開電腦，默默地開始工作。

從品川車站發車時，鳥居才醒過來。

「對了，既然妳明天要去檢查院，不妨去找找資料室的檔案，可以知道上次是由誰負責檢查。會計檢查院至少每三年都會實地檢查一次，不會有任何一個地方超過五年沒有檢查的。問上次去OJO檢查的人，那裡是怎麼樣的地方，也是一種辦法。如果不是很高層的人，禮拜六打電話去應該也沒關係吧？只要搬出副局長的名字，沒人敢說什麼。」

鳥居揉揉眼睛，伸個大懶腰，突然開始給旭種種建議。在這次的大阪出差中，這應該算是他第一次有了比較像前輩的言行。他才剛這麼想，就聽到列車長的廣播在車內悠然響起：「終點站東京、東京就快到了。」

兩名調查官在剪票口前分道揚鑣。

旭走向地下鐵搭乘處，鳥居則頂著還昏昏欲睡的腦袋，走出了東京車站。

燈火通明的丸大廈和新丸大廈，並排在拖著行李箱的鳥居前方，這時候他才意識到自己走錯了出口。他要去的不是這個丸之內北口，而是八重洲北口。再說得更白一點，他是要去位於八重洲北口的大丸百貨。為什麼要去大丸？因為他要去買明天相親用的禮盒。所謂相親，主角當然是鳥居本人。今年以來，他一直在相親，一個月一次，結果都不太好。當然，他沒有告訴任何人，尤其不想讓同事知道。在前往新大阪的車內，鳥居一直很在意松平的反應，就是擔心禮拜

六、日也要繼續檢查，那麼事情就麻煩了。
接觸到外面的空氣，頭腦總算清醒了。
「從這裡要走很遠呢！」
鳥居皺著眉頭嘀咕，轉過身去。
正前方，熟悉的東京車站的紅磚建築，正背對夜空俯瞰著鳥居。他邊抬頭觀看，邊走進車站內，此時卻突然停下了腳步。
因為他覺得，彷彿不久前才經歷過跟現在很相似的狀態。
他暫時把選購相親禮盒的事擱在一旁，仰望丸之內北口的威嚴建築物。映入眼簾的色調、抬頭仰望時的脖子角度、肌肉擠向頸椎的緊繃感、車站建築物窗框散發的氣氛，這一切都還記憶猶新，而且好像是最近才剛體驗過的感覺。然而，他上次像這樣走出東京車站外，是前一次相親的時候，也就是一個月前的事了。不過，那次他沒有走錯出口，直接就去了大丸百貨，根本沒有回頭看車站的紅磚建築。
百思不解的鳥居往後退三步，抬頭仔細觀察充滿質感、歷經漫長歲月的首都大門。三層樓建築的車站看起來古色古香，分不清是外國風還是日本風，保有奇妙的均衡感，在夜空中誇示著它的雄偉英姿。鳥居覺得，紅磚建築真的很佔優勢，因為只要把磚塊排列整齊，就會自然醞釀出高雅的復古氣息。
鳥居漫無目標地環視建築物上層，遍尋不著任何線索。然而，又好像有種模模糊糊的感觸飄浮在唾手可得的地方，感覺很不舒服。
脖子越來越酸，鳥居只好把視線拉回水平線。車站一樓的牆上，有扇幾乎可以嵌入整台自動販賣機的高大窗戶。看到圍繞在大窗戶四周的磚牆上，有幾條白色細線由右至左橫越，鳥居腦裡響起什麼東西撞擊般的聲響。

「啊！」

半晌後，鳥居不由得叫出聲來。

——長濱BUILDING。

面對狹窄巷道、彷彿被隔絕於時間之外的破舊建築，鮮明對比的紅白牆面，如煙霧般在腦海裡裊裊上升。

✤

禮拜六，松平去掃墓。

從位於箕面市的墓地踏上歸途時，他順道去了大阪城。不為什麼，只是每天從大阪府眺望著它，不禁想就近看看，就算一次也好。

他在地下鐵天滿橋站下車，沿著外濠[24]從大阪府廳前的道路走到大手門[25]。進門前，他左右張望了一下。因為沒看到警衛，他覺得很奇怪。但是，很快他就想到只有東京才有警衛。

在東京，要進入對外開放的舊江戶城本丸[26]時，參觀者要先在入口處向警衛拿入場券，出來時再交還給警衛。由於與本丸隔著護城河相對的前西之丸現在是皇居，所以必須嚴格檢查有沒有人滯留城內。大阪城當然沒有這種必要。不見警衛，只有一個老人坐在摺疊椅上，悠閒地畫著城門的素描。

松平斜看一眼似乎比江戶城高的外濠石牆，就走進了大手門。正前方有顆大石頭，幾乎佔據了整面石牆，取名為「大手門見附石[27]」。松平雙手插在褲袋裡，仰望著這顆巨石，蹙起了眉頭。不是不高興看到這麼大的石頭，只是單純有皺眉的習慣。

穿過多聞櫓的門後，松平沿著水已乾涸、底部長滿綠色植物的空濠前進。穿著運動服努力慢跑的少女們，排成一列從他旁邊經過，應該是附近高中的學生。每個學生都汗水淋漓，劉海貼在額頭上，筋疲力竭地拖著沉重的身體。與空濠相隔一條道路的地方，有棟看似道場的建築物，從門戶大敞的入口處，傳來孩子們勤練劍道的揮劍吶喊聲，令人感到神清氣爽。

松平從櫻門㉘走進了本丸。觀光客們都抬頭看著大城門，不停地拍照。剛才從他身旁經過的人說的都是外國話，有韓文、中文、英文，洋溢著國際色彩。走過城門時，他用手指滑過向左右敞開的大門表面。仔細一看，發現大門表面是由寬約二十公分的鐵板所排列，再用鉚釘一根緊接著一根固定住。「哦～」松平發出驚嘆聲，看著不斷往上延伸的一大片鐵板。

進入本丸後，松平付了六百圓爬上天守閣。

先搭電梯到五樓，再從那裡爬樓梯到最上層。幾個應該是來參加畢業旅行的韓國學生，正在最上層嬉戲笑鬧。松平打開玻璃門，走到外面。年輕人都各自擺出歡樂的姿勢，以大阪街道為背景拍照留念。松平還是眉頭緊蹙，從他們身旁走過。並不是嫌他們吵，只是被強風吹得繃起了臉。

松平以悠閒的步伐，繞行展望台最上層一圈。風很強，天很藍，可以清楚地看到遠處的生駒山與金剛山。往北望去，眼前是緊攀著綠色瓦頂，齜牙咧嘴、身體弓起的金色鴟尾㉙，看起來

㉔外濠是大阪城最外面的護城河。
㉕大手門即大阪城的正門。
㉖本丸指城堡的中心部分，建有天守閣的地方。
㉗大阪城的石牆由很多巨石堆砌而成，大手門見附石便是其中之一。
㉘櫻門是大阪城本丸的入口，位於天守閣的正南方，因豐臣秀吉時代在這附近種植了櫻花樹而得名。
㉙鴟尾是一種設計在屋脊兩端的瓦製獸形裝飾。

雄壯威武。更前方是流水瀲瀲的內濠。再更前方，可以看到幾條粗大的河川匯合交流，形成雄偉的水都景象。京阪電車的綠色車廂，在迤邐的白雲下悠閒地行進著。形狀扁平、顏色暗淡的船隻，拖著淡淡的水痕，在大河的河面上緩緩前進。

從望向西側的角落，可以俯瞰大阪府廳。往下看，蒼鬱的樹林已經延伸到本丸的濠溝邊，越過空濠後是西之丸庭園的一大片草地。再往前的建築物，就是前幾天松平大發雷霆的大阪府廳，好幾條寫著標語的長布條從屋頂垂掛下來。隔著停車場，左手邊是大阪府警局的雄偉建築，大小起碼是府廳的一倍大，屋頂上設有巨大的直升機起降場，四角形窗戶等間隔排列在白色牆面上，看起來就像堅固的要塞。再隔壁的NHK大阪電視台，高度又是大阪府警局大樓的一倍。

松平從NHK、大阪府警局依序拉回視線，回到暗灰色的大阪府廳，怎麼看都感覺略遜一籌。然而，儘管外觀的霸氣稍嫌不足，玄關大廳的雕樑畫棟，卻使大阪府廳成為大阪屈指可數的有名建築，因此是無法憑外觀來評斷其價值的。

最後，松平眺望東南方後，離開了展望台。鋼筋水泥建造的大阪城天守閣，還兼具了資料館的功能。但是，松平對展示品根本沒有興趣，快步走下樓梯，離開了天守閣。

在天守閣下方廣場旁的商店買了冰棒後，他就坐在濠溝旁的長椅上，仰望著天守閣。

從接近正下方處仰望大阪城時，會感受到一股喧赫的氣勢。眼前成為地基的石牆確實很雄偉，但松平還是不禁感嘆，竟然支撐得住如泰山壓頂般聳立的天守閣。給人如此重量感的城郭建築，正俯瞰著松平坐的長椅。

松平邊默默吃著冰棒，邊玩味著從剛才就在心中紛擾、騷動的某種情感——就像即使他人在東京，每當大阪城的照片或影像出其不意地映入眼簾時，他也一定會想起的某種糾結情感。

那種情感像是夢境，也像是確切的記憶。乍看之下，彷彿有著石頭般清楚的輪廓，但伸手碰觸，又像沙子般脆弱，如幽靈般從指尖瓦解流瀉。

禮拜一，在從東京發車的新幹線車內聽到鳥居說的話時，松平不由得在心中「咦？」了一聲。因為鳥居說，小時候在富士山山麓看到了十字架，那種如幻似真的情境，性質與松平所擁有的記憶非常相似。

平常不太談私事的松平，突然很想說出自己的經驗，就是因為鳥居的話帶給他不可思議的親切感。但是就在他正要開口時，鳥居看到了窗外的富士山，開始大呼小叫，讓他錯過了開口的時機。

手上拿著冰棒的松平皺起眉頭，回想他在新幹線車內原本要對鳥居說的話。

好個如幻似真的情境。

真的發生在遙遠的三十五年前。

某天晚上，松平看到在大阪夜空下，染成了深紅色的大阪城。

✣

因為是三十五年前，所以是松平四歲時的事。

當時，松平的家在大阪的森之宮。

他和母親、外婆三人，住在由幾棟同樣是箱形外觀的建築物構成的社區。三十五年前跟現在不一樣，大阪城四周幾乎沒有高樓大廈。矗立在石牆上的天守閣是八層樓建築，地面上的高度為五十公尺，沒有其他建築凌駕其上。大阪城每天都悠閒地俯瞰著大阪的街道，松平總是從房間的陽台上眺望著她的身影。

松平在大阪生活，是在雙親分居的那段期間，也就是三歲到五歲那兩年半的時間。所以，松平對那晚的記憶，幾乎是片片段段，模糊不清。

儘管如此，那個景象——也就是大阪城紅通通地浮現在黑夜中的模樣——還是深深烙印在他的腦海裡，直到現在。大阪城並沒有被火焰吞噬，臉色卻變得通紅，像塗滿鮮血般的顏色，聳立在夜空中。

在陽台上目擊到不尋常光景的松平，不由得衝到社區外。大阪城究竟發生了什麼事？四歲小孩被城堡的異樣光景嚇得驚慌失措。但是當他跑到社區旁的中央大通後，就沒辦法再接近大阪城一步了。

因為晚上的中央大通人山人海，擠得水洩不通。

平常交通流量很大的馬路上，連一輛車都沒有。不，正確來說，是沒有車子開得進來。左右都是洶湧的人潮，淹沒了車道，在黑暗中攢動著。從中央大通往西走，就會到達現在的ＪＲ森之宮站，也就是大阪城公園的森之宮入口。人潮全都走向了西方的大阪城。

不可思議的是，從松平眼前經過的全是男人，而且都是大人，沒有看到半個女人或小孩。沒有大聲喧嚷，但也不是鴉雀無聲，男人們在異樣的紛擾中，緩緩地向前移動。大阪城像在悲嘆般，紅通通地浮現在層層重疊的黑色身影前方。松平站在人車分道石上，茫然地目送著他們。

此時，從上頭傳來低沉、粗獷的聲音。松平驚慌地抬起頭，看到一個高大的男人正俯視著他。

「喂！小孩子快回家。」

「這麼晚了，小孩子不可以出來。」

男人的聲音聽起來不太高興，把手放在松平的頭上。手的力氣意外地強大，松平不由得往後退，就那樣頭也不回地跑回自己的房間，鑽進棉被後，還很怕剛才那個男人會追來按玄關的門鈴，心有餘悸，久久無法平復。

有關那晚的記憶，就到此為止了。

第二天，松平沒有把這件事告訴母親。因為他是在母親外出工作時，丟下正在睡覺的外婆，一個人跑出去的。要是被母親知道了，一定會挨罵。

所以，松平只問母親：

「大阪城是不是發生了火災？」

「昨天晚上，大阪城是不是有很大的活動？」

那時候母親怎麼回答，他已經不太記得了。只記得被母親笑說：「你大概做了什麼夢吧？」讓他很不高興。

怎麼樣都無法釋懷的松平，向附近的朋友問了昨天晚上的事，還假裝不經意地問了同社區的大人們。但是，沒有人看到夜晚被染得火紅的大阪城。關於塞滿整條中央大通的人潮，大家的答案也一樣。

松平原本就是個沉默寡言的小孩，所以幾天後就不再提這件事了。而實際上，也沒有任何線索可以證明松平所說的話。大阪城再也不曾在半夜被染得通紅，呈現在陽台前方的模樣一如往常，中央大通也是熱鬧依舊、車水馬龍。松平不得不把疑問藏在心底，但是，他是個頭腦清晰的孩子，所以清楚記得這件事，就算年紀逐漸增長也不曾忘記過。

那之後經過三十五年了，現在松平正從正下方仰望著大阪城。天守閣的雄姿與年幼時的記憶沒什麼差別，就跟松平喜歡吃冰的嗜好一樣，沒有任何改變。然而，不管松平多優秀，人類的記憶還是會一點一點地走樣。關於那晚的記憶，他已經無法分辨是自己四歲時做夢的記憶，還是發生過的事實。當然，以常理判斷，松平的記憶只可能是「夢」。因為沒有火災，大阪城不可能被燒得通紅；沒有慶典活動，中央大通也不可能被人潮淹沒。更具決定性的理由是：沒有任何人目睹這樣的事實。

儘管如此，松平還是拋不開這個記憶。鳥居自嘲地說，他曾在富士山山麓看到的十字架應該是夢，但是，每當新幹線經過他在夢中目睹的現場時，他還是會不由自主地尋找十字架。那句話就像鏡子，映照出松平的心理。在大阪府廳度過的夜晚，松平每次從窗戶望出去，都會下意識地尋找大阪城，期待再看到聳立在黑暗中的紅色天守閣。但是，他看到的當然只是在燈光照耀下的平凡大阪城。

從天守閣的展望台望向東南方時，松平觀察過森之宮一帶。陌生的高樓大廈櫛比鱗次，俯瞰著大阪城公園。他試著尋找三十五年前與母親、外婆住過的社區，但是，不知道是被哪棟大樓擋住了，還是原址重建了，一直到最後都沒找到。

自己的記憶變得如此不可靠，讓松平有些訝異，卻又有種解脫的感覺。因為俯瞰環繞在四周的寬廣街道，已經讓他徹底明白那果然是「夢」。每天都有成千上萬的視線，像他這樣盯著大阪城，如果要把自己的夢視為現實，首先就得證明這麼多的大阪市民的視線都不存在。面對一望無際的大阪平原的熱鬧景象，他知道那是不可能的事。

騎著腳踏車的老人牽著吐著舌頭的柴犬，悠閒地穿過松平與大阪城之間。

松平回過神，發現仰望著大阪城的自己正舔著已經沒有冰的木棒。他從長椅站起來，走向垃圾桶，正要丟掉木棒時，停了下來。他盯著木棒，上面印著「再來一枝」。

要不要直接丟了？他猶豫了一下，緩緩轉過身，眉間依然深鎖，腳步卻好像輕盈了許多，拿著木棒走向商店。

中央聯合辦公大樓第七號館挺立在霞關的財務省背後，地面三十三層，高一百五十六公尺，會計檢查院的辦公室就在這裡面。週末結束後的禮拜一，鳥居在極接近上班時間才到，接著慌慌張張地衝進了第六局的大廳。

脫下西裝外套的鳥居邊擦著額頭上的汗水，邊環視辦公室，就撞見局長兇惡的眼神，他趕緊坐下來，打開公事包。正要拿出文件時，他露出「咦」的表情轉過頭。只要是必須回辦公室工作的日子，向來會比任何人早到的松平，竟然不見人影。

「喂，副局長呢？」鳥居問坐在相隔兩個位子的旭。

旭從攤開的英文報紙抬起頭說：

「他剛才來過電話，說要延長出差時間，現在還在大阪。」

「咦，是嗎？怎麼回事？是掃墓不順利嗎？」

「才不是呢！」旭低聲否認，摺起報紙放在桌上說：「是ＯＪＯ的檢查。」

「啊，聯絡上了？」

鳥居往桌子邊緣一推，椅子便向後退，輪子發出聲響，一直倒退到旭的身旁。

「他什麼時候要去檢查？今天嗎？」

「明天，他說檢查完就回東京。」

「好像全都推給了副局長一個人，有點過意不去……不過，怎麼會演變成要去檢查呢？」

「昨天早上，我想再打最後一通電話給ＯＪＯ，沒想到接通了。」

「咦？那妳跟對方交談了？」

旭點頭說是呀，優雅地交換修長雙腿的位置。

「對方有道歉嗎？禮拜四的事，他們怎麼說？為什麼不在？為什麼那之後完全沒有消息？」

為了安撫像連珠砲般發問的鳥居，旭以沉穩的聲音回答他：

「對方說搞錯了一個禮拜。」

「搞錯？妳是說，對方完全不知道他們帶給我們多大的困擾？」

「對方說他們沒有固定的專職人員，禮拜四、禮拜五都正好沒人在。」

「可是昨天有人在吧？通常休假的話，會休禮拜天吧？我把寫了我手機號碼的字條夾在門縫裡，他們為什麼不跟我聯絡呢？」

「對方好像搞不清楚狀況。」

「什麼嘛！太過分了。」

鳥居滿腹委屈地看著天花板，突然大叫一聲：「咦？」坐回原來的姿勢。

「可是這太奇怪了吧？旭，妳不是前一天才打電話去，告訴他們檢查時間嗎？怎麼可能把明天跟下個禮拜的時間搞錯呢？我看他們是在說謊吧？」

「從電話中，我可以感覺到，搞清楚狀況後，他們非常慌張……跟我說了好幾次對不起。」

「現在道歉有什麼用？我們都回到東京了。」

「應該是我第一次通知時沒有說清楚。對不起，給大家添麻煩了。」旭平靜地向鳥居低頭致歉。

「哎呀！沒關係啦……有聯絡上就好。」由於旭致歉的表情非常誠懇，鳥居反而覺得不好意思。「那麼關於檢查的事，對方怎麼說？」

「他們說原先的準備是以禮拜四為目標，所以現在趕工整理資料，也要到禮拜二才能完成。」

「真是一群厚顏無恥的人。」

「我馬上打電話給松平，他正好在旅館準備退房，剛開始還對我說：『我要思考一下。』」

「最後還是決定去了？」

「是的。」

「副局長果然還是放不下。那麼，他今天也在大阪悠閒地度假囉？真好。」

「他說他向局長提出了延長出差的申請。對了，在電話裡，他也提到了你的伊媚兒。」

「咦，是嗎？副局長說什麼？」

聽到旭這麼說，鳥居的臉頓時亮了起來。

「他說你傳給他很奇怪的伊媚兒，要我轉告你，有空他會去看看。」

「哦，是嗎？」笑得合不攏嘴的鳥居在座位上搖晃起上半身。旭問他傳了什麼，他反問：

「啊，想知道嗎？」旭搖頭說不怎麼想，他就輕輕乾咳幾聲，逕自說了起來。

「就是長濱大樓嘛！妳還記得那個紅磚配白帶子的外觀嗎？我告訴妳，那幾條白色橫線都是用花崗岩鋪起來的。昨天我有些疑問，就去圖書館查資料。上禮拜五，我跟妳分開後，看著東京車站的建築，突然靈光乍現。」

可能是因為聽不到話裡的重點，旭一直皺著眉頭聽鳥居說話，但是，中間突然殺出尖銳的質疑。

「對了，鳥居，你那時候為什麼要出剪票口？你不是可以直接搭ＪＲ回家嗎？」

「因……因為我要去大丸買樣東西。」

「去大丸？才剛出差回來就跑去買東西？那個時間店也快打烊了吧？」

「那東西我常買，所以很快就買好了……不過，這件事與妳無關吧？」

鳥居不但豐腴的臉頰泛紅，還再三強調這件事不重要。

「重點是東京車站。我抬頭看車站的紅磚建築時，突然想起長濱大樓。除了紅磚之外，規模、老舊程度都不一樣，建築物的整體感覺卻很相似。在大阪看著長濱大樓時，我就有種奇妙的感覺，一定是因為東京車站的影像儲存在我大腦裡的某個角落。所以，我一直記掛著這件事，昨天上午正好有時間，我就去附近的圖書館查東京車站的資料，結果查到某個建築家的名字。妳知道嗎？設計東京車站的人名叫辰野金吾，是個很了不起的人……」

可能是搞不清楚鳥居想說什麼，旭幾乎沒有回應。

「妳不知道辰野金吾嗎？沒辦法，我告訴妳吧！」

鳥居開始在旭面前神采奕奕地上起課來。

他說：安政元年（西元一八五四年）出生於佐賀縣的辰野金吾，是現今東京大學工學院前身「工部大學」的第一屆學生。向應聘而來的外籍講師康德習得西洋建築的基礎知識。明治十二年以第一名畢業，公費留學英國。回國後，致力於讓西洋建築扎根於日本，更投入教育，培養出無數的後繼者，成為代表明治、大正時期的建築界偉人，名留青史。

他說：辰野金吾的建築特徵，主要是根據英國「自由古典風格」（Free Classic），在紅磚牆面上，將白色石材以帶狀環繞好幾圈的立面結構。辰野金吾的拿手設計，就是將這種鮮明亮麗的外觀與半圓形屋頂組合，人稱「辰野式建築」。因為作品具有厚重、堅固的特質，所以常有人戲稱他為辰野「堅固」㉚。

他說：從十九世紀末到二十世紀初，辰野金吾參與了現今東京車站前身的中央停車場等，多數代表明治政府權威的建築設計。其中有不少建築現在還在使用中，譬如：東京日本橋的日本銀行總行、大阪中之島的日本銀行大阪分行、中央公會堂、奈良旅館、京都文化博物館別館、南海電車濱寺公園站等等。現存建築物多在關西，其他像是初代兩國國技館那樣已經不存在的建築，或是他有參與設計的建築，更是不計其數。目前，為了重現東京車站在大正三年創建時的模樣，正投入五百億圓巨資進行復原工程。

「所以，辰野金吾是日本近代建築史上光輝燦爛的巨人。」

聽鳥居說得口沫橫飛，旭始終流露出思索的眼神，半晌才提出質疑。

「那麼，那個辰野式建築跟這次會計檢查院的實地檢查有什麼關係？」

鳥居顯得有些掃興，回看著旭說：

「我不是說了嗎？那棟長濱大樓是辰野金吾蓋的啊！」

「就算是，又跟檢查有什麼關係呢？再說，圖書館有長濱大樓的相關文獻紀錄嗎？」

「沒有。」鳥居呆呆地搖搖頭說：「我翻閱過無數圖鑑，都沒看到長濱大樓。不過，當時的建築有很多設計者不詳，所以那棟建築無庸置疑也是辰野金吾的設計。不只外觀，連氣氛……不，應該說連『靈魂』都一樣。」

鳥居充滿自信地點著頭，讓人很難相信他根本沒有具體的根據。

「長濱大樓看起來比東京車站老舊幾十倍，那也是沒辦法的事，因為東京車站曾在戰後重建。而長濱大樓應該是建於明治時代，一直維持原狀到現在。裡面的感覺跟我就讀的小學太像了，不論是樓梯或扶手的陳舊感都一模一樣。雖然學校現在已經被拆除不在了，但是以前校長常驕傲地說，我就讀的那所小學是明治時代建造的。那時候正是阿辰活躍的時候。」

㉚金吾的日文發音是「kinngo」，堅固的日文發音則是「kenngo」，故取兩者諧音加以戲稱。

阿辰啊？旭喃喃低吟，面有難色地思索著什麼。

「所以……你把這件事mail給松平了？」旭試探地問。

「嗯，總覺得其中隱藏著什麼。我們住的旅館附近，也有很多辰野金吾設計的建築，所以我就把名單傳給他了。副局長禮拜天也在大阪吧？不知道為什麼，我就是想傳給他。妳也知道，我的直覺常常都很準。」

「這件事我聽過很多次了。」

「說真的，偶爾去圖書館的感覺不錯呢！在安靜的場所，沉浸在知性的時光裡，讓我遺忘了禮拜六的失敗，又有了繼續努力的幹勁。」

「對了，旭，妳那邊怎麼樣？禮拜六那天，妳不是來辦公室查ＯＪＯ嗎？知道上次負責調查的人是誰嗎？」

失敗？旭訝異地問。鳥居說：「沒、沒什麼。」突然把臉沉了下來。

鳥居硬是轉變了話題。

「老實說，關於這件事，」終於可以言歸正傳了，旭在椅子上重新端正坐姿，「我照你的話去做，在資料室調查上次檢查的結果，但是什麼也沒查到。」

「沒查到？妳是說找不到檔案？」

「不，我很快就找到檔案了。我看過內容，也確認了負責檢查的調查官，但是，就到此為止了。」

「啊！妳不知道怎麼跟他們聯絡？對不起，員工名冊就放在那個櫃子裡。」

「不需要員工名冊，因為就算查應該也查不到。」

鳥居愣了一下說：「我不懂，什麼意思？」他轉動椅子，讓自己面向旭。

「當時負責檢查的人，全都辭職了。」

旭這麼說，鳥居皺起了眉頭。

「全都辭職了？譬如誰……？妳說說看名字。」

鳥居稍微壓低了聲音。

「我說了你也不知道，你來會計檢查院時，他們已經全都辭職了。」

「那就奇怪了，我來這裡都第十年了。」

「沒錯，所以你進來時，已經一個人都不在了。」

「咦？」

發出高八度假音的鳥居，目不轉睛地盯著旭。旭淡茶褐色眼睛之中蕩漾著些許挑釁的光芒，回看著鳥居。

「慢、慢著，前一次的檢查……到底是什麼時候？」

鳥居的詢問掩不住震驚，旭平靜地回答他：

「三十五年前。」

✤

走在不知道通往何處的漫長隧道裡，不知為何，松平想起了父親。

三天前，松平去替父親掃墓。自從三週年忌後，這是他九年以來，再次回到箕面市這個父親沉睡的墓園。

父親跟他一樣，當了一輩子的公務員，從爾虞我詐的官僚世界激烈競爭中脫穎而出，最後在霞關晉升到事務次官㉛的職位。

松平的母親與父親三度分居，最後終於離婚了。離婚時，跟以前分居時一樣，松平又跟著母親離開了家，之後就改冠母姓，直到現在。所以在會計檢查院內，只有一小部分幹部知道松平的父親是誰。

大學畢業後，決定進入會計檢查院時，松平在父母離異兩年後，第一次去見了父親。當時，父親是事務次官，高居官僚世界的頂點。松平以第一名通過國家考試的事，早已傳入父親耳裡。當松平向他報告已經決定進入會計檢查院時，他的臉都歪了，沒好氣地說：

「為什麼選擇那種毫無意義的工作？」

看到父親面對兒子的失望表情與不時交錯出現的憎惡眼神，松平不得不承認，自己會選擇會計檢查院，有部分原因就是因為想看到父親這樣的反應。

那時冷到極點的短暫交談，就是松平與父親相處的最後時光。

松平成為調查官六年後，父親病倒了。之前就聽說他心臟不好，但是知道他住院之後，松平也不曾去探望過他。某天，松平去廣島進行實地檢查，接到母親的緊急通知，說父親已經病危，希望可以跟松平見面說句話。松平心想，一定是母親想硬拉他去見父親，就冷冷地說：「他才不會說這種話。」母親激動地說：「他一天說好幾次想見你。」

拋妻棄子、想做的事一定做到、絕不向人低頭、極度追求權勢、充滿野心、冷酷無情的男人——這就是松平對父親的印象，所以他總覺得母親轉告他的話，聽起來很奇怪。母親在電話裡說，父親強烈希望見到他，但越是聽到母親這麼說，他的心就越緊繃。

最後，他選擇待在廣島，繼續工作。因為他們之間的距離過於遙遠，他再也裝不出父子的樣子。曾經被父親評價為毫無意義的工作，已經成為值得他奉獻信念的目標。所以，他堅持完成實地檢查，結果父親就在他出差的最後一天去世了。

松平的父母都是大阪人，因此父親的喪禮在大阪舉行。在退休年齡讓出次官寶座、離開霞關的父親，收到新、舊總理大臣等許多來自永田町㉜的花圈。上香的人也絡繹不絕，但是，顯然都是為工作而來。母親聽著誦經聲，默默哭泣著。松平看著正前方的父親遺像，第一次知道這個人原來也會笑。

那之後，為了實地檢查，松平來過大阪很多次，但都沒有去父親的墓地祭拜過。父親死後，松平還是無法拉近與父親之間的距離。這次會想來給父親掃墓，連松平自己都覺得不可思議。

不過，他還是花了很長一段時間，才決定這麼做。會商結束後，在前往新大阪的車內，松平還猶豫著要不要去掃墓。他終於下定決心，是站在新大阪車站剪票口前面的時候。

——結果，說不定是父親引導自己來到了這裡。

走在以長濱大樓的一樓為起點、看不到終點的隧道裡，松平突然有這樣的想法。為了父親，他延長在大阪停留的時間，結果接到旭的通知，之後就走在這個莫名其妙的地方了。

隧道的寬度大約只能讓兩個大人並肩而行。松平走在帶路的男人後方約兩公尺處，鞋子踩在水泥地上發出聲響。他還以為隧道兩側都抹了水泥，沒想到還是有石牆裸露的地方。堆砌起來的石頭凹凸不平，在天花板的照明下浮現，形成陰森的可怕黑影。

松平伸手去摸石牆的粗糙表面，帶路的男人注意到他的舉動，轉過頭，以沉穩的聲音對他說：

「這兩側剛好是太閤下水道，也就是豐臣時代的下水道設施遺址。一般說到太閤下水道，都

㉛事務次官即在中央機關協助大臣處理政務的官員，各省只設一人，也是日本公務員的最高層級（約等於台灣的常務次長）。
㉜永田町位於東京都千代區內，皇居的西南方，國會議事堂及首相官邸設於此處。另一方面，也是「首相官邸」或「政界」的俗稱。

是指江戶時代的建設，其實這裡才是創始鼻祖。江戶時期的大阪，以世界屈指可數的地下水道設施普及率為傲。品質也非常好，有長達二十公里的地下水道，現在中央區和西區還在使用中。」

「你真清楚呢！」

松平踏入隧道後，這是第一次開口說話，聲音隨著回音消失在隧道深處。

「因為我平常在小學教社會科。」

這樣的回答讓松平訝異地蹙起了眉頭。

「我是老師，但這也是我的任務，也就是帶路人。」看到松平的表情，男人回給他一個平靜的笑容。「現在請不要問太多，稍後自然有人向你說明。」不等松平回答，男人就把頭轉回了前方。

兩人又默默走在只聽到響亮鞋聲的隧道裡。

以等間隔延伸的天花板照明的盡頭處，開始有了些微的變化。看起來像影子的小黑點，逐漸向外擴大。

走近一看，才知道那是一扇黑色的門。兩人在門前停下來。眼前的巨大鐵門，是由好幾片長方形鐵板排列起來，再以鉚釘固定住。那種頗有質感的設計，在隧道入口處也有看到，就跟松平在大阪城看到的門一樣。

「遠道而來，辛苦您了。」

男人的話一說完，鐵門就伴隨著沉甸甸的震動，緩緩地向旁邊滑開了。

✤

穿過大有資格稱為「大門」的入口後，松平跟繼續帶路的男人一起走上走廊。

這裡跟隧道迥然不同，挑高的天花板上只有稀稀疏疏的照明，彼此之間又相隔很遠，所以走廊顯得有些昏暗。

不知不覺中，腳下鋪上了深紅色的地毯。鞋子踩在纖維上的柔軟聲音，慢幾拍後才傳到耳邊，松平邊聽著那聲音，邊確認手錶的時間。指針顯示現在是下午三點十分。

下午兩點半，松平遵守約定時間，在長濱大樓前下了計程車。

下午兩點三十五分，出現在大樓入口處的男人帶松平進入一樓。關於長濱大樓的結構，松平已經看過烏居的報告。「不是在四樓嗎？」松平問。男人回說：「這棟大樓是一體的。」

下午兩點四十分，有個老人穿著畫有糯米糰圖案、下面寫著「不倒翁」店名的圍裙，替他們打開了牆壁門後方那條看不見盡頭的直直隧道。老人交給正要進入隧道的松平一個白色塑膠牌子，指著上面「〇〇一」的號碼說：「這是入城票，出來時請還給我。」

結果，走了三十分鐘才穿越隧道，以直線距離來算約兩公里。

假設隧道入口處所在的長濱大樓一樓，就是松平從計程車下來的地方，那麼由此估算，這裡應該是地下二樓。沿途幾乎沒有坡度，可見隧道是直接貫穿上町台地的地下。

松平慢慢將左手舉到頭上，在腦裡默默地攤開大阪市街道圖。

受到城下町時代㉝的影響，大阪中心區域的大小道路是向東、西、南、北延伸，形成縱橫交錯的棋盤狀。松平假設經過長濱大樓前的狹窄車道都是南北方向，再從設置鐵門的牆壁角度，算出從那裡垂直延伸出去的隧道將通往什麼方位。

㉝城下町是戰國時代以後，以封建領主的居城為中心發展出來的都市，大阪的「城下町時代」是指從戰國時代的一四六七年至德川家康將重心轉移到東京的一六〇三年間，大阪的城下町興盛繁榮的時期。

不到幾秒鐘，松平卓越的記憶力就使大阪市街道圖重現腦海，並從中找到了目前的所在地。

「請在這裡等一下。」

帶路的男人說，眼前的視野也瞬間變得開闊了。紅色地毯終止，松平的鞋子開始敲響地面。堅硬的回音在四周繚繞，耳朵比眼睛更快意識到空間的大小。接著，來自視覺的資訊一湧而上，松平如雕像般呆立原地。

「這裡是大阪城公園地底下。」

目前所在位置的相關答案帶給松平的衝擊，很快就被新的衝擊取代了。松平的視線像被引導般，從繪有幾何圖案鑲嵌畫的大理石地面、巨大柱子並列的壁面到挑高的天花板，逐漸往上升。

「松平先生，您知道這棟建築物吧？」

男人站在位於地面中央的幾何圖案上，聲音沉著地問。

松平沉默地點點頭。

「會計檢查院的人果然也會去那裡。我沒有去過那邊的建築物，所以不知道有多像。如果我去那邊任教，應該也會帶學生去那裡上社會科的戶外教學。不過，從照片來看，幾乎是同樣的設計，只是這邊的天花板大約矮十公尺。」

聽到男人這麼說，松平又仔細觀察天花板。即便比真的建築矮，也有二十五公尺高吧！

「為什麼這裡會有跟那裡一樣的建築物？」

從走進隧道後，這是松平第一次提出疑問。

「不，剛好相反，松平先生，」男人的嘴角浮現平靜的笑容，搖搖頭說：「是這裡先建造的，東京才是根據這裡的設計圖建造的。」

松平的眼睛眨也不眨地盯著男人的臉。

剎那間，腦海裡浮現兩天前，鳥居傳給他的伊媚兒內容。

以「我覺得有點問題，就去圖書館查了一下」為起頭的伊媚兒，洋洋灑灑地寫滿了關於辰野金吾這個建築家的解說。鳥居認為長濱大樓是出自辰野金吾之手，而ＯＪＯ卻刻意隱瞞那是辰野的作品。他還衍生出不可思議的推論，認為ＯＪＯ這麼做是因為不想公開長濱大樓。不用說，最後的結論當然是「ＯＪＯ很可疑」。

松平看著異於常人的部下傳來的伊媚兒，心想這傢伙真是有趣。伊媚兒還附加了出自辰野金吾之手的建築物名單，他很可能參與設計的某棟知名建築物也名列其中。

關於這棟建築物，松平也很熟，因為前兩個禮拜才因為工作而拜訪過。

進入這棟建築物的正面玄關，有個名為「中央大廳」的大型玄關大廳，位於聞名遐邇的中央塔正下方，也是連接眾議院與參議院的通道，松平不知道走過這個大廳多少次了。

松平做了一個深呼吸，仰望著眼前的巨大空間。

現在，他正站在國會議事堂的中央大廳內。

✤

國會議事堂坐落於東京都千代田區永田町一丁目。

而松平人在大阪。

但是，國會議事堂的景象卻如實地呈現在他眼前。

不論是巨大正方形地面中央的幾何圖案鑲嵌畫、柱體半埋入壁面的高聳四角柱、由這些柱子交接形成的半圓形大拱頂、拱頂彎曲部分的精緻雕刻、半圓形內側的玻璃彩繪，還是繞巡二樓的迴廊，都是松平在國會看到的模樣。恐怕連建築材料都一樣吧？從表面滲出來的光澤、堅固的質感等，也都令人感到很熟悉。

當然，還是有小地方不同。譬如，四個角落上方的畫就不一樣。國會議事堂畫的是春、夏、秋、冬的自然風景，這裡卻是很像古屏風上的畫。由於光線不足看不清楚，看上去像是雲的部分，因為鮮明的黃色顯得特別顯眼。此外，地面上的四個角落也少了台座。當然，也沒有著名的伊藤博文、大隈重信和板垣退助㉞的銅像。此外，沒有通往正式議場的中央樓梯入口，也沒有設在中央玄關處的玻璃門。

儘管如此，聳立在松平眼前的建築物，還是飄散著國會議事堂中央大廳那無法言喻的富麗堂皇和莊嚴氣氛，讓人不由自主地壓低聲音說話。那絕非贗品所能模仿，而是真品才有的磅礡氣勢。

這時候，松平覺得旁邊有人。

剛才他走過的大廳入口，站著一個穿著灰色西裝的男人和一個穿著水手服的少女。不知不覺中，帶路的男人已經走到兩人背後。

「讓您久等了。」語帶緊張的男人聲音在大廳響起。

松平重新握緊公事包的提把，極力掩飾情緒，走向兩人站立的地方。鞋子敲打在大理石上造成的聲音，響徹寂靜的大廳。

邊走向兩人，松平邊疑惑地想著：這兩人到底是什麼樣的組合？

一個是頂多四十歲出頭、體格有點過瘦的男人。短而整齊的頭髮、不太有肉的臉，跟松平有點像。

另一個應該是國中生，穿著領口繫著水藍色領巾的水手服，底下還套著暗紅色的運動褲。而且越靠近，松平就越覺得奇怪。遠看時就覺得哪裡不對勁，原來是水手服下，竟然是少年的身體。

松平不由得張大眼睛看，發現少年的領子有金色的光芒閃爍著，那是徽章的光芒。他想起收在口袋裡的白色塑膠牌子。

「這個標誌叫五七桐紋㉟，是豐臣家的家徽。」

松平的腦中浮現老人在長濱大樓一樓說的話。老人交給他的「入城票」上，印著跟少年的徽章同樣的標誌。

松平站在兩人面前。

與他正面對峙的男人領子上，也有光芒閃爍的圓形徽章。比少年那個徽章大一圈，但是中央一樣是以黑底金線畫成的「五七桐紋」。

幾乎就在同一時刻——

鳥居正在位於東京霞關地上二十九層樓的會計檢查院休息室，悠閒地眺望窗外，邊欣賞眼前的首相官邸與國會議事堂，邊小口地啜飲著罐裝啤酒，慵懶地打了個大呵欠。

初夏的陽光太過耀眼，鳥居離開窗邊，坐在長椅上。「後天就是五月的最後一天了，時間過得好快啊！」他跟坐在對面的同事聊著無關緊要的話，邊看著電視。

牆上的大型液晶電視正在播放總理大臣拜訪東協（ASEAN）的記者會。總理大臣掛著耳機，手搭在講台上，回答記者的問題。喝光啤酒後，鳥居伸個懶腰，站了起來。

把鋁罐扔進垃圾桶後，走過電視機前時，鳥居的視線突然定住了。

㉞三人均是日本有名的政治人物：伊藤博文是日本的首任首相，曾發動日清戰爭（甲午戰爭）。大隈重信亦曾擔任過首相，並於西元一九一四年決定參加第一次世界大戰，也是早稻田大學前身「東京專門學校」創辦人。板垣退助是日本自由黨的創立者，曾與大隈重信一同組閣。在東京國會議事堂的正門內，立有三人的銅像。

㉟「五七桐紋」的花紋是在三片桐葉上方，有三排桐花——中間有七朵花，左右兩旁各五朵花。

他先是停下腳步，盯著畫面，然後，猛然貼近總理大臣的臉。

高度到總理大臣胸部的木製講台中央，貼著一塊藍色底的橢圓形板子，鳥居瞪大眼睛看著那塊板子的正中央。印著「日本國」的金色文字上方，有很熟悉的標誌。

「啊！」

鳥居不禁嘴巴大張，叫了出來。

他還來不及想清楚，就已經從口袋拿出手機，匆匆忙忙地撥了現在應該正在ＯＪＯ檢查的松平的手機號碼。

然而，他聽到的卻是「您所撥的電話目前無法接通」，電話被無情地轉入了語音信箱。

「呃，我是鳥居。我在看電視時，正好看到總理在召開記者會，看見了長濱大樓玄關處雕刻的標誌，就是一樓寫著『長濱BUILDING』的牌子上的圖案……我看到真的很驚訝，就打電話給你了。」

激動得滿臉通紅的鳥居又接著說：「不過，這也不能說明什麼。啊！對了，檢查進行得怎麼樣了……哈哈哈！」又錄下一長串留言才結束通話。一旁，日本內閣總理大臣正站在貼著金色「五七桐紋」的講台後，板著一張臉宣讀給東協的致詞。

這時候，松平人在完全收不到手機訊號的地底下，在大阪國議事堂的其中一個房間裡，與大阪國總理大臣隔桌而坐，開始三十五年來的第一次檢查。

「檢查前，我想先請教一件事。」松平直視著對方，以低沉的聲音說：「你到底是什麼人？」

一陣沉默後，男人平靜但嚴肅的聲音在室內響起。

「我正要循序向你說明。不過，總而言之，就是類似『守護』的角色。」

「守護？」

松平的眉間蒙上陰霾。

「是的。」

「守護什麼?」

自稱是真田幸一的大阪國總理大臣，默默地指向擺在松平面前的文件堆中的其中一疊。骨瘦如柴的手指，指的是厚厚一疊寫著「社團法人OJO決算報告」標題的「OJO」三個字。

「保護OJO這個組織嗎?」

「不，組織本身沒有任何意義。」

松平眉間的陰霾更深了。

「OJO到底是什麼?究竟是什麼的簡稱?」

松平詢問的聲音帶著些許不耐煩。

「簡稱?」聽到松平那麼說，大阪國總理大臣顯得有點驚訝。「不，這不是簡稱，這就是我們要守護的人的名字。」

像被這個聲音誘導似地，松平的視線落在桌上堆積如山的文件上。當他盯著「OJO」三個字，下意識地低聲唸著時，有聲音附和他說：

「沒錯。」

松平停下嘴巴的動作，視線緊貼在封面的文字上好一會後，才緩緩抬起頭。

大阪國總理大臣的眼神似乎帶點緊張，直視著松平。

「OJO就是——『王女』㊱。」

㊱在日文中，「王女」有妃子或公主的意思，日語的發音就是OJO。

大阪市立空堀中學 III

坐在父親身旁的大輔，從剛才就在想：「老爸是不是腦筋秀逗了？」

但是，沒有人對怎麼想都很詭異的眼前這情況提出異議，包括剛才在大廳等待的男人在內，每個人都正經八百地坐在桌前。

穿過了隧道，看到突然出現在走廊盡頭的巨大廳堂，一時目瞪口呆的大輔，又跟父親一起轉往了其他地方。爬上樓梯，從俯瞰大廳的迴廊走到像是會議室的房間前，帶頭前進的幸一始終都沒有停下腳步，顯然對這棟建築物非常熟悉。滿心疑惑的大輔緊跟在父親身後。他從頭到尾都搞不清楚怎麼回事，有如身在夢中的不確實感，始終纏繞著他爬上階梯的步伐。他甚至開始懷疑，剛才父親突然自稱是「大阪國總理大臣」這件事，會不會也是自己聽錯了？不過，他也清楚感覺到，走在前面的幸一是非比尋常的緊張。他想問的事很多，但是，越過肩頭看到父親緊繃的側臉，他實在找不到開口詢問的時機。

在跟迴廊一樣鋪著深紅色地毯的寬敞房間裡，幸一、大輔與自稱是「會計檢查院調查官」的男人，隔著文件堆積如山的桌子，面對面坐著。房間裡充斥著霉味，讓大輔想起學校裡音樂教室隔壁房間的臭味，那是用來堆放管樂團樂器的房間。他看看面前厚厚的文件，其中有一份封面上排列著「社團法人ＯＪＯ軟體應付款　上期」這幾個他看不懂的字。

就在大輔坐下來不到三分鐘內，又有三個穿西裝的男人默默進入房內。這三個人並排坐在幸一旁邊。留著大把花白鬍鬚，自稱「石田」的微胖男人，說自己在大學教法律。戴著深度眼鏡、頭髮稀疏、有點瘦，自稱「片桐」的男人，自我介紹說平常從事會計師工作。最後，自稱

「長宗我部」的男人說：「剛才我跟您說過了，我在小學教社會科，今天是來當紀錄的。」向坐在對面的會計檢查院調查官微微一笑。前面兩個人是五十歲前後，小學社會科老師大約三十幾歲。看在大輔眼中，他們的容貌和模樣就像處處可見的歐吉桑。

自稱「松平」的男人，隔著長桌與大輔等五人相對而坐。相當於生日壽星主位的對面，有個很大的老舊時鐘發出砰砰的混濁聲響。指針綻放著微弱的光芒，在深棕色木框內側，指著下午三點半。

自己的父親就任「大阪國總理大臣」職位這件事，大輔當然從來沒聽說過，也沒聽過「大阪國」這個國家。他只知道父親的頭銜是大阪燒店「太閤」的老闆，還有住在附近長屋的鄰居們組成的自治會副會長。

現在，父親卻緊張地坐在大輔旁邊，一身陌生的西裝打扮，滿臉僵硬地看著坐在對面的調查官從膝上的公事包拿出紙筆，完全不像在開什麼玩笑。可是，「大阪國總理大臣」這個頭銜，怎麼想都很可笑。所謂總理大臣，是指國家的首領。剛剛還在家裡的電爐桌旁看體育報的男人，怎麼可以擔任那麼重要的職務呢？

還有，「大阪國」到底是什麼？

既然是國家，總有國民吧？但是，父親明明就是個日本人。上禮拜要去看牙醫時找不到健保卡，還一個人找遍了衣櫥。選舉時，也一定會跟母親一起去投票。不但有駕照，每次看關於年金的報導也都看得很認真。在附近下寺町的淨土真宗的寺廟裡，也有歷代祖先的墳墓。

可以的話，大輔很想現在就打斷大人們的談話，問父親一堆問題，但是，卻被現場的緊張氣氛壓抑著。他從進房間後，就沒有說過一句話。而調查官提出的質疑，就像他的一連串疑問，所以他從剛才就很專心聽著。看來，這個房間裡，只有調查官跟大輔對「大阪國」的存在抱持疑問。

調查官滔滔不絕的尖銳疑問，都是由幸一之外的三個人回答。什麼「條約」、「明治」、

「補助金」等深奧的字眼，在桌上飛來飛去。還出現了不少「太政官」、「政體書」等聽都沒聽過的用詞，有時交談的聲音也變得有點慷慨激昂。

聽著大人們的交談，大輔逐漸明白了一件事。

那就是坐在幸一旁邊的三個人，都把「大阪國」當成像空氣般理所當然的存在。

從他們的談話中，感受不到任何做作，也沒有半點硬掰的成分。大學教授淡淡述說著「大阪國」的相關法律問題，會計師嚴肅地談論著「大阪國」的經費問題。「大阪國」這三個字，彷彿幾百年前就存在般，從他們的嘴巴流瀉出來。

他們不時用到「所以」這個連接詞，調查官則是每句話的開頭幾乎都用「但是」這個轉折語。「所以」和「但是」僵持不下，彼此完全沒有退讓的意思，維持兩條平行線。傾聽大人們說話的大輔，可以感覺到謙恭有禮的交談下，潛藏著劍拔弩張的氣氛。老舊時鐘每十五分鐘就發出的砰砰聲響，有時會變得很大聲，震盪大輔的耳膜。

提問時間約七十分鐘，沒有間斷過，到了後來，大輔有百分之八十都聽不懂，只有在負責紀錄的小學老師偶爾插話，為調查官做補充說明或解釋地名時，他才能大約摸索到討論的方向。對於專家們複雜的發言內容能立即提出質疑反問的調查官，應該是個頭腦非常靈敏的人。父親也不知道聽懂了沒，一句話都沒說，只是默默看著現場的你來我往。應該是聽不懂吧？大輔冷靜地下了這樣的判斷。

提問終於暫停了，大輔抬起頭，視線正好與左手擺在頭上的調查官斜斜相對。調查官的眉間蹙起深深的皺紋。大輔不禁想，這個男人是否會認為自己也跟在座的大人們同樣立場呢？

說到底，這個人為什麼會在這裡？

大輔現在才對坐在眼前的會計檢查院調查官的存在產生疑問。他不知道會計檢查院的職責是什麼，不過，既然是調查官，應該就是來查什麼的。剛進房間時，這個人的確說過「檢查」之類的話。而且，他不是說關西腔，可見是來自其他地方。父親會穿上西裝，以及自己會被父親從學校叫回來、穿上水手服坐在這裡，應該都是為了應付這號人物。

大輔邊用指腹撫摸著裙子的褶線，邊觀察男人的臉。男人縮起下巴，輕輕地來回摸著短髮。從濃眉下放射出來的銳利視線，早已離開大輔，很快地掃視著大人們的臉。從他的表情可以明顯看出，他對剛才的談話內容還是抱持懷疑。這點又與大輔的心情不謀而合。

「三十五年前……」男人的視線落在眼前高高堆起的檔案上，低聲說：「會計檢查院的人是不是也來這裡調查過？」

「是的。」大輔身旁的幸一回答。可能是太久沒說話了，聲音帶點痰。他乾咳兩、三聲後又接著說：「那時候的確來了三個人。」

說得好像自己親眼看到了，大輔正這麼想時，幸一又平靜地點點頭說：「當時我也在場。」聽到這句話，不只大輔，連坐在對面的調查官也露出了些許訝異的表情。

「就跟我坐在這裡的兒子一樣，我也是莫名其妙地被父親帶來了這裡。」

大輔不由得把頭轉向父親，幸一只以眼角餘光瞥他一眼，就把視線拉回到調查官身上。

「他們相信你們說的話嗎？」

「不知道。」幸一把雙手放在膝上，保持中規中矩的姿勢，搖了搖頭。「剛開始聽我們說時，心情應該是跟你現在一樣。但是，我們說的話都是真的。」

「你是說……從很久以前，這個國家裡就另外存在著『大阪國』這個獨立的國家？」

「是的。」

調查官看著幸一好一會後，視線突然落在面前的檔案上。

「這些文件通通可以看嗎？」

「請自由翻閱，能準備的資料，我們通通備齊了。」

「可不可以讓我獨處一下？」

「知道了。」

幸一又交代他不可以帶出去或攝影後，就雙手抵在桌上站了起來，其他三人也跟著站起來。被幸一拍拍肩膀後，大輔也站了起來。從門旁走過時，大輔還回頭看了一眼。手還放在頭上的調查官，動也不動地注視著桌面。

✤

大輔從迴廊扶手俯瞰樓下的大廳。地面上巨大的幾何圖案鑲嵌畫，像一團黑影仰望著大輔。跟他剛才來的時候不一樣，從天花板照射下來的光線都消失了。感覺上，昏暗的大廳好像頓時空曠了許多。

迴廊的光線微弱地環繞著幾乎成立方體的大廳空間，建築物內還是一片冷清。可能是肩膀感到痠痛吧！幸一不停扭動著脖子、肩膀，鴉雀無聲的迴廊從剛才就只聽到從他的西裝發出來的輕微摩擦聲。大學教授等三人在其他房間待命，不在這裡。

「這些都是大理石？」大輔的手沿著扶手表面滑過，詢問父親。從扶手到柱子、壁面、大廳整體，都是富有光澤的建材。

「不是全部，譬如，這就是沖繩的珊瑚石灰石。」幸一說：「來，你看這裡，」他指著銜接側面欄杆的粗柱子表面，「有貝殼的化石浮在上面。」

大輔並不想走過去看，只遠遠抬頭看著柱子。隱藏在波浪起伏般的自然圖案裡，看不出哪個是貝殼。

「其他柱子應該有鸚鵡螺化石。」

大輔只是嗯哼應了一聲。

「爸……」

聽到大輔的叫喚，望著柱子的幸一「嗯？」一聲回應，轉頭面向他。

「是爺爺帶你來這裡的？」

「是啊！那是三十五年前的事了，我才七歲。我把這裡當成了遊樂場，在迴廊上跑來跑去。」

「你是說你從小就常常來這裡？」

「不，上次來是在爺爺快去世前……所以是七年前。」

雖然當時大輔才一年級，但是祖父昌一的死，大輔還記憶猶新。連祖父都知道這個地方，這樣的事實讓大輔有點受到打擊。而且，只有自己一個人被蒙在鼓裡，也讓他覺得格外落寞。

「那次也是跟爺爺一起來？」

幸一點頭說：「是呀！」

「為什麼那次不帶我一起來？」

「這是規矩。」幸一直截了當地說出理由。

「爺爺也是……呃……總理大臣嗎？」

「不是，他只是一般退休老人。」

「那麼，爸爸是什麼時候當上了總理大臣？」

「去年。」

「我什麼都不知道。」

「其實是輪替擔任的，這次輪到我被推選出來。而且，不必特地來這裡，只要利用店裡的公休日去剛才那棟大樓，就可以辦完大部分的事了。」

大輔越來越搞不清楚自己想問什麼了。如果這裡是商店協會的集會場所，而幸一的職務是商店協會會長，那麼大輔多少還能理解。但是，這裡卻是「大阪國」，而父親是大阪國總理大臣，還是輪替選出來的。那些誇張的國名、職務，從父親嘴裡說出來，怎麼聽都很不搭調。然而，大輔眼前這個完全脫離現實的壯麗空間，確確實實存在著。怎麼看都不像集會場所的感覺，卻也沒有刻意炫耀它的華美，大概是為了省電，大廳的照明沒有開，看不出是浮華奢靡，還是低調居家。總之，很難掌握大廳給人的感覺。

「不過，你看起來很鎮定呢！」

其實是不知道該問什麼才能揮去大腦的混沌不清，大輔已經默默地沉入混亂的海底了，幸一卻對他說了這麼沒神經的話，他忍不住生氣地說：「我才一點都不鎮定呢！只是聽到這麼多聽不懂的話，都搞不清楚什麼是什麼了。爸爸又不跟我說明，剛才在房間裡也都沒說話。」他噘起了嘴。

「因為我不太會說話。」

「不太會說也沒關係，說給我聽。」

不太會說話，不能當總理大臣吧？大輔很想這麼說，但強忍住了，還儘可能地壓抑聲調。

「這個嘛……」幸一用手掌摩擦著下巴，把腰靠在扶手上，說話的樣子很像他在店裡被客人問到「有沒有摩登燒㊲？」時的神情。「『太閤』的菜單上沒有摩登燒，因為老闆幸一認為摩登燒『有問題』。但是，有什麼問題，他本人也說不出個所以然。所以，只要有人提起摩登燒，他的聲音就會帶點困擾。

「要馬上聽懂恐怕很難，」幸一望著天花板，說起話來果然有點遲鈍，「大家都是花三、四十年慢慢理解到底是怎麼回事，所以要在一、兩個小時內搞懂，真的有點困難。」

「大家？」大輔不由得反問：「大家是指誰？」

「就是大阪的男人。」

「大阪的男人那麼多，到底是誰啊？」

「就是大阪的所有男人啊！」

「啊？」

大輔驚叫一聲，音量大得出奇，在大廳隱約迴盪著。

怎麼可能！大輔滿臉嚴肅地低嚷著。

「怎麼不可能？這是真的。」

「大阪有幾百萬個男人耶！」

「對啊！我指的就是所有男人。」幸一說得很肯定。「不過，也不能說是全部啦！像你在這之前就完全不知道。」

「那麼，隨便走在路上的人也知道？如果我問他們知不知道大阪國，很多人都會回答『知道』嗎？」

「不，不會。」幸一立刻否定。「不可以說出這裡的事，絕對不可以。所以只要踏出這裡一步，就沒有人會回答你的問題。應該說，這個問題根本不存在。所以，你絕對不可以說出來，也不能寫出來，知道嗎？」

㊲摩登燒就是加入了炒麵的大阪燒。

大輔被幸一強烈的語氣震懾住，點點頭說：

「嗯、嗯，我知道了。」

「這是從以前傳下來的規矩。」

「那麼，大家到現在還守著這個規矩？」

幸一用非常自然的語氣說：「是呀！」毫不猶豫地做了結論。

全都是令人難以置信的話。但是，大輔沒有一一反駁，倒是先提出了率直的疑問：

「為什麼沒有人打破這樣的規矩？」

「這個嘛……」幸一又出現了「摩登燒」的神情，用手掌摸著下巴，「因為大家說好要一起『守護』……」他仰望迴廊的天花板，喃喃說著。

「守護？」

幸一語重心長地說：「是呀！」視線在有著細長龜裂的老舊天花板上游移。

「是要守護……你剛才跟調查官說的『王女』嗎？」

「那也是其中之一。」

「這些都是真的囉？」

「聽著，大輔，」幸一望著天花板，叫兒子的名字，「我是個沒盡到守護責任的男人。」

父親的聲音有些沮喪，聽起來很陌生，大輔不由得看著父親的側臉。

「所以，我希望你能守護到最後。」

「守護什麼？」

「守護她。」

幸一看著大輔，喃喃說著，眼神流露出大輔從未見過的落寞。

「她？」

「現在，大阪國只有一個女人。」

「就、就是『王女』嗎？」

「只有一個女人」是什麼意思？父親到底在說什麼？大輔完全聽不懂，只能想到什麼就問什麼。

「那、那個『王女』是誰？在哪裡？總不會住在這裡面吧？」

大輔的聲音有點激動。幸一沉著地搖搖頭說：

「這裡沒有住人，這裡只是議事堂。」

「樓下那些人呢？」

「他們都是特地來的，有人是向公司請了假，有人是已經退休了。」

「那……那麼，那個『王女』在哪裡？」

當大輔手握迴廊扶手，朝父親靠近一步時，看到幸一背後的門悄悄打開了。

「爸……」

幸一被大輔的視線所吸引，轉過頭去，調查官正好從房門出來。

調查官看見幸一和大輔，便走到扶手處。他所站的位置，正好跟幸一和大輔所在的迴廊成九十度彎曲。隔著挑高大廳的拐角，調查官以渾厚有力的聲音說：

「我大致看過一遍資料了，還有事想請教。」

「知道了，我馬上過去。」

聽到幸一的回答，調查官點點頭，轉身離去。儘管調查官的身影已經消失在大廳，周遭卻仍然飄散著緊張的氣氛。

「那個人來過這裡嗎？」

「沒有，第一次。」

「如果那個人把這裡的事說出去……怎麼辦？那個人跟這裡沒有任何關係吧？」

「這就是問題所在。」

幸一吸吸鼻子，注視著調查官走進去的門。看起來又厚又重的木製門綻放微弱的光澤，沉穩地佇立著。

「我們不能強迫任何人，總理大臣的工作就是讓對方理解這件事。」

想起松平這個男人的臉，大輔的直覺判斷就是——父親也太天真了吧！

「人很難理解與自己不同的事物。」

「我知道，」幸一沉著地點點頭說：「但是，大輔，你不正試著在學校做這樣的事嗎？」

大輔猛然抬起頭看著父親。風采與看似聰敏的調查官迥然不同，有著匠人純樸特質的眼神，也注視著大輔。

「既然這樣，爸爸也要努力去做。」

幸一微微一笑。大輔低下頭，逃開父親的視線。剎那間，蜂須賀慘白的臉龐浮現腦海，臉中央還戴著白色護套。他的心頓時騷動不安，很想告訴父親：「我不是那樣。」

突然，大輔想起昨晚父親在店裡煎焦了好幾個大阪燒。現在他才知道，父親把今天的事埋藏在心底，一個人默默奮鬥著。

「真的不會有事嗎？」

連還是國中生的大輔都看得出來，那個叫松平的調查官全身上下都散發著不平凡的氣息。父親可能應付得來嗎？

「放心吧！」父親將兒子的擔心置之度外，拍拍他的肩膀說：「我去請老師他們來。」快步走向紅地毯前端的房間。

大輔倚靠著扶手，不安地目送父親離開。幸一在兒子的注視下，用力深呼吸，然後整理好西裝上衣的領子，再拉拉衣服，背部的縐褶就不見了。看著父親的背影，大輔終於知道父親為什麼喜歡廣島鯉魚隊前田選手的背部了。

✤

幸一帶著大學教授、會計師和小學社會科老師三人，走向調查官所在的房間。

途中，幸一交代大輔待在外面等。大輔心想，待在房裡只有窒息感，又聽不懂談話內容，所以乖乖地點了點頭。

「我要在哪裡等？」

「在這一樓的任何地方都可以。」

「可不可以看其他房間？」

「可以，不過每間都一樣。」

「可以下樓嗎？」大輔問。

「這個嘛……」幸一看看手上的錶確認時間，「等一下再下樓好嗎？再十五分鐘就五點半了，到時會有一組人大駕光臨，我不希望你這身打扮嚇到他們，所以你先待在這層樓。」

幸一在房門前停下來，敲了敲門。

「一組人？什麼人會來？」

「你看到就知道了，到時候，儘可能不要讓對方看見你。」

丟下令人完全聽不懂的話後，幸一對著屋內說「對不起」，便推開了門。先請三位老師進去後，自己也跟著進去了。

大人們一消失在門後，寂靜就跟著來了。

大輔東張西望，只見鋪著紅地毯的迴廊無聲地延續著。

孤獨的心情化成颼颼冷風，在大輔心中捲起漩渦。但是，總不能一直等在門前，於是大輔開始漫無目的地往前走。

大約只花十分鐘，大輔就繞了迴廊一圈，還順便把每間面向迴廊的房間都打開來看過。每間的空氣都很差，大輔打開燈後，不到十秒鐘就關燈、關門了。每間的擺設都跟迎接調查官的房間一樣，在長方形的房子中間擺著一張老舊的大桌子，結構都沒什麼特色，缺乏情趣。不過，最奇怪的是所有房間都沒有窗戶。

大輔的手指沿著迴廊的扶手滑行，往下看著燈光依然昏暗的大廳，開始思考自己被帶來這裡到底要做什麼？

回想起來，把他從教室帶出來的後藤、在一樓等的淺野老先生，好像都知道他將要去哪裡、要做什麼。兩人都對他說過「要協助幸一」，可見他是被帶來當幸一的助手。但是，太奇怪了，一個連狀況都搞不清楚的人，怎麼可能協助大阪國總理大臣呢？現在，他就是一個人待在屋外，無所事事地消磨著時間。

更大的疑惑是，這裡究竟是什麼地方？

離開家，他問要去哪裡時，父親回說「大阪城」。在大廳入口處時，好像還說過這裡是「真正的大阪城」。可是，這裡怎麼看都不像大阪城。大阪城沒有這種可以開舞會的洋式建築。如果是大阪城會館，或許可以完全容納這個巨大的建築物，但這裡絕不是同一棟建築。隧道入口的門的確很像城門，但是，並沒有石牆、天守閣或櫓。或者，「大阪城」只是指這個地方的暗號？大輔沿著扶手前進，滿腦子胡思亂想。

這時候，大廳的燈毫無預警地全亮了。

大輔往大廳看，確認怎麼回事。從正下方一帶傳來人聲，他聽過這個聲音，是等在隧道出口處的男人的聲音。

「會有一組人大駕光臨。」大輔想起剛才父親說的話。

難道是──「王女」？

他從「大駕光臨」的奇妙語感聯想到「王女」時，底下傳來幾個男人的聲音，還有什麼東西在大廳地面轉動的聲響。他悄悄把頭探出扶手外，想看清楚發生了什麼事。

好像算準了一樣，底下的人頭正好出現在大輔的視野範圍內。

視線下，光溜溜像玉石般的禿頭被天花板的燈照得亮晃晃，那是坐在輪椅上的老人的頭頂。

「啊，就是這樣的地方啊！」

大輔聽到老人的喃喃自語。輪椅後面跟著兩個男人。輪椅停在大廳中央的鑲嵌畫上。兩個年約五十歲，體格都很壯碩的男人，站在老人後面，目瞪口呆地盯著挑高的天花板。雖然髮型不同，但體格、嘴巴大張的角度、眉毛的濃厚都一模一樣，想來應該是兄弟。

大輔想起父親交代過儘可能不要被對方看到，趕緊蹲在扶手的陰暗處。兩個男人還難以置信地盯著眼前的景象，大輔就那樣躲過了他們的視線，回想起兩個小時前自己剛進來時，一定也是那樣的表情。

「很壯觀吧？」

傳來輪椅老人誇耀的聲音。那是聽起來一點都不洪亮，有點嘶啞的衰老嗓音。「哇……

哇！」後面的兩個人發出驚訝的聲音，頻頻點著頭。

「對不起，讓你們久等了。」

這時候，大廳響起男人的聲音。一個穿灰色西裝的男人邊再三點頭致意，邊從輪椅前方走過來。大輔第一次見到這個男人，看起來將近六十歲，長得很像學校的教務主任。看來，樓下跟這層樓不一樣，是有某些人在的。

「歡迎大駕光臨，請這邊走。」

男人的口吻不但恭敬而且親切，他在老人面前鞠躬彎腰，指向自己剛才來的方向。

「他們是我兒子。」

隱約可以聽到輪椅老人指著後方介紹兒子的聲音。

一行人在男人的帶領下，從大廳直線往前走，消失在大輔正前方的通道上。剛開始還稍微可以聽到他們的談話聲，沒多久，可能是進了哪間房間，談話聲隨著關門聲戛然而止。幾乎在同一時間，大廳天花板的燈也悄然暗了下來。

大輔站在扶手前，看著再度恢復寂靜的大廳。珊瑚石灰石的巨大柱子，化成白影佇立在失去光線的空間裡。

——這裡總不會是墳墓吧？

看著環繞著莊嚴氣氛的沉寂景象，大輔不禁這麼想。

✤

將近一個小時後，幸一等人才從房間出來。

這期間，大輔坐在地毯上，背靠著扶手，茫然望著天花板的裝飾。中間，大廳的燈亮過一次。

大輔轉頭往樓下看，是剛才那個輪椅老人和兩個兒子回來了。迴廊扶手的側面是格子狀，大輔就是從格子空隙偷看他們的表情。被介紹是兒子的兩人，表情有點僵硬地推著輪椅。而輪椅老人的表情卻跟兒子們成對比，平靜地注視著放在膝上的手。

父子三人的身影不見後，大廳的燈也跟著暗下來了。「好小氣哦！」大輔這麼想時，迴廊內突然響起交談聲，其中也包括父親的聲音，他慌忙直起身來，看到調查官和幸一並肩從旁邊的房間走出來。

大輔觀察比較著兩人的表情，立刻看出會談結果並不圓滿。調查官和幸一臉上都沒有笑容，接著從房間出來的三個人也一樣。

「我們就送到這裡了。」幸一說。

「知道了。」

從調查官回應的聲音，無法想像他的表情。

在擔任紀錄的小學老師的帶領下，調查官從幸一面前離開了。幸一深深一鞠躬，目送調查官離去，低著頭時，嚴肅的神色也沒有從他的臉上褪去。

看不到調查官的身影後，幸一也恭敬地對大學教授和會計師說：「辛苦你們了。」慰問他們的辛勞。體格魁梧的大學教授拍拍幸一的臂膀，點著頭說：「不會有事的。」會計師也浮現笑容，默默地表示同意。然而，連大輔都看得出來，那是勉強裝出來的表情。

「對不起，讓你等這麼久。」送走兩人後，幸一才轉向大輔，臉上帶著疲憊的笑容。

「哇！已經六點半了，要快點趕回店裡。」幸一看看手錶，著急地叫起來。

「咦，還要回去工作嗎？」

「當然啦！竹子一定在店裡大發脾氣了。」幸一催促大輔：「快走啦！」邁出步伐。

他們在迴廊上，朝跟調查官離開的相反方向前進，到盡頭時，幸一邊走下樓梯邊說：「這件事不要跟你媽說。」、「這是秘密，一走出外面，就不要跟任何人說，也不要跟我討論。」背對大輔的父親冒出一連串的「不要說」，大輔趕緊點頭說知道了。

「要從剛才進來的那條隧道走回去嗎？」

「不，搭計程車回去。」

大輔從這句話推測，這裡應該是某棟大樓內部，出了大樓就是一般的大阪街道。剛才站在隧道口的男人正等在樓梯下面。幸一說：「我們要搭電梯，麻煩聯絡一下。」男人點點頭走開了。

從樓梯轉向走廊，繼續往前走，前面就是昏暗的大廳。幸一突然在大廳前停下來，回頭問大輔：「我待在房間時，你看到了嗎？」

「你是說……坐輪椅的爺爺和兩個歐吉桑嗎？」

「看起來很像是父子。」

幸一點頭說沒錯。

「他們是父子。」

「你又沒看到，怎麼知道？」

「因為這裡都是父子一起來。」

「這裡總不會是……墳墓吧？」

「為什麼這麼想？」

「因為這棟建築物這麼大，又這麼安靜，太奇怪了。譬如說，對面那地方到底有什麼東西？」

大輔指著輪椅老人和他的兒子們消失的那條走廊，從他們的位置來看，正好在橫越大廳的直線上。走廊入口只見黑暗的陰影。

「啊！那條走廊上都是電腦室，所有房間都擺滿了大型超級電腦。」

「超級電腦？」聽到意想不到的答案，大輔驚叫起來：「為什麼需要那種東西？」

「為了計算呀！其實我不太清楚，但聽說速度很快。」

「計算……計算什麼？」

幸一沒有回答大輔的疑問，把視線從大廳轉向走廊的牆壁。大輔這才想到，父親為什麼在這裡停下來？就在這時候，響起「噹」的鈴聲。

牆上有個小紅燈籠形狀的燈泡亮了起來，就在幸一的視線前方。接著，小紅燈籠下方的部分牆壁，發出笨重的轟隆轟隆聲打開了。牆後面有間全新的小房間，與建築物的氣氛完全不搭調。

「這、這是……電梯？」

「是呀！」

「完全看不出來。」

「是故意建得讓人看不出來的。」

「而且……建在很奇怪的地方。」

只能建在這裡吧？幸一不以為意地說，很快走進電梯裡，以手勢催促大輔快點進入。大輔也跟著進去，可能是眼睛已經習慣柔和的照明了，覺得天花板的日光燈格外刺眼。

「出去後就是外面的世界了，不要再提這裡的事，知道嗎？」

「嗯，知道了。」

看到大輔表情僵硬地點了點頭，幸一才按下「關」的按鍵。

「啊！還是再等一下。」

大輔突然對著正要關上的門大叫。

「怎麼了？」

「出去前，我想再問一件事。」

幸一按下「開」的按鍵，轉向大輔問：「什麼事？」

「『王女』是什麼？」大輔直視著幸一。

門再度打開時，地板輕輕搖晃了一下。

按著按鍵的幸一看著大輔好一會，這時，從大廳傳來微弱的說話聲和腳步聲。

「好吧！我告訴你。」幸一微微嘆口氣，點點頭。

他把視線轉向了入口處上方的樓層顯示燈，上面並排著從「1」到「5」的數字，但不知為什麼，所有數字都沒亮燈。

「不過，我也要拜託你一件事。」

「嗯。」大輔點點頭，全身緊繃起來。

「這件事只能拜託真田家的男人。」

「真田家的男人」這句話，重重打在穿著水手服的大輔心上。那絕不是很舒服的共鳴，但是大輔知道現在不是討論這件事的時候。

「我希望你今後也繼續保護『王女』。」

「真的……有『王女』？」

「當然有。」

父親點一下頭，按下「關」的按鍵，緩緩說出了一個女性的名字。

聽到這個名字，大輔張了大眼睛。電梯門開始緩緩關上，最後冷漠地搖晃起來。

✤

大約在十秒到十五秒的震動後，電梯停下來了。大輔完全感覺不出來電梯到底是往上還是往下，只覺得大腦一陣麻木。

震動停止後，門緩緩打開。一身西裝等在門口的中年男人，低著頭避免視線接觸，以手壓著門說「請」，催促他們出來。

大部分的照明都關了，大輔走到昏暗的大廳裡。正面牆上貼滿了海報，右邊是無人商店，那裡的收銀台後面也貼著夜晚燈火輝煌的大阪城海報。前面的展示櫃裡，密密麻麻排列著各式各樣的大阪城周邊商品。

大輔隱約知道這是哪裡了，大腦卻還動不起來，不知道該說什麼，連用語言思考都做不到。

「快過來。」

在幸一的催促下，大輔鑽過大門，走出建築物。走下短短的石階後，左手邊是變成綠色的古老大砲，前面有口屋頂小而雅致的水井㊳。

已經不容置疑了。

小屋頂的瓦片反射著暗紅色的夕陽，大輔走到井前，轉身向後看。

㊳大阪城的金明水井，在井邊豎立柱子，搭建了屋頂。據說豐臣秀吉為了去除水中毒氣，取得好水，將黃金的金屬板丟入了井底。但是根據一九五九年的一項調查結果顯示，這口井是在德川家康重建大坂城時挖掘的。

「啊！」大輔發出了像是嘆息的聲音。

眼前果然是他所猜測的景致。

大阪城天守閣的全景矗立在他眼前，塞滿了整個視野。

大輔無力地張大嘴巴，仰望眼前的光景。帶著懾人氣勢的雄偉天守閣，遮蔽了紅紅燃燒的夕陽。大輔呆若木雞地佇立著，茫然仰望著外觀五層、內部八層的巨大建築物，有種好像真的有子彈從白色牆上的槍眼向他射過來，那種身歷其境的感覺。

「你知道這座大阪城是誰建造的嗎？」

聽到突如其來的問題，大輔轉過頭，看到夕陽照在半邊臉上的父親，因為光線太過刺人而瞇起了眼睛。

「豐臣秀吉。」

「不對。」幸一果斷地搖搖頭。

「是他沒錯。」

「不對，不是豐臣秀吉。」

「那是誰？總不會是『工匠建造的』那種冷笑話吧？」

「是德川家康建造的。」

「騙人！」大輔不由得叫出聲來。幸一很認真地點頭說：「是真的。」大輔還以為他會接著說什麼，他卻開始快步走下石階，大輔趕緊跟在後面。兩人經過已經停止營業的售票亭，背對天守閣，穿過鴿子成群的本丸廣場。

從櫻門出來後，他們走在空濠旁的坡道上。風從豐國神社迎面吹來，大輔來個大大的深呼吸，覺得鼻腔內充滿樹木綻放出來的淡淡五月氣息。領巾前端被風吹起，裙子的裙褶也被吹亂了。

穿過大手門，迎向被夕陽染紅的西方天際時，幸一才又繼續剛才的話題。
「你知道德川秀忠嗎？」
「他是繼承家康的第二代將軍吧？」
「沒錯，這座大阪城就是在德川秀忠時開始建造，在第三代的家光將軍時完工。」
「真的嗎？」
大輔顯得十分懷疑。幸一淡淡地說：「這並不是什麼秘密，書上都有記載。」
然後，幸一開始說起大輔完全不知道的大阪城㊴歷史。
豐臣秀吉辛苦一生建立起來的豐臣家，在歷經大坂冬之陣、夏之陣㊵後滅亡了。一六一五年，覬覦天下的德川家康，攻陷秀吉的遺孤秀賴及其母親淀君死守的大阪城，殘酷地把大阪城燒成了灰燼。
到此為止的歷史，大輔也很熟悉。因為祖父昌一是瘋狂的「太閤迷」㊶，所以大輔從小就看遍了與太閤豐臣秀吉相關的大河劇。從豐臣秀吉還是下等武士時期就開始支持太閤秀吉的夫人的名字，大輔還在讀幼稚園時就可以琅琅上口了。
不過，真要說起來，大輔只知道豐臣家結束前的歷史，那之後發生的事他一概不知。因為大阪城被攻陷後，大河劇就結束了。

㊴大阪原稱大坂，近代才改為大阪，所以以前是「大坂城」。
㊵西元一六一四年，德川家康召集全國大名（戰國時代對領主的統稱），於十一月圍攻大坂城，史稱「冬之陣」。不久，雙方以填埋外濠為條件談和，但德川家康違約，把內濠也填埋了，於是隔年四月再度開戰，史稱「夏之陣」。到了五月，豐臣秀賴母子自殺，大坂城被攻陷。兩次戰役合稱為「大坂之陣」。
㊶「太閤」是對攝政或太政大臣的敬稱，尤其是指豐臣秀吉。

幸一說的應該是「那之後的大阪城」。

據幸一說，在大坂夏之陣後，德川家族徹底摧毀了被戰火肆虐過的大阪城，不讓豐臣家建立的大阪城在地上留下任何痕跡。甚至還在豐臣家的大阪城上堆土，特地重新砌起石牆，把以往的名城完全覆蓋，築起凌駕豐臣時代的巨大城郭。

「那麼，這座大阪城跟豐臣秀吉建造的完全不一樣？」

「可以這麼說。」幸一點點頭。

「可、可是，天守閣後面好像有個秀賴、淀君自殺的地方，還立著很像墳墓的石碑，那是什麼？」

「不會吧！豐臣秀吉的大阪城已經被摧毀殆盡了。石牆不一樣，濠溝當然也不一樣，真正的大阪城全被埋在土下了。」

幸一斷然否定了大輔所說的話，從大阪城公園西南角的出口走向人行道。顯示「空車」的計程車正好從眼前開過去。

「啊！開走了。」幸一遺憾地目送車尾離去。

前面的號誌可能是紅燈吧！久久沒有下一輛車來。隔著車道，對面是大阪府警局大樓威風凜凜地矗立著。白色牆壁上，有無數個正方形窗戶上下左右排列著，給人兇猛強悍的感覺。那些密密麻麻排列的正方形窗戶，讓大輔聯想到穿鑿在天守閣白牆上的槍眼，於是，父親在大廳入口處說的話浮現腦海：

「這裡是大阪城，真正的大阪城。」

頓時，水手服下的身體顫抖了一下。

「剛才那地方總不會就是……」

嘶啞的聲音從大輔嘴裡發出來時，好幾輛車從道路前方開了過來。幸一舉起左手，攔下其中一輛，同時偏過頭，對大輔投以強烈的眼神。大輔很快察覺那個眼神的意思，就在他慌忙把後面的話吞下去時，黃色計程車如滑行般停下來了。

✤

他們在離家不遠處的幼稚園前面下了計程車。

「我會跟竹子說因為去打柏青哥，所以回來晚了。你也不要說提早從學校離開的事，到店裡前，先回家把那身衣服換掉。」

幸一交代完，就匆匆回家換掉西裝了。大輔跟幸一分別行動，在自動販賣機買了一瓶寶特瓶裝茶，走進幼稚園對面的公園裡。

像標誌般豎立在公園中央的時鐘，正指著下午六點四十五分。父親再怎麼趕，也要七點才能到店裡吧！想必一定會被母親罵得狗血淋頭。大輔一邊這麼想，一邊在鞦韆坐下來，轉開瓶蓋。此時，公園裡已經沒有小孩在嬉戲了。散步的狗大搖大擺地從公園中間穿過去，中途，在時鐘的柱子旁撒了一小泡尿。背對著大馬路的商店，嘎啦嘎啦地拉下了鐵門。攀爬架彷彿用力踩住地面似地佇立著，形成細長的影子。

大輔一口氣喝下了寶特瓶裡四分之一的茶。仔細回想，從午休時間到現在，一滴水也沒沾到。從裙子口袋裡拿出手帕擦拭嘴巴後，大輔看著自己腳下。

地底下，有個大輔完全不知道的另一個「世界」。在大阪城天守閣地下，似乎存在著那個「世界」。而且，不僅止於地下，還在大輔的四周理所當然地呼吸著。

譬如，有輛卡車停在公園右手邊的車道上。看起來十分魁梧的男人把一隻手套咬在嘴上，拿著薄薄的紙張，正在核對載貨平台上的貨物。這個男人說不定也看過大輔見過的景象，卻沒有告訴任何人，若無其事地過著生活。甚至，他也可能知道「王女」的事。

想到「王女」，大輔停下舉起寶特瓶的手。夕陽就快結束了，不知不覺中，公園入口處的街燈已經亮了起來。

這時候，左手邊響起有人踩在泥土上的聲音，大輔不經意地把視線轉向那裡。瞬間，把寶特瓶抵在嘴邊的大輔，整張臉變得蒼白。

五個穿著空堀中學制服的男生正陸續走進公園裡，在鞦韆前的欄杆分成左右兩隊。

「你穿得還真漂亮呢！」

站在五人中間的蜂須賀兩手插在口袋裡，一臉冷冷的表情。

「我找你很久了。」

蜂須賀慢慢跨過欄杆，在大輔隔壁的鞦韆坐下來。

「說真的，你竟敢穿這樣在我們事務所附近晃來晃去，真的很大膽呢！」

大輔想站起來，兩個男學生早已繞到他背後，蠻橫地按住了他的肩膀。反作用力震動鞦韆，發出刺耳的嘎噠嘎噠聲響。

「剛才看到你走進公園，我就趕回事務所拿了這個來。」

蜂須賀站起來，從口袋拿出了什麼東西，前端瞬間閃過暗淡的光芒，是一把剪刀。

「我這裡很痛呢！」

蜂須賀用剪刀指著自己的鼻梁。沒有被白色護套遮住的鼻子仍然紅腫未消。

「我也太沒面子了，竟然被二年級女生踹成這樣，呃，那傢伙叫什麼？」

抓住大輔右肩的男生，很快回答了蜂須賀的話：

「叫橋場茶子，我弟弟跟她同班，聽說這傢伙從幼稚園就跟那個女生在一起，兩人感情很好。」

「不、不行，絕對不可以對茶子怎麼樣！」

大輔反射性地大叫起來。

「你敢命令我？」蜂須賀低嚷著，露出不屑的表情，用手揮動剪刀說：「讓開！」叫雙手放在大輔肩上的人退開。緊接著，大輔從正面承受了一記飛踢。他來不及抓住兩邊的鎖鏈，就倒栽蔥摔在地上了。

蜂須賀用一隻腳抵住搖晃的鞦韆，讓鞦韆靜止下來，彎腰俯視著大輔。

「快起來！」

淡淡的眉毛下是細長的單眼皮眼睛，投射出冰冷的視線。

站在旁邊的男生抓住水手服的領巾，硬是把大輔的身體拖起來。

「要我說幾次你才明白？你穿這樣真的很噁心！上次被脫光光，還沒受到教訓啊？」

蜂須賀拿起掉到地上的寶特瓶，把茶往大輔的頭上倒，水聲在公園裡咕嘟咕嘟響著。全部倒完後，蜂須賀把空瓶往大輔頭上敲。瓶子在大輔頭上發出洪亮的聲響，最後骨碌骨碌滾到後面的杜鵑花叢裡不見了。

「你是耳朵聽不清楚吧？」

蜂須賀坐在鞦韆上，用左手粗魯地抓起大輔的頭髮，把他拉過來，右手咔嚓咔嚓揮動著剪刀，乾淨俐落地從髮根把頭髮剪了下來。

「亂動會剪到鼻子哦！」蜂須賀冷哼幾聲，低聲警告大輔，然後邊跟同伴說：「這個好玩。」邊不停地動著剪刀。

大輔一動也不動，看不出來他到底還有沒有在喘氣，只是默默看著地面，任憑頭髮被剪。

「很好，清爽多了，變成大帥哥啦！」

不知道過了多久，響起蜂須賀的聲音，此時，壓在大輔肩上和臂上的力量也隨之消失了。同時，耳朵上方又被狠狠踢了一腳，響起「咻」的刺耳聲，大輔就倒在地上了。

「耳朵也變長了，這下應該聽得清楚了吧？」

周圍湧現譏笑聲，蜂須賀和同伴拋下一句：「再見啦！人妖。」就離開了。

大輔倒在地上動也不動，右臉碰觸到冰冷的泥土。

看到自己的頭髮撒在泥土上，形成一條條黑影，大輔有種奇妙的感覺，抓起短短一把，在手指與手指之間搓揉，散開的頭髮瞬間一根根飄落在地面上。

大輔翻身仰躺，望向已經迎接黑夜的天空。過了好一會，他撐起上半身，用手掌往水手服上抹，再放到頭上，覺得頭髮摸起來不太均勻。稍微確認過頭部狀態後，他用雙手掩住了臉。

不知道這樣躺了多久，好像聽到前方有人輕聲叫他。

「大輔——？」

他緩緩抬起頭。

杜鵑花叢前面是圍繞著公園一圈的欄杆，茶子就站在欄杆外。

大輔注視著「她」，心情激動地注視著父親要他今後永遠守護的人。

大輔想對著她笑，卻笑不出來，反而忍不住淚水盈眶。

茶子發出夾雜了慘叫的怪聲，一舉跳過欄杆。

「大輔！」

大阪國的「王女」，在大輔淚水迷濛的視野中，如箭一般衝了過來。

第四章

會計檢查院 IV

松平走在隧道裡。

天花板上有等間隔安裝的電燈，光線從前、後方照著松平。鞋底敲打著水泥地的回音，相互追逐繚繞，消失在隧道的盡頭。進入隧道已經十分鐘，應該就快通過中間點了。

跟進入時的隧道不一樣，在這裡的左右壁面上都可以看到石頭。較長的地方，甚至超過兩百公尺都是石頭砌起來的。「這應該不是豐臣時代，而是江戶時代建造的太閤地下水道，才有可能這麼長。」在前面帶路的小學老師興致勃勃地看著石頭表面說著。

「老實說，我也是第一次走這個隧道。」石牆終止，又回到水泥牆面時，自稱長宗我部的社會科老師回過頭說。

在議事堂的會議室，松平看過種種關於大阪國的資料，其中包括連接議事堂與外部的通道。大大的大阪市街道圖上，用虛線畫著通行隧道。整張地圖已經泛黃，邊緣嚴重受損。這也難怪，因為地圖右上角印著「大正十五年發行」。

由地圖來看，連接大阪國議事堂的通行隧道總共有三條。起點依照地面上的地名，分別取名為空堀口、真田山口和京橋口。松平進入時走的空堀口與真田山口，到議事堂約兩公尺，而京橋口到議事堂約一點四公尺。

在三條隧道的交接處，用暗紅色的粗線畫著代表議事堂的輪廓。代表大阪城本丸的天守閣石牆部分的正方形，正好跟議事堂的輪廓重疊。那個暗紅色的粗線框，證實議事堂就存在於天守閣的地底下。

松平也看了很多關於議事堂本體的建築資料，全都是以文言文記載，可見製作年代有多久遠。要完全看懂很困難，不過，根據紀錄，大阪國議事堂是從大正七年，亦即一九一八年開始建造，耗時九年，建築費用是一百二十萬圓。相當於現在幣值的多少金額，松平一時也換算不出來。但是松平想也知道，要在地底下建造這麼大的建築物，需要極龐大的金額。

回去時，松平要求走通往京橋口的隧道，而非空堀口。

「我想確認資料上的記載是否正確。」

松平的要求馬上被同意了，所以現在正走在連長宗我部都沒走過的隧道裡。

進入隧道約二十分鐘後，松平與長宗我部走到了盡頭，那裡跟入口處一樣有道鐵門。

「松平先生，」長宗我部站在門前，轉過身來，「出了這裡，我就不能再跟你說什麼了，所以如果還有什麼事想問，就在這裡問。」社會科老師面向松平，語帶緊張地說：「我想很多事你都無法相信，但是，剛才我們在議事堂說的話都是真的。」

松平瞪著小學老師好一會，才心平氣和地問：

「你見過『王女』嗎？」

長宗我部被問得有些錯愕，緩緩搖著頭說：

「沒有見過。」

「你沒見過，卻相信『王女』的存在？」

「是的，我相信，」長宗我部直視著松平，毅然決然地說：「沒錯，我沒有辦法向你證明她的存在，所以你會覺得從頭到尾都是胡扯瞎掰，但是直到現在，我們始終守護著『王女』、傳承著這樣的記憶，這是無庸置疑的事實。」社會科老師以無比堅定的語氣說著。

「四百年來嗎？」

「是的。」長宗我部點點頭。

「你們不怕我把這個地方的存在說出去嗎？」

長宗我部微微蹙起眉頭，嘴角卻泛起淡淡的笑容。在會議室你來我往之間，松平已經注意到，這個小學老師在困惑時就會出現這樣的表情。

「這跟你在會計檢查院的工作一樣。」

冷不防聽到這個名詞，松平的濃眉末梢產生了小小的反應。

「聽說會計檢查院的人要來，我臨時研究了一下。很丟臉，我身為社會科老師，對於會計檢查院卻只聽過名字，其他什麼都不知道……」

長宗我部靦腆地笑笑，但很快又恢復嚴肅的表情。

「會計檢查院的工作與我們之間有一個共通點，那就是沒有直接的強制執行力。我們對你沒有強制執行力，只能看你自己的判斷。」

「為什麼？」松平看著長宗我部別在衣領上，綻放著暗淡光芒的「五七桐紋」圓徽章，低聲說：「既然這樣，為什麼要接受會計檢查院的檢查？帶我來這個地方，會讓你們的處境變得非常危險。你們也可以在長濱大樓內接受檢查，以單一社團法人來說，你們的資料已經很齊全，而且，我也沒有任何關於這個地方的資料，你們卻特地把我帶來這裡……我不懂你們為什麼要冒這樣的險？」

面對松平的質疑，長宗我部的眼神開始動搖起來。尤其是聽說松平事前沒有掌握任何資料時，驚愕的表情明顯從眼睛蔓延到嘴角。

「這……我也不清楚。決定接受檢查的是真田，我想他應該有他的想法。」

長宗我部回答得很謹慎，從他的聲音可以聽得出來，他自己也找不到明確的答案。

松平握緊公事包提手，將視線轉向鐵門。在天花板的燈光下等間隔排列的鉚釘，各個弧形面都閃爍著暗淡的光芒。

「沒有其他問題了吧？」

長宗我部含混地問，松平點點頭。天花板上有個黑色的半球形設備，長宗我部對著那東西輕輕揮手。應該是監視攝影機吧！牆的另一邊響起笨重的聲音，門緩緩向旁滑動。

一個穿著西裝的中年男人在小房間迎接從隧道出來的兩人。房間大約三坪大，比長濱大樓的一樓窄了許多。但是，放在門旁的白箱子、下面的小桌子和天花板的高度，都跟長濱大樓一樣。

「請交還入城票。」

松平應男人的要求，從口袋拿出白色塑膠牌子。男人把牌子放進抽屜裡，說：「請這邊走。」便帶頭走出了房間。經過排列著巨大機器、大大小小管線，看似電壓室的樓層後，松平一行人爬上了冷清的樓梯。走到面向樓梯間平台的門前，男人停下腳步，把掛在脖子上的ＩＤ卡插入門旁的機器裡。

響起短暫的電子音後，男人把手伸向門把。門後面是走廊，男人在樓梯間平台深深一鞠躬，對先出去的松平和長宗我部說：

「左邊盡頭就是通往外面的出口。」

門又無聲地關上，男人的身影也隨之消失了。

「走吧！」

在長宗我部的催促下，松平開始往前走。

途中，在走廊與兩名女性擦身而過。兩人都沒有看松平一眼，其中一人拿著文件快步走過，另一個人停在走廊前方的自動販賣機前。

松平照剛才那個男人所說，打開盡頭的門，就看到滿街來來往往的車子。

「這是土佐堀通。」長宗我部在背後說。

歷經四小時回到地面上，已經是黃昏時刻。剛下班穿著西裝的男人們，匆匆忙忙地走在眼前的大馬路上。松平站在行人道上，左右張望著。

「從這裡可以自己走了吧？」旁邊的長宗我部問。

不知何時，「五七桐紋」徽章已經從他的衣領上消失了。

松平點點頭。

「我必須回學校，因為要寫日誌。」長宗我部浮現苦笑，攔下經過的計程車，「那麼，我先告辭了。」他似乎還有話要說，但什麼也沒說就上了計程車，透過車窗深深低頭致意之後，就那樣離開了。

松平仰望著走出來的建築物好一會後，沿著建築物開始步行。右手邊的建築，堆砌起來的石頭遠超過松平的身高，石牆上則是整片的磚瓦壁面。建築結構飄散著讓人聯想起長濱大樓的古老氣息，但磚瓦是淡褐色系，六層樓的建築更與長濱大樓大不相同，正面寬度也超過五十公尺，相當寬闊。

再往右就沒有建築物了，眼前是突如其來的河川景色，遼闊的河川對面是中之島。松平從公事包拿出手機。從河面吹來的風，把他眉間的皺紋吹得更深了，他從手機地圖尋找現在的所在地。

沒多久，GPS訊號顯示松平是在葭屋橋前方，也就是大阪城西側，中央區北端。如長宗我部所說，這裡是土佐堀通，右手邊的河川是土佐堀川，葭屋橋下是東西流向的土佐堀川往南分流的東橫堀川。

看著畫面好一會後，松平把手機放回公事包，鑽過阪神高速環狀線高架橋，快步走過葭屋橋，在北濱十字路口向右轉，走過欄杆起點豎立著獅子雕像的雄偉難波橋。

難波橋一舉跨越土佐堀川與堂島川兩川之間的中之島，比較接近細長的中之島東側終點，所以，被難波橋縱貫的中之島，寬度大約只有五十公尺。松平越過土佐堀川，從難波橋進入如脊椎骨般貫穿中之島的中之島通。

從斜坡緩緩而下，正面是大阪市中央公會堂。紅磚的壁面上裝飾著橫向的白色帶子，是大阪最有名的辰野式建築，此時正聳立在夕陽的背景中。染遍西方天際的夕陽比平日更熾烈，公會堂的紅磚牆彷彿就快融化在背後暗紅的天空裡，綻放著強烈的紅色光芒。正如鳥居在伊媢兒中提到的辰野「堅固」，中央公會堂以穩重、壯麗且嚴肅的神情俯瞰著松平。

經過中央公會堂，走向背後的大阪府立中之島圖書館，很快就可以看到由巨大圓柱支撐著屋頂、像希臘神殿般華麗的玄關。玄關正面圍繞著欄杆，松平從旁邊的通行口走進圖書館。

從入口處進入，有位女性坐在正前方發牌子，很像澡堂的大掌櫃。

「置物櫃在那邊。」

拿到的是有號碼牌的置物櫃鑰匙。松平把隨身行李放進非常老舊的置物櫃裡，只帶著紙筆往樓上走。確認過導覽地圖後，他在巨大的半圓形屋頂下，從螺旋般蜿蜒而上的樓梯走向「大阪資料・古籍室」。

他花了大約一小時的時間，在閉館前查完資料，下午八點過後離開了圖書館。

看看已經暗下來的天空，松平拿出了手機。圖書館對面是大阪市區公所，他仰望著那棟四角形建築物，撥了會計檢查院的電話。

接電話的是局長，松平要求讓鳥居和旭・甘絲柏格從明天起至大阪出差。

在旅館的浴室裡，松平把下巴泡在水中，靜靜躺著。

他向來習慣把浴缸裝滿水，再讓身體浸入水中直到下巴。因為水要滿到嘴巴下面，他才會有泡澡的感覺。在水中，他動也不動，縮起下巴，直視著牆壁，這樣會自然形成上仰的姿勢，所以眉間難免出現深深的皺紋。恐怕沒有人像他這樣，連泡澡時都眉頭深鎖。

出了浴室，松平從袋子裡拿出新買的內衣、褲。穿上緊身短褲和T恤的他走向房間裡的小冰箱，從冷凍庫拿出便利商店的袋子，從中抽出一枝冰棒。

靠窗的圓桌上，松平以煙灰缸代替紙鎮，壓著攤開的筆記本。他在圓桌前的椅子坐下來，撕開冰棒的包裝，用臼齒咬下第一口冰後，把桌上的煙灰缸推到一旁。

松平邊啃著冰棒，邊一頁一頁仔細地翻閱筆記本。吃完一根後，他站起來，從冰箱拿出一瓶水，潤過喉嚨後，又拿著下一枝冰棒回到筆記本前。

筆記本上用松平特有的字體記錄著他在大阪國議事堂聽到的話，總共寫了二十多頁。後來在大阪府立中之島圖書館查到的資料，時間雖短，也記錄了整整五頁。

松平從筆記本抬起頭，拉過床邊的行李箱，拿出裡面的大阪地圖。翻到「中之島周邊」那一頁，與筆記本的內容對照，用紅色麥克筆在回程時經由隧道出來所看到的建築物上點上記號。

名為「京橋口」，找遍地圖卻看不到建築物周邊有「京橋」這個地名。但是他在圖書館查過，在平成元年東區與南區合併為大阪市中央區之前，從明治時代開始就是使用「京橋」的地址。

與京橋口銜接的褐色磚瓦大樓，松平當然也查過資料。那棟建築物是某建設公司的總公司舊大樓。外觀十分老舊，不愧是大正十五年落成的建築，正好是大阪國議事堂完工那一年。

筆記上記載，那家建設公司的歷史，要回溯到大正時代。

大正三年（西元一九一四年），承包大阪電氣軌道工程，興建貫穿生駒山、連接大阪與奈良的大隧道。

並於該年，在東京根據辰野金吾的設計，完成東京中央停車場，亦即現今東京車站大樓的建設。

昭和六年（西元一九三一年），將德川時代燒毀後約兩百六十年的大阪城天守閣，復原成外觀五層、內部八層的鋼筋水泥近代建築。

松平在大阪國議事堂看的資料，都沒有記載負責工程的企業名稱，也沒有提到設計師的名字。但是，要在地底下興建那麼巨大的建築物，不可能不藉助於設計師和建築公司。

松平用左手摸著頭，默默看著散佈於筆記上的各個點，再將它們彼此呼應地連接成線，不久便逐漸浮現出立體的模樣。大正十五年，位於通行隧道起點與終點的建築物同時落成。此外，擁有起點大樓的建設公司，後來又負責修建大阪國議事堂上面的建築物……

當松平察覺時，右手的冰棒已經舔完了，便站起來去冰箱拿第三枝冰棒。結果，從便利商店買回來的五枝冰棒，一個晚上就被松平吃光了。

第二天，松平配合開館時間，前往西區北堀江的大阪市立圖書館。在排滿新舊鄉土資料的「大阪專區」樓層待到下午兩點半，專心搜尋資料。

離開圖書館後，松平轉乘大阪市營地下鐵，在天滿橋站下車。從天滿橋車站走過政府聯合辦公大樓，前往大阪府廳。這是自從上禮拜五在那裡進行會商以來，事隔五天的再次會面。

昨天對社團法人ＯＪＯ進行檢查的經過，松平還沒有告訴任何人。昨天打電話給局長時，也只說還要對大阪府廳進行一些調查，所以要延長出差時間。有關上禮拜的實地檢查，似乎還沒有人來抱怨，局長只委婉地叮嚀他不要太嚴厲，就批准了他延長出差的申請。

至於鳥居與旭的出差，局長說：「明天上午有個關於下禮拜實地檢查的會議，所以等會議結束後，我再派他們兩人前往大阪。」也是一口就應允了。

今天早上，松平通知大阪府廳要進行追加檢查。因為有過上禮拜的經驗，所以很快就有了回應，府廳職員答應照松平的要求準備會議室。

下午三點，松平到了大阪府廳，與出來迎接的職員一起走進散發出嚴肅氛圍的挑高玄關大廳。看起來莊嚴肅穆的正方形空間，讓人想起國會議事堂的中央大廳。所謂行政機關的權威，在本質上已經跟現在大不相同，松平感受著時代的變遷，穿越玄關大廳，走向樓梯旁的電梯。

包括這個玄關大廳在內，整棟府廳都是建於大正十五年，中之島的大阪市中央公會堂是建於大正七年，大阪府立中之島圖書館則是竣工於明治三十七年——這些都是剛才在圖書館查資料時，松平瞄過的資料。

比起經歷過關東大地震、東京大空襲的東京，大阪殘存了較多的明治、大正時期建築物。松平甚至對大阪有了新的印象，那就是「近代的老舊建築物殘存的城市」。尤其是北濱周邊，二十世紀前半葉殘留下來的建築物多得驚人。除了大阪市中央公會堂、日本銀行大阪分行以外，由辰野金吾設計的建築物，到現在也還有不少仍在出租使用中。

深紅色的電梯門似乎等著松平到來，開啟得正是時候。松平進去後，出來迎接他的職員很快按下了按鍵，電梯門才打開就又關上了。

在圖書館，松平也查過國會議事堂的設計師，結果令他相當驚訝。那麼有名的國家中心建築物，負責設計的人竟然至今姓名不詳。

紀錄顯示，那是以高額獎金公開招募所徵選出來的設計方案。但是，具關鍵性的當選設計方案，竟然跟現在的國會議事堂不一樣。足以證明中間有人介入，但是過程完全不明。

松平看著電梯門上方的樓層顯示燈，想起在資料中看到的辰野金吾的黑白照片。穿著和服的男人，看起來意志相當堅強、頑固，威風凜凜地瞪著松平。

應該是這個為日本奠定近代建築基礎的人，設計了大阪國議事堂的大廳吧？松平暗自這麼想。不過，他沒有具體證據。只靠鳥居指出的長濱大樓外觀的相似性就懷疑其間的關係，這種證據稍嫌薄弱。

但是，松平親身走過那個地下空間。映入眼簾的是，與國會議事堂的中央大廳分毫不差的超一流建築。那絕非出自沒沒無聞的設計師，顯然是累積了相當經驗的人的傑作。

在大阪國議事堂的大廳時，長宗我部說過「東京的議事堂是根據這裡的設計圖建造的」。國會議事堂是在大正九年開工，設計方案的招募是在大正八年。而大阪國議事堂的建設始於大正七年，依順序來看，的確是大阪國議事堂先有了那樣的設計。

那麼，大阪與東京議事堂之間有什麼關係呢？

這就要提到辰野金吾了。事實上，辰野金吾就是提議公開招募國會議事堂設計方案的人，也是當時的審查人員。但是，在國會議事堂的建設還沒開工的大正八年，招募方案還在審查時，辰野因為罹患當時大流行的「西班牙感冒」，猝然辭世。繼辰野之後，實際負責構思設計的「大藏省臨時議院建築局」的技師們，都是辰野金吾的弟子。如果大阪國議事堂的設計是出自辰野金吾之手，而國會議事堂是因為辰野本人的遺志或弟子們的意志，也使用了相同的圖案的話……

想到這裡，松平打住了自己的空想。這麼一來不就像草率臆測的鳥居嗎？他在心底這麼苦笑時，電梯門隨著笨重的搖晃打開了。才走出電梯，就看到上次那個部長滿臉蒼白地迎接他。見到部長一副害怕又發生什麼問題的戰戰兢兢模樣，松平邊向他解釋跟上次的會商無關，邊走向熟悉的走廊。

部長把松平帶到上禮拜實地檢查時使用的六樓會議室後，問他需不需要資料，松平搖頭說不用，因為部下會帶來。大概是怕回答太多問題會踩到地雷，部長只說「有什麼需要儘管吩咐」，就匆匆離開了。

終於剩下自己一個人了，松平從公事包拿出筆電。在等電腦開機期間，他望著窗外。午後，天氣突然變得陰霾。早上的新聞說，傍晚會有陣雨。幾乎就在他的正前方，大阪城天守閣靜靜地聳立在遼闊的森林中，背後是一片陰沉沉的灰色天空。

松平注視著被框在窗框裡的風景，越看越無法接受有巨大建築物沉睡在那座天守閣下面的事實。儘管從大正十五年，也就是八十年前就已存在，他還是不由自主地想找出足以推翻的資料。但是，不管出自誰之手，大阪國議事堂確實存在於地底下。面對這樣的事實，身為會計檢查院調查官的他，非確定自己的立場不可。

這時候，背後響起敲門聲。

「請進。」松平的回應清晰有力。

「打攪了。」

就在門打開的同時，高跟鞋的聲響震盪了松平的耳膜。

身材修長、穿著黑色西裝的調查官，迎向松平轉過身來的視線，踩著優雅的步伐走到房間中央。

「我到了。」

眼睛帶著柔柔笑意的旭．甘絲柏格，輕輕點頭致意。

「比我預料中早到呢！」
「會議一結束，我就搭新幹線來了。」
「鳥居沒跟妳一起來？」
「沒有。」
「為什麼沒一起來？」
「他還沒交兩個月前的實地檢查報告，局長很生氣，要他寫完再來。」
「那麼，那傢伙還在東京？」
「沒任何聯絡的話，應該是。」
松平拿起手機，接著把電腦拉過來，確認伊媚兒。
「怎麼樣？」
「沒有任何聯絡。」松平搖搖頭。
「要等他嗎？」
「不，把能做的事先做完。」
松平把電腦推到一旁，端正坐姿。
「我聽局長說，大阪府廳的案子又有問題了……」
跟上次不一樣，房間裡擺著ㄈ字形的鋼管桌。旭與松平隔著轉角而坐，很快在桌上打開筆記本，右手拿起筆做好準備。
「我要先告訴妳，我接下來要說的事與大阪府廳沒有任何關係。這裡並沒有什麼問題，我只是需要一個靠近大阪城，而且在政府辦公大樓裡的房間。」

旭手上的筆浮在半空中，目不轉睛地盯著松平，清秀的眉間蒙上淡淡的陰影，低聲問：

「怎麼回事？」

「為了找出結論。」

「結論嗎？」

「沒錯，所以才把你們找來。」松平從腳下的公事包抽出透明檔案夾，遞到旭的面前。上禮拜五，旭在新大阪車站交給松平的社團法人ＯＪＯ的資料，就夾在那裡面。

「昨天我去那裡檢查了。」

旭只是點頭回應，沒有出聲，接過檔案夾。大概是從松平的表情察覺到狀況非比尋常，她的眼中浮現出緊張的神色。

「事情錯綜複雜，我也還沒有掌握狀況。上午，我一直在圖書館查資料，但是時間不夠，就先不管法律相關問題了。」松平看著旭的淡茶褐色眼睛，壓低聲音說：「我要問妳兩、三個法律問題，內容聽起來都很荒謬，但我希望妳直接回答我。等所有問題問完後，我再做詳細說明。」

言下之意就是叫她不要多問，反應很快的旭表情僵硬地回說知道了。

松平靠在椅背上，默默地從鼻子吐出氣息，摺疊椅在屁股下發出聲響。

「假設有個國家叫大阪國……」明明是出自自己的嘴巴，聽起來卻很奇怪，松平臉上閃過混雜著困惑與自嘲的神色。但是，很快又恢復原有的精明態度，以深沉的聲音接著說：「所謂大阪國，請想成是一個獨立的國家。這個大阪國跟日本政府達成了某種協議。嚴格來說，是跟剛成立時的明治政府達成協議。當然，他們是把這個協議說成『條約』。」

「他們是……？」旭矜持地插嘴問。

「啊！就是大阪國的人民。」

聽到松平的回答，旭明顯露出疑惑的表情。但是，松平顧不得她的感受，繼續說下去。對松平來說，旭的疑惑是很自然的反應，他自己在聽到這件事時，也是對這個「條約」的存在抱持很大的疑問。

然而，在大阪國議事堂時，負責法律部分的大學教授似乎早就預期到他會有這樣的反應，指著眼前堆著文件的大桌子說：「證據在這裡。」一個陳舊褪色的梧桐箱擺在桌子中央，幾乎被堆積如山的文件淹沒了。大學教授站起來，把高約十公分的扁平梧桐箱拉了過來，打開蓋子，裡面是一本裝訂起來的書，封面已經泛黃，用厚布包著。

「這是慶應四年四月六日，也就是年號變成明治的前五個月，太政官政府與我們簽訂的『條約』。」

大學教授把看起來歷史久遠的「原版」拿出來，雙手遞到松平面前。

「請過目。」

聽到大學教授這麼說，松平翻開了那本書的封面。儘管多處嚴重受損，用漂亮毛筆字寫在堅韌和紙[42]上的文章還是清晰可見。因為是龍飛鳳舞的草書，所以看不懂全文，但可以清楚看出每個段落的開頭都是「第〇條」。翻過每一頁，確定總共十條時，大學教授遞給他一張紙說：

「這是內容的抄寫本。」

紙上是用明體字抄寫的「條約」。松平把紙張擺在以纖細字體書寫的「原版」旁邊，仔細對照兩邊的內容。「條約」是從太政官政府承認大阪國這一條開始，松平一一確認過「條約」內

[42] 和紙是以日本古老手工抄紙方式製成的紙張，原料多為堅韌的雁皮、黃瑞香、楮等。

容，翻到最後一頁時，大學教授緩緩唸出簽名欄的名字。太政官方面的簽名，每個都是有功於明治維新而名垂青史的大人物。

「這份文書是在發佈『政體書』，宣告設置太政官為中央政府的一個月前，送到我們手上的，當時已經有太政官這個名詞了。」

繼大學教授之後，坐在最旁邊的長宗我部接著說明。

「以前……大約四十多年前，曾經請專家做鑑定，結果不管是太政官方面的簽名還是筆跡，確實都是當時的人留下來的。」

松平闔上「原版」，緩緩抬起頭，眉間刻劃著刀傷般的深深皺紋。

「這是真憑實據呀！松平先生。」

面對調查官嚴厲的視線，社會科老師坦蕩蕩地點著頭。

✤

松平把雙手擺在桌上，沉著地問旭：

「妳聽過這個『條約』嗎？」

「沒聽過。」

「聽過『大阪國』這個名稱嗎？」

「沒有。」

旭回答得乾淨俐落，還平靜地搖著頭。

「也就是說，在我們可以看得到的中央紀錄中，沒有這些資訊？」

「是的，沒錯。」旭立刻回答。

「那麼，我們可以否定這個『條約』的存在嗎？」

旭偏頭看著松平，右手上的筆端，每隔一會就敲一下什麼都沒寫的筆記本，曾經一度想說什麼，但話到嘴邊又嚥了下去。

「沒關係，有什麼話儘管說。」

旭還是顯得有些猶豫，松平以眼神催促她，她才點頭說「好吧」，語氣不是很明快。

「你剛才說的『條約』……是什麼時候簽訂的？」

「慶應四年的四月六日。」

旭發出嘆息般的聲音說「這樣啊」，在筆記本寫下「慶應四」三個字。

「有本書叫《法令全書》，」旭非常注意遣詞用字，逐字逐句地說：「收錄了內閣官報局從明治二十年開始發行的日本法律原始文獻，凡是想要查詢成立國會且開始發行官報之前的法令，幾乎都要用到這本《法令全書》。內容是由慶應三年以後公佈的法令構成，收錄許多官報發行前，由太政官政府公佈的太政官公告、太政官告示等……」

「旭，」松平雙手疊放在桌上，舉起右手食指，打斷旭的話：「對不起，先說結論。」

被松平這麼一說，旭嚥下了後續的話，低下頭說對不起。這時候，綁在後面帶點淺褐色的馬尾巴隨著搖晃了一下。

「結論是，不能說現在沒有紀錄，就否定那個『條約』的存在。」眼看松平眉間的皺紋更深了，旭還是大膽地接著說：「目前，《法令全書》是唯一收錄明治以來的法律原始文獻的書籍，但是，並沒有記載『所有』的法律。有很多法令在明治政府成立過程中佚失，現在已經無從確認。譬如，《法令全書》的第一條法令所記載的，就是象徵明治政府誕生的『慶應三年由德川慶喜撰寫之大政奉還上奏文』。之後雖然有依序設定法令號碼，但只是在明治二十年編纂《法令全書》時，為了方便起見，把當時能收集到的法令編上流水號而已，在性質上，與現在的法令號碼截然不同。也就是說，不管《法令全書》慶應四年那一頁收集了多少法令，都不代表全部『網羅』，只是把當時收集到的法令編上號碼而已。」

旭直視著松平，以冷靜的口吻釋出豐富知識的一小部分。

「太政官政府成立後，為了因應社會局勢，政府組織結構變化頻繁。據推測，很多紀錄都在那個混亂的時期佚失了，反過來說……」

「反過來說，也有可能乘亂假冒紀錄的存在，所以，不能以現在有沒有紀錄作為判斷的根據，是嗎？」

「沒錯。」

聽到旭的答案，松平深深嘆口氣，靠在椅背上。摺疊椅發出可怕的傾軋聲，在屋內回響。松平眉頭緊蹙，望著天花板。塗著白漆的天花板，跟昨天在大阪國議事堂看到的天花板一樣，有好幾條長長的龜裂，讓人想起老人的皺紋。

「旭，妳很持平。」

松平看著天花板上的龜裂痕跡，喃喃地說。

「對不起。」

「不，就該這樣。」

松平搖搖頭，把視線轉移到旭的背後。不知何時，紛飛細雨已經斜斜打在玻璃窗上，看來雨是等不及傍晚就開始下了。

「我再問妳一件事。」透過窗戶，松平遙望著在沉滯昏暗的天空下，面無表情矗立著的大阪城天守閣，接著說：「如果那個『條約』真的存在，我們會計檢查院的調查官可以做什麼？」

「你的意思是……能不能具體進行實地檢查嗎？」

「沒錯。」松平依然以看不出任何情感的眼神望著大阪城天守閣，點著頭低聲說。

「在這種情況下……要對什麼進行檢查呢？」

「檢查每年經由社團法人ＯＪＯ等各種組織，流入大阪國的高額中央補助金，金額是一年五億。」

剎那間，旭的表情靜止不動，「五億……」從嘴巴溢出嘶啞的聲音。

「不用想太多，先不要管補助金的用途，妳告訴我到底能不能進行檢查？只要給我技術性的結論就行了。」

旭低頭看著筆記本，不停地眨著眼睛。每眨一下，那雙美麗而清澈的淡褐色眼睛就會明滅閃爍。不知道是不是緊張的關係，肌膚更顯出幾分蒼白，再加上黑色西裝的襯托，臉上彷彿散發著淡淡的光芒。

把筆尖抵在紙上的旭注視著筆記本的某一點。放在太陽穴上的左手食指，沿著耳朵上方的頭髮，輕柔地滑移到頸部。這時候，從遠處走廊傳來呼喚某人名字的粗獷男性聲音。沒多久就聽到女性回應的聲音，然後匆匆忙忙地從房間前面走了過去。

「可以進行檢查。」旭在筆記本寫下「憲法＞條約」，抬起頭說：「不用說，日本的最高法規是憲法。目前，凡是有關憲法與法條之間的爭議，就國內效力而言，一般還是認為憲法佔有優勢。補助金毫無疑問是國家的支出，追根究柢就是國民的稅金。即使中間有『條約』介入，只要判定有檢查的必要，就應該適用於憲法第九十條。」

旭所提到的這條條文，凡是在會計檢查院工作的人都知道。條文中記載「會計檢查院每年得檢查國家所有收入支出之決算」，這是憲法所訂定的會計檢查院在法律上的根據。

「謝謝。」松平從椅背挺起上半身，輕輕點頭說：「我知道，法律的問題不能單憑個人的意見下評斷，尤其是這樣的內容。對不起，硬要妳下結論。」

旭慌張地垂下眼睛，搖搖頭說：「千萬別這麼說。」

「稍微休息一下吧！」松平似乎想掃去越來越沉重的屋內氣氛，站起來說：「我去一下販賣部。」就快步走向了房門。

「要不要聯絡鳥居？」旭在他背後說。

松平短短回應：「拜託妳了。」便走出房間。他搭上電梯，按下地下一樓的按鍵。電梯的門一開，他便熟門熟路地走向了販賣部。

在沒有客人的販賣部，松平遞出千圓大鈔買了一個最中冰淇淋，正要把找回來的錢收進錢包時，他的手突然定住不動。店員看到他動也不動地盯著手上的零錢，擔心地問：「找錯了嗎？」他抬起頭，默默地搖搖頭，離開了販賣部。

在走廊靠牆的長椅上坐下來後，松平撕開了冰淇淋的包裝，一邊從角角的地方咬起，一邊看著西裝褲的大腿處。深灰色布料上擺著剛才找的五百圓硬幣，在天花板日光燈的照射下，閃爍著暗淡的光芒。硬幣表面的圖案是熟悉的「梧桐」，正前方是大大展開的葉子，後面有三根樹枝，綻放著可愛的小花。構圖跟在大阪國議事堂看到的「五七桐紋」一樣，但是硬幣上的圖比較寫實。

松平邊咬著冰淇淋，邊回想上午在圖書館查到的資料。

在花紙牌㊸中也有「桐與鳳凰」的圖案。自古以來，梧桐被視為鳳凰棲息的神聖樹木，所以桐紋跟菊花一樣，都是天皇的家徽。豐臣秀吉獲朝廷賞賜，就把桐紋當成了家徽。明治政府也指定「五七桐紋」為禮服徽章，這個習慣延續至今，現在也使用在日本的護照和簽證上。

松平是從三樓的「後門」進去的，所以沒能做確認。鳥居在伊娟兒裡寫著，長濱大樓的正面玄關也雕刻著「五七桐紋」。在電話留言中，鳥居也興奮地嚷嚷著說，因東協而召開的總理大臣記者會講台上也有相同的標誌。但是，兩者之間當然沒有任何關係，只是跟以前的朝廷一樣，在漫長的歷史中擁有相同的傳承而已。

至於松平在大阪國議事堂看到的入城票和徽章上的「五七桐紋」，與豐臣家之間有什麼關係就不得而知了。其實從他們的話中，尤其是關於「王女」的部分，已經可以清楚知道答案，松平卻不想就此下結論。

松平是個行動派的人。

對他而言，所謂結論並不是客觀地判斷真假，而是勇敢面對事情，決定自己該怎麼做。

在大阪國議事堂時，他們說：

「大阪國的存在，是為了守護豐臣家的後裔。」

「這一切都已取得日本政府的認同。」

如果松平是歸屬於內閣的中央機關公務員，或許比較容易做出結論。然而，不知道該說幸還是不幸，儘管身分同樣是公務員，松平卻是會計檢查院的調查官。而且，他又有著堅毅不拔的調查官脾氣，說他的精神幾乎等同於會計檢查院成立的宗旨，絕對不為過。

會計檢查院在國家的三權分立之外。

㊸花紙牌是以一月到十二月的事物風情為圖案的紙牌，可以用來玩遊戲，每個月份有四張，共四十八張。每個月的牌名都不一樣，一月是「松與鶴」、二月是「梅與黃鶯」、三月是「櫻與帷幕」、四月是「藤與杜鵑」、五月是「菖蒲與八橋」、六月是「牡丹與蝶」、七月是「荻與豬」、八月是「芒草與月、雁」、九月是「菊與盃」、十月是「紅葉與鹿」、十一月是「小野道風與青蛙、柳」、十二月是「桐與鳳凰」。

不用說，其存在理由當然是為了排除所有權力的影響，純粹守護人民的生活、人民的利益。

松平邊吃著冰淇淋，邊用指尖叩叩敲著五百圓硬幣的表面。不知道為什麼剛好敲成三三七拍的節奏，邊敲邊繼續想著昨天開始思考的事。

究竟該不該與大阪國的兩百萬人民為敵呢？

✤

松平打開房門時，旭正眺望著窗外。

光線透過厚厚的雲層從窗戶照進來，讓旭的身體看起來有些朦朧。剎那間，松平覺得那個倚窗而立的黑色西裝身影很像一縷煙霧化成人形，裊裊上升。

「剛才我聯絡上鳥居了，他搭上了兩點的新幹線。」

挺直背脊的身影向前一步，發出清澈的聲音。修長的手臂從光的薄霧穿出來，把手機放在桌上。

隔著窗框，松平與旭站在對稱位置上。從窗戶往外看，雨不知何時停了，但也不像會放晴，應該只是片刻止息。視線往旁邊移動，就看到淡茶褐色眼睛正從比自己高五公分的地方俯瞰著自己，那張臉又比剛才蒼白許多，還帶著濃濃的緊張神色。

「妳沒事吧？臉色不太好呢！」

「一定是因為……副局長說的話太出乎意料之外了。」旭硬擠出笑容，點點頭說：「我沒事。」

松平盯著部下那張不管看多久都覺得不像日本人的臉，半晌才說：「兩點的新幹線，到新大阪是四點半……到這裡差不多五點了吧？」他確認手錶的時間，心想三人到齊恐怕要等到兩小時後了。

松平靠著牆，又把視線轉向窗外，看著市公車悠閒地開過被雨淋濕的上町筋，喃喃唸著：

「真拿那傢伙沒轍。」

儘管放眼望去，天空盡是烏雲密佈，下午四點的大阪府廳卻還亮著，不過，因為沒有陽光照射，所以是那種既像黎明又像黃昏的昏暗亮度。但是，在府廳進進出出的人卻絡繹不絕。隔著一條上町筋的遼闊大阪城公園裡，也可以從樹木與樹木之間看到觀光客的身影，好像很熱鬧。

大阪府廳的結構是左右對稱，松平所在的房間在偏中央位置。大阪城天守閣像算準了似的，正好聳立在府廳正前方，從松平的位置望過去，感覺有些傾斜。

天守閣下方是一大片蒼鬱的森林，籠罩在烏雲的黑影中，氣勢之磅礡，讓人覺得環繞城郭的那片又長又高的石牆，彷彿不是用來保護城郭，而是用來保護那片森林。大阪城有那麼濃密的森林嗎？松平不禁與幼時記憶相對照，但很快想到，那是三十多年的漫長歲月帶來的自然變化。

「就在那裡簽下的。」松平注視著位於森林中心，屋頂是綠色磚瓦鋪成的大阪城天守閣，突然冒出這麼一句話。「一八六八年四月六日，明治天皇行幸大阪，去大阪城視察諸藩士兵的訓練時，與大阪國簽下了『條約』。」

他以淡淡的口吻說完後便從窗邊走開，拉過摺疊椅坐下來，拿起桌上的透明檔案夾，看著資料封面上「社團法人ＯＪＯ代表　真田幸一」幾個字，低聲說：

「坐下吧！雖然鳥居還沒到，但是時間不多了，我先告訴妳關於大阪國的事。」

此時響起摺疊椅的傾軋聲，松平轉過頭，正好撞見旭更加蒼白的臉。他皺起眉頭，看著部下好一會，壓低聲調說：

「如果妳不想跟這件事扯上關係，不必在意，儘管說，我不會強迫妳。」

「我想知道。」

松平的話還沒說完，旭就以堅定的語氣這麼說。

「這件事從頭到尾都很荒謬。」

「沒關係。」

「好吧！」松平點點頭，從公事包拿出筆記本，在桌上攤開貼著標籤的地方。那裡記錄著他取得的種種資訊，已彙整成年表的形式。

他緩緩將左手舉到頭上，輕輕撫摸一圈。

「事情大約發生在四百年前，西元一六一五年，背景是大阪城……」

沒有任何開場白，松平就以低沉的聲音說了起來。

旭到達大阪府廳沒多久後，鳥居就從停靠東海道新幹線新大阪站的「希望號」列車走了下來。表情格外嚴肅的鳥居快步走在月台上，但是因為腳太短，所以速度還是很慢。

終於到了剪票口，卻找不到車票，他只好翻遍西裝的所有口袋，最後在錢包裡的千圓大鈔夾縫之中找到了，接著趕忙前往計程車招呼站。在招呼站等計程車的隊伍排得很長，鳥居排在最後面，不時確認手錶時間，每確認一次就焦躁地測量到最前面的距離。

好不容易輪到他了，他鑽進後座，告訴司機目的地。

「可不可以開快點？」

車子一發動，他就從身旁的公事包拿出大阪市地圖，在膝上攤開。

翻到他告訴司機的目的地「空堀商店街」那一頁時，裡面夾著一張便條紙，上面用難看的筆跡寫著：

「大阪市中央區十二軒町×—×—× 橋場茶子 大阪市立空堀中學二年級」

他拿起胸前口袋裡的原子筆，隨著車子搖晃，在字條上記載的地址周邊連成橢圓形，位置是在隔著長堀通的空堀商店街北側。

✤

關於大阪國的文獻，找遍全世界也找不到。

理由很簡單，那就是因為沒有人記錄。

在成立將近兩百五十年期間，甚至連「大阪國」這個名字都不存在。慶應四年，與明治政府簽下「條約」時才取了這個名稱，不知道當時的人對這個名稱有什麼想法。是覺得太誇張，面有難色地接受呢？還是覺得夠響亮，大力支持呢？因為沒有留下任何文字敘述，現在也無從考究了。

松平在大阪國議事堂看到的資料，都有一個明顯的特徵，那就是所有資料都沒有「過程說明」，只記載著「結果」。也就是說，錢的流向整理得非常清楚，不管是來自日本政府、大阪府或其他市、町、村的補助金，都很容易掌握去向，佔補助金額約三成的民間捐款的處理方法也一樣。但是，最重要的，也就是關於為什麼需要這麼龐大金額的敘述，卻到處都找不到。

根據財務報表所記載的細目，有六成是系統部門的相關支出，剩餘的三成是建築修繕費，人事費佔整體的百分之五。人事費全都是用來支付專職維修電腦的技術人員的薪水，其他像是總理大臣等所有人，都沒有從大阪國支領任何費用。但是，佔支出費用大半部的系統部門到底在管理什麼，也沒有任何說明。

唯一的例外，是建築物的修繕、保養與檢查的相關資料。因為攸關安全，所以包括當時的建築草圖在內，都留下了許多資料。坐在大學教授旁邊的會計師說，為了議事堂本體建築的耐震工程，所以編列了比往年更多的修繕費預算。

「去年十月，地震變得十分頻繁，又擔心建築物老舊的問題，所以必須未雨綢繆。」

如會計師所說，在資料方面，相關計畫書準備得相當齊全。但是，負責工程的人名、企業名等等，完完全全找不到。於是松平待在大阪國議事堂時，不論大阪國內、外，從對方準備的資料中，認得的人名只有原版「條約」上的簽名。

與太政官政府高官的名字並列，唯一代表大阪國簽名的人，松平當然也詳細調查過，但是，在圖書館的任何文獻中都找不到這個名字。這個與太政官政府簽下「條約」的人，是個沒沒無聞的人。

——由無數無名氏編織而成的無聲歷史。

真田幸一在大阪國議事堂說，這就是大阪國的歷史。

在鴉雀無聲的大阪府廳的某個室內，松平平靜地敘述著關於大阪國的事。

曾幾何時，窗外又下起了綿綿細雨。

✤

這樣會不會太過分了？

當人們這麼想時，事情就開始了。

慶長二十年（西元一六一五年）五月七日，號稱舉世無雙的大坂城，在大坂冬之陣、夏之陣後，被德川家康率領的十五萬大軍包圍並燒毀了。

第二天，五月八日，當時的主公豐臣秀賴與母親淀君，在城內僅存的狹窄倉庫內自盡。太閤秀吉建立起來的豐臣家族光榮歷史，在他辭世後短短十七年，就煙消雲散了——當世人這麼認知時……不，嚴格來說，應該是當德川家族這麼認知時，大阪國就悄悄誕生了。

當然，當時並沒有大阪國這個名稱，甚至連「名稱」的概念都沒有，因為當時被禁止說出口。

他們的目的只為了守護一個孩子的生命——僅僅只為了這樣。

沒有人知道孩子的名字，也不知道歲數，只知道父親的名字。父親是豐臣秀賴，孩子是繼承太閤血脈的最後一名男孩。

他們的身分並不是武士。

只是住在大阪的一般町人㊹，對所謂忠義、恩義、正義等囉唆的道理，沒有特別的感覺，受豐臣恩惠的大名㊺也沒有對他們下密令。

「這樣未免太可憐了。」

單純只是基於這樣的理由，他們決定保護孩子。萬一被德川家族發現，不只他們本身有生命危險，還會殃及整個家族。藏匿這個孩子得不到任何好處，他們卻採取了這種無法想像，只能說是有勇無謀的行動。鞭策他們的不是對德川家的恨，也不是對豐臣家的忠誠，只是不滿德川家在大坂之陣的所作所為，這個理由就是所有的「根源」。

㊹町人為江戶時代住在都市的工人和商人。
㊺大名是日本戰國時代對領主的統稱。

錯就錯在德川家族不該故意找碴，刁難萬廣寺吊鐘上的銘文㊻，以此為開端，無所不用其極引發戰爭的這種手段。

還有，爆發大坂冬之陣後，雙方曾經講和，德川家族卻違反約定，埋了大坂城的濠溝。憤怒的大坂城城主召集士兵，德川家族就以此為藉口開啟了戰端。總之，中間種種過程都令人不齒。最重要的決定性因素，是戰後德川家族企圖將戰敗者的痕跡徹底抹滅。

大坂城被攻陷兩個禮拜後，德川家族展開殘酷的戰敗逃亡武士大搜索。秀賴的兒子從大坂城逃出來，躲藏在伏見的商店裡，結果被逮捕。秀賴的偏房所生的孩子國松，也在京都市內遊街示眾後，在六條河原被砍頭了，年僅八歲。國松有個妹妹，逃出大坂城後，在秀賴的正妻，也就是德川家康的孫女千姬的積極奔走下，總算以進入佛門為條件，保住了性命。

把豐臣家的子嗣趕盡殺絕後，德川家族又挖開豐臣秀吉的墳墓，破壞殆盡。斷絕血脈、貶損祖先，最後著手消滅豐臣家的大坂城。填埋濠溝、推倒石牆，企圖把豐臣家的記憶從大坂這個地方連根拔除。最後興建新的大坂城，以這種一目了然的形式，讓大家知道新時代的統治者是誰。

對身為町人的他們來說，只是在上位者的名字改變而已，不管是豐臣家還是德川家，都沒多大差別。說到底，全都是無可救藥的傢伙，看不慣什麼就想用武力解決，害整個城市被捲入戰爭，所有東西付之一炬。真要抱怨起來，根本沒完沒了，不過，大家多少還是比較偏向替大坂地方帶來繁榮的豐臣家族，尤其是決定大坂這個城市性格的太閤秀吉的豪邁氣魄，引發了極大的共鳴。

「跟太閤的大氣度相比，德川根本不夠看。」

在戰爭結束，終於開始復興的嘈嚷中，他們對德川家族那種不像取得天下者會有的作為感到憤怒。也同情被斬斷血脈，還不能在地下安眠的太閤秀吉的悲慘命運。

就在這時候，有個孩子的生命被交到他們手上。

沒人知道這孩子究竟來自怎麼樣的家族，歷經怎麼樣的過程輾轉送到他們手上的。有人說，在六條河原被斬首的是替身，這孩子才是國松本人。也有人說，他是紀錄上不存在的國松之弟。事實上，國松跟父親秀賴一樣，留下了種種傳言。據說，德川家族不知道國松的長相，只能從疑似國松之子才會出現的言行舉止上，或讓他與乳兄弟㊼見面，從他的反應來判斷抓到的孩子是不是秀賴的嫡子。就因為是這麼不可靠的搜尋方法，才會留下多種傳說。

但是，不管積壓了多少忿恨，他們畢竟只是一介町人。

再怎麼同情太閤，他們也不會傻到想復興豐臣家族，更不想與德川家族正面衝突。

他們的心願就是守護有如風中殘燭的小小生命，僅僅只是這樣而已。

然後，悄悄把孩子撫養長大就沒事了。但遺憾的是，他們無法持續保持沉默。這裡是眾多人口聚集的地方，若是忍住不開口，心情就會騷動起來。

於是，他們決定實行一項計畫。

這項計畫太過愚蠢，只要稍有差錯，就可能惹禍上身，非常危險。但是，他們覺得必須給嚴重欠缺勝者應有風範的德川家一點教訓。這種不可思議的使命感，促使他們採取了行動。儘管他們只是町人，畢竟也是在「戰國」這個狂亂異常的時代存活下來的人們。

他們決定從成立聚會場所開始。

接著，給自己訂下清楚且嚴格的規定。

㊻萬廣寺是位於京都市東山區的天台宗寺廟，西元一五八六年由豐臣秀吉發願創建。一五九六年，安置了十九公尺高的木製佛像的大佛殿因地震而毀壞，一六一〇年在德川家康的建議下，豐臣秀賴重修了金銅大佛與吊鐘，並在吊鐘上刻了「國家安康」、「君臣豐樂」的銘文。一六一四年，德川家康卻以銘文是「詛咒家康一分為二，祈禱豐臣繁榮」為由，發動了大坂冬之陣，史稱「萬廣寺鐘銘事件」。

㊼彼此沒有血緣關係，卻是被同一位乳母養育成人的兄弟，稱為乳兄弟。

「只能在聚會場所談聚會的事。」

只要離開聚會場所一步，就不能談這方面的話題，也不能寫成文字。只有他們的代表人，唯一一個人，可以在外面提起這件事。他們並不打算把這個秘密埋在封閉的圈子裡，設置這個僅有的通風口，就是為了今後繼續增加同伴所設。

問題是，這個成為中樞的聚會場所該設在哪裡？

令人難以置信的是，他們竟然決定設在大坂城內。

一旦被幕府發現，他們通通會喪命，必須在絕對不會被發現的地方，建造聚會場所，只在那裡談這件事。德川家族恐怕連做夢都想不到，自己站立的土地之下有那麼一個場所。町人們的想法，乍看之下十分無理，卻極為冷靜且實際。

大坂夏之陣過了五年後，也就是元和六年，德川家族摧毀了豐臣的大坂城，著手營建全新的大坂城。現在留存的德川家族所造的大坂城，建得特別高，不只天守閣，連外濠的石牆、本丸的石牆、天守閣的石牆……通通都很高。不用說，目的當然是為了完全蓋過豐臣的大坂城。

德川家族為誇耀威勢，耗資不斐終於完成的大排場，被他們將計就計，反過來利用在地底下長眠的豐臣時代的天守閣石牆，成功地把聚會場所設在本丸的地底下，甚至還以築城及鋪設太閤地下水道作為掩護，建造了通往聚會場所的地下隧道。當然，全都是由德川家族出錢。

做到這種程度，不太可能只靠町人的力量。難免讓人聯想，說不定與大坂城重建相關的大名也有提供協助，只是找不到任何證據。

開工八年後，在第三代將軍德川家光治世時，全新的大坂城落成，擁有外觀五層、內部六層，白色外牆的大天守閣。

同時，也意味著他們的聚會場所完成了。

他們把地底下的這個地方稱為「大坂城」。

✤

大坂城是德川家在關西地方的象徵，守護豐臣家後裔的町人們，卻大大方方借用了這個象徵的「地底下」，這是對統治天下者最大的嘲諷。

早上吃完早餐，走到大馬路上，他們會先望向難波㊽天空，再壓抑很想偷笑的心情，向聳立在遙遠彼方的大坂城道早安。再沒有比這更大快人心的事了。

在德川幕府治世的兩百四十年間，不斷重複著這樣的情景。

他們的意志，就像滲出地面的地下水脈，在大坂城裡綿密地滲透著，逐漸擴大支持的力量。傳說中，雖然名為「大坂城」，聽起來很偉大，其實只是五坪大的石室。他們把町人一個個帶來，在地下的小房間裡，誠懇地傳達事實真相。對太閤秀吉的眷戀、對德川家族的反感、守護豐臣家後裔的奇妙使命感，尤其是身為大阪人的豪邁精神，在背後推動著剛知道真相的人們。沒有人拒絕成為同伴，也沒有人向德川家族告密，因為這個城市是他們的，沒有必要巴結外來的德川家族。

江戶時代，住在大坂的町人多達四十幾萬，而武士人口包括親屬在內只有一萬人，住在德川家族直轄地大坂的武士只有幾千人。佔人口百分之九十九，完全掌控經濟命脈的町人，才是城市的真正統治者。以「天下廚房」聞名的商業都市大坂，是名副其實的町人之城。

㊽大阪市及其附近地區的古稱為「難波」。

一個繼承太閤秀吉血脈的孩子，住在這個城市裡。

歷經時代更迭，這名後裔的子孫在大坂市井成長、工作、結婚，又生下孩子，血脈相傳綿延不斷。但是，當事人完全不知道自己的身世。周遭的大人認為繼秀吉、秀賴之後，成為第三代繼承人的孩子，就算知道這個事實也沒什麼好處，所以也就沒有告訴他了。

在所有大坂人的守護下，代代的後裔都度過了平穩的一生。周遭的人絕對不會給他們特別待遇，對待他們就像對待一般人，只有終生不告訴他們「大坂城」的存在這一點，與其他人有嚴格區別。

這是非常不可思議的事。

遠在慶長時代就已斷絕的當事人相關訊息，這件事全大坂人都知道。當然，住在哪裡、長什麼樣子等詳細內容，並沒有讓所有人曉得。但是，光知道豐臣家的後裔住在自己生活的這個城市裡，就激勵了他們的心。他們把這個重大的秘密藏在心底，並以此為傲。

不知不覺中，後裔的存在逐漸變成大坂人的精神象徵，還成為培育鮮明地域性的土壤，譬如討厭官府衙門、愛好人情義理等等。

不管血脈的延伸多麼緩慢而且慎重，兩百四十年的時間也夠漫長了。在德川幕府末年的動亂中，薩摩藩、長州藩等新勢力抬頭，把德川家族從大坂城趕到江戶時，另一個「大坂城」的存在，已經成長到遍及全大坂，所有大坂人都成了「共犯」。

慶應三年（西元一八六七年）十月，德川慶喜在京都二條城，決定將政權歸還朝廷，上表天皇，從此結束了延續十五代的德川幕府。

該年十二月，頒佈王政復古大號令㊾。

慶應四年一月，在鳥羽、伏見戰亂中㊿，將軍德川慶喜從大坂城逃到江戶。

該年三月，維新政府在京都成立。

儘管時代變遷以排山倒海之勢而來，新政府還是無法掉以輕心。德川慶喜依然坐鎮在江戶，東北諸藩的動向也混沌不明，還有觀望中的外國勢力。

當西鄉隆盛為了底定大勢，率領新政府軍準備對江戶城發動總攻擊時，盤據京都的新政府首腦，決定讓當時十五歲的明治天皇親征大阪，希望藉此讓天皇遠離因循守舊的朝臣，與外面的世界接觸，增廣見聞。在這為期約五十多天的期間，天皇繞巡大阪各地，視察軍艦，並接見外國使節。

這次的大阪親征，成了「大阪國」的一大轉機。

事實上，這次的大阪行幸之所以成行，原本就是大阪國的巧妙誘導。這件事定案時，新政府的財政已經瀕臨破產。最糟糕的是，連與舊幕府軍作戰的軍事費用都很難籌措，資金的調度可以說是如履薄冰。

大阪親征也因為資金不足，恐怕難以實現。就在這時候，正好有大阪富商捐獻了五萬兩，隨行到大阪的新政府首腦心花怒放，直呼好極了。「大阪國」從大坂夏之陣後，歷經兩百五十年的潛伏期，終於悄悄在新政府首腦前現身了。

慶應四年四月六日，天皇在大阪城校閱諸藩士兵的操練時，新政府與大阪國正在城內的其他地方召開條約會議，雙邊首腦會面。大阪國的人表明身分、公開行動，這是第一次，也是最後一次。

㊾該號令宣佈廢止幕府政治（又名武家政治），恢復原來的君主政體。
㊿鳥羽、伏見之戰是舊幕府軍與新政府軍之間發生的數場戰役之一。

想必在當日之前，已經有過無數次的重大談判，但是，新政府恐怕沒有選擇的餘地了，狀況一目了然，而且是一面倒。沒有大阪國的財力，眼前的戰爭就會輸。如果大阪國就此宣佈獨立，政府也會瓦解。真要說起來，當新政府被五萬兩吸引而大搖大擺地來到大阪時，就沒有勝算了，感覺就像手無寸鐵地深入對方陣營，找不到路出去。當察覺自己被對方牽著鼻子走時，已經太遲了，新政府能做的，就是答應大阪國所有的要求。

會議結果是，新政府承認大阪國，而大阪國同意被編入新政府實施的行政制度裡，同時，由新政府代替大阪國執行某部分的制度。具體來說，就是關於大阪國營運資金的處理。當時，大阪國的資金籌措方式極為原始，就是來自錢幣兌換商[51]或米商等富豪的捐款，還有向每個町人集資。現在同意改變做法，以某種形式編入國家的制度裡。

除了這些規定外，並在最後加註這個協定為秘密條約，還要隱瞞大阪國的存在，簽下了總計十條的「條約」。

這個行動，在大阪國的國內恐怕也分為贊成與反對兩派。因為也有不少人把德川家族的離去當成大好機會，認為更可以跟以前一樣匿跡潛行，在神不知鬼不覺之中運作。但是，最後他們還是選擇了投向新政府的懷抱。在德川治世下，只要走漏風聲就會危及生命，所以他們最希望的是，可以藉由支持地盤還未鞏固的新政府，盡快除去這個所有人長久以來儘管辛苦，卻甘之如飴的重大問題。此外，在大阪國的國內，應該也有人清楚了解到封建社會的結束所代表的意義。基於「如何在即將到來的近代國家框架內達成共存」的極高度政治判斷，他們下了一生一世最大的賭注。

不可思議的是，經過這次的交涉，並沒有讓新政府留下不好的印象。明明被大阪國徹徹底底擺了一道，卻好像反而對他們抱持著極大的善意。

憑據是，在行幸大阪期間的閏四月六日，天皇下詔，發錢給大阪市的孝子、貞節婦女、高齡者，以及七十歲以上的忠義之士，總計約五千五百人。又在同一天，下令在大阪城外近郊建造豐國神社。從此，兩百五十年來無安身之地的太閤秀吉，終於有了安眠的地方。

會這麼大方地對待長年支持大阪國的人民以及他們的精神支柱，背後因素很可能是當時的政府中樞幾乎都是薩摩藩與長州藩的人。因為這兩藩都曾經參與關原合戰[52]，他們與德川家族對抗，最後被打得落花流水，所以「敵人的敵人就是自己人」，知道大阪國的事後，他們說不定還暗自拍手叫好呢！或者，純粹只是因為大阪國願意提供今後的資金，幫他們解決了惱人的軍事費用問題，所以他們一時興奮所下的決定呢？

締結「條約」五天後，四月十一日，江戶城無流血開城。

七月，江戶改稱為「東京」。九月，年號改為明治。

翌年三月，遷都東京。

該年五月，箱館的五稜郭開城，結束了一連串的戊辰戰爭[53]。

當來自西方的新勢力從頭上喧囂而過時，大阪國乘機綻放了瞬間的光芒，之後又沉入了沉默的歷史大海中。其實，不管是德川時代結束，或人們的髮型與服裝產生戲劇性的改變，都沒有影響到大阪國的泰平日子。只是少了德川家族，迎接早晨時就沒有理由再看著大阪城偷笑了，但取而代之的，是因此養成了隨時面帶笑容的風氣。

迎接新時代的來臨，町人們更是雄心勃勃，近代都市大阪歷經明治、大正時代，有了驚人

[51] 江戶時代，主要有金幣、銀幣、銅幣等三種貨幣，各自獨立。以現代來說，就像不同國家的貨幣，所以需要兌換。
[52] 德川家康在關原合戰中獲勝，從此確立了其霸權地位。
[53] 戊辰戰爭是從西元一八六八年至翌年，新政府軍與幕府軍之間的大小戰役總稱，包括鳥羽・伏見之戰、箱館之戰等。

的發展。大正十四年（西元一九二五年），擴張市區範圍後，大阪市超越東京的一百九十九萬人，擁有兩百一十一萬人口，成為日本最大的都市。當時的人們，把這個甚至擁有世界第六大人口數的城市，稱頌為「大大阪」。一年後，壯麗的大阪國議事堂在大阪城地底下完工了。

現在，大阪府下大約有五十個社團法人，跟ＯＪＯ一樣與大阪國有直接關係。這些社團法人平均分佈於各地，也兼具分社的功能。來自日本政府的補助金，就是經由這些社團法人流入大阪國，作為每年的營運資金，其他還有來自府、市、町、村的補助金，每年總額高達五億。這就是「條約」中規定「錢由國家行政組織代收」的架構，先以稅金形式向大阪人徵收，再以補助金制度歸還大阪國。未採取私下把五億圓一次付清的方式，是因為大阪國並不是什麼違法組織。雖然ＯＪＯ等各社團法人，在交給日本政府的報告中的確也有不真實的記載，但絕對是與日本政府審慎協議後成立的架構。第二次世界大戰後，沒有再搬出「條約」內容，就沿襲了使用補助金架構的方式。

此外，就國家安全觀點來看，偶爾還是需要監督大阪國。已規定的十條「條約」中，有條文明記：當日本表明「訪問」意願時，大阪國必須秉持誠意應對。「訪問」兩個字表現得很委婉，其實就是「視察」的意思。

禮拜天，會計檢查院調查官松平為了進行實地檢查，向社團法人ＯＪＯ傳達了「訪問」的意願。

✤

於是，依照「條約」規定，松平被帶到了大阪國議事堂。

雨勢在不知不覺中增強了。

可能也起風了，水滴打在玻璃窗上，發出聲響。牆壁上的時鐘顯示快六點了，鳥居卻還沒到。

從訪問長濱大樓開始的漫長一天所發生的事，松平都說完後，就把整個身子靠在椅背上。

「有什麼問題儘管問。」

松平聲音低沉地說，旭則從筆記本抬起頭來。不只是臉，從脖子到露出黑色西裝外的手腕內側，所有的肌膚都白皙晶瑩。她表情僵硬，眉間蒙上陰霾，淡茶褐色的眼睛，在長長的睫毛下閃爍著強烈的光芒。

她轉頭望向窗外。打在窗戶上的雨水形成薄膜，流過窗戶。窗前，大阪城佇立在變得模糊的雨中景致裡。

「那下面有大阪國的議事堂？」

「沒錯。」

松平循著旭的視線望過去，看到煙雨迷濛的天守閣。

「議事堂是用來召開議會的嗎？」

「不，它們沒有國會那樣的議會。」

「那麼……」

「妳是想問要如何產生總理大臣吧？我問過了，他們說是輪流擔任的。」

輪流？旭驚訝地反問，聲音在房內回響。

「由收受補助金的虛設社團法人代表輪流擔任，在明治、大正時期，有人擔任十年、二十年，戰後的任期則都是三年。從明治時代算起，現在的總理大臣是第三十二任。」

聽完松平的說明，旭似乎不知道如何回應，只不清不楚地「哦」了一聲。松平依然望著大阪城，大阪城上空的雲層投射出昏暗的灰色光芒，逐漸染上了夜的氣息。

「真不知道該說是草率還是周密，明明是超越法規之上的存在，卻有明文的法律根據。但是，我問了那麼多，老實說，還是完全都沒搞懂。只知道真相就是，全大阪的男人都在守護豐臣家的後裔。」

「關於這一點……」

旭的話似乎別有含意，松平轉頭看著她。

「是所有大阪人都守護著那個後裔嗎？還是只有大阪的男人？」

「他們說只有男人，我在大阪國議事堂見到的人，也都是男人。不、不對……」

剎那間，衣領上有「五七桐紋」徽章閃閃發亮的水手服閃過松平的腦海。不過，水手服下不知為何是個少年，所以應該算男人吧？於是松平又改口：

「沒錯，都是男人。」

「那麼，女性都沒有參與嗎？」

「嗯，應該是……」

松平不懂旭為什麼這麼問，一時露出疑惑的表情，但很快就發現旭不滿的眼神，於是問她：

「怎麼？都是男人不行嗎？」

「我不喜歡這樣的區分法。」

「由起源來看，可能是以前隨時都會遇到危險，所以把女人排除在外吧？」

聽起來很像在為大阪國辯護，感覺很奇怪，但松平還是這麼安撫旭。

「那麼，大阪的所有男性都是成員嗎？連背著書包的小學男生都知道大阪國的存在嗎？」

「他們只說小時候不會知道，但沒有告訴我從幾歲、又是如何知道這件事的。還有，大阪國的成員不一定都住在大阪府內。的確，任何人都有可能因為工作或家庭的因素離開大阪，不是嗎？也就是說，在生活上，他們跟我們沒什麼不一樣。」

「大阪國總共有多少人？」

「兩百萬人。」

這個數字未免太龐大了，旭的表情瞬間凍結了。

「大阪府的男性人口是四百二十萬，如果全都住在大阪，成員大概就有一半吧！不管怎麼樣，都不是小數目。不過，並不是隨便走在路上的男人全都是大阪國的人。譬如，對方如果在公家機關工作的話，他就必須脫離大阪國，並斷絕所有接觸，因為他們有這麼嚴格的規定，所以最起碼，政府公務人員裡不會有大阪國的人。」

當時聽到這些話時，松平反射性地望向對面隔桌而坐的小學老師和大學教授。兩人很快察覺他的舉動，馬上主動回說：「我們是私立學校。」

「所以你才選擇了這裡？」

旭望向房間角落的小架子。架上放著老舊的熱水瓶，側面用分岔的麥克筆寫著「大阪府廳」的粗體字。

「這是為了謹慎起見，在這裡不用避諱旁人，可以放心交談。」

「副局長是相信他們說的話了？」

「看到地底下的建築後，我很難全盤否定……旭，妳不相信？」

「我……還不知道。」旭回答。

松平點點頭，把雙手放在交叉的膝上。

大阪國議事堂確實存在。但是，沒有任何資料可以證明大阪國的存在。關於豐臣家後裔的事，也只是他們片面的說詞。

然而，松平實在無法忘記，那個名叫真田幸一的總理大臣，他的眼神給人的感覺分明就是匠人的氣質，完全不像政治家。可能是不擅長說話，不時說得結結巴巴，有時，從他單眼皮的眼睛深處，可以看出自信心的瞬間動搖。然而不可思議的是，從他的言詞中可以感覺到那既非狂熱信仰、也非偽裝，而是純粹擔心大阪國的直率情感。

不管怎麼能言善辯、學問淵博，說謊的人都是脆弱的。世上最強的人，莫過於坦然行動的人。在空氣混濁的議事堂會議室內，與松平對峙的第三十二代大阪國總理大臣，無庸置疑就是屬於後者。松平第一眼見到他，就覺得他不好應付。

既然無法確認大阪國的成立過程與目的之真偽，松平只好跟旭一樣暫不下定論。

不過，松平在心底似乎相信真田幸一這個人。

即便這個國家的存在方式，讓他很難接受。

「豐臣家的後裔，現在也毫不知情地生活在這個大阪嗎？」

「不知道。他們之中，也有人說從來沒見過豐臣家的後裔。在大阪國議事堂的資料中，當然找不到任何具體訊息，金錢的流向也沒什麼參考價值，連為什麼需要超過三億的費用這麼重要的事，到最後都沒說，更遑論提到關於後裔的事了。」說到這裡，松平稍作停頓說：「不，有個線索。」他從桌上拿起夾有社團法人ＯＪＯ資料的透明檔案夾，「據說，這是『王女』的意思。」

看著被遞到眼前的資料，旭先是露出疑惑的表情，但很快發出「啊！」的嘶啞叫聲。松平默默對她點點頭，她深深嘆口氣說：「原來是這樣。」聲音聽起來有些不悅。

「在對話中，他們都用『王女』這種用法。又沒有什麼王國，應該純粹只是稱呼吧！而且，既然叫『王女』，應該是女性，如果年紀還小，就是『公主』。」

是公主嗎？旭這麼喃喃唸著，盯著手上資料的「ＯＪＯ」三個字。
在大阪國議事堂，松平問：「如果後裔是男生，這個社團法人的名字會怎麼取？」大阪國總理大臣用看不出是玩笑還是正經的表情，嚴肅地說：「應該會命名為ＯＪＩ（王子）」。
「萬一發生什麼事會怎麼樣呢？」
旭停下翻閱資料的手，冷不防地冒出這句話。
「什麼意思？」
「所謂『守護』，應該意味著當『王女』發生意外時，他們會採取什麼行動吧？」
松平蹙起眉頭，看著大阪城在逐漸失去光亮的天空下，變得煙雨迷濛，很快就被黑影包圍了。
「鳥居怎麼這麼慢呢？」
當他瞥過手錶確認時間，低聲叨唸時，旭放在桌上的手機震動起來，發出悶悶鈍鈍的聲響。
「八成是那傢伙，該不會迷路了吧！」松平望向窗外，冷冷地這麼說。
旭拿起手機，咕咕噥噥地回應著。過了一會，先知會對方：「請等一下。」然後叫了一聲：「副局長。」
松平轉向她，她就遞出了手上的橙色手機。不知道為什麼，她的表情顯得非常緊張。
「是真田幸一先生。」
松平轉過身，很快接過手機，摺疊椅發出了傾軋聲。
「我是松平。」他低聲說。
不到兩分鐘的電話，松平沒怎麼回應，幾乎沒什麼交談，通話就結束了，他把手機從耳朵拿開，還給旭。
旭接過手機問：「怎麼了？」松平沒有回答，從西裝口袋拿出自己的手機，很快撥打鳥居的手機號碼，然後把手機緊靠在耳朵上。但是，不管試多少次，鳥居都沒有接電話。

在接過電話，聽到真田幸一的聲音時，松平就察覺到與對方之間產生了什麼誤解。但是，他還來不及說什麼，就聽到對方強壓抑著感情起伏的聲音：

「到底怎麼了？松平。」

「聽說會計檢查院的鳥居，通知警察把『王女』監禁起來了。」

遠遠超出想像的內容，讓松平也啞口無言。不知道對方會如何詮釋他這樣的沉默。

「松平先生，我們會展開行動。」

大阪國總理大臣似乎下定了什麼決心，以僵硬的聲音這麼說，就掛了電話。

房間頓時充斥著沉重的緊張感。

旭動也不動地聽著松平的說明。

「剛才妳打電話給鳥居，他說他還在新幹線上？」

「是的。」旭臉色蒼白地點點頭。

「『王女』是在五點左右被警察抓走的。」

「鳥居怎麼會去找警察？」

「不知道。對方說鳥居的確在現場，可是，那個時間他應該在新幹線上。」

松平又拿起手機，試著撥打不知道撥了幾次的電話給鳥居，但是手機響沒多久，就轉進了語音信箱。

「不行。」

松平懊惱地低嚷，把手機從耳朵拿開時，目光突然停在旭的臉上。

微微張著嘴巴，呆呆看著窗外的旭，露出前所未見的驚嚇表情。松平像被吸引般，隨著她的視線望過去。

正要合起手機的手，停止了動作。

他無意識地從椅子站起來，走向窗邊，握住扶手打開了窗戶。

霎時，雨聲湧入了房內。

雨的味道刺激著鼻腔，他茫然地面向著眼前的光景。

在逐漸迎接夜晚的昏暗天空和雨的包圍下，彷彿正在哭泣的大阪城紅紅燃燒著。

大阪市立空堀中學 Ⅳ

橋場茶子兩歲時，父母便雙雙亡故。

晚上，全家三人走在住家附近時，被在單行道上逆向行駛的箱型車輾過，雙親當場死亡。千鈞一髮之際，坐在嬰兒車裡的茶子被母親推向前方，所以沒被車撞到。箱型車的駕駛是比父親年輕的男人，肇事原因是酒駕。

之後，茶子被父親的姊姊收養，跟大輔就讀同樣的幼稚園、小學、國中，健康成長直到現在。

由於兩歲就與父母訣別，所以茶子對他們沒有任何鮮明的記憶。她對父親的認識，大部分是來自姑姑；對母親的認識，則是來自真田幸一的敘述。

就像茶子與大輔之間的關係，幸一與茶子的母親市子也是青梅竹馬。從小，茶子就常坐在大阪燒店「太閤」的櫃台，聽幸一訴說著以前的回憶。幸一往往說到重要處就中斷了，不太善於敘述，然而，這樣的口拙反而更能真實地傳達母親溫柔婉約的模樣。

幸一跟茶子的父親就讀同一所小學，但是，茶子的父親大他五歲，所以沒什麼接觸。反倒是幸一的姊姊跟茶子的姑姑是同學，所以每次茶子來家裡玩，她都會一再翻出對茶子父親的記憶說：

「他真是個帥哥呢！」

據她說，黝黑的皮膚跟茶子很像。

茶子的單眼皮眼睛早已冷靜地看透，不管他人怎麼轉述，她一輩子也無法真實體會父母陪在身旁的感覺。雖然偶爾會有點感傷，但她從來不覺得孤獨。除了姑姑外，她還有幸一、竹子，附近的人也會不時關照她。但是，看到穿著水手服癱坐在鞦韆前的少年時，她清楚了解到，真田大輔才是她心中最重要的人。

社團活動結束後，茶子先回家放好東西，就往真田家走。因為她聽說大輔早退，想去看看怎麼回事。途中，在公園裡發現了大輔。

看到大輔慘不忍睹的樣子，湧上心頭的情緒太多，茶子這才知道自己的胸懷有多小，根本難以承受這些。她忍不住兩次、三次狂叫後，才慢慢冷靜下來，把大輔帶回家。茶子家在大樓環繞的巷道裡，有五間長屋緊密地排成一列，她家在最右邊。她向鄰居爺爺借電動推子，請教使用方法，然後幫大輔剃光被剪得亂七八糟的頭髮。

這期間，大輔把頭伸到鋪在地上的報紙上方，什麼話也沒說。茶子邊推著推子邊問他：「是不是蜂須賀幹的？」他也不回答。然而，那個無聲的回答就是勝過雄辯的事實。穿著水手服低下頭，就正對著天花板露出大半截白皙的脖子，彷彿只有那個部分是女孩似的。當推子推過寒毛豎立的頸子時，兩倍的痛楚湧上茶子心頭。「我要殺了蜂須賀！」她邊狠狠地咒罵，邊粗魯地推動推子，髮根被推子緊緊夾住，大輔慘叫一聲：「好痛！」

「對不起。」

茶子冷靜下來，小心地剃掉大輔頭上剩下的頭髮，然後在他耳朵上方被踢得瘀青的地方，塗上外傷軟膏。

「吃完飯再回家吧！」

茶子把散落著頭髮的報紙揉成一團，站了起來。大輔不發一語，面向牆壁盤坐著。茶子無法直視他沮喪的蜷曲背影，水手服配上光頭，給人某種十分殘酷的感覺。她把報紙塞進垃圾桶，快步走向冰箱。

「吃炒麵吧？」

「昨天吃過了。」

「就吃炒麵吧！」

姑姑去工作了，不在家。茶子從冰箱拿出高麗菜和洋蔥，俐落地炒起麵來。

「炒好囉！」聽到茶子的叫聲，大輔才緩緩地站起來，拍掉藏青色裙子上的灰塵，在廚房的餐桌旁坐下來。鋪在餐桌上的厚厚透明塑膠墊底下，到處壓著茶子的姑姑店裡的傳票、便條紙等。茶子從冰箱拿出寶特瓶裝的Mitsuya cider飲料，倒入桌上的玻璃杯。

兩人打開電視，邊聽著正在播放的節目「Today's Close-up」[54]，邊吃炒麵。看著始終低著頭吃麵的大輔，茶子心中的憤怒漩渦又高漲起來，但是，在這時候爆發對蜂須賀的厭惡情緒，只是在自我發洩而已。她邊這麼想，邊把放得太多的洋蔥接連塞進嘴裡，用力咬著。

「對了，聽說你今天早退？」

「家裡有點事。」大輔看著壓在桌墊下的便條紙，邊吃炒麵邊含糊不清地回答。

「還特地換上水手服？」

「嗯。」大輔把頭垂得更低了，夾起麵裡的豬肉塞進嘴裡。

「這樣啊……」既然是家裡的事，茶子也不好再追問，轉變話題問：「那是什麼徽章？」她已經注意很久了。

「咦？」

大輔不由得抬起頭，沿著茶子的視線看向自己，這才發現自己衣領上的徽章，他有點慌張似地晃了晃身體。

「跟那個標誌一樣。」

茶子用筷子前端指向左手邊。

敞開的格子門後面，是茶子的三坪大房間。筷子的尖端正指向掛在牆上的匾額。

木框環繞的匾額中央，有個直徑約十公分的圓形裝飾品，幾乎沉沒在白色的布底裡。飾品是黑色，只有外圍框著閃亮的線，中間跟大輔的徽章一樣，畫著金色的「五七桐紋」。

「你剛才都沒看到那個匾額嗎？」

大輔沒有回答茶子的問題，反問她：

「匾額裡面是什麼東西？」

十多年來，大輔常來這個家玩，但這恐怕是他第一次提出這個問題。

「那是我媽的遺物，聽伯父說，是我外公留給我媽的遺物。」

「我爸說的？」

「嗯，他叫我要好好裝飾起來。我娘很久以前也說過，這是高台寺蒔繪，所以很值錢。」

茶子有時會把姑姑叫成「娘」，把死去的母親叫成「媽媽」。

「什麼是高台寺蒔繪？」

「豐臣秀吉的老婆蓋了高台寺，就是從那裡開始發展出來的漆藝。那裡面的畫，是先塗上漆，再撒上金粉。外面閃閃發亮的框線叫做螺鈿，是貼上貝殼內側的東西做成的。」

「秀吉的老婆是叫彌吧？也叫北政所[55]。」

「是這個名字嗎？對了，那到底是什麼徽章？」

「是……是贈品，買東西抽中的。」

[54]這是在日本ＮＨＫ播出的知識性節目。

[55]「北政所」廣義是對攝政關白之妻的尊稱，狹義是指豐臣秀吉的正室。

「贈品？買什麼東西會送這個？太沒品味了吧！完全不適合你。」

「我知道。」

茶子想再追問：「既然知道，為什麼還戴？」但是看大輔滿臉不悅的樣子，就沒再追問了。大輔趁空檔，把盤子傾斜，扒光剩下的炒麵。「很難吃嗎？」茶子問。大輔說：「不，很好吃。」接著雙掌合十，又低頭說：「謝謝招待。」

茶子開始洗碗，大輔就站起來去了廁所。想到大輔儘管沮喪，卻還能像平常一樣跟她交談，她就放心多了，隨即把洗碗精倒入了平底鍋。

洗完盤子和玻璃杯後，茶子用抹布擦拭桌子。「喂！大輔。」她往自己的房間喊，格子門內卻看不到她以為應該已經從廁所回來的大輔。總不會還在廁所吧？茶子抓著抹布的手停了下來。

「大輔？」

茶子對著走廊叫，但沒有回應。不祥的預感讓她抓著抹布就往走廊跑，在盡頭處急轉彎，把竹簾撞得喳啦喳啦響，接著衝進設有廁所的洗澡間。

大輔站在洗臉台前。

正注視著鏡子，無聲地哭泣著。

「大輔——」

茶子正要走過去搭他的肩時，突然聞到一股臭味。大輔後面的廁所門半開著，茶子往裡面一看，才知道他來廁所做什麼。

「你吐了？」

被她這麼一問，大輔慌忙把廁所的門關起來。

「笨、笨蛋，幹嘛勉強吃啊！」

「可是……妳都為我做了。」

「那麼難吃的東西不吃也罷！」

茶子掄起拳頭，用力捶大輔肥胖的手臂。「好痛！」大輔大叫。鏡子裡，站在黝黑的茶子身旁，穿著水手服、白白胖胖的壯碩少年正微微顫抖著。看到他剃光頭的悲慘模樣，茶子的淚水奪眶而出。

她粗暴地撥開竹簾，回到廚房，把抹布扔在桌上，從堆在客廳電視前的衣物中拉出一條毛巾，用力按住眼睛。

當她用毛巾壓著眼睛，呆呆杵著時，大輔在背後對她說：

「對不起。」

「你沒做錯什麼，大輔。」

茶子臉朝下，搖了搖頭。

「我要回家了。」

「我送你。」

「不用了。」

「不，我要送。」

茶子把毛巾披在脖子上，面向大輔。大輔只看了她一眼，就低下頭，用微弱的聲音說：

「炒麵……對不起。」

「不要再說對不起了。」茶子低聲說。

大輔嗯地點點頭，弓著背走向玄關。

他們沒有走公園旁邊最近的那條路，而是從長堀通的緩坡走下去，繞遠路回到大輔家。

在大輔家門前，茶子說：「你要怎麼跟伯父、伯母解釋？要不要我陪你等他們回來？」

「不用了。」大輔小聲地說，打開了格子門的門鎖。

「我覺得應該告訴後藤，怎麼想都太過分了。」

「謝謝。」聽到班導的名字，大輔也只是這麼回應，然後背對著茶子說：「妳回家時小心點。」就走進暗暗的屋裡了。

回家時，茶子順道去拜了榎木大明神。

她從錢包拿出一百圓硬幣，丟進了旁邊的香油錢箱裡。抬頭一看，天空全被黑漆漆的枝葉遮蔽了。有多久沒來拜小巳了？她邊想邊拉響寺廟前的小鐘，許下願望：「請保佑大輔。」抬起頭，正好看到祭壇中央的小鏡子前供奉著白色物體。她靠近看，原來是小白蛇雕像。不知道是只有一個身體，還是兩隻纏繞在一起，高高揚起兩條長長的脖子，朝她張開血盆大口。

「大輔一直都那麼虔誠，你會不會對他太殘酷了？」

她有點想向小巳這麼抗議，又怕說了不該說的話會惹小巳生氣，為了謹慎起見，最後又補上「剛才那句話不算」，才從那裡離開。

這次不是走長堀通，而是經過公園旁回家。經過公園時，茶子停下腳步，往與自家不同的方向望去，看了好一會後，才開始朝那裡走。

白天車水馬龍的一排商店通通拉下了鐵門，周遭一片寂靜。一棟高樓突兀地插在一排鐵門中間，茶子停在這棟大樓旁的窄長形三層樓建築前。

這棟房子應該也有商店，因為太暗，看不清楚招牌上的字，但是一樓的鐵門也拉下來了。旁邊有扇茶褐色的門，像紙糊的道具般豎立在與隔壁大樓間僅有的縫隙裡。沒有門牌，只有在瓷磚牆面上安裝了信箱和電鈴，還有監視攝影機，從門的左上方張望著。

二樓的兩面大窗戶都掛著百葉窗，有微弱的光線透出來，可見裡面還有人。到處都看不到屋主的名字，但是，附近的人都知道這是幫派蜂須賀組的事務所。

茶子默默看著二樓好一會後，轉身走回自己家。晒得黝黑的臉上浮現蒼白的表情——茶子平靜地做了某個決定。

大輔煩惱著該怎麼告訴父母頭髮的事，沉溺在憂鬱的心境中，不知不覺就過了十一點，幸一和竹子都打烊回來了。

那時候，大輔剛洗完澡，不知道該如何面對父母，就先把浴巾披在頭上走出來。竹子聽到他踩在地板上的聲音，立刻問他：「大輔，晚餐呢？」

「在茶子家吃了。」

聽到大輔的回應，竹子看也沒看他一眼，只說：「哦，是嗎？」就去處理堆積的換洗衣物了。幸一盤坐在電視前，看著體育新聞。大輔看沒人注意他，就直接走向二樓的房間，躺在床上。

大約二十分鐘後，樓梯響起傾軋聲，沒多久，幸一在門外叫著：「大輔，我可以進來嗎？」

「可以啊！」

大輔爬起來，猶豫著要不要再披上放在枕邊的浴巾，最後想到不能瞞一輩子，就丟在那裡沒披上。

「竹子把羅曼史小說帶進了浴室，沒三十分鐘絕對不會出來。」幸一邊叨唸著，邊悄悄鑽進房間，一看到坐在床上的大輔，張口結舌地問：「你怎麼了——」

「我一直覺得頭髮很麻煩，就叫茶子幫我剃了，沒什麼事。」

大輔一口氣說完，還是拿起枕邊的毛巾披在頭上，至於左耳的瘀青，幸一正好站在大輔的右邊，所以看不到。

「真的沒事？」

大輔嗯地點點頭。

幸一憂慮地看著兒子好一會，但什麼也沒說。他關上門，背靠著書桌抽屜，坐在地板的踏墊上。

「你太晚進店裡，被媽媽罵了？」

「她罵得可兇了，還說要扣我的零用錢。」幸一滿臉無奈地環視兒子的房間，「好久沒進來這裡了。」他喃喃地說。

「有什麼事嗎？」

「今天辛苦你了。」

大輔點點頭，小聲回說：「是啊！」

「本來想晚點再告訴你，不過還是現在說吧！」

「咦……可以在這裡說嗎？」

「只有總理大臣可以在外面說，這是從以前傳下來的規矩。」

聽到父親的解釋，大輔發出「啊～」的嘆息聲。穿著皺巴巴的T恤和運動褲的人，卻說自己是總理大臣，實在缺乏真實感。但是，幸一無從得知兒子的想法，以盤坐的姿勢看著同樣盤坐在床上的兒子，滿臉嚴肅地說：

「你是真田家的男人，所以我要告訴你一件事。」

「關於這個說法……」

「我知道你想說什麼，但是，先聽我說完。」

幸一舉起手，制止欠身向前想說什麼的大輔。那堅定的眼神氣勢驚人，大輔只好說：「知道了。」先按捺住。

「是關於『王女』的事。」

幸一說的話，讓大輔縮起的肩膀顫動了一下。

「茶子就是大阪國的『王女』，不是嗎？」

「沒錯。」

「怎麼會這樣？為什麼是茶子？她除了眼睛比一般人細長外，怎麼看都是個普通的女孩。而且，茶子沒有爸爸、也沒有媽媽，這樣的茶子，為什麼會突然變成『王女』？」

「她本來就是『王女』。」

幸一平靜的一句話，讓大輔嚥下了後續已到嘴邊的話。

大輔還不知道大阪國的歷史。松平聽說這件事時，大輔正在迴廊一個人消磨時間。

「可以聽我說嗎？」

聽到幸一有如訓示般的口氣，剛才的激動神色就從大輔泛紅的臉上褪去了。幸一開始滔滔不絕地講起大阪國的歷史。比起在大阪國議事堂，尤其是小學老師長宗我部對松平的說明，幸一說得顛三倒四，好像把進入明治後的經過全省略了。儘管如此，大輔還是從頭到尾半張著嘴巴聽他說。

「那個豐臣的後裔……就是茶子？」

敘述回到現代後，大輔用顫抖的聲音問。

「現在直系就剩她最後一個了。」

剎那間，掛在茶子房間牆上裱著蒔繪的匾額，清晰地浮現在大輔的腦海中。想到那毫不知情地看了十多年的豐臣家徽章背後所代表的意義，大輔不由得呆住了。現在回想起來，真要捏把冷汗，幸虧當茶子問起徽章的事時，自己沒有說出什麼奇怪的話。

幸一說的話，跟第二天松平在大阪府廳對旭說的內容幾乎相同，只有幾點不一樣。譬如，在大坂夏之陣倖存的豐臣家之子的名字、身為後裔的橋場茶子、把豐臣家的孩子託付給大坂町人的男人姓名、後裔的使命等等……幸一都以淡淡的口吻告訴了大輔，縱使這些都是與他們父子息息相關的事。

「不管發生什麼事，你都要陪在豐臣家的後裔身旁，守護她的安全，這是真田家的男人應盡的義務。」

父親平靜地訴說著真田家至今四百年來所做的事。

大輔張大眼睛，滿臉蒼白地聽著父親說的話。頓時，父親在大阪國議事堂說的那句話，又在耳底重現：

「我是個沒盡到守護責任的男人。」

現在，大輔總算了解這句話的意思了。茶子繼承了母親的遺物，父親跟自己一樣，與茶子的母親是青梅竹馬。那句話，就像自己必須扛起來的未來重擔，震撼了大輔的心。

「那種車禍意外，誰保護得了呢……爸，不可能的。」

大輔不由得發出尖銳的聲音，幸一愣了一下，很快露出悲傷的眼神，搖搖頭說：

「我沒資格當真田家的男人，所以，大輔，我希望今後不管發生什麼事，你都能保護她。當然，我也會盡全力保護她。」

「你的意思是……茶子以後會發生什麼事嗎？」

「不知道，明天才會收到會計檢查院的回覆，搞不好會決裂。」

「決裂？」

「就是對方不承認大阪國的現狀。」

「怎麼會呢？政府不是已經承認了？」

「會計檢查院這個地方不太一樣。」

「那麼，你為什麼帶那樣的人進去？」

「事情在不知不覺中變了調。三十五年前，也是因為會計檢查院才發生了那件事。所以為了避免麻煩，我們這次儘可能想敷衍過去，沒想到談到一半，突然變成要帶他進入議事堂。」

三十五年前？大輔問。幸一沒有回答，又滿臉嚴肅地接著說：

「大阪國很脆弱，只要被世人知道它的存在，一切就都結束了。就像稍微一點感冒，都可能致命。」

大輔想起在大阪國議事堂見到的會計檢查院調查官的模樣。調查官從房間出來時，大人們臉上忐忑不安的表情，現在才傳達到大輔心上。

「我們不能主動出擊嗎？」

「我們不能強迫任何人。」

「可是，這麼說的話……」

「不然，你認為我們能怎麼做？訴諸暴力嗎？」

「我不是那個意思……」大輔為之語塞。

「聽著，大輔，對他人施暴的國家一定會滅亡，會同樣滅於暴力。」幸一疾言厲色地說。

「那、那麼，不管被別人怎麼樣，都要保持沉默嗎？」

「不，一旦被侵犯時，大阪國的人就會展開行動。但是，不會使用暴力，這是大阪國長期以來堅守的原則。」

說話聲音低沉的父親，臉上是前所未見的嚴厲表情。

「真田家男人的任務，並沒有什麼特別。大阪國的每一個人都有義務守護『王女』，所以當『王女』發生什麼事時，就會發出信號。」

「信號？」

「看到那個信號，就要展開行動。不過，你還沒被賦予任務。」

看大輔聽得一頭霧水，滿臉疑惑，幸一舉了一個例子給他聽。

「這就是最初的信號，當依序傳達訊息給所有人時，大阪國就會展開行動。不過，那是最後的手段。」

信號是其次，大輔比較想知道「展開行動」是什麼意思，正要問時，從樓下傳來竹子五音不全的悠閒歌聲。「已經三十分鐘了？」幸一看看牆上的時鐘，手抵在踏墊上，使力地站起來。

「以後再說吧！」幸一才剛踏出門外一步，就又回過頭說：「大輔。」

「嗯？」

「如果有什麼解決不了的事，一定要說哦！這就是父母的用處。」

面對幸一的直視，大輔點點頭說：「我知道，謝謝。」

「晚安。」

幸一還一臉話沒說完的表情，但只說晚安，就消失在門外了。

睡醒後照鏡子時，耳朵上方的紅腫已經消了很多。

大輔把運動衣套在T恤上，走到一樓。「你的頭怎麼了？」不出所料，正在準備早餐的竹子大驚失色，一連串的問題如大雨般傾瀉而下。大輔只是敷衍地回答幾句，趁瘀青還沒被發現前趕快吃完早餐，上學去了。

在學校，每個人都訝異地看著大輔的改變，大輔只以曖昧的笑容回應那些眼神。沒有同學直接問他怎麼了。從教室不太在乎的氣氛中，大輔很快感覺到，曾幾何時大家已經把他當成怪人，接受了這樣的他。被當成怪人也無所謂，大輔就是抱著寧可變成那樣的心情，踏出了他的第一步。他第一次穿水手服來學校是上個禮拜一，不過才九天前的事，沒想到結果是換來這身運動服和光頭的狼狽模樣，大輔已經不知道自己接下來該怎麼做才好，也不知道該怎麼改變。即使時間能倒退回去，他也沒有自信可以改變現在的情況。帶著有點空虛的心情，大輔面對了自己已經走入死胡同的事實。

「你是怎麼了？」

島突然從背後冒出來，大輔來不及裝出其他表情，只能陰鬱地說沒什麼。

「回你自己班上去啦！」大輔煩躁地說。

島不理會他，繞到他面前，馬上看到他耳朵上方的瘀青。大輔全身僵硬地等著他要說出口的話，他卻什麼也沒說，拍拍大輔的肩膀就走出教室了。

第五堂課的下課時間，島又來了。

「喂！來一下。」

那聲音聽起來有點嘶啞，大輔抬起頭，看到島神情凝重地站著，跟早上完全不一樣。

「怎麼了？」

「我要跟你說橋場的事。」

「茶子？」

「對，不能在這裡說。」

島用下巴指指教室外，就快步走開了。大輔沒辦法，只好跟著走出教室。為了上廁所之外的事走出教室，今天是第一次，因為他怕碰到三年級學生。上學時，只要有身材高大的三年級生經過，他就會想起被壓倒在鞦韆前的感覺，反射性地垂下眼睛。老實說，走在體格壯碩的島後面，感覺也不是很好。

島走向走廊盡頭的理科教室。沒有人的教室裡，擺著六張大桌子，每張桌子中間都有四支水龍頭，高高揚起管子。島坐在最近的桌子上，指著大輔耳朵的瘀青說：

「我都聽橋場說了，那是蜂須賀幹的？」

大輔站在島前面，默默看著黑板上留下來的化學公式。

「茶子怎麼了？」

島稍微挪動身體方向，轉開桌子中間的水龍頭，水嘩啦嘩啦作響，狂瀉而下。

「午休時，我在操場玩，被她叫去，她說她要殺進去。」

「殺進去？」

「對，殺進蜂須賀那裡。」

「蜂須賀那裡……是哪裡？」

「就是蜂須賀組的事務所。」

大輔張大了嘴巴。

「為了什麼？」

「為了你呀！她說她要讓蜂須賀知道，重要的東西被破壞是什麼滋味。」

島關上水龍頭，教室忽然恢復了寂靜。

大輔問：「你說什麼？」狼狽的聲音響遍整間教室。「她太亂來了。」

「的確很亂來，她還要我也參與，一起幫忙她。她是來真的，還警告我說，如果把這件事告訴你，就捏碎我的蛋蛋。」

「她、她打算什麼時候殺進去？」

「今天。」

大輔倒抽一口氣，盯著島。從窗外的操場上傳來男生高昂的呼叫聲。隔著背後的門，可以聽到室內鞋從走廊跑過去的聲音在遠處回響著。

「你想怎麼做？」

「還能怎麼做？當然是阻止她呀！所以才找你出來談。」

當黑板上方的喇叭像接續島的話般，響起第六堂課開始的鈴聲時，大輔已經衝出了走廊。

但是，速度分不清是跑步還是快走，很快就被島追上了。

大輔與島並行，一逕地跑在一整排都是二年級教室的走廊上。然而，就在離茶子的A班教室十公尺遠的地方，數學老師從走廊前方的死角出現，往他們走來。

「不要在走廊上跑！」

數學老師大聲喝斥後，走進了A班的教室。

「只好等放學後了……」

島沒轍地說，大輔虛脫地停下了腳步。

「拜託你，一定要阻止茶子。」

「我知道。」島點點頭，從後門溜回教室。

很不巧，第六堂是班導後藤的國語課。後藤的課一定會拖到下課鐘響後一、兩分鐘，所以學生們都不太喜歡他。大輔壓抑著焦躁的心情，度過了五十分鐘。好不容易熬到下課，卻直接進入了終禮時間㊻。「真田，你來一下。」終禮結束後，後藤老師還把他找去。他來到後藤的旁邊，站在講台後的老師問他：「你的頭怎麼了？」他邊壓抑滿心的焦慮，邊一再重複說：「沒什麼。」

談話時，後藤完全沒提到昨天早退的事，只問了大輔髮型的改變和學校生活相關的事。大輔盯著長在後藤左臉黑痣上的長捲毛，心想：後藤對大阪國的事究竟知道多少？後藤也去過那個地下大空間嗎？後藤也知道茶子是「王女」嗎？但是，從後藤在骯髒鏡片後眨著的小眼睛裡，大輔什麼也看不出來。

「改天找你父母一起談談吧！體能測驗那天發生的事，你也是什麼都沒說。不一定要在學校，我去你們店裡也可以，你先把這件事轉達給你父母，知道嗎？」

被迫答應後，大輔終於可以走了。他整理好書包，匆忙走出教室時，發現島站在走廊上。

「我來不及拉住她，」看到大輔，島就沉重地搖搖頭說：「那傢伙逃走了，她大概發現我跟你說了這件事。」

「社團呢？」

「我去看過了，社團的人說，她說身體不舒服就回家了。」

「去她家吧！」

島點頭說好。

下樓梯時，島指著大輔的書包說：「你平常都帶著嗎？」大輔低頭一看，發現拉鍊半開的書包露出水手服的藍色領巾一角。

「沒什麼關係吧？」大輔不悅地抱起書包，拉上拉鍊。

「希望你可以早點過著想穿就穿的生活。」

島喃喃說完，就「喝」地一口氣跳過五個階梯，直接跳到樓梯中間的平台上。

✤

走出校門後，他們就直奔茶子家，卻還是沒找到她。

「現在流行丸米味噌[57]嗎？」在玄關的姑姑初子看著大輔的頭，毫不客氣地說出感想後，又把上工前還沒畫眉毛的臉轉向他們說：「茶子？社團活動還沒結束吧？」大輔猶豫著該不該告訴她茶子打算做什麼，結果什麼也沒說就離開了。

「那傢伙跑哪去了？」

回到長屋並排的巷道，島這麼嘀咕著。看著腳下濕漉漉石階的大輔，抬起頭說不知道。第六堂課時開始下的雨，現在已經停了。但是，灰暗的烏雲覆蓋著被長屋屋簷框成長方形的天空，看起來很快會再下雨。

大輔的視線越過走在前面的島的後腦勺，發現前方有個身影走進巷道。

[56]日本學校有朝禮與終禮。朝禮就是朝會；終禮是在一整天的課結束後，大家聚在一起相互問候、傳達聯絡事項的集會。

[57]日本一家丸米公司所生產的味噌包裝上，是一個光頭小孩的圖案。

一個穿著黑西裝的男人正拿著地圖，東張西望地往這裡走來。他的個子很矮，看起來很慌張，正挨家挨戶地查看門牌。

因為路不寬，所以跟島擦身而過時，男人把稍胖的身體往旁邊靠，就那樣站著不動，要讓他們兩人先過，大輔向他微微點頭致意後便走了過去。

就在這時候，大輔的眼角餘光好像掃到「橋場茶子」這幾個字。

他反射性地拉回視線。

男人把手上的書緊按在胸口，侷促地站著，看起來個子比大輔還矮些。按在胸口的書，封面上寫著「大阪市地圖」，書上還壓著一張字條。大輔清楚地看見，那張字條上用難看的字寫著「橋場茶子」。

從男人面前走過幾步路後，大輔又轉過身來。

那個男人已經背向大輔開始往前走了。看著他依序確認長屋門牌的背影，大輔露出陰鬱的表情。

「島。」

大輔叫住魚乾店的兒子。島回頭問他幹嘛，大輔舉起手，暗示他等一下。

男人就快走到這排長屋的最前面，也就是茶子家了。大概是看到門牌上寫著「橋場」兩個字，他的臉上浮現「找到了」的表情。大輔看在眼裡，有種不祥的預感。

「你要找茶子嗎？她不在。」

不知不覺中，大輔已經向站在相隔三間長屋之外的男人開口說話了。

咦？男人看看手中的字條，再看看門牌，滿臉訝異地轉向大輔。

「你要找橋場茶子吧？」

聽到大輔這麼問，男人疑惑地回說：「是……是啊！」

「茶子不在家。」

「你們是她學校的同學？」

大輔點點頭。

「你們知道橋場在哪裡嗎？還在學校嗎？」

「呃，那傢伙……」背後傳來島的聲音，大輔立刻回過頭去。看到大輔強悍的眼神，島滿臉疑惑地閉上了嘴。

「你找她有什麼事？」大輔轉向男人問。

「嗯，有點事。」

「什麼事？」

「這、這個嘛……」

男人突然變得支支吾吾，把字條夾入地圖的書頁裡。

「你是警察嗎？」

「咦，我嗎？」

面對大輔嚴厲的目光，男人用力搖著頭說不是、不是。

「我不是什麼警察，我只是會計檢查院的調查官。」

男人漫不經心的一句話，卻讓大輔穿著運動服的肩膀顫動了一下。

大輔張大眼睛，很快地從腳開始打量這位個子矮小的男人。

從整體來看，怎麼看都像個滑稽搞笑的人物，明明滿臉正經地站著，卻還是給人散漫馬虎的感覺。他說他是會計檢查院的調查官，看起來卻跟昨天在大阪國議事堂見到的松平迴然不同。

不知道是稍胖的身體線條還是娃娃臉的關係，這個男人就是讓人嚴肅不起來。

但是，這個奇特的外觀，現在不具任何意義，因為他是「會計檢查院」的人，比警察還要「糟糕」。

不安的情緒在體內一股腦兒地膨脹起來。為了不讓對方聽出聲音裡的忐忑不安，大輔集中丹田的力量說：

「會計檢查院的人找茶子做什麼？」

「沒什麼，只是有些事想問她。」

男人往生銹的鐵欄杆後面的玄關望去，自言自語似地說：「應該有大人在吧？」不像在問什麼人。

茶子家沒有電鈴，要拜訪的唯一辦法就是直接去敲鐵欄杆後面那扇格子門。大輔邊看著男人把手伸向鐵欄杆，邊以驚人的速度思考著。

這個男人究竟知不知道大阪國與茶子的關係？有關茶子的存在，幸一應該沒有告訴昨天來大阪國議事堂的松平。那麼，這個調查官來找茶子是為了什麼目的？會計檢查院這個名稱不是經常聽得到的，之前，大輔從來沒見過會計檢查院的人，連有這個單位存在都不知道，現在卻一連兩天見到會計檢查院的調查官，很難當成是偶然。

男人彎下腰說「打攪了」，正要把手伸向鐵欄杆的門閂時，大輔無意識地向前跨了一步。不管怎麼樣，他都要先把這個男人從這裡帶開，因為茶子隨時都有可能突然跑回來。

「呃，我們……我們跟橋場茶子約好了，等一下見面。」

大輔看著調查官的小臉，有點為難地說。

果然，男人正要拉開門閂的手停下來了。

「咦，是嗎？」男人粗線條的聲音在巷子裡回響著。「也就是說，你們現在要去見橋場？」
「對，但不是在這裡。」大輔表情僵硬地點著頭。
「你怎麼會知道？」
背後傳來島壓低的聲音，大輔「咦？」地回過頭。
「我有跟你說過嗎？」島把臉湊近大輔的肩頭，低聲問。
「說過什麼？」
「約好見面的事。」
「跟誰？」
「跟橋場啊！」
什麼？大輔抬頭看著島，不由得大叫一聲。
「她叫我下課後去公園。」
「你、你為什麼沒告訴我？」
大輔壓低聲音，不讓那個男人聽見，直瞪著島。
「因為……我想既然橋場知道我告訴你了，應該不會再去跟我會合了。」
大輔正要再抗議時，男人很客氣地說：
「請問……你們是約在這附近嗎？」
「呃……」大輔一時答不上來，島小聲地告訴他公園的名字。
「公園？不知道能不能帶我一起去？」
男人耳尖聽到島說的話，把地圖夾在雙掌之間，誇張地鞠躬要求。
「你為什麼這麼想見到橋場茶子？」

「想確認一件事。」

聽到「確認」兩個字，大輔覺得心跳開始加速，勉強裝出冷靜的樣子，又問了一次：

「會計檢查院有什麼事需要向國中生確認？」

「詳細內容與工作相關，所以我不能說……不過，這算是工作嗎？嗯……也是算工作。啊！對了，橋場茶子是國中二年級吧？」

對方問得太突然，大輔來不及反應，只能點頭。

「那麼，大約十三到十四歲吧……那就有可能了，不過，還是不太可能。」

男人偏著頭，喃喃說著。

到底什麼「不太可能」呢？男人的話就像尖銳的利爪抓著大輔的心，但是，男人絲毫沒有察覺內心越來越焦慮的大輔的感受，輕快地拜託他們：

「或許有點冒昧，不過，你是說公園嗎？我能不能跟你們去？」

「好吧……」

現在必須盡快把這個男人帶離這裡，大輔裝出勉為其難的樣子，表示同意，回過頭，島果然滿臉疑惑地盯著他。

「就這樣吧！」

大輔壓低聲音說，對島點點頭，以眼神催他先走。島看著大輔好一會，什麼也沒說，就在巷子裡走了起來。

「謝謝你，太好了。」

走出巷子時，小跑步追上來的男人很有禮貌地低頭致謝。

「還是給你們看一下。」男人又從公事包的外袋拿出名片說：「我叫鳥居，突然這樣麻煩你們，真不好意思。」

在男人說那些客套話之前，大輔的視線早就落在名片上了，「會計檢查院　第六局調查官」的頭銜，跟松平在大阪國議事堂所說的單位名稱一樣。大輔低聲說：「往這裡走。」跨出了步伐。

✤

「我不是什麼壞人哦！」

去公園途中，自稱鳥居的調查官一再這麼強調，最後還解釋起會計檢查院這個組織所擔任的角色。大輔幾乎沒在聽，只略微了解好像是檢查國家決算之類的重要工作。但是，國家決算與茶子之間有什麼關係，從男人的說明中完全無法了解。

「會計檢查院怎麼會有事找橋場呢？」

同樣在旁邊聽著男人說明的島隨口問問，卻直搗問題核心。

「這與工作有關，所以我不能說，對不起。」

鳥居吞吞吐吐地回答，搪塞過去。

不久前才剛下過雨，公園裡卻有不少人，非常熱鬧。孩子們在遊樂器材之間跑來跑去，事務員打扮的女人在樹下的長椅上抽著煙。其他入口處附近有間小廟，穿著工作服的中年男人拿著手機，在小廟前大聲說著話。沒有看到穿制服的學生。島說約好的地方，正是昨天遇到蜂須賀的公園，大輔那不為人知的緊張心情現在才放鬆下來。

公園中央的沙場前有張長椅，大輔與島並肩坐在那裡。一路上，島都沒問大輔，為什麼不顧後果地突然說出那種瞎掰的話。現在，島還是沒問，看著會計檢查院調查官的背部，嘴角浮現促狹的笑容說：

「那個大叔從後面看很像國中生。」

調查官專心看著在沙場裡嬉戲的孩子們，完全不知道有人看著他。孩子們在小小的桶子裡裝滿水，用因吸了雨水而顏色變深的沙子，很快地捏起泥球。

「你有手機嗎？」

「沒有。」

島冷冷地搖頭，回答大輔的問題。

「我要打電話回家，你看著那個人，不要讓他走掉。」

島看了大輔一眼，這害他全身緊繃，很怕被問什麼，沒想到島只「哦」了一聲，什麼也沒說。

大輔站起來，扔下鳥居和島往前走。

經過鞦韆時，大輔無意識地垂下視線，加快了腳步。坐在鞦韆上的孩子們，在他的視野角落裡盪出很大的弧線，發出歡呼聲。大輔快速地瞄了一眼鞦韆背後的地面。他有點擔心，自己被剪落的頭髮是不是還散落在哪裡。然而，不知道是被風吹走了，還是被雨水沖走了，地面上只映著盪鞦韆的孩子們的影子，沒有留下任何昨日的記憶。

出了公園，大輔走向道路對面的幼稚園。平常出入的大門旁設有公共電話，大輔在那前面停下來。從這裡走到他家花不到五分鐘的時間，但是，他現在必須盡快把會計檢查院調查官出現的事告訴父親。

大輔拿起聽筒，按下家裡的電話號碼，順便把視線轉向公園。鳥居不知何時走去坐在他剛才坐的地方，跟島說著什麼。他有點擔心島會不會說出什麼不該說的話，焦慮地等著電話另一頭的回應。但是，沒有人接電話。沒多久，開始播放電話答錄機的聲音，他咂咂舌掛了電話。現在還是店裡的休息時間，爸媽可能都睡著了。他又打了一次，結果還是一樣。後來也打去了「太閤」，還是沒人接。

幸一沒有手機，竹子也沒有。也就是說，真田家沒有人有手機。「既然是大阪國的總理大臣，起碼配支手機嘛！」大輔在心裡狠狠咒罵著，掛上了聽筒。

就在大輔打電話時，又下起了雨。回到公園裡，鞦韆上已經看不到孩子們的身影。看著孤寂的鞦韆，腦中突然浮現昨天茶子跳過公園欄杆，往他衝過來的模樣。

「今後不管發生什麼事，我都希望你能守護她。」

幸一在房裡說的話又在大輔的耳邊響起。幸一的話，除了意味著要守護茶子的人身安全外，還包括不能讓茶子知道自己是大阪國的「王女」。現在，這雙重危機正逼向茶子。茶子打算單槍匹馬殺進幫派的事務所，而他眼前有個會計檢查院的調查官。而且，全大阪國只有他一個人知道這個狀況。

大輔把手輕輕放在頭上，手掌撫過含有水氣的頭髮，感覺一陣刺麻。

打從出生以來，都是茶子在保護大輔，都是嬌小的茶子在保護力氣大、身體也大的大輔。因為一直以來，大輔都毫無力量抵抗別人對他的攻擊，還有茶子的主觀意識遠勝過他人的強悍個性，也是原因之一。譬如這次打算殺進幫派的事務所，就是一件很荒謬的事。但是大輔非常清楚，茶子是很可能做得出來的。

不管是真田家的男人，或是大阪國的「王女」，這種種理由完全不是重點。對大輔來說，只是因為茶子比任何人都重要，所以要保護她，除此之外不需要什麼理由。

雨勢越來越強了，公園裡的樹葉開始奏起微弱的樂聲。微溫的雨水的味道，誘出泥土的香氣，熱空氣彌漫周遭，感覺天空驀地變暗了。孩子們嘻嘻哈哈地從大輔眼前跑過去，是剛才在沙場玩沙的那群孩子，應該是幼稚園大班的小男生吧！每一個看起來都很調皮，衣服全沾滿了泥巴。到底要怎麼玩才能玩成那樣？大輔正百思不解時，視野上方「咻」地閃過一團黑影。

他的視線不由得追了過去，看到黑影落到地上，只留下跳躍般的痕跡後便碎裂了，原來是泥球。又有孩子在他前面扔了另一個泥球，這次可能水分含量太高，中途就解體了，在半空中四分五裂。

跑在最前面的孩子見狀，立刻來個U形大轉彎，雙手早已備好泥球，跟在他後面的孩子也高高舉起了手上的泥球。在大輔前面扔光所有子彈的孩子們，發出尖叫聲一哄而散，但是，泥球毫不留情地投向了他們的背部。

逃走的孩子拚命逃，在他們背後，泥球以驚人的速度「咻」、「咻」飛過半空中。最前面的孩子邊回頭看邊跑，先做個假動作再突然改變前進方向，泥球果然偏離原定彈道飛上了半空中。

大輔呆呆看著兩團黑影像是被什麼拉著跑似地，往前方的長椅飛去。

「哇！」

飽含水氣的泥球潰散，鳥居矮小的身體也隨著慘叫聲跳了起來。

大輔用手指抓住西裝外套的兩邊肩膀處，仰望著天空，鳥居在他背後匆匆忙忙地脫掉襯衫。「雨好像不會停呢！」小解回來的島走到大輔身旁，甩著濕答答的手。

大輔他們三個人在公園的公共廁所裡躲雨。鳥居很可能是自己的敵人，大輔卻這樣拿著他的西裝站著，這種感覺很奇妙。他一心想著要趕快找到茶子才行，一心又很想摸清楚這個調查官的底細，因為他開始懷疑這個調查官來找茶子，會不會是為了大阪國之外的事。他並沒有具體證據，只是鳥居全身散發著欠缺警覺性的氛圍，讓他隱約有那樣的感覺。

假設，鳥居暗中在調查大阪國的「王女」，那麼，這樣的人會這麼沒有戒心，把自己的外套交給別人看管嗎？大輔手上的外套背後，清晰地殘留著兩個泥球著彈的痕跡，泥漿像藝術畫般四濺。也可以感覺到，外套口袋裡有手機、錢包或什麼東西的重量。或許不是絕對，但是一個想揭開重大秘密的人，應該不會這麼大意。

「喂！真田，」站在旁邊的島用手肘推推大輔肥嘟嘟的手說：「把你的運動服借給他穿吧！」聽到這麼荒謬的建議，大輔不由得「啊？」了一聲。

「他總不能那個樣子走出去吧？」

島用下巴指著鳥居的背部。

穿著西裝褲和無袖背心的鳥居說：「這是訂做的，很貴呢！」不死心地擦拭著滲入襯衫裡的泥巴。算他倒楣，其中一團泥球正好命中肩頸處，所以連裡面襯衫的衣領都被弄髒了，可以看到鬆垮垮的腹部肥肉掛在皮帶上，連背後看起來，都像附近那些一大早在長屋前替牽牛花或仙人掌澆水的歐巴桑。

「只要借上衣給他就好，你可以穿水手服啊！」島指著大輔的書包說：「反正你都帶在身邊。」

「為什麼我要這麼做？你借給他啊！」

「我的太大件了吧？」島攤開雙手，顯現體格上的差距，然後拍拍大輔的肩膀說：「你也比較想穿水手服吧？」

大輔皺起眉頭，把視線轉向穿著無袖背心的鳥居。那個調查官正把圓圓的背弓得更圓，跟襯衫的污漬奮戰著。如果再換上及膝短褲，就可以演出「裸大將」58了。

大輔輕輕嘆口氣，把鳥居的西裝外套交給島，然後把不想放在廁所地上而揹在肩上的書包拉到胸前，百般不情願地拉開拉鍊。

五分鐘後，大輔換上了水手服，裙子底下套著運動褲。

他旁邊是穿著黑色西裝褲、運動上衣的鳥居。「哇，剛剛好合身呢！」鳥居低頭看著縫在胸口的「2—B 真田」的名牌，看起來有點開心。大輔卻好像看到更胖的自己，感覺不是很好。

「真不好意思，讓你借衣服給我。商店街就在那邊吧？等我買到新襯衫就還給你。」

一再低頭致歉的鳥居怎麼看都像個國中生。黑色西裝褲搭配運動上衣，不折不扣就是體育社團的經紀人裝扮。他的身高又只有一百六十公分，所以從背後看完全就是國中生。而且，穿西裝時，臉看起來明明像個大人，換上運動服後，竟然變成長了一張歐吉桑臉的國中生，令人難以相信。

看到換上水手服的大輔，鳥居當然很驚訝，還很認真地問：「你怎麼會帶著這樣的替換衣服呢？總不會是現在流行吧？」大輔懶得回答他，隨口附和他說：「嗯，是啊！」

「對了，橋場一直沒來呢！你們是約幾點？快四點半了。」

鳥居傻呼呼地問，大輔望向公園中央的時鐘。現在搞成這樣，該怎麼收拾善後呢？他正要想辦法敷衍過去時，茶子突然出現在入口處，嚇得他倒抽一口氣。

茶子沒帶傘，揹著不知道用來幹嘛的大運動背袋，感覺就跟平常下課時沒兩樣。但是，遠遠看到大輔時，她的臉色瞬間大變。

「啊！你果然跟他說了，魚乾店！」充滿殺氣的尖銳聲音響徹公園，「我真的會捏碎你的蛋蛋，給我記住！」茶子撂下狠話後，突然轉身衝了出去。

「茶子，等等！」

大輔扔下肩上的書包，從公共廁所衝出去，島也緊跟在後。

「喂、喂，你們等等我啊！」

鳥居在後面慌張地叫著，兩人看都不看他一眼，追著早已不見蹤影的茶子，離開了公園。

✤

第六堂課，茶子看到島比老師晚進教室，就猜到：「啊！那小子八成說出去了。」越接近下課時間，「魚乾店」瞄她的次數就越來越頻繁，讓她更加確認了自己的猜測。於是一下課，她就衝進了廁所，因為她很肯定，大輔一定會拜託島拉住她。算準終禮開始的時間，她才回教室；等終禮結束，又立刻衝出教室，完全不給島說話的機會。

她先去社團，對正在換衣服的一年級說：「我身體不太舒服，要請假。」然後，以看不出身體哪裡不舒服的速度衝向體育館。

為了不讓大輔和「魚乾店」撞見，她謹慎地選擇路線，潛入體育館。「男人果然都是大嘴巴。」她邊嘀嘀咕咕地抱怨，邊在體育館角落等了十五分鐘。桌球社擺好桌子，開始練習時，來了一個瘦巴巴的男學生。

茶子站起來，大大方方地走向三張並排的桌球桌，對一個弓起背開始練習空揮的男生大

58 「裸大將」是日本在西元一九八〇年開始播放，長達十七年的連續劇，二〇〇七年有新劇開播，描寫畫家山下清的故事。很多人喜歡模仿他的口頭禪和無袖背心、及膝短褲、平頭、後背包的裝扮。

叫：「喂！木村。」不等他回答，茶子就抓住他的手，硬把他拉向體育館的出口。

「你哥在哪？」不管三七二十一把人拖到體育館後面的茶子低聲問。

木村跟茶子是同班同學，他的哥哥是三年級，大家都知道他哥常跟蜂須賀混在一起。

「幹嘛啦？突然把我拖來。」

木村把右手的桌球拍當成盾牌，舉到茶子面前，盯著茶子的飄忽眼神，清楚呈現出他軟弱的性格。

「老實說，」茶子乾咳幾聲說：「我有個朋友想寫情書給蜂須賀學長，可是怕他有女朋友了，所以想問問你哥，他應該知道這方面的事。你哥不是跟蜂須賀學長很好嗎？說吧！你哥現在在哪裡？」

茶子像背書一樣，說明了拉他來的理由。

「妳是說有人要向蜂須賀學長告白？」

「沒錯，就是這樣。」

「真、真酷耶！」

「品味與眾不同吧？」茶子還故意聳了聳肩。

「是啊！真服了她。」木村總算解除戒心，揚起了嘴角。「不過，聽說蜂須賀學長正在跟一個高中生交往……」

「是你哥親口告訴你的嗎？」

木村搖搖頭說不是。

「那就只是謠傳啦！我還聽說對方二十五歲了呢！對了，你哥下課後都跟蜂須賀學長去哪玩？」

「我想應該是窩在蜂須賀學長家。」

「學長家在哪？」

「就是事務所啊！二樓是事務所，三樓是住家。」

「哦？」茶子裝出漠不關心的樣子附和，細長的眼睛深處卻微微閃爍著犀利的光芒。「那麼，今天也在那裡？」

「應該是吧！聽說買了新遊戲，大家要一起玩。」

「哦。」茶子點點頭，問：「你哥幾點去蜂須賀學長那裡？」

「應該下課就去了。」

「那麼，我現在就去學長那裡看看吧！」

「去幹嘛？」

「去砸他家的組織徽章。」

啊？木村發出呆滯的聲音。

「騙你的啦！我剛不是說了，我是要問你哥關於蜂須賀學長有沒有女朋友的事，可不可以只把你哥找出來跟我說話？」茶子露出非常友善的笑容。

「我哥有手機，我告訴妳號碼吧！」

「哦，謝啦！木村。」茶子從書包拿出筆來，把木村說的號碼抄在手背上。「可是學長家畢竟是幫派事務所，你哥不怕嗎？」

「聽說平常不會碰到事務所的人，上樓後還有一扇門，裡面才是事務所，我哥是直接走到三樓。」

木村完全沒發現茶子的眼神與她「哦哦」裝傻的聲音完全相反，像刀刃般銳利，還傻呼呼地問：「到底是誰想向蜂須賀學長告白？」

「這是女生的秘密，怎麼可以告訴你。」

這麼矇混過去後，茶子舉起手說謝謝，不給木村回話的時間，就像旋風般跑離了現場。

她先回家一趟，放好身上的東西。初子邊化妝邊跟她說著什麼，但是她只說：「對不起，我趕時間。」就匆匆離開家了。巷道盡頭有座小廟，茶子拿起廟旁的滅火器，塞進運動背袋。這時候，大輔正在幼稚園前面的公共電話，試著聯絡幸一。

抬頭一看，不知何時下起了雨，石階早已響起雨滴的彈跳聲。茶子沒帶雨傘，肩上還揹著沉甸甸的運動背袋，有點外八字地走著。

不可思議的是，她完全不害怕。

即將殺入幫派事務所這件事，也沒什麼真實感。

茶子當然知道，就算她這麼做，大輔也不會開心，但她就是無法原諒蜂須賀。剪掉大輔的頭髮，就跟剪掉女生的頭髮一樣。而且，蜂須賀在剪掉女生的頭髮後，還在女生的臉上留下了瘀青。她絕不能保持沉默，視若無睹。

所以，茶子決定奪取蜂須賀組的組織徽章。

會產生這麼出人意表的荒謬想法，大概是因為姑姑很迷高倉健。茶子從小學就跟著姑姑，看過幾十部高倉健年輕時演的俠義電影。高倉健遇到再不合理的事，都會默默忍受，但是，當超越他忍耐的極限、或是再也無法挽回的重要事物被摧毀時，「阿健」就會採取行動。那之後，「阿健」的強悍……簡直是……

當然，這類電影裡不斷有幫派事務所出現。組長的座位後面，幾乎都會裝飾著裱在華麗匾額裡的組織徽章。茶子從劇中學到，對他們而言，組織徽章就像是幫派的靈魂，所以，她才計畫奪取他們的組織徽章。

那個耀武揚威的蜂須賀，如果知道組織徽章因為自己的關係被奪走，一定會很懊惱。等順利拿到組織徽章後，茶子打算要以此為要脅，叫蜂須賀來道歉，如果不道歉，就把組織徽章扔進大阪城的濠溝裡。

滲入頭髮的雨水匯集成水珠，從額頭滴下來。殺進幫派事務所，事後會惹來什麼麻煩，茶子沒有多想。因為工作的關係和那些人打過交道的姑姑曾說：「那些人不會對平民百姓怎麼樣。」而茶子也真的信了，所以抱持非常樂觀的態度。

不過，對於要怎麼順利潛入幫派事務所那棟封閉的建築物，茶子就沒那麼樂觀了。她一再複習即將實行的計畫，先走到了長堀通。她在目的地的香煙店前停下來，從自動販賣機旁的公共電話，撥打著手背上的手機號碼。

沒多久，傳來「喂、喂」的回應聲。茶子儘可能以開朗的聲音說：「請問是木村學長嗎？」木村學長以粗魯而且跟弟弟一模一樣的聲音說：「是啊！」

「呃，木村學長，我想請問你一件事……」

茶子單槍匹馬的入侵行動開始了。

✤

心想那是前往幫派事務所的捷徑，就晃進了公園，是茶子的失策。

沒料到「魚乾店」真的去那裡等了。茶子滿腦子想著接下來的事，完全忘了跟「魚乾店」的約定。從茶子終禮前後的行動，應該就可以看出約定已經取消，「魚乾店」卻還乖乖來赴約，實在太奇怪了。沒想到那傢伙是腦筋這麼遲鈍的人，茶子現在再怎麼埋怨都太遲了。

不知為何，穿著水手服的大輔，跟「魚乾店」並肩站在公共廁所的屋簷下，旁邊還有一個穿著運動服的男人，但茶子不知道他是誰。看到大輔表情嚴肅地瞪著自己，茶子一溜煙便逃出了公園。

利用在社團跑百米破十四秒的速度，茶子在兩側商店林立的狹窄街道上奮力奔馳。裝著滅火器的運動背袋左右搖晃，被雨淋濕的劉海貼在額頭上。每遇到十字路口，茶子就拐彎，從發出吼叫聲把貨品堆上卡車的堆高機旁經過時，她也沒放慢速度。

在最後一個拐角前，茶子回首張望，當然沒看到大輔，也沒看到「魚乾店」。

轉過拐角後，茶子突然放慢了速度。

視線前方，一個茶褐色頭髮的男學生，站在比左右樓房矮了一大截的大樓前。

在香煙店前的公共電話中，茶子用假名跟木村哥哥說，她無論如何都要替一個女生朋友問一件事。剛開始，對方充滿戒心，後來她說是他弟弟給了自己電話，對方的語氣才緩和許多。果然，木村哥哥是在蜂須賀家。茶子跟他約好四點半在事務所前見面後，就掛了電話。

「木村學長，對不起，我來晚了。」

從拐角彎過來時，茶子就一直低著頭，雙手搭在膝上，在木村哥哥前面誇張地喘著氣。

「喂、喂，妳還好吧？」

頭上傳來跟木村弟弟一樣的聲音。茶子沒有回應，從窗簾般覆蓋視線的劉海縫隙觀察木村哥哥的背後，確定大門的位置後，她猛地抬起頭。

「啊，是妳！」

木村哥哥高聲大叫時，茶子已經跑過他旁邊，衝向了茶褐色的門。

門果然沒鎖，茶子用力打開門，衝進裡面。

當木村哥哥狼狽地叫住茶子時，她已經消失在門後，而且一關上門，就從裡面把門鎖上了。

「喂、喂，等等！」

屋外傳來重重的敲門聲，茶子拉開運動背袋的拉鍊，拿出滅火器。學校最近才做過滅火訓練，沒想到在這時候派上用場了，她熟練地拔開栓子，左手拿著管子。

銳利的眼神往二樓看，昏暗的狹窄樓梯向上延伸。緊張的情緒高漲到喉頭，茶子對自己說，這簡直就像田徑比賽時，起跑前常有的感覺，胡思亂想只會讓動作更加遲鈍，沒有半點好處……

茶子毅然決然地跨上樓梯一步。就算再怎麼避免發出聲音，還是敵不過體重壓下去時造成的嘎吱嘎吱聲。樓梯盡頭的正面，擺著矮鞋櫃，狹窄的樓梯平台右邊有扇門，左邊是用來隔間的摺疊門，半拉開的摺疊門後面，是通往三樓的樓梯，幾雙有點髒的布鞋散亂在樓梯前。鞋櫃上擺著一個玻璃箱，裡面是用五圓硬幣做成的豪華寶船。茶子看著玻璃箱，用力吸口氣，轉向右邊的門。門中間是毛玻璃，上面掛著「蜂須賀企劃」的金屬板，字已經變得斑駁。

茶子彎著腰，悄悄把手伸向門把。

✤

大輔拚命跑，跑到喘不過氣來。

但是，再怎麼跑都跑不快，與島之間的距離越來越遠。至於茶子，打從出了公園以來，就再沒看到過她的身影。

商店街前面，有幾個男人正在搬運紙箱，大輔從他們旁邊筋疲力盡地跑了過去。「喂！發生什麼事了？」不知何時，穿著運動服的鳥居也跑在他旁邊。

大輔沒有回答他，彎過不知道第幾個拐角。

終於看到島在蜂須賀組的幫派事務所前。

島正在跟人爭吵。仔細一看，對方竟然是木村的哥哥，他是昨天在公園圍住大輔的人之一。島好像是想搶走木村哥哥手上的手機。

「蜂須賀，有人要殺進去！那個叫橋場的女人闖進去了！」

木村哥哥背對島，對著手機大叫。

「他騙你的，蜂須賀，他騙你的！」

隨後，島也對著手機大叫。

兩人爭相伸手，你推我擠。

「笨蛋，已經掛斷啦！」

木村哥哥甩開島的手，咚地用力推島的胸部。正要停下腳步的大輔，正面迎向島的背部，搖搖晃晃地擋住了島。

「喂！你們知道這裡是蜂須賀組的事務所還敢來？」

島的背後是大輔，大輔旁邊是堂而皇之出現在那裡的鳥居——木村哥哥兇狠地瞪著他們三人。

「你們進不去的，因為那傢伙進去後，就把門鎖上了。我已經通知蜂須賀，所以她會被圍攻。」

木村哥哥得意地晃晃手機，卑鄙地笑了起來。氣喘吁吁的大輔不由得往二樓看，整面窗戶都掛著百葉窗，完全看不見裡面的情形。

「呃……可不可以請問一下？」雙手搭在膝上、跟大輔一樣氣喘如牛的鳥居滿臉痛苦地抬起頭說：「橋……橋場去哪了？幫派事務所是怎麼回事？」

這個完全不知現場氣氛有多惡劣的問題，讓木村哥哥勃然大怒，「你在說什麼啊？臭小子！」看來，木村哥哥完全把鳥居當成了低年級生。

「你來這裡就是要跟那個女人一起殺進去吧？還說什麼夢話！」

殺進去？鳥居一臉茫然地看著木村哥哥。

「是這樣嗎？」鳥居問。

大輔假裝沒聽到，倒是島轉向鳥居，點了點頭。

「那、那麼，幫派事務所是……？」

鳥居擦去順著臉頰滴下來的雨水，發出沙啞的聲音時，從木村哥哥背後的門傳來「咚」的巨響，接著門打了開來，一個男生全身沾滿白色粉末，邊咳嗽邊衝了出來。

「有、有人殺進來了，快、快報警！」

男生踉踉蹌蹌地跑到木村哥哥面前，用力抓住他的茶褐色頭髮，扯開嗓門大叫，紅色嘴巴在白色的臉上張張闔闔，簡直就像妖怪一樣，嚇得木村哥哥「呀」地慘叫一聲，便飛也似地逃走了。

「喂、喂！不要跑，快打電話啊！」

男生的背後裊裊冒著煙霧，島很快從他的背後跑過去，直接衝向敞開的門。大輔正要追上去時，手冷不防地被抓住了。他回過頭，看到驚慌的鳥居抓著他問：「發、發生什麼事了？」他正想甩開那隻手時，又看到身穿工作服的男人們，紛紛從正常營業中的一樓商店走出來，「發生什麼事了？」所有人都走向全身白色粉末的男生，把大輔和鳥居圍在中間。

「有、有人殺進來！」、「你說什麼？」、「報警、快報警！」、「喂，蜂須賀組被襲擊啦！」、「真的嗎？」、「那還得了！」、「所以，社長，我就說不要把店開在幫派事務所下面嘛！」、「老兄，你身上的白粉沒關係吧？」、「不要管他，快逃、快逃！」、「組長呢？」、

「我老爸不在！」、「總之，報警、報警！」

話語從四面八方湧上來，一堆人撞在一起。大輔才剛察覺鳥居放開了抓住他的手，就聽見背後有人說：「啊！警察局嗎？不好了，請快點來。地點？我不清楚這是哪裡。對了，好像有人說是什麼蜂須賀組。是的，蜂須賀組。那裡果然是那個嗎？既然是幫派事務所，應該就是那個吧！啊！我嗎？我是會計檢查院的鳥居……」大輔轉頭往下看，彎著腰的鳥居正把手機貼在圓鼓鼓的臉頰上，「是的，一個叫橋場茶子的女孩……」大輔想阻止他提茶子的事，正要伸手搶他的手機時，突然響起玻璃破碎的巨大聲響。

每個人都安靜了下來，反射性地往聲音方向望去。

二樓的大玻璃窗破裂，碎片四散，一個黑色的四角形物體彷彿在玻璃碎片的護衛下，從裡面飛了出來。大輔像在看慢動作的影片，視線追逐著那個物體。

黑色物體跟閃閃發亮的大大小小玻璃碎片，同時掉落在無人的柏油路上。

玻璃碎片撞擊地面後一舉彈跳起來，就像王冠立在水面上一樣。現場的人慘叫連連，紛紛向後退，被大人們包圍的大輔，也完全被人潮推著走。「哇！手機掉了，在哪、在哪？」屁股附近傳來鳥居的聲音。從擠成一團的大人們的縫隙間，大輔發現在柏油路上彈跳起來、像黑色坐墊般的物體，中央閃爍著什麼金色光芒。他萬萬也想不到，那光芒就是來自匾額上的蜂須賀組的組織徽章。

周遭的大人四處逃竄，有人看到大輔的水手服大叫：「那邊的女孩快逃啊！」這時候，從頭上二樓傳來怒吼與慘叫般的聲音。

大輔聽見，立刻衝向敞開的門。

「不可以，危險！」

有人在背後大叫，但大輔還是衝進了建築物裡。他滿心祈禱茶子平安無事，抬頭望著往正面延伸而去的樓梯。

不知為什麼，茶子就在眼前。

「茶子！」

「讓開，大輔！」

短暫的叫喊後，全身覆蓋白色粉末、連滾帶爬從樓梯衝下來的茶子，撞上了大輔的額頭中央。

大輔只聽見碰一聲，接著視野搖晃了一下，鼻子深處發酸，耳朵開始鳴叫。

穿著水手服的身體向後退兩、三步，以背部著地的姿勢倒在濕答答的柏油路上。在此之前，大輔清楚聽到雨水打在臉上的聲音，還有茶子大叫「大輔你這個大笨蛋」的哀號聲。

清醒時，映入眼簾的是不曾見過的天花板。

這是哪裡呢？大輔皺起眉頭，額頭一陣麻。他覺得額頭上好像貼著什麼，伸手去摸，原來是冷敷貼布。他撕掉已經變溫的貼布，爬了起來，屁股下的鋼管摺疊床開始嘎吱作響。

「啊！你終於醒了。」圍繞床舖的白色簾子外傳來男人的聲音，「感覺怎麼樣？」身穿白衣、年約三十五歲左右的男人拉開簾子露臉了。

「這是哪裡？」

「大阪府警局的醫務室。」

男人就這麼坐在椅子上，將椅子移到床邊，輪子發出咔啦咔啦聲響。

「看我這裡。」男人豎起食指，伸到大輔的雙眉之間，讓大輔的視線隨著手指向正面、左、右移動。「嗯，應該沒問題了。」男人這麼說之後，又隨著椅腳輪子的聲音消失在簾子後方。

沒多久，就聽見他講電話的聲音：「我是醫務室的增田，嗯，他醒了。」

大輔往床下看，發現布鞋整齊地擺放著。就在這個時候，血液倒流到腦部，額頭內側開始陣陣悶痛，他皺著臉，把腳套進布鞋裡，拉開簾子。

「頭會不會暈？」

放下聽筒的增田回過頭問。

「不會。」大輔彎下腰，把腳踝擠進布鞋裡。「請問……我為什麼在這裡？」

「因為你昏倒了啊！」

「我是說我怎麼會在大阪府警局裡？」

「當然是因為你殺進了幫派事務所呀！還變裝成這樣，想得真周到呢！」

「我沒有殺進去，這也不是變裝。」

「這些事你跟等一下來的人說。」增田顯得漠不關心，背向大輔開始寫報告。大輔無聊得發慌，看起貼在牆上的足癬病例照片，還有寫著「休肝日」這種罕見文字的海報。對了，放在公園公共廁所裡的書包不知道怎麼樣了？想到這件事時，大輔聽見敲門聲，一個穿西裝的中年男人說：「我是宇喜多。」之後便走進房裡。這個男人留著短髮、眉毛淡薄，怎麼看就是個警察的樣子，有著四角形的體格。

「醫生，我可以問他話了嗎？」

「應該可以了。」

增田並沒有站起來，只是遞出剛寫好的報告。男人接過去後，低聲對大輔說：「跟我來。」大輔低頭向增田說：「謝謝照顧。」就走出了醫務室。

「這邊。」

自稱是宇喜多的男人帶著大輔在走廊上前進，搭上電梯。在電梯裡，大輔唯唯諾諾地說：

「請問……跟我相撞的那個女孩還好嗎？」

「嗯，還活蹦亂跳的。」男人點頭說。

「她在這裡嗎？」大輔又問。

結果被冷冷地瞪了一眼說：「安靜點。」

那一眼把大輔嚇得不敢再問島的事，至於鳥居，他根本忘得一乾二淨了。

電梯在八樓平穩地停下來。大輔看著宇喜多有點落寞的背部，又走上了走廊。從醫務室到走廊、天花板，所有的建築都很新，不太有警察局的感覺，倒是比較像大樓裡的補習班。但是，與他們擦身而過的人，目光都不太友善，很可能是因為他穿著水手服，每個人都毫不客氣地盯著他看，讓他覺得「很可怕」。

跟著男人彎過拐角，就看到右手邊的牆壁上，有黑色的四角形不斷往前延伸。隔了一會，大輔才發現那是一排窗戶。然後，看到窗外一片黑暗，他大驚失色地問：

「現在幾點了？」

聽到大輔有點像假音的尖叫聲，男人淡淡地說八點半。竟然昏倒了三個多小時？大輔難以置信地望著窗外。當視線隨著前進方向移動時，大輔突然停下了腳步。

男人察覺腳步聲中斷，回過頭叫：「喂！」

但是，大輔還是動也不動。

昨晚，父親才對他說過「信號」的事。

當「王女」發生什麼事時，大阪國就會展開行動的信號，幸一還舉了一個例子給他聽，幸一說，那個信號會傳達給所有人。

視線前方，正是父親所說的最初的「信號」。

大阪城紅紅燃燒著。

第五章

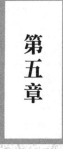

光榮的五月 I

前田玄二郎（四十四歲），在一家總公司位於本町的中小型電氣廠商擔任中階主管。

這幾天，上面三番兩次地催他提交生產計畫，他好不容易完成了，就有個部下表情僵硬地來找他說：「課長，我有話跟你說。」他抱著不祥的預感回說：「我知道了，下班後一起去吃飯吧！」兩人在公司附近的居酒屋喝了幾杯後，果不其然，部下一開口就切入了主題：「我想辭職。」

前田說：「那可不行。」把濃眉蹙成八字形，往部下的酒杯裡倒啤酒。喝乾後，他欠身向前，試圖改變部下的心意，因為現在有人離職，他會很困擾。

前田的部門，這兩年陸續有兩人離職、一人調職，可是都沒有再找人替補。也就是說，兩年前八個人在做的事，現在只靠五個人做。如果再有人離職，已經撐到極限的業務就會完全停擺。

所以，前田口沫橫飛地強調：「我需要你！」說得熱血沸騰。但是對方滿臉蒼白，只是盯著啤酒的杯子。他已經接下脇坂所有的工作，還有糟屋、吉明的部分工作，現在又要接新案的其他工作，他告訴自己，其他人也跟自己一樣辛苦，所以一直忍耐到現在，但他已經再也忍不下去了，希望可以辭職……

對方的臉越來越蒼白，幾乎變得透明。才三十歲出頭，看起來卻比實際年齡蒼老五歲，用力咬緊牙關時，臉頰會清楚浮現異樣的陰影。前田發現對方是來真的，他心想這樣不行，事態嚴重，臨時決定變更滿口「再努力一下」的說服路線。

「好，我知道了。那麼，這樣吧！你稍微休息一下，一個禮拜也行，把累積的年假都請完，去國外玩玩吧！這段期間，我來處理你的工作。」

這次完全採低姿態，改變戰略，想辦法安撫對方激動的心情。然而，部下的表情還是那麼僵硬，甚至直接切入他最不想碰觸的部分說：

「叫我休假，還不如再請新人。」

「說得也是。」

還是蹙著八字眉的前田一口喝乾了杯子裡的啤酒。上面的方針是以削減固定經費為第一目標，所以他很清楚，今後增加新人的可能性是零。幾乎每個部門都有「增加人手」的希望，但也都知道那是所有部門皆已放棄的「不可能實現的夢想」。

「好，我知道了，我來想辦法，我會跟上面談談看。」

知道歸知道，前田還是撒了謊。要是真的向上面提出這樣的要求，恐怕社長會馬上打電話來臭罵他一頓。但是，面對眼前這個虛弱的年輕人，他怎能說出這樣的現實呢？

前田的一番話果然打動了對方的心，接下來的兩小時，前田繼續遊說，終於讓對方打消了辭意。

離開居酒屋時，從傍晚開始下的雨已經停了。前田在御堂筋與部下分道揚鑣，走到地鐵的本町車站。他知道問題只是稍微往後延了，卻還是打從心底深深鬆了口氣。

前田家在江坂，位於大阪北部，從本町搭地下鐵御堂筋線就能直達。晚上十一點的地下鐵，人並不是太擁擠。前田站在門前，眺望著漆黑的窗外，暗自感嘆，工作究竟是為了什麼？

沒多久，一片漆黑的窗外風景，開始滲入光線，因為過中津站後，電車就從地下爬上了地面，沿著新御堂筋駛向橫跨淀川的新淀川大橋。

忽然，微低著頭的前田，視野閃過紅色的殘留影像。

他下意識地抬起頭，身體不由得僵硬起來。

淀川水面上被夜晚那有如鋪著黑色絨毯般的黑暗覆蓋，水面上則拖著長長的紅色帶子。

他很快就看出來了，帶子是漂浮在淀川水面上的大大小小船隻綻放出來的燈光，光線有三條，應該是船隻排成了三縱隊。這讓人聯想到從某條天橋往下看的大塞車行列。像車尾燈淹沒道路般，放眼望去，盡是紅色遊行隊伍漂浮在河面上。淀川恍如夜間的飛機跑道，沉默地等著某人的到來。

為了呈現這樣的畫面，究竟有多少船隻聚集在淀川呢？在御堂筋線越過淀川的幾十秒間，前田屏氣凝神，看著在黑暗中無限延伸的紅色蛇行帶子。

到下一站西中島南方站時，前田還恍如置身夢中。直到背後的門打開，他才回過神來，左右張望。

車內景色跟往常一樣，女人盯著手機看，年輕男人板著臉聽音樂，只有幾個中年男人呆呆望著窗外，一臉茫然的樣子。也有幾個男人跟前田一樣，心神不寧地左右張望。一個年過五十、像是剛下班回家的男人，視線與前田瞬間交接了。男人的眼睛深處清楚浮現疑惑的神色，整張臉表現出似乎想確認什麼的神情。恐怕，那就是前田映在鏡子上的臉。但是，他們很快撇開彼此的視線，沒有再交會過。

在江坂下車後，前田通常會先繞到便利商店買罐睡前喝的啤酒，今天卻直接回家了。

老婆和小孩都睡了。

前田帶著手電筒，走出玄關外。車庫旁有個小架子，上面擺著孩子們的玩具，還有假日做木工的工具。前田用下巴夾著手電筒，翻找架上的東西。摸到他要找的圓形物體後，就關掉了手電筒。

他帶著找到的東西出門了。

在從住家走路三分鐘的地方，有個市民自治會的公佈欄，市內所有人要去車站時，一定會從公佈欄前面經過。公佈欄的高度，跟前田的身高差不多，上面擺著什麼東西。

是葫蘆。

在公佈欄旁的街燈照射下，葫蘆就像被丟棄在自動販賣機上的空罐，浮現出高約十五公分的身影。

「是真的呢……」

喃喃自語的前田，把從家裡帶來的東西也放上去。

兩個有點變成黑褐色的葫蘆，相親相愛地站在幽幽灑落的燈光中。

✤

位於ＪＲ天王寺站大廳角落的「５５１蓬萊」，總是大排長龍。

加藤清志（六十二歲）為了明天要來家裡玩的孫子，下班後也在這裡排了五分鐘的隊，買了一盒豬肉包子。

明天是禮拜四，但是小孫子因為小學創校紀念日放假。加藤回想起，去年小孫子也是在五月三十一日來家裡玩。他邊回想邊打開傘，從車站大廳走上通往天橋的階梯。

加藤有個每天都會出現的習慣動作。

就是從天橋看明天的天氣預報。

但並不是遙望西方天空，觀察雲層的模樣。只要眺望矗立在遠方的通天閣，就知道明天的天氣了。

天王寺車站正前方是廣闊的天王寺公園，再更前方屹立著難波的鐵塔，也就是通天閣。

仔細看通天閣的頂端，就會看到像美乃滋蓋子那樣的突起。這個突起部分的霓虹燈顏色，其實是顯示著明天的天氣。白色是晴天、橙色是陰天、藍色是雨天。分成上下層的霓虹燈，如果上白下藍，就表示晴後有雨。與氣象局的數據連接，是不折不扣的天氣預報。

「希望明天可以帶孫子去住吉大社參拜。」

加藤望著天王寺公園前方，祈禱明天天晴。

天橋上人來人往，雨傘漫天舞動，加藤卻在橋中央停了下來。

走在後面的一群高中女生因為加藤突然站住，「哇」地大叫一聲，分別從左右超越了他。其中一個人邊走過去，邊挑釁地瞪著他。另一個人疑惑地循著他的視線望過去，但什麼也沒看到，很快就轉回來，走向前方近鐵百貨公司的入口。

那之後，加藤大約在天橋上傻傻地站了一分鐘。

通天閣的頂端沒有出現晴天的預報。

也不是陰天或雨天。

只是紅通通一片。

不只頂端的預報霓虹燈而已，從半空中的八角形展望台，到大時鐘的文字盤、下面的修長塔身，全都紅通通地發亮。在雨中綻放著曲折的光線，底下是漆黑一片的天王寺公園，看起來就像夜晚漂浮在海上的燈塔。

久久才回過神來的加藤，弓著背走回天王寺車站。

「老伴一定會很失望。」

加藤喃喃說著，從車站的公共電話打電話給女兒。他告訴女兒，他從昨天就有一點感冒，怕傳染給孫子，所以明天不要帶孫子來，說完就掛了電話。

然後，他穿過天王寺車站的大廳，沿著谷町筋走向四天王寺。加藤的工作是擺路邊攤，在通往四天王寺的參道旁賣各式各樣的辣椒，已經將近三十年。

邊聽著在傘上彈跳的雨聲，邊從谷町筋走進通往四天王寺的參道，果然看到阿正在重新組裝剛才已經收起來的攤子。

阿正姓福島，在加藤旁邊賣葫蘆吉祥物。兩人歲數相近，一起擺攤子差不多二十年了。

與阿正視線瞬間交接後，加藤把裝著豬肉包子的紙袋放在已拉下鐵門的商店屋簷下，什麼也沒說，就開始幫阿正把攤子組起來。組到一半，阿正說：「對不起，交給你了。」便離開了現場。沒多久後，又抱著四個大箱子回來了。

箱子裡全都是葫蘆商品。

「要不要去更靠近車站的地方？」

加藤看看塞滿箱子的葫蘆，向阿正提議。晚上七點半，參道兩側的商店都已經打烊，行人也少了很多。阿正回說：「也對。」

兩人分別抬起攤子的兩側，往連接天王寺車站的商店街移動。人行道上都有屋簷，既不必擔心被雨淋，客人也比較會駐足。果不其然，才準備擺攤，就有經過的客人來買葫蘆。還來不及把葫蘆排起來，客人就絡繹不絕了。

「太麻煩了。」

阿正在箱前貼上一張紙，上面寫著「一個五百圓」，然後把整個箱子直接抱到攤子上開始販賣。

四大箱裡裝著大、中、小共三百個葫蘆，大約一個半小時就賣光了。與白天只賣出四個的成績相比，簡直是天壤之別。原本六個用紅線綁起來、當成一個商品販賣的成套葫蘆，也都拆散單賣了。中間，阿正又跑去附近大樓的倉庫，把庫存的葫蘆全都搬來，也不到三十分鐘就賣光了。

來買葫蘆的人百百種，有剛下班穿著西裝的男人、有頭頂光禿禿拄著枴杖的老人、有抱著裝滿柏青哥禮品紙袋的流氓樣男人、有腳踏車前面籃子載著哈巴狗的男人、有外送回來的烏龍麵店的男人、有便利商店的店員、有淋成落湯雞的快遞員……除了一個誤以為：「這是現在流行嗎？」而購買了葫蘆的年長女性外，清一色都是男人。

客人的外表沒什麼共同點，年齡也不同，若要勉強歸類，大概只能說約七成以上的人超過四十歲。不過，其中還是有三十多歲的男人，也有二十多歲前後、臉上還帶著稚氣的年輕男人。

「真的賠大了。」

只留下自己的兩個，其他葫蘆全賣光後，阿正喃喃感嘆著。

兩人收拾攤子後，加藤說：「明天會見面吧？」就與阿正告別了。他拿起裝著豬肉包子的紙袋，從天王寺搭乘阪堺電車回住吉。從雨停後的天橋往上看的通天閣，仍然綻放著清澄的紅光。

阪堺電車又稱「ChinChin電車」59，是由一個車廂構成的路面電車。在住吉站下車的加藤，摸著口袋裡的葫蘆，跟在逐漸遠去的阪堺電車的燈光後面走。

第一個拐角轉彎，就是住吉大社的入口。巨大的石燈籠與道路並行，密密麻麻地排列著，大約長達兩百公尺，背後是大社的森林。

加藤邊抬頭看著高大的燈籠，邊往前走。在燈籠的傘狀結構下，用來點蠟燭的部分稱為「火袋」。通常，火袋會隨石燈籠的形狀而異，但是，道路旁的燈籠火袋卻都是正方體。加藤從口袋拿出葫蘆，在其中一座燈籠前停下來。

「麻煩借放一下。」

跨過水溝，微微低頭致意後，加藤把葫蘆放進去。高不到十公分的葫蘆，長得不夠端正，一放手就咚隆倒下來了。

阪堺電車轟隆轟隆從加藤背後的鐵軌揚長而去，車頭燈配合電車的速度，照出燈籠在黑暗中的影像。被逐漸遠去的燈光照過的火袋，幾乎每個裡面都有葫蘆，有的甚至塞滿三個。

阪堺電車的燈光，照出潛藏在兩百公尺燈籠行列裡的無數葫蘆後，就消失在夜的盡頭了。

呼！加藤吐出憋住的氣，身體莫名地火熱起來。

「跟老伴一起吃吧。」

重新握緊紙袋後，加藤吹著口哨走回家。

✤

大谷直也（二十一歲），就讀梅田的某間專門學校。

從學校回家時，他把扁扁的書包揹在肩上、戴著耳機，走到BIGMAN前。

通往阪急電車剪票口的寬敞樓梯，左右兩旁各有一台巨大的螢幕。右邊那一台

㊾這是日本的路面電車，「ChinChin」之名，是來自警告路人的警鈴聲以及發車時的預告鈴聲。

人稱「BIGMAN」，這不是暱稱，而是寫在螢幕邊緣的正式名稱。左邊那台螢幕叫「COBIGMAN」，在開頭多加了CO兩個字母，跟BIGMAN一樣寫在螢幕邊緣。

BIGMAN前面總是人山人海，因為BIGMAN前面是梅田獨一無二的約會地點。不過，大谷並沒有跟誰約，只是想從BIGMAN前面穿出去，走到梅田LOFT百貨後面的Dining Bar。

因為還有進來躲雨的人，所以才晚上七點，BIGMAN前面就擠得水洩不通了。雨天客人比較少，大谷在心中盤算著今天的打工應該很輕鬆，不由得抬頭看BIGMAN的大螢幕。

邊看著大螢幕，邊從人群擠出來的大谷，正要突破擁擠的人潮走出建築物時，臨時停下了腳步。

BIGMAN旁邊是大型書店的入口，大谷闔上雨傘，轉身進了書店。

他問經過的店員，有沒有關於「葫蘆」的書，店員說應該在園藝專區。「這樣啊！」他頗有同感地走向那個專區，架上的確有一本關於如何栽培葫蘆的書，寫得非常精闢。

一直到打工快開始之前，他都看得非常專注。結果深切感覺到，自己對「葫蘆」這東西幾乎一無所知，只知道「葫蘆」這個名稱。

譬如，葫蘆是世界上最古老的栽培作物。

起源於西非的熱帶大草原，幾千年後才傳到日本。怎麼傳來的不知道，說不定是從海上載沉載浮漂來的。在日本，曾經從八千五百年前的福井縣遺址挖出很多葫蘆的碎片。穀物的栽培始自彌生時代，葫蘆的栽培卻在繩文時代前期⑥⓪就開始了。

葫蘆科葫蘆屬的葫蘆，是一年生蔓草，三月播種，六月長出小白花，九月結成果實。依大小、形狀不同，有種種稱呼，譬如千成葫蘆不到十三公分高，而百成葫蘆則是十三公分到二十公分高。千成的尺寸比百成小，但是果實結得比較多，所以叫「千成」。

因為是瓜的同伴，所以也可以做成醃製品吃，現在，幾乎都拿來加工做成裝飾品或吉祥物。以前曾被當成酒器等實用品使用。在平安時代，空也上人⑥曾敲擊葫蘆唸佛；在戰國時代，豐臣秀吉曾以千成葫蘆作為馬的烙印，也就是當成自己的象徵標誌。

因此，在琵琶湖沿岸，豐臣秀吉第一次建立城堡的城市，就把葫蘆放入了象徵城市的標誌設計中。同樣地，大阪府的象徵標誌，也採用了三個葫蘆呈扇形張開的構思。

「所以才用葫蘆啊！」

看到這裡，大谷終於茅塞頓開。

但是，現在大谷已經沒有時間準備葫蘆了。不可能哪裡有賣，更不可能長在這個大都市裡。而且，五月連花都還沒開。

「看來是不可能了。」

大谷徹底放棄準備葫蘆這件事了。今晚的打工是晚班，要工作到凌晨五點，也找不到人來代班。

「對不起，老爸，我沒有錢。」

晚班可以賺很多錢呢！大谷由衷感激，把書放回架上。

走出書店，大谷從手機發伊媚兒給朋友，婉拒了明天的聯誼。聽說會有很可愛的女生參加，但是遺憾歸遺憾，他也只能這麼做了。

BIGMAN前面還是擠滿了人，大谷又從旁邊看了BIGMAN一眼。

⑥日本在舊石器時代之後進入了繩文時代，接著是彌生時代。
⑥空也上人是平安時代中期的一位和尚，會敲鑼打鼓或敲葫蘆、木魚，配合節奏起舞唸佛。

右上方寫著「目前大阪市內情況　LIVE」的顯示燈不是很醒目，畫面中央倒是與顯示燈成對比，大大拍出被燈光照得通紅的大阪城。

✤

南場勇三（三十四歲）是在從學校回家的路上，發現大阪城有異狀。

他是在與史蹟難波宮為鄰的大阪女學館高等學校擔任體育老師。

南場在擔任顧問的劍道社監督學生練習後，接著又參加教職員會議，到晚上八點才終於結束一整天的行程。他思考著下禮拜即將舉行的劍道交流賽的事，微低著頭橫過夜晚飄著細雨的難波宮遺址。從今年開始，要跟姊妹校京都女學館、奈良女學館的劍道社舉辦新人交流賽。去年，南場帶領的劍道社，經過一年的練習，都沒什麼傑出的表現。也因為這樣，他更想在這次的新人交流賽獲勝，以期有個好的開始。

難波宮遺址是一片什麼都沒有的空地，只有用水泥穩住的基石殘骸點點散佈各處。南場穿過以前有座大極殿、地勢比四周高的地方，滿腦子想著如何選出選手，漫不經心地走在經過修復的基石之間。

正要走下階梯時，他突然抬起了頭。

紅通通的大阪城靜靜佇立在雨中。

隔著中央大通，難波宮遺址的正前方就是遼闊的大阪城公園。平常在公園右手邊，沐浴在白色燈光下的大阪城，現在像火燒般被燈光照得通紅，底下被黑暗的森林遮蔽，看起來恍如在半空中燃燒。

「南場老師。」

背後冷不防地有人叫他，他回過頭，看到同校的兩位老師向他走來，一個是今年剛來的、教英文的年輕女老師，另一個是三十歲出頭、教數學的男老師。

「你怎麼了？」男老師問。

「沒什麼，突然發現忘了東西。」

南場笑笑，搪塞過去，很快地來個一百八十度大轉彎，走回學校。兩人茫然不解地目送他寬闊卻不高的背影離去。

「咦？」

剛從大極殿遺址下來，女老師就察覺前方景色有異，驚聲尖叫。聽到女老師說大阪城好紅，男老師也滿臉驚訝地說：「真的呢！」但是，對話並沒有繼續延伸，他們只短短交談幾句「看起來好可怕」、「是啊」，就走向了中央大通上的ＪＲ森之宮車站，離開了難波宮遺址。

南場回到教職員辦公室時，教務主任長柄與學年主任豐崎兩人正在交談。看到南場突然出現，兩人滿臉驚訝地停止對話，「原來南場老師也是……」其中一人喃喃說著。

「南場老師，我們決定明天下午停課。」長柄對南場說。

「目前是想說有臨時耐震檢查，你認為可行嗎？」

「要用什麼理由呢？」

「應該可行。」南場點點頭。

「幸好校長明天不在，他是京都人。」

在長柄旁邊的豐崎自言自語地嘟囔著，南場則邊聽邊走回自己的位子。

「呃……我還有事要做，教務主任、學年主任，請你們先回去。」

南場低聲說，眼睛完全不看兩位上司。

教務主任和學年主任都順從地點點頭，只說：「那麼，明天再拜託你了。」很快離開了教室。

之後將近兩小時，南場一個人坐在教職員辦公室裡，但一點都不覺得無聊，連劍道社的事都不曾閃過腦海。他萬萬沒想到這一天會真的到來，光想著這件事，時間轉眼就過去了。他把身體靠在椅背上，想起好久不曾想起的父親。

十點過後，警衛來了。警衛說：「我要回家了，南場老師，只剩你一個人，所以拜託你鎖上穿堂的門。」把鑰匙放著就走了。

等到學校只剩他一個人，南場才站起來整理東西，離開了教職員辦公室。他用膠帶把準備好的紙貼在穿堂的玻璃門上，就走出了校門。

看到大阪城在黑夜中亮著紅光時，南場必須完成一項任務。

「把學校一樓的鎖開著，並留下記號。」

這樣的行為究竟意味著什麼？南場老師原本不知道。

直到第二天早晨，他打開電視看新聞，才知道答案。

✤

竹中丁兵衛和黑田孝一是從小玩到大的朋友。

兩人同樣都是在八十五年前的夏天，出生在空堀地區的長屋。那之後，時代急遽變遷，兩人的容貌也隨之改變，變得令人心酸，只有在戰爭中沒被燒毀的長屋，幾乎沒有任何改變。

每四年一次，竹中會去附近的長濱大樓，接受任務派遣。不過，這二十年來，任務內容從來沒有變化。這也難怪，因為自從他退休窩在長屋後，生活內容也沒有過任何變化。

倒是黑田，生活上有了一點變化。因為腎臟出了問題，黑田外出時一定要坐輪椅，所以，四年一次在長濱大樓被派遣的任務，內容也逐漸有了變化。這一、兩年狀況尤其不好，今年冬天連出門都做不到了，對方只好趁黑田的妻子不在時，主動來找黑田。

「不好意思，麻煩你們了。」

代表長濱大樓來訪的長宗我部慌忙說不會、不會，眼角浮現溫和的笑意。

「說真的，過了四年，每個人多少都會有一些變化吧？除了像我這樣生病的人之外，還會有人搬家、調職……不只是人，連城市都瞬息萬變，要一一掌握這些因素，修正任務，應該很難吧？」躺在鋪被上的黑田直率地問，但很快又敲敲自己頭髮都已掉光的大禿頭說：「啊！對了，不能談這些事。」

「不，沒關係。」平常在小學擔任社會科老師的男人，從跪坐換成較輕鬆的坐姿，「那裡有很大的電腦，做所有的計算。無論有幾百萬、幾千萬……甚至幾百億的變化，應該都可以對應。沒有電腦的時代，想必很辛苦吧！當然，並不能完全仰賴電腦，還是需要人根據現實狀況做修正。」說明是說明了，卻把對象說得很模糊。

「計算啊……」黑田茫然地說，從來沒有碰過電腦的他，無法想像「由電腦計算」的畫面，怎麼想都是身體像人類、頭像電視的人在打算盤的樣子，他只能迷迷糊糊地回應：「那真的很厲害呢……」

「嗯，就是啊！只是開發軟體、維修都很辛苦……電腦還真花錢呢！不過，比起雇人做同樣的事要便宜多了。」長宗我部又補充說明。

黑田「哦」地點點頭，腦中浮現電腦直接大口大口吃硬幣的畫面。

黑田和竹中住在同一排長屋，中間隔著兩戶人家。黑田在巷道旁的植物架上，零零散散地擺著幾盆盆栽，以仙人掌、蘆薈等多肉植物為主，竹中則多了兩、三種不一樣的。

晚上九點，雨一停，竹中就開始準備前往黑田的長屋。兩人老歸老，卻是夜貓族，每晚都要下完棋才上床，已經成了十多年來的習慣。

一出玄關，就是排列在巷道裡的盆栽。竹中正想看看最近特別用心照顧的杜鵑時，猛然抬起了頭，因為視野角落閃過奇怪的亮光。

是什麼呢？竹中慢慢把頭轉過去。

長屋上空有什麼東西在閃閃發亮。

是葫蘆。

竹中往所在位置的北方望去，越過長屋屋簷，可以看到長濱大樓的部分屋頂。屋頂結構非常簡樸，不知情的人，絕對無法想像那底下有紅磚建造的四層樓建築。

嵌在屋頂中央的圓形招牌已經發黑、褪色。平常看起來只像普通板子的圓形招牌，正在黑夜裡閃閃發亮。

看到浮在圓形招牌中央的葫蘆圖案，竹中又驚訝又懷念，已經三十五年沒有看到這樣的光景了。

「不得了啦！」

竹中拉開玄關門，從鞋櫃拿出小小的葫蘆，偷偷放進褲帶裡，往黑田的長屋走去。

兩人花了一小時的時間，邊喝茶邊把從兩天前開始的對局結束。彼此批評對方的攻防後，竹中帶黑田去上廁所。黑田說接下來可以靠自己，正要關上廁所門時，竹中對他說：

「明天幾點還不知道，不過我會來接你。身體狀況還不錯的話，就一起去。」

黑田不記得明天有什麼約定，但想想自己最近很健忘，就隨口回說：「嗯，我知道了。」

關上廁所門。

上完廁所回到客廳，就看到兩個棋盒並排在棋盤上，中間立著一個葫蘆。

「原來是這麼回事啊！」

黑田吃力地彎下腰，拿起表面塗漆、富有光澤的葫蘆，走向廚房流理台，打開正面窗戶，窗下的植物棚架上排列著仙人掌。果然，仙人掌中間擺著大大小小的葫蘆。

大阪國的人們看到「信號」時，就必須完成自己的任務。

任務內容因人而異，竹中看到長濱大樓的「信號」，就把葫蘆擺在黑田的棋盤上，也是堂堂的任務之一。

但是即便接受任務派遣，還是有可能錯過所謂的「信號」。譬如，工作太勞累，一坐上御堂筋線的座位就睡著了，完全沒注意到淀川的光景。又譬如，黑田從廁所出來就上了床，沒注意到對他來說是信號的棋盤上的葫蘆，等到第二天早上又被早起的老伴收拾乾淨。

所以，有「地點」作為這種時候的保障。

就像指定「信號」般，從各自的住處到每天去的工作場所、學校等地方，都有個別準備好的「地點」。

只要看到這個「地點」出現五個以上的葫蘆，大阪國的人們就知道那個「信號」發出了。

黑田的長屋所在的巷道中，有幾十間長屋連綿不絕，而他的長屋正面向這個巷道的入口，所以他的植物棚架是長屋居民最容易看到的位置。黑田隔著廚房的流理台，把葫蘆集中到棚架中間。現在已經有六個了，黑田即使沒看到棋盤上的葫蘆，也可以由此發現「信號」，因為對黑田來說，這個植物棚架就是「地點」。雖然沒有彼此確認過，但是，竹中和其他住在長屋的大阪國人民，應該都可以從這些葫蘆看出相同的意義。

「希望不會太嚴重。」黑田喃喃自語，把手上的葫蘆放到棚架上。

「看到長濱大樓的葫蘆，就把葫蘆放在黑田的棋盤上。」

「看到棋盤上的葫蘆，就把葫蘆放在『地點』上。」

青梅竹馬的兩人，都漂亮地完成了他們的任務。

有種遊戲叫「西洋骨牌」。

五月三十日，在大阪國悄悄進行的事，或許就像西洋骨牌的動作。以大阪城被紅色燈光照亮為起點，西洋骨牌陸續倒下，而且，絕不是一直線的動作，而是像向日葵開花般，同時全方位開始進行。

到了第二天五月三十一日，威勢依然不減。譬如，過了凌晨零時，就有三十幾個男人出現在大阪女學館的校門前。他們輕盈地爬過校門，進入校園內。他們都是年輕人，而且幾乎都穿著西裝，其中有大半的人，都是在大阪ＯＢＰ商業區的摩天大樓裡工作，但他們彼此都不認識。他們如常加班，不經意地從窗戶往下望時，透過被雨淋濕的玻璃窗，看到全身紅光反照的大阪城。當然，這就是他們的「信號」。

拿著手電筒走在最前面的男人說「找到了」，其他人立刻圍了過來。

「畫得好醜啊！」有個聲音說。

「很像卡通人物泡泡先生（Barbapapa）。」另一個人說。

手電筒照亮了貼在入口處玻璃門上的一張紙。乍看之下很像妖怪、畫得歪七扭八的葫蘆，在光圈中舞動著。那是兩個小時前，南場在教職員辦公室畫的。

帶頭的男人握住門把，門就嘎吱作響打開了，三十個身影無聲地消失在校園裡。

他們都是來完成自己的任務。

✤

速水久繁（六十八歲）起得很早。

早餐還是一樣，只有白飯、味噌湯、煎蛋和醃白菜。電視都是看「早安朝日」，今天的節目是從莫名其妙的新聞開始播起。

「這世上真的有做怪事的人呢！」

跟老伴熱烈討論一番後，速水就帶著便當，騎腳踏車出去了。

速水是以非正式職員身分在西成區的超級澡堂工作。他住在大正區，看地圖就知道，大正區的四面八方都被河川或大海包圍，甚至有人把大正區稱為「島」。

因此，速水家與工作地點之間隔著一條木津川，那是河面寬度超過兩百公尺的一級河川。川上有座千本松大橋，恰如其名，是座很大的橋。但是，為了讓往返於木津川兩岸工業地帶的大型船舶通過，這座橋蓋得非常高，所以對走路或騎腳踏車的人來說非常不方便，因為必須繞兩大圈，走到三十六公尺高度的位置，相當於十二層樓建築的高度。像速水這樣的老人，根本不可能每天過這座橋。

當地人都搭乘渡船。

只要在千本松大橋橋頭的碼頭等，就可以搭乘介於小型船與中型船之間的船隻到對岸。

這些其實都是大阪市經營的渡船。

目前，大阪市內總計有十五艘渡船，每天在八條路線航行，其中七條航線是在大正區內、或連接大正區與其他區。速水利用的千本松渡船碼頭建於大正時代中期，至今將近百年，是歷史悠久的交通重地，每天的平均使用人數約一千三百人。早上尤其擁擠，學生們都牽著腳踏車等船。從碼頭到碼頭所需時間大約三分鐘，所有航線都是免費。

速水到碼頭時，等船的腳踏車已經大排長龍。從堤防往下看，其實木津川連拍馬屁都稱不上漂亮，但是從河面吹來的風清爽宜人。速水正低聲哼著歌時，柵門在出發前一分鐘打開了，他趕緊跟其他客人一起牽著腳踏車上船。

船頭有操舵席，後面全都是平坦的甲板，乘客們就把腳踏車停在那裡，抓住船的邊緣或用來支撐屋頂的天花板鋼管，保持身體平衡。不久後，響起引擎的噠噠噠聲，船動起來了，與千本松大橋交錯而過駛向對岸途中，速水把身體靠在船的邊緣，看著上游處。清澄的藍天一望無際，跟昨天大不相同。

忽然，速水聽到夾雜在引擎聲中，有什麼東西在船後方「咔喳咔喳」地不停響著，他不由得回頭看。

上船後，他一直看著前方，所以沒發現渡船的尾巴掛著簾子，那應該就是聲音的來源。可是那片簾子是由繩子組成，完全遮蔽了寬約三公尺的船尾。以前從來沒見過這個，為什麼要掛上這麼礙眼的東西呢？還有，從剛才就響個不停的是什麼東西的聲音呢？他更伸長了脖子看。

當他越過船內的無數人頭，看到那東西是什麼時，儘管是很難維持的姿勢，他還是整個人定住不動了。

葫蘆被風吹得響個不停。

原以為是竹簾的東西，竟全是用來吊葫蘆的繩子。順著繩子往下看，葫蘆正在環繞甲板一圈的欄杆附近隨興舞動著。吊在支撐屋頂的兩根鋼管之間的葫蘆，最少有兩百個，密密麻麻的一列葫蘆縱隊，隨著吹過木津川的風在半空中彈跳般起舞，彼此擦撞，奏出「咔喳咔喳」的盛大樂聲。

平常，下午三點過後就下班回家的速水，到九點就寢前都不會再出門，所以錯過了昨晚的「信號」。但是現在，他順利地在木津川上得知了這個消息。當然，對速水而言，渡船就是「地點」。

剎那間，剛才的新聞在他腦中浮現。老伴邊看邊嘀咕說「那是什麼？應該是數字吧？」的光景，現在他完全理解是代表什麼了。

渡船到達對岸，葫蘆才安靜下來。下船後，速水牽著腳踏車，一口氣推上通往堤防的斜坡。到了澡堂後，他就打電話給老伴說今天有聚會，晚上不回家吃飯了，會晚一點回去。

✤

速水在新聞中看到的畫面，過中午後，幾乎全大阪府民都知道了。

因為太不可思議、太稀奇了。

起初，大家以為只發生在一個地方，去大阪灣跑晨間新聞的直升機正好在回程時偶然發現，如此而已。

沒想到，隨著時間流逝，這個現象竟然在全大阪發生了。從電視台的瞭望攝影機或各家的報導直升機送回來的影像，就可以逐漸明瞭。

譬如，NHK大阪電視台與大阪府警局、大阪城公園為鄰，因此，從NHK屋頂的瞭望攝影機，可以一覽大阪城公園及與其鄰接的難波宮遺址。連更旁邊的大阪女學館的操場，攝影機都可以拍得到。

在上午十一點整的關西當地新聞中，NHK播放了大阪女學館操場的光景。

映在電視畫面上的「16」，是出現在大阪女學館操場上的數字。

即使距離很遠，也看得出那個粗大地寫在操場上的是「16」。屋頂的攝影機慢慢地鎖定大阪女學館拉近距離，於是，數字的輪廓逐漸清楚浮現。攝影機又更加靠近，到了某個點，觀眾赫然發現那個文字是由三排橫向排列的桌子構成的。

此時，畫面切換，變成從大阪府高槻市上空拍攝的影像。畫面出現市立高中的操場，那裡也有「16」的巨大數字。接著陸續切換的畫面、新聞，都是關於府內八所高中、國中、小學的影像。所有的共通點就是操場上寫著「16」的數字，而且都是用桌子排起來的。攝影棚裡的男性播報員以淡淡的口吻說，根據NHK目前為止的調查，十三市、二町共有二十三起同樣的事件，被通報給教育委員會或警察。

除此之外，大阪各地也接連發生了新聞不曾播報過的奇特現象。

不用說也知道，當然是葫蘆被集中擺在各式各樣的「地點」這件事。有些人可能是來不及準備，就把黏土捏成葫蘆形狀；也有人直接把烏龍麵店裡裝調味料的木製葫蘆拿來充數。甚至有人把大小兩個馬鈴薯串起來，混在葫蘆裡。

道頓堀的清潔人員一大早就看到用保麗龍做成的巨大葫蘆，插在螃蟹料理店「蟹道樂」前裝飾用大型螃蟹的夾子上。下班回家走在戎橋上的牛郎們，呵欠連連地抬頭看「Glico跑者」[62]的霓虹燈招牌時，發現攤開雙手的田徑選手的手掌上，被貼上了很大的葫蘆圖案。還有幾十萬名上班族、學生，也在地下鐵、民營鐵路、ＪＲ等所有擁擠的車廂內，看到吊牌廣告的正中央被挖空成葫蘆形狀。

梅田的BIGMAN、COBIGMA等大型螢幕，不斷播放著出現在校園裡的數字「16」。在家電量販店的電視專區裡，所有的電視也播放著「16」的畫面。切換到攝影棚，關西主要民間電視台的男性播報員說，大阪市的二十四區、堺市的七區、其他三十一市、九町、一村——大阪府下的所有市、町、村、區裡各有一間學校，共計七十二校的操場，都發現了由桌子排成的數字「16」。

以大阪城為信號源頭的訊息，就這樣在一天之內傳遍了全大阪。

也就是說，大阪做好了全面停擺的準備。

時間是在五月三十一日，十六時。

[62] Glico是日本一家歷史悠久的零食公司（Pocky巧克力棒就是其產品之一），自一九三五年開始設立跑者霓虹燈，位於戎橋上的「Glico跑者」霓虹燈招牌成為大阪道頓堀最具代表性的景點。

光榮的五月 II

雨滴沉寂地敲打著大阪府廳六樓會議室的窗戶。

松平蹺腳望著窗外。

保持同樣的姿勢整整十多分鐘，動也沒動一下。

時間是三十日晚上七點五十六分。

紅色光線在沿著玻璃表面滴下來的水珠上，描繪出扭曲的弧線。浮現在黑夜中的大阪城被紅雨淋得娉娜嫵媚，迷濛的輪廓彷彿就要在雨中融化、消失，顯得淒涼而孤獨。

「不要再打電話了。」

松平低聲對坐在旁邊的旭說，然而，旭還是把手機壓在蒼白的臉上，等著對方回應，最後在松平視線的催促下，才放開了橙色的手機。

「打去長濱大樓也沒人接，鳥居的手機一直是語音信箱。」

聽到鳥居的名字，松平就像被踩到痛處般，眉間擠出了深深的皺紋。

「要通知局長嗎？」

「不用，」松平很快舉起放在膝上的右手，「現在什麼都還不知道，也無法確認鳥居到底做了什麼事，一切只是對方的片面之詞。」松平憂慮地說。

「真田是不是說……他們要展開行動了？」

回想起一個小時前，真田毅然決然的口吻，松平點點頭說：「是的。」

「展開行動是什麼意思呢？」

的姿勢。
「應該是拯救『王女』吧！」
「可是……我們不知道『王女』在哪裡啊！」
松平默默望著天花板好一會後，慢慢地從椅背挺起身體，把雙肘搭在膝蓋上，擺出向前彎的姿勢。
「我看過那樣的大阪城。」松平雙手合十，指向窗外的方向。「那是小時候的事，整整過了三十五年。半夜，我在陽台上看到紅通通的大阪城，我還跑出社區，站在路邊看。但是，第二天我問周遭的人，大家都說沒看到。」
不知道是雨勢突然增強，還是被風颳動，雨滴啪啦啪啦敲打著玻璃窗。正前方隔著窗戶扭曲浮現的天守閣，喚起松平腦海裡的記憶，他瞇起了眼睛。
「我一直以為那只是夢，只是四歲小孩的記憶，但是，現在看來應該是真的。」
意外聽到松平的過去，旭瞬間露出空白的表情。
「副局長……你以前住在大阪？」旭激動地問。
「只有三歲到五歲的短暫期間，跟母親、外婆三人住在一起，之後，都住在父親工作的東京。」
「那麼，你父親不是大阪人吧？」
「不，我父母都是大阪人。」
「你父親現在也還在東京嗎？」
松平訝異地看著旭，彷彿在質疑她為什麼問這些。
「上個週末，我就是去掃父親的墓，他的墓在這裡。」松平淡淡地說。
剎那間，旭像陶瓷般蒼白的臉上掠過驚訝的神色。視線跟松平一接觸，旭就驚慌地說「對不起」，低下了頭。

「沒關係。」松平揮揮手，「本來掃完墓我就要回去了，並沒有打算要延長出差時間，對ＯＪＯ進行檢查。但是，就在這時候收到新的訊息，也就是上一次對ＯＪＯ進行實地檢查的相關資料。」

「沒錯。」把這份資料傳給松平的旭默默地點著頭。

「上次會計檢查院來這個地方，是在三十五年前。我看到紅通通的大阪城，也是在三十五年前。而現在，我以會計檢查院調查官的身分，看著跟那時候一樣的大阪城。」

松平稍作停頓，看著旭的淡茶褐色眼眸。旭露出緊張而僵硬的表情，盯著松平的嘴巴。

「也就是說，歷史重演了。」

天花板的日光燈忽然發出聲響，閃爍了一下。在時間彷彿暫停之後又瞬間來訪的黑暗中，以漂亮姿勢坐在摺疊椅上的旭，臉上閃過光芒。

「接下來……會發生什麼事？」

「應該會蜂擁而至。」

「什麼會蜂擁而至？」

松平沒有回答，從摺疊椅站起來。

「當時的報告，是不是沒有記載任何問題？」

旭點點頭說：「是的。」

「三十五年前，調查官應該已經查到事實，卻沒有盡到任何責任。」松平伸出手，把大拇指按在玻璃窗上被雨敲得顫動的紅色光點上。「結果，一年五億，三十五年共拿走一百七十五億的補助金……當然，全都是國民的稅金。」眉頭深鎖的松平，沉著地宣佈：「三十五年前，會計檢查院輸了。但是，我不會重蹈覆轍。」

✤

濱寺公園車站位於大阪南部，是南海本線沿線的一個小站。

它的歷史非常悠久，從明治四十年由辰野金吾設計建造至今，已經使用了百年以上，是民營鐵路最古老的木造車站。

濱寺公園車站的正對面，約一百公尺遠的地方，是由大阪府管理的濱寺公園入口。追溯歷史，這座公園成立於明治六年，是日本最古老的公立公園。

塙團次（五十三歲）在這座公園的販賣部做章魚燒，手藝不怎麼樣，但很會說話。五月三十一日下午四點後，塙提早離開了販賣部。本來想更早結束工作的，但因為跟女同事邊聊邊做，結果意外花了不少時間收拾攤子。

塙小跑步經過公園前的號誌燈，直直往前，左邊是阪堺電車的月台，走到盡頭，就是雅致的辰野式車站，以藍天為背景，有著白色牆壁和紅色屋頂。

他氣喘吁吁地從正面玄關衝進去，正要在剪票口旁的車票自動販賣機買票時，發現畫面上顯示「停止販賣」。隔壁的機器也一樣。到底怎麼回事？他把視線轉向剪票口，看到告示牌上貼著一張紙，上面寫著：

「因架設線路，目前南海本線的上下行列車都暫時停駛，修復時間還不明確，給各位旅客帶來不便，深感抱歉。　站長」

四下都不見站員。彎腰駝背拉著購物車的老婆婆看著告示牌，嘟嘟囔囔唸著：「阪堺電車也停駛，怎麼會這樣？」

「咦，ChinChin電車也停駛嗎？」塙不由得開口問。

「是啊！所以我才來這裡。」老婆婆還撇起了嘴。

怎麼辦？走路去嗎？塙正猶豫不決時，站員從剪票口出來了。

「你要去哪？」中年站員看到塙就問。

「大阪城。」塙老實回答。

站員短短說了句「第三月台」，就轉向老婆婆說：「真是對不起啊！大概要兩、三個小時才能修復。」然後脫下帽子行個禮，就把老婆婆送出了車站外。

這時候，塙穿過剪票口，走向了往難波的三號月台。

月台上有十幾個男人無所事事地站著。

塙正懷疑電車到底會不會來，就看到有八節車廂的電車駛進了月台，但沒聽到任何廣播。車廂上的路線標示牌是空白的，什麼也沒寫，裡面看起來很擁擠，乘客清一色都是男人。車一停，門就打開了，無聲的視線從車內齊射過來。塙微低著頭上車後，車門又沒有任何廣播就關上了，車體嘎咚搖晃了一下。

在公園的攤子前，天生愛說話的塙幾乎會跟所有客人交談，不管是不是第一次見面，他都能嘻嘻哈哈地聊起來。去常去的居酒屋時，幾乎全都是他認識的人，如果隔天不用上班，他就會一直聊到居酒屋打烊。在家看電視時，也會對著電視咒罵「誰會這樣啊」之類的話。他一個人住，根本沒人聽他說。

若說他出生時是嘴巴先落地，恐怕連他本人都無法反駁。車內安靜到連這樣的塙都忘了自己愛說話，充斥著難以形容的緊張氣氛。塙抬頭一看，吊牌廣告中央都被挖空成葫蘆形狀。窗外，大阪灣沿岸的工業集團上方，還是一片明亮的天空。看著萬里無雲的晴空，心情就平靜多了。今天的夕陽一定很漂亮——堝正這麼想時，電車已經到了堺站。

堺站的月台跟濱寺公園站大不相同，擠滿了人。透過窗戶看著外面的堝，有點擔心這麼多人會不會塞不進車廂內。結果電車沒停下來，緩緩通過了堺站。堝看到空電車從對面的軌道駛進月台，男人們一窩蜂擠上了電車。應該是配合車站的搭乘人數，有不同的行駛方式。

「想得真周到呢！」堝讚嘆地目送堺站遠去。

除了堺站外，各站都有男人搭上這班電車。快到新今宮站時，寂靜無聲的車內突然響起非專業的廣播聲。廣播說下一站是這班車的終點站，又冷冷地補充說明，要乘客們改搭乘ＪＲ環狀線到森之宮站。電車到達新今宮站，車門一打開，車內的燈就暗下來了。等乘客都下光後，關閉車門，無人電車就離開了月台。

堝跟著隊伍穿過開放的剪票口，轉乘ＪＲ環狀線。月台上人山人海，很像看完煙火回家時的擁擠狀況，好不容易才擠上電車。載客率超過百分之兩百的電車，中途都沒有停車，直接開到森之宮站。

下午五點二十三分，堝跟所有乘客都在森之宮站下車。大阪城公園的森之宮口在車站對面，位於阪神高速東大阪線的高架鐵路下。

堝跟著男人們的隊伍，以對角線走過十字路口。四方的號誌燈都沒亮，構成十字路口的中央大通與玉造筋，成了萬頭攢動的行人徒步區與腳踏車專區。堝站在十字路口中間，出神地望著騎在大馬路上的腳踏車群。男人們都張開大腿，滿臉認真地踩著腳踏車，但是停車卻很隨便，十字路口周邊早已成了停放腳踏車的叢林。

在群眾包圍下，堝從森之宮口走進大阪城公園。好像有戰鼓在體內咚咚震響，讓人不由自主地想加快腳步。

男人們重重疊疊的背影前，有座很大的噴水池。像在歡迎男人們的到來似的，水柱從突出水池中央的岩石間強勁地噴向高空。身體半藏在森林裡的大阪城天守閣，在四濺的飛沫前方，支撐著萬里晴空。

忽然，塙從口袋拿出手機，確定果然收不到訊號。

「這裡已經是大阪國了。」塙嘆息般地嘀咕著。

「真的是大阪國呢……」穿著西裝、戴著眼鏡、走在塙旁邊的男人也附和他，不勝感慨地說。

噴出的水柱又發出聲響，豪邁地射向天空。濺開的飛沫描繪出鮮豔的彩虹，在男人們的頭頂上拉出淡淡的弧線。前方天守閣的鴟尾恍如從七色波浪中躍起，在藍天之中綻放著璀璨的金色光芒。

✤

時間是五月三十一日，十六時。

大阪全面停擺。

除了醫院職務等攸關人命的工作，操縱電氣、自來水和瓦斯等都市生活機能的相關工作，以及化學工廠等需要二十四小時操作的工作、教育機關等特定業務的從業者外，男人們通通都展開行動。上班的人提早離開職場，經營公司的人暫停營業，學生蹺課，老人出去散步後沒有直接回家。

大阪的各民營鐵路、JR、大阪市營地下鐵、大阪市營公車等大眾交通工具，下午四點起完全停駛，只用來運送開始往大阪城集結的男人們。晚上七點多，把男人全都送到目的地後，各路線就逐漸恢復了原來的行駛。只有在大阪城周圍三公里內的路線，還繼續停駛。

對這一連串的事件，電視台、廣播電台、各大報社都徹底保持沉默。中午前不斷重播的關於「16」的新聞，下午四點以後也銷聲匿跡了。與大阪城只有一條馬路之隔，建築宏偉的NHK大阪電視台，下午四點起都是播放東京製作的節目。同樣地，在京橋口出口處的大阪電視台，也是重播「大江戶搜查網」。讀賣電視台位於靠近大阪城的OBP商業區一角，新聞節目也是談悠閒的演藝圈八卦。不管轉哪一台，都看不到宣佈大眾交通工具停駛的新聞快報。只要把攝影機對準窗外，就可以輕易拍到一群男人湧入大阪城的奇特光景，各電視台卻持續播放著平凡無奇的日常節目。

總部建築宏偉的大阪府警局，坐落在大阪城公園外圍道路上的大阪府廳與NHK大阪電視台之間，也一樣對此視而不見。眼前的上町筋都快變成行人徒步區了，也不見半個警察出來說句話。交通網發生異狀的通報，如狂風暴雨般從大阪府管轄下的所有地區湧入，大阪府警局還是堅決地說「正在調查中」。

但是，大阪府警局並沒有睡著，甚至從昨晚開始就積極地行動著。三十日晚上七點過後，確認聳立眼前的大阪城發出了「信號」，大阪府警局立刻依據三十五年前做成的應對手冊，對府下所有警察局下達了緊急命令。所有非值勤警官都接到召集令，大阪城周邊的學校等教育機關，也都收到下午停課的非正式通知。隔天三十一日，隸屬於大阪府警局的兩萬多名警官上午就被分派到大阪各地，為大眾交通工具停擺可能帶來的混亂做好準備。尤其是大阪城附近，更編派了三千名便服警官，暗中監視將陸續聚集的大阪國人們。

問題是，就算對整體狀況的對應再怎麼迅速，現場的聯繫還是困難重重。尤其是大阪城周邊的便服警官，各個都處於孤立無援狀態，因為手機突然不能使用了。三十五年前的手冊裡有無線電話不通的記載，所以他們才採行以手機私下聯絡的方式，沒想到是一大失策。下午四點以後，以大阪城為中心的半徑三公尺內的區域，受到強力且具選擇性的通訊管制，手機、網路線都不通；除了醫院和部分公家機關外，連有線電話都不通。警局總部下達的命令全都被阻斷，便服警官面對來勢洶洶的男人們，也只能不知所措地呆呆站立著。

事情的發展越來越不可思議。

對與大阪國無關的人來說，五月三十一日是與平日沒什麼兩樣的平凡禮拜四，從頭到尾都沒發現身邊發生了什麼事。或許，會碰到客人的手機不通、最近的車站很久都沒有電車行駛之類的小事，但是，隔天早上就會忘得一乾二淨，就像記憶體裡的小小「綴痕」。不過，對期待參觀大阪城的外國觀光客而言，參觀行程在沒有被告知任何理由的狀態下全部取消，市內交通又完全癱瘓，應該是再倒楣不過的一天。

還有，在離大阪城兩公尺遠的地方，看到大馬路、小街道都擠滿了人，卻不知道發生了什麼事的人，也什麼事都不能做。直接問人家在排什麼隊，也只得到「不知道」、「我看這麼多人排就跟著排了」、「什麼活動吧」、「我也不知道是什麼」之類的敷衍答案。想打電話給朋友甚至警察，也因為在大阪城周邊區域，電話都不通。心想會不會發生了什麼異常狀態，打開電視來看，卻都是平常的節目，更教人不知如何是好。就在這樣東問西瞧之間，太陽開始下山了。晚上六點半過後，再出去大馬路看，竟然空無一人，讓人不禁懷疑剛才的光景會不會是夢？於是捏捏自己的臉頰，結果當然會痛。

此外，當所有事情都在進行中時，有個地方的時間完全靜止了。

那就是因殺入蜂須賀組的幫派事務所，而被帶到大阪府警局總部大樓的少年、少女所處的狀況。

跟因其他事件被帶來警局的人一樣，少年和少女沒經過任何審問，就在總部大樓內過了一夜。從三十日晚上開始，大阪府警局就完全失去警察機能，整個大阪都籠罩在前所未有的狀態中，沒人有閒去管國中生。

到了三十一日，總部大樓幾乎成了空殼，少年和少女就過得更無聊了，當然也沒做什麼偵訊。

如果前一天，他們之中有誰與外界取得聯繫，說不定事情就會有完全不同的結果。

然而，負責處理這個案子的少年課課長對其他人說：「由我來跟監護人聯絡。」卻什麼都沒有做。不但如此，每次外界有人來問關於少年和少女的事，也全都到他這裡就沒下文了。

課長本身當然也知道，這樣處理未成年人的案子非常不適當，但是，既然是警局長官直接下的命令，就不得不遵從。他只是小小的課長，不能期望得到正當的理由。而且，當上級在電話那端暗示是更高層的命令時，他只能默默放下手中的聽筒。

當然，從課長到警局高層，所有大阪府警局的人做夢也想不到，這個全身沾滿滅火器的白色粉末、膚色黝黑、目光犀利、身材纖細的少女，就是所有事情的起因。而「王女」本人也無從知道，大阪國的男人正在這棟大樓外逐漸集結起來。她獨自躺在已度過一夜的簡易床上，翻閱著女警官帶給她的《Teen》雜誌。

「啊！肚子餓了，好想吃大阪燒。」

橋場茶子望著天花板，慵懶地打了個大呵欠。

經過森林環繞的戶外音樂堂前，從玉造口進入二之丸地區的塙，背向著圍繞本丸的空濠，在柏油路上坐了下來。因為他看到櫻門附近人聲鼎沸，判斷本丸應該擠得水洩不通，進不去了。即使坐了下來，塙還是跟坐之前一樣，滔滔不絕地說著。像是要彌補從濱寺公園車站開始約兩小時的沉默似地，他的嘴巴沒合起來過。

在前往噴水池途中正好走在塙旁邊的男人，現在坐在塙的旁邊。男人自稱小西，戴著時髦的眼鏡，年約三十七歲，自我介紹說在淀屋橋的某家商社工作，藏青色的西裝看起來筆挺而乾淨，公司徽章在衣領上閃爍著光芒。

「老實說，我本來以為大阪國是編出來的故事。」

小西盤坐在柏油路上，稍微解開領帶，看著絡繹不絕從眼前經過的男人們的隊伍。

「小老弟是在什麼時候知道大阪國的事？」

「兩年前。」

「那時候也去了地底下那個地方吧？」

「嗯，去了。」

「看到那個地方還是不相信嗎？我可是大吃一驚呢！」

「我以為那也是我老爸精心設計，用來嚇唬我的。」小西還滿臉認真地補上一句：「我老爸就是愛開玩笑。」

「用來嚇唬你啊？也未免太花錢了。」塙這麼嘀咕著，又問他：「可是，昨天你也看到傳說中的『信號』了吧？你覺得那也是玩笑嗎？」

「不，我想應該不是所有的事都是在開玩笑，可是，我還是……」

小西不知所措地笑笑，不時地搔著鼻頭。

塙心想，年輕人還真難搞呢！暗自苦笑說：

「難得你這麼想卻還是來了。」

說完，他把頭轉向背後的天守閣。

「因為一切都做得太過完美，所以我來看看真相到底是什麼。」

「結果呢？」

「是真的……真的有大阪國。」

小西深深點著頭，挺直了背脊。跟塙他們一樣不斷聚集過來的男人們，很快就把空濠旁的道路淹沒了。有西裝、運動服、工作服、店裡制服、各式各樣的便服，年齡和外表也千差萬別。每個人都在路邊隨便找地方坐下來，漸漸變得有點像賽馬場。

「我得向我老爸道歉才行。」

小西難為情地低聲說著，塙輕拍他的肩膀。塙是在九年前知道大阪國的事，從此以後，他沒有懷疑過大阪國的存在。地下議事堂的壯麗讓他瞠目結舌，四年一次傳達與「信號」有關的事項時，他都能感受到其中的縝密性。昨晚親眼看到「信號」時，他就覺得全身一陣雞皮疙瘩，現在看到這麼多男人同時聚集在大阪城，驚異感更是瞬間流竄體內，戰慄的情感震懾全身。

不管再怎麼喜歡說話，塙也不曾在光天化日之下提過大阪國的事，也因此，他有點擔心地問小西：

「既然你那麼想，應該有在外面說過大阪國的事吧？」

「沒有，絕對沒有，」小西立刻回答：「因為我答應過父親。」他直視塙，說得很堅決。

這時候，從玉造口傳來笨重的引擎聲。塙轉頭看，是兩輛大型觀光巴士和四輛廂型車，緩緩從他們面前通過。廂型車的車體上寫著看護中心的名字。車隊穿越人群，在通往櫻門的斜坡前停下來。

「對了，我們可以這樣談大阪國的事嗎？」

「現在沒關係，因為這裡就是大阪國。」

塙看到廂型車從後面打開，坐著輪椅的老人在男人的陪伴下，從斜坡板緩緩滑下來。還有其他老人們，也陸陸續續從觀光巴士下來。

「等等……既然老爸說的都是真的，現在大家又都在這裡集合，那麼，總不會是……大阪國發生什麼大事了吧？」

啊？塙把視線從老人身上拉回來。

「是豐臣家的後裔有危險嗎？」

「你現在才想到啊！」

看到小西滿臉緊張地詢問，塙不由得苦笑起來。

「不、不會怎麼樣吧？到底發生了什麼事？」

「不知道，等一下應該就會傳來什麼訊息吧！」

「你怎麼知道？」

「我聽我父親說過。你從地下議事堂回家時，有經過隧道吧？」

「有，就是那條很長的隧道吧？」小西點點頭。

「在那途中，父親跟我說了不少事。正確數字我已經忘了，大概是幾十年前吧！也曾經像這樣發出『信號』。那時候，我父親什麼都不知道就去了大阪城，但是，他說聽周遭人嘰嘰喳喳地交談，漸漸就知道發生了什麼事。」

「有過這種事啊？我都不知道。」

小西這麼回應時，「那是三十五年前的事了……那次的集合是在更晚的時間。」坐在塙旁邊閉目養神的老人突然用嘶啞的嗓音說：「三十五年前，我也來到了這裡，你們的父親應該也都在場。」老人懷念地瞇起眼睛，風度翩翩地發出呵呵笑聲。

「呃，對不起，」坐在老人另一邊、穿著工作服的三人組欠身向前說：「我們也可以聽三十五年前的事嗎？」

「請、請。」塙招手請他們過來，五個人把老人圍在中間。老人以「有點不好意思呢」為起頭，開始一點一滴地話說從前。一、兩個人看到，又加入談話圈，沒多久，塙周遭就多出了二十幾個男人，圍成兩圈、三圈，專心聽著老人說話。

並不是只有一個地方出現這種景象，就像煙火大會現場般，幾乎無立足之地的本丸、同樣在不知不覺中被人群淹沒的二之丸地區、人潮不斷湧入幾乎成了野外露營地的三之丸地區——在大阪城公園內所有地方，都有一堆人圍著知道當年事件的人，逐漸揭開了三十五年前的事實真相。

其他，還包括為了讓大家了解現況而刻意渲染開來的話題，總之，各種資訊經由人們之口，同時在大阪城內傳開來。譬如，大阪城會被照得紅通通，只是因為用膠布把紅色賽璐珞片貼在四面地上的探照燈表面而已；或這次跟三十五年前一樣，對方也是來自會計檢查院這個政府機關；或豐臣家的後裔是個少女，這個少女從昨晚就下落不明。

「那麼，三十五年前的對話，是以現場轉播方式聽到的？」

聽老人說完過去的來龍去脈，塙提出了疑問。

「沒錯，那時候是在大阪府廳的玄關進行對話，不知道這次是怎麼樣。」

每個人聽到老人這麼說，都把頭轉向西方。從他們坐著的位置看不到大阪府廳，因為被城牆前的茂密樹叢擋住了。但是，可以看到暗紅色的夕陽從大阪灣方向滲透出來，在天空逐漸擴散。

這時候，隔著馬路，從被樹木遮蔽的電線杆上的喇叭發出「鏘」的尖銳聲，非常刺耳。

「我是大阪國總理大臣真田幸一。」

聽到忽然從喇叭傳出來的人聲，佔據空濠沿途道路的幾千名男人同時抬起了頭。

「我是會計檢查院第六局調查官松平元。」

接著，渾厚有力的聲音響徹大阪城。

塙身旁的小西緩緩站起來。於是，一個人、兩個人跟著站起來。塙也攙著老人站起來，看看手上的錶，指針正指著下午六點半。

✣

松平從大阪府廳的六樓會議室往窗外俯瞰，低聲說：

「最後，我想確認一件事。」

「是。」旭點點頭。

看一眼佇立在清澄晴空下的大阪城後，松平隔著桌子，站在旭的正前方。旭穿著整套都是黑色的西裝，白色針織衫從胸口處外露，領口是柔和的弧形線條。跟昨天不一樣，今天是及膝的裙子，露出修長雙腿，再加上高跟鞋的高度，視線比松平高出五公分以上。

「告訴我，禮拜二我要去拜訪長濱大樓前，妳是怎麼跟對方約時間的？」

「首先，禮拜天上午，我通知副局長跟ＯＪＯ聯絡上了，然後，依照副局長當時的指示，通知對方要去做實地檢查。」

「對方是誰出面應對？」

「是真田先生。」

「他說了什麼？」

「你是指……？」

「我是想問妳，他們是不是一開始就打算帶我去大阪國的議事堂？」

「不知道，他只說需要時間準備，星期一不可能，希望可以改到禮拜二。」

「上禮拜妳跟鳥居要去長濱大樓時，事前是跟誰聯絡的？」

「是一位淺野先生，年紀應該比真田先生大很多。」

「出差前的聯絡階段呢？」

「每次接電話的人都不一樣……不過，都是男性。」

「對方的反應呢？」

「跟其他檢查對象差不多，我跟他們確定時間、日期後，就把檢查程序和必要準備事項告訴了他們。」

松平點點頭，表示理解，不自覺地用左手輕輕撫摸起短髮覆蓋的頭。

「昨天有聯絡上鳥居嗎？」

「沒有，他還是沒有任何消息，我打電話給他也不通。」

旭露出憂鬱的眼神，搖搖頭。

「跟他失去聯絡已經二十四小時了，大阪府警局怎麼說？」

「警方說的確有自稱鳥居的人打電話報案，但是不知道他後來的行蹤。」

「鳥居到底去報什麼案？突然說出『王女』的事，警察根本不會理他，而且，一開始就把人抓起來也太奇怪了。」

「他好像是報案說有國中生打架，詳細情形我也不清楚。」

「打架？」

松平停下撫摸著頭的手，眉宇間更增添了幾分凝重。

「那跟『王女』有什麼關係？」

「聽說打架的國中生是四名男女，通通被帶走了。」

片刻後，松平臉上才浮現驚愕的表情說：

「『王女』是國中生？」

「鳥居報案後，被警察帶走的四個人當中，只有一個是女生。」

「知道名字嗎？」

「她叫橋場茶子，住在大阪市內，就讀國中二年級。」

「那個少女現在呢？」

「昨晚好像在大阪府警局過了一夜，跟外界完全斷絕了聯繫。」

「大阪府警局什麼都沒發現嗎？」

「沒有任何關於『王女』的消息。」

「如果沒有任何發現，為什麼會把國中生跟外界隔離呢？太奇怪了。」松平來回摸著頭，更加深了眉間的皺紋，「沒有任何聯絡，父母也會擔心吧？」他憂鬱地說。

「關於這件事……我調查過她的身世，她很小的時候，父母就因車禍身亡了。」

「所以是『王女』啊……」松平很快領會她話中的意思，「不過，妳竟然可以從大阪府警局問出這種事，也是靠內閣法制局時代的人脈嗎？」

「中央也幫了一點忙。對了，副局長，」旭停頓一下，「這樣……真的好嗎？」她結結巴巴地問：「這樣下去，形同副局長在一開始就把『王女』抓起來了……」

旭望著窗外，秀麗的臉龐蒙上凝重的陰影。順著線條柔和的額頭而下，是長長的眼睫毛，映著外面景色的淡茶褐色眼眸正激烈搖晃著。

「已經回不了頭了。」松平放下摸著頭的手，嚴肅地下了結論。

「現在好好解釋清楚，應該就沒事了。」

「沒必要，」松平走向放在桌上的公事包，「雖然這一切都不在我的計畫中，但我並不後悔面對這樣的結果，只有一點我不明白。」

這句話讓旭把視線從窗戶拉回來，綁著馬尾巴的頭髮拍打著西裝背部，發出微弱的聲響。

「究竟是誰把ＯＪＯ加入了這次的實地調查？」松平從公事包拿出透明檔案夾，抽出裡面的文件。「二月中旬，我、大久保和鳥居，各自收集名單做出了最初的原稿。昨晚，我在旅館確認過電腦裡的檔案，發現我們三人的原稿中都沒有ＯＪＯ。直到上個月的月底，也都沒有這個名字，現在ＯＪＯ卻列在這裡面。」

文件的第一頁密密麻麻排列著五十多個組織名稱，都是這次出差的檢查對象。這份名單從下面數來三分之一的地方，有「社團法人ＯＪＯ」的名字，用黃色螢光筆畫著線。

「最後的整合工作是交由大久保和鳥居負責，所以，放入ＯＪＯ的人不是鳥居就是大久保。然而，是不小心把ＯＪＯ混入了名單裡呢？還是在知情的狀態下放進去的？」

松平把文件收回透明檔案夾裡，扔到桌上，透明檔案夾在桌子表面滑行，就在滑行停止的同時，響起嘶啞的嗓音：

「你向大久保確認過了？」

「無從確認。」松平很快搖搖頭說：「大久保現在人在美國，局長突然派他去參加GAO（美國國家審計總署）的研究發表會，兩個禮拜前就退出了這次的出差小組。我昨晚試著聯絡他，可是他所處的地方好像伊媚兒和電話都不通。」

松平稍作停頓，抬頭看著部下位於較高處的臉。

「後來是妳取代了大久保。」

旭點點頭說：「是的。」

「以目前的狀況來看，很可能是鳥居列進去的，但我不這麼認為。鳥居一開始就說OJO很可疑，關於長濱大樓的言論也針針見血。聽起來或許似是而非，但我認為他就是什麼都不知道，才會說得這麼精確。如果知道，一開始就什麼都不會說了。可是，又好像不是什麼都不知道，事實證明他知道『王女』的存在，不，嚴格來說，他連『王女』住在哪裡都知道。」

「那麼，到底是誰……」

「我不知道是誰列進去的，但知道他的目的。」

「怎麼說？」

室內緊張氣氛彌漫，旭的臉不自覺地變得蒼白，幾近透明。

「目的就是製造這種狀況。說起來，三十五年來沒有做過一次檢查，原本就不尋常。這個人刻意把OJO扯出來，列進名單裡，應該就是為了造成這樣的對決情勢。」語氣尖銳的松平看著正前方說：「但是，這個意圖沒什麼不對，如果我早知道OJO的真相，也會毫不猶豫地列入這次的出差計畫中。」

堅毅的眉毛下，比平常更冷冽的目光落在旭的臉上。

這時，房間角落的電話突然響起。旭快步走向電話，對話不到十秒鐘，她只在最後說了一句「知道了」，就放下了聽筒。

「真田先生到下面了。」

松平從口袋拿出手機，看看沒有訊號顯示的液晶畫面角落，確認現在時間是晚上六點二十分。

「知道了。」松平點點頭，走到窗戶前。

打開窗戶，張開雙腿與肩膀齊寬。

往樓下看，從上町筋到大阪城公園外濠前都擠滿了人。松平緊縮下顎，顯示勇敢迎接這個場面的決心。

他把手放在西裝上衣的兩個口袋上，豪邁地折響腰骨。

望著在逐漸失去亮度的東方天際悠然聳立的天守閣，松平又折響了手指骨頭。包括每根指頭根處與第二關節、大拇指的第一關節——總計輕輕折響了二十次。

淹沒上町筋的男人們坐在路邊，圍成好幾個圓圈圈。有些人大概是知道真田幸一來了，站起來看著玄關。松平把雙手往前伸，抵在左右窗框上，同時折響雙手手腕，再將力氣灌入手臂，折響雙肘。

「走吧！」

回頭這麼說的松平，又順勢扭動肩膀，左右折響兩次肩骨。

走出房間往走廊前進時，他又扭動了脖子，空盪盪的走廊上響起了連續聲響。從籠罩著整棟樓的異常靜寂可以知道，原則上還是照常執行業務，只是所有職員都屏住氣息，躲在辦公室裡。

在電梯裡，他折響了下頦骨。從入口玄關大廳的短短樓梯下樓時，他折響了耳朵的骨頭。與旭並行，從鐵製大門敞開的玄關走出去時，「鬼之松平」的模式已經啟動。

表情僵硬的守衛呆呆地杵在門廊上。松平面對眼前群眾同時射過來的視線，走下樓梯，邁向正前方。

府廳玄關前，相當於門廊內側的地方，有片石板地，松平站在大約十坪大的白色石板地中間，旭站在他斜後方。在放眼望去全是男人的空間裡，只站著一個女人，旭卻一點都不怯場，儀態優美地直視著正前方。穿著深灰色西裝的大阪國總理大臣，站在他們前面。

「我想讓大阪國所有人聽到這次的會談，所以請允許我使用麥克風。」

真田的聲音聽起來十分生硬。

松平點點頭。

已經準備好的麥克風架，一支放在真田面前，一支放在松平面前。

「我是大阪國總理大臣真田幸一。」

松平也配合對方的介紹，接著說：

「我是會計檢查院第六局調查官松平元。」

表情還是一樣僵硬的真田正要開口時，松平默默舉起了手。

「請讓我先說結論，」松平用不帶任何感情、低沉可怕的聲音，點燃了攻擊的導火線：

「會計檢查院絕不承認大阪國。」

不知不覺中，塞滿府廳前方的男人們全都站起來了。

從上町筋到鄰接的大阪城公園西外濠前面足以擠爆現場的人數，看起來應該有幾千人，不，可能超過萬人。

雖然從松平的位置看不清楚，但群聚的人潮其實橫越了大阪府警局、ＮＨＫ大阪電視台，經過法圓坂的十字路口，一直延伸到中央大通，再毫不間斷地延續到難波宮遺址。這些人都擠不進環繞天守閣的遼闊大阪城公園，所以前往大阪城集合的男人們，在下午六點半時，總計應該是超過了一百二十萬人。

單槍匹馬挑戰這麼多人的松平，站在大阪府廳前的白色石板地中央，腳張開與肩膀同寬，眉頭依然緊鎖。站在他稍後方的旭，侷促不安地看著他的背影。

男人們似乎有不踏入府廳內的默契，絕不跨越石板地與人行道之間的矮欄杆。準備麥克風時，也是旭向前接過麥克風，放在松平面前。所以，玄關前這片石板地，只站著兩名會計檢查院調查官。在彷彿被封鎖了的群眾前，唯獨那個地方被佈下了強而有力的防護罩。

調查官背後的大阪府廳，沒有人出入。不知何時，入口處的守衛們也不見了，彷彿整個府廳都凍結了般，窗戶都被窗簾或百葉窗遮住，充分表達他們不涉入雙方對決的立場。

隔著麥克風，松平與真田之間的距離大約三公尺，十名穿著西裝的男人並排在真田後面，包括小學老師長宗我部在內，有松平在議事堂見過的人，也有他從來沒見過的人，其中還有穿著和服的老人。每個人都注視著真田的背影，眼神充滿關注。看來，大阪國的首腦應該都在這裡了。在這些人臉上，松平看不到每天在霞關必須應對的、由聰明與險惡混合的野心勃勃表情，每張臉都像平凡的市井小民，每張臉都像大街小巷的路人。

「在談判前，請先告訴我，『王女』是不是沒事？」

可能是還沒有適應現場的氣氛，真田的聲音有些遲滯。才說完，左右就響起不太友善的聲音，在大阪城公園裡回響。除了公園內的設施外，上町筋也裝有喇叭，可以把會談從頭到尾播放出去的設備早已架構完畢。

「放心，『王女』沒事，」松平沉穩地點著頭，「本人也還不知道自己是『王女』。」

聽到這句話，真田臉上掠過安穩的神色，但很快就恢復僵硬的表情，又接著問：

「那、那麼，應該還有兩名國中男生跟『王女』一起被帶走，他們呢？」

「兩名？」

面對真田的疑問，松平臉上瞬間浮現不解的表情。他轉頭望向斜後方，果然看到旭疑惑的視線。根據旭剛才的報告，被帶走的是四名國中生，裡面只有一名女生。那麼，應該還有三名國中男生。

旭顧不得高跟鞋喀喀作響的聲音往前走，微傾上半身，在松平耳邊竊竊私語：「人數我不清楚，但是可以保證他們都安然無恙。」

「是鳥居。」

「咦？」

旭發出訝異的叫聲時，松平已經重新面向前方。看著調查官們的舉動，大阪國總理大臣難掩不安的神色。松平用冷靜的聲音對他說：

「男學生們也沒有任何危險，等事情結束後，就會跟『王女』一樣立即被釋放。」

當然，松平並不知道，在真田壓抑情感的詢問背後，蘊藏著為人父的情感。根據當時在現場的人所提供的消息，真田推測跟茶子一起被警察帶走的水手服打扮的學生，絕對就是大輔，再加上大輔昨晚沒有回家，更證實了這件事。而且，目擊者又說大輔昏倒了，真田也擔心茶子是否安全，所以打過好幾次電話去大阪府警局詢問，對方卻拒絕回答任何問題。松平不知道身為父親的真田幸一是壓抑著多麼大的焦慮，代表大阪國與他對峙。不過，他冷靜地觀察到，就在真田聽到調查官的回答時，藏在單眼皮眼睛深處的焦慮頓時消失了。

「沒想到你是使用這種粗暴手段的人，我深感遺憾，松平先生。」

真田吐出胸口的悶氣，眼神變得嚴厲。

「我是為了像這樣引出你們所有人。」

依然眉頭深鎖的松平毅然面對真田的視線。跟第一次在大阪國議事堂會談時不一樣，雙方的語氣從頭到尾都很不友善，使緊繃的氣氛更劍拔弩張。

「你們聚集這麼多人，究竟想幹什麼？這就是你們花國家那麼多稅金，想要守護的東西嗎？這麼做，根本就是恐嚇。」松平的口吻相當冷靜，視線還一一掃過大阪國總理大臣和他周遭的人，低聲訓斥：「毫無意義。」

即便聲音再小、再低沉，還是傳遍了大阪城周遭。

瞬間，籠罩著大阪府廳前的氣氛凝結成洶湧起伏的波浪，擋在松平前面的人潮開始搖晃起來，「喂，不要推！」、「站在原地不要動！」充滿殺氣的聲音此起彼落。

「三十五年前，會計檢查院可能害怕地夾著尾巴逃走了，但是，這次不一樣，絕對不會屈服於這種虛張聲勢的做法。」

松平完全不在乎地面對向他齊射而來的敵意視線，傲然挺起了胸膛。

「對不起，我想先說明事情經過。」大阪府廳前的不安氣氛稍微緩和時，有人取代真田站在麥克風前，以高八度的聲音說：「啊！我是千野，平常是個律師。」

向大家點頭致意的男人年約五十多歲，身材瘦削，臉顯得特別大，而且除了耳朵上方，頭全都禿了，鼻子下面留著濃密的鬍子。長相很有個性，聲音又高八度，感覺很像以前的喜劇演員。

「儘管聚集了這麼多人，大部分的人卻不知道發生了什麼事。也為了向大家宣佈目前的狀況，我想針對幾點確認真相，可以嗎？」

千野的語氣急躁，用手指抓著鼻下的鬍鬚。松平沒說話，以視線表示同意。

「首先……剛才你說會計檢查院不承認大阪國，我想確認會演變成現在這樣的狀態，是會計檢查院的獨斷？還是日本政府的意思？」

乍看之下，千野顯得一派輕鬆，眼光卻極為犀利。他手拿文件，像站在法庭上般，伸出右手催促松平回答。

「沒有什麼獨斷不獨斷，」松平從容自若地說：「會計檢查院不屬於內閣、國會、法院或任何地方，是獨立的組織，在法律保障下，可以獨自下判斷。這次的事件，純粹是為了彈劾政府撥給社團法人ＯＪＯ的中央補助金使用不當的問題，算是在執行會計檢查院平常的業務而已，是你們自己把事情擴大了。」

「原來如此，」不管松平說什麼，千野都落落大方地點頭附和，最後再次確認：「也就是說，你的行動完全與日本政府無關，全都在會計檢查院進行的實地檢查範圍內？」

「是的。」

「那就奇怪了。」松平回答後，千野把眼睛張得斗大，攤開雙手說：「日本法律並沒有給予你們調查官強制搜查的權限，甚至只賦予你們需要檢查對象配合才能行動的薄弱權限，更沒有任何法律根據，允許你們囚禁『王女』。而且，你們還取得與會計檢查院無關的公家機關的協助，怎麼看都不像是一般業務的其中一環。」

「在此針對現在進行中的事是否違法進行討論，只是時間上的浪費而已。」

松平環視淹沒上町筋的男人們，低聲回應，言下之意就是彼此都是違法行為。千野似乎馬上意會到他話中的意思，不由得露出些許驚愕的神色，同時用顯然難以接受的語調說：

「原來如此，松平先生，你的意思是違法性一點都不重要。你這樣還算是公務人員嗎？不愧是可以公然綁架『王女』的人。」

面對千野強烈的攻擊，松平也絲毫不為所動。他總不能老實地告訴對方，的確是他的某個部下自作主張的行動，而且至今意圖不明，現在連人都找不到。看到松平不受挑釁，也不做任何回答，千野冷冷地哼了一聲。

「那麼，接下來是事實真相的確認。」千野不悅地翻開手上的文件。「昨天五月三十日下午五點時，『王女』與兩名國中男生一同被警察帶走。目擊者指出，當時現場有自稱是會計檢查院的人。今天我詢問過會計檢查院，結果真的有這號人物，而且從昨天就來大阪出差了。松平先生，這個人是會計檢查院第六局的調查官，也就是你的部下。」

「沒錯。」松平終於開口了。

「這個人現在在哪？」

「我沒必要回答，總之不在這裡。」

「那麼，囚禁『王女』是你下的指示？」

松平盯著千野那張大臉好一會，以堅決的語氣說：

「是的，是我下的指示。」

因為松平這句話，原本肅靜的氣氛，跟著無數男人們在府廳前攢動的頭一起動盪起來。千野很快察覺周遭氣氛的緊繃度驟升，用更高八度的聲音叫著：「冷靜、冷靜！」試著喚起大家的注意。

「既然這樣，有件事我就百思不得其解了，可以請你回答我嗎？」

「視你的問題而定。」

「昨晚快十二點前，我們跟你取得聯絡，希望隔天晚上六點半可以在大阪府廳前進行會談……我個人原本反對這麼做，因為我認為你不會來，沒想到你二話不說就答應了，為什麼？」

「我一開始就說過，我們是進行實地檢查，把結果告知檢查對象，是天經地義的事。」

「不對！」千野語氣強烈地打斷松平的話：「你的話自相矛盾。在我們展開對話前，你就囚禁了『王女』。也就是說，你在告知結果前，就已經以行動公佈了結論。老實告訴你，我們昨天一度感到絕望。因為『王女』被囚禁，消息也被斷絕，我們完全處於被動的立場。大家萬萬沒想到，你竟然能找到『王女』的住處，因此，大家都有了心理準備，認為事到如今，你大有可能公開大阪國的存在，採取具毀滅性的行動。基於這樣的假設，我們才向全大阪發出了『16』的訊號。我們大可設定更早的時間，但是，我們決定召集更多人，以證明大阪國的存在，並表達大阪國的強烈意志。然而，你卻到今天都沒有採取公開行動，不知道在想什麼，只在森之宮附近走來走去，無所事事地消磨了會談前的所有時間，我完全無法理解其中的原因。」千野滿臉通紅，說得口沫橫飛。

「原來你們從一早就開始監視我了？難怪我沒說我在府廳會議室，你們也可以打電話來找我。」松平冷冷地嘲諷著。

「你究竟是什麼目的？」

不知不覺中，千野的額頭上冒出了密密麻麻的微小汗珠。

「因為我想看。」

「想看？看什麼？」

「看這樣的光景。」

千野的表情瞬間靜止，然後，把眼睛張大得像人偶般。

「你……你知道？」千野聲音嘶啞地唸唸有詞：「怎麼可能？難道是在會計檢查院留下了什麼？可是，應該沒有留下任何紀錄……」

「不是紀錄，是記憶，三十五年前，我親眼見過這樣的景象。」

「在、在哪？」

「小時候，我住在森之宮車站附近。那時，我看過淹沒中央大通的人潮，也看過紅通通的大阪城。今天我在車站附近走來走去，就是為了再確認一次地點。」

千野以呆滯的表情看著松平，扯開高八度的嗓門問：

「松平先生，你是大阪人？」

「不，不是。」松平以堅定的語氣否認。

「那、那麼，你父母呢？」

松平的眉間皺得更深了，回他說：

「我沒必要在這裡告訴你。」

「不，有必要。」

忽然，千野高聲大叫，「鏘～」的刺耳喇叭共鳴聲，隨著叫聲響徹上町筋。

或許是感覺到千野眼底不尋常的激動，松平沉默片刻後，低聲說：

「我父母……都是大阪人。」

「怎麼會這樣……」千野發出微弱的喃喃自語，幾乎聽不清楚。「最後，請容我再問一件事，你父親還健在嗎？」

千野傾身向前詢問，松平對他搖了搖頭。

剎那間，悲傷的神情掠過千野臉上。千野深深一鞠躬，從麥克風前離開，向站在旁邊的真田點頭致意，回到後面的行列。

真田回到麥克風前，低下頭，把千野為了配合身高調矮的麥克風架調回原來的高度。他的臉上，也浮現哀痛欲絕的表情。

✤

大阪府警局大樓管理森嚴，如要塞般聳立在離大阪府廳約三百公尺的南方。各樓層的牆上，滿滿排列著一長排的黑玻璃窗，看起來冰冷無情，帶著無聲的壓迫感俯瞰著前方擠滿上町筋的群眾。

在這棟大阪府警局總部大樓八樓的其中一個房間裡，有三名國中男生。不過，只有警局的人認為是三名國中男生，其實，有一名不是國中生而是歐吉桑，還有一名很不喜歡被當成男生。

三人度過一晚的房間約四坪大，平常用來收留沒有監護人領回的青少年。兩張雙層簡易床挨著牆壁排列，使用其中三個床鋪的人，一個身穿水手服躺著，一個身穿學生制服坐著，一個身穿運動服、蓋著棉被縮成一團。因為無事可做，所以三個人已經三十多分鐘都沒開口說話了。

不用說，這三人就是大輔、島，還有鳥居。

話說鳥居怎麼會在這裡呢？連他本人都不是很清楚。就在他問昏倒在大樓前的大輔：「你還好吧？你還好吧？」時，趕到的警察就不容分說地把他帶走了。

「不，我不是，我是會計檢查院的鳥居。」他拚命解釋。

「笨蛋，你的運動服上明明寫著『2—B　真田』。」

總之，現場就是非常混亂：二樓的玻璃窗破裂，玻璃碎片撒滿濕答答的柏油路，放有組織徽章的匾額整個翻覆，全身沾滿白色粉末的年輕男人不停叫喊著。就在這時候，接到報案的警察趕來了。警察先問周遭的人事情的經過，又聽當時待在二樓幫派事務所的人說，看似國中生的少女邊噴滅火器邊衝進了事務所。的確有個全身粉末的少女按著額頭，蹲在大樓旁邊。警察並不確定關於少女的事是真是假，但是為了平息現場的混亂，決定先把可能相關的人全部帶走。

茶子說昏倒的大輔只是撞到頭，應該沒怎樣，警察就把他抬上了警車。聽到喧鬧聲跑來看熱鬧的好事者當中，正好有人認識茶子。

「有個叫橋場茶子的少女被警車帶走了。」

所以，這個消息是正確的。

但是，再加上「報案人自稱是會計檢查院的鳥居」這則目擊情報，不知不覺就被串連成：「會計檢查院的鳥居通知警察，把橋場茶子帶走了。」

也就是說，大阪府警局只是以負責、認真的態度在處理市民的報案，最後卻被當成與會計檢查院勾結，將「王女」囚禁起來了，實在是很諷刺的一件事。

更可憐的是鳥居，明明是自己報的案，卻也被抓來了。警車一發動，鳥居就試著抗辯，說得面紅耳赤，但是，很快就發現身邊沒有任何東西可以證明自己的身分。放身分證的錢包在西裝上衣口袋裡，跟其他行李一起放在公共廁所了，手機也在混亂中掉落地上，他急著關照昏倒的大輔，忘了撿回來。

坐在警車後座，左右兩邊是島和警察，鳥居的臉變得有點蒼白，心想這下麻煩了。既然沒有辦法證明自己的身分，只能請其他人來作證了，也就是必須拜託會計檢查院的人疏通。但是，他又不太想讓會計檢查院的人知道他被警察帶走，因為鳥居深信，以後很可能會影響升遷。

把玩著暗紅色運動服下襬的鳥居突然覺得很沮喪，縮起的下巴抵在胸前、贅肉垂到旁邊、嘟起下唇的頹廢表情，有點像小嬰兒。反倒是坐在旁邊，身上沾到一點粉末的島表情嚴肅，還比較像個大人。

不過，這個時候，鳥居還很樂觀看待這件事。根據他充滿希望的推論，自己並沒有做什麼壞事，只要把事情說清楚，應該馬上就會被釋放，至於身分，只要說出公事包、西裝的下落，請警察去確認就行了，檢查院也不會知道這件事。

剛到大阪府警局時，他跟島、茶子在什麼都沒有的房間裡待了三個多小時。正開始納悶警察為什麼都不來訊問時，門打開了，一臉兇相的宇喜多警察，把頭上有顆紅色腫包的大輔帶進房內。

「真的很對不起，你還好吧？」

茶子衝過來問大輔，大輔點點頭說：「嗯，我沒事。」

還以為要開始偵訊了，沒想到警察交給他們每人各兩個麵包和飲料，就把他們三人移到了現在的房間，茶子一個人去了其他房間。行進中，他們發現整個樓層都很慌張忙亂的樣子。「他們還真忙呢！」鳥居基於同樣是國家公務員的身分，好奇地觀察四周，但他萬萬沒想到，警察們會忙到把他們扔下不管直到第二天。

到了三十一日，除了早上和中午送來麵包、便當外，完全沒有理會他們的意思。下午三點時，宇喜多來看過他們，但只冷冷地說：「你們再待一下，今晚就會放你們回家。」很快就走了。鳥居只好跟年紀不到自己一半的少年們聊天，打發過多的時間。沒想到鳥居跟島還滿談得來的，聽島說完大輔穿水手服、剃大光頭的原因後，鳥居哭到雙眼紅腫。

「我支持你，真田，你只要照自己真正的想法去做就行了。國中三年真的是很難熬的時間，我也因為長不高，常常被戲弄。國中生儘管身體成長了，頭腦卻還是小孩子，所以碰到與眾不同或不合常態的事，就不知道該如何應對。這也表示開始對其他人產生了強烈興趣，但有人就此走上了不好的路……所以，我有點羨慕你呢！真田，我真希望我以前也跟你一樣，有這麼堅強的意志。」

鳥居自顧自地感動著。但是，當大輔問起他為什麼要找橋場茶子時，也不知道是想轉移焦點還是認真的，他支吾其詞地說：

「在剛才那個房間時，我不露聲色地問過她，發現我要找的人不是她。你們可能不知道，我的直覺向來很準，而且，她的長相也完全不像。」

不過，島問他為什麼不表明自己的身分，盡快離開這裡時，他倒是很誠懇地說出了理由：因為不想讓會計檢查院知道，怕影響將來的升遷。

「你會不會想太多了？」大輔直言不諱。

鳥居還是愁眉苦臉地說：「不，你們還年輕，無法了解其中的微妙。」然後唸唸有詞：「副局長一定很擔心。」接著以胖嘟嘟的身體全部的力量，嘆了一口氣。

晚上快七點時，大家該說的話都差不多說完了，不得不各自發呆時，宇喜多突然又出現了，用下巴指著大輔說：

「你覺得怎麼樣？增田醫師有點擔心，叫我帶你去給他看看，跟我去醫務室吧！」

「請問有通知我家人嗎？」島從床上站起來。

「有的，放心吧！」宇喜多這麼回答，就帶走大輔，關上了門。

「通知是怎麼通知呢？有人來問過你電話號碼嗎？」

「沒有，一次也沒有……所以我一直很擔心。」

鳥居和島面面相覷片刻後，鳥居說：「搞不懂怎麼回事。」便在床上躺下來。島也說：「不管了，反正很快就能回家了。」跟著躺下來。

走在走廊上，跟在腳程很快的宇喜多背後拚命追的大輔，發現自己真的很討厭體格這麼好的男人，也討厭他不時顯露的傲慢姿態。穿過像鉤子般蜿蜒曲折的狹窄通道後，來到排列著桌子的廣大空間。有好幾張桌子排成島嶼般的形狀，從天花板懸吊著一個牌子，上面寫著「少年課○○組」。用櫥櫃隔開的另一個地方，也一樣是島嶼的延續，但是不見半個人影。

「都沒有人呢！」

景象跟昨天完全不一樣，所以大輔低聲詢問。

「大家都在忙，我們這課只剩下我跟課長，其他課的人也通通外出了。」

宇喜多回答的聲音還是一樣低沉。

拐彎後，有張桌子獨立擺在離島嶼稍遠的地方，一個男人站在桌子旁。這個背心閃爍著光澤，個子不高、有點過瘦的男人坐上桌邊，抬頭看著裝在牆壁高處的電視。

「課長，我去一下醫務室，還有這裡禁煙。」宇喜多說。

「有什麼關係，又沒人在。」被稱為課長的男人繼續看著畫面，舉起拿著香煙的手回應宇喜多。

「那是裝在我們屋頂上的監視攝影機的畫面？」

「是啊！」

「情況怎麼樣？」

「不太好，看不下去了。」

「是嗎？」宇喜多發出低沉的聲音，走向電梯。畫面上映著很多人聚集的景象，大輔沒什麼興趣，直接從課長背後走過去。

這時候，熟悉的聲音震動了耳膜，大輔下意識地抬起頭。眼前是課長正在看的電視機，畫面已經切換，跟剛才不一樣，從斜上方的角度有一個穿西裝的男人特寫。那個髮型十分眼熟，大輔偏頭想了一下，不由得叫出聲來：

「啊！爸爸。」

瞬間，電視機前的課長猛地回過頭，讓大輔大吃一驚。

✤

松平無意識地邊用左手摸著頭髮，邊看著回到麥克風前的真田幸一。

大阪國總理大臣的西裝還是穿得有點彆扭，大概是睡眠不足，眼睛底下有黑眼圈，幸虧皮膚黑，不怎麼看得出來。就短髮與修長的身材來看，松平與真田的外表還真有幾分像，但是，這樣彼此相對時，從臉上表情的不同，就可以清楚看出誰比較習慣展現威嚴與人對峙。松平經常有跟檢查對象辯論的機會，有時難免唇槍舌戰。雖然真田每天也要隔著櫃台與人接觸，只是他認真的眼神看的都是鐵板上的煎烤火候，耳朵聽的都是油的彈跳聲。

然而，真田有擠滿大阪城的一百二十萬人做無聲的奧援，而松平背後只有一個臉色越來越蒼白，更加襯托出秀麗輪廓的女性調查官在待命。視野裡的所有臉龐散發出來的敵意，松平都獨自承受了。儘管如此，他還是面不改色，這是一般常人絕對做不到的。

「我要鄭重宣佈會計檢查院對這次實地檢查的看法。」松平把手從頭上移下來，對調整好麥克風位置的真田說：「每年有高達五億的國庫支出，流入社團法人ＯＪＯ等專門領取補助金的空頭組織，會計檢查院判定這些都是不當支出。」

真田立即反駁：

「請等一下，我們的存在有得到日本政府的承認。關於補助金，也是彼此達成協議的內容。」

「我要再三重申，會計檢查院是不屬於內閣的獨立組織，目的只有一個，就是檢查國家預算的使用是否恰當。會計檢查院絕不會放任每年五億的補助金被浮報濫用，也會對默認這件事的日本政府提出相同的彈劾。」

「但是，你應該確認過『條約』內容，現行狀況都是遵循此約。」

「那份『條約』有經過國會批准嗎？在日本國會成立前二十多年簽訂，從來不曾被公開討論過的條約，我看不出任何正當性。」松平更挺直了背脊，像在挑戰萬箭齊發的視線，用堅定的口吻說：「但是，在這裡跟你爭辯『條約』，也爭不出答案，最後結果，就是彼此價值觀的不同。我是為了完成身為會計檢查院調查官的職務，你是為了負起身為大阪國總理大臣的責任，如此而已。」

松平話中不帶任何感情，真田聽得額頭直冒冷汗。

「那、那麼，你為什麼站在這裡？為什麼答應來會談？」

「因為有些事我無法理解。」松平嚴厲地環視眼前的人潮說：「你們聚集在這裡，究竟想做什麼？想守護什麼？『王女』的安全嗎？但是，『王女』又是什麼？本身什麼都不知道，就那樣度過一生的『王女』，究竟有什麼存在意義？不管你們是像這樣展開行動，或是什麼都不做，現實中的『王女』也不會有任何改變。不，事實上你們什麼也不會做，因為那是規則。既然這樣，你們把每年五億的補助金用在什麼地方了？這樣私下使用龐大的國家稅金，你們可以堂堂正正地向日本國民說明嗎？」

站在這個地方後，松平第一次激動起來，攤開雙手，大動作地質問大阪國的立國根本。言詞中處處可見鞭撻般的狠勁，擠滿上町筋的男人們似乎被那樣的魄力所震懾，同時倒抽了一口氣。

「不是你想的那樣，松平先生。」大阪國總理大臣緩緩地搖著頭，眉目之間不知為何漾著一股淒涼。「我們必須守護『王女』，理由不單只是因為她是豐臣家的後裔。我們聚集在這裡，是為了守護更重要的東西。」

「更重要的東西？」

「剛才你說我們所做的事『毫無意義』。」

松平瞬間鎖緊眉梢，注視著真田。

「以前，江戶人把從大坂運到江戶的東西稱為『下物』。久而久之，江戶人就把自己不會用到的劣質品稱為『毫無意義』的東西。」[63]

[63]這裡是運用諧音的說法，「下物」一詞的日文發音為kudarimono，「毫無意義」一詞的日文發音則是kudaranai。

不知不覺中，真田的聲音不再有生硬感，他臉色有些蒼白地盯著調查官，以低沉的嗓音滔滔不絕地說著。

「所以，對會計檢查院來說，大阪國或許是毫無意義的東西，但是對我們而言非常重要，充滿了先人們成立四百年來守護至今的情感。」

大阪城的天守閣像一幅圖畫般，聳立在大阪府廳的正前方。外觀五層、實為八層的堅固建築，在綿延不斷的石牆上悠然俯瞰著松平。從西方蔓延開來的夕陽，就快遮蔽了整片天空。真田恍如頂著被夕陽纏繞的大阪城而立，兩旁有好幾千個跟他有著相同眼神的男人們。大阪國的一切，活生生地展現在這裡。

「我還是要說，我們的結論不會改變。會計檢查院判定大阪國的相關補助金使用不當，也就是浪費公帑，我們當然會公開這樣的結果。」松平面不改色，冷靜地宣判。

「松平先生，我希望你能重新思考。你應該也很清楚，『公開』意味著大阪國的死亡。」

「會計檢查院並不是否認大阪國的存在，只是希望大阪國可以跟日本完全脫離關係，成為財政獨立的存在，如果做不到，就不該存續。」

從真田臉上呈現的陰影，可以清楚看出他咬牙切齒的表情。大阪國總理大臣正以交雜著憤怒、激動與絕望的眼神，瞪著調查官。

「看來，這件事已經沒有再討論下去的必要了，請說明你身為大阪國總理大臣的最後意見。」

就在松平低聲催促時，從真田背後飛來一個黑色物體，那東西在空中轉了幾圈後，掉落在松平右邊兩公尺的地方，發出液體濺灑聲，在石板上暈染成被撕裂的剪影。大半液體流失的寶特瓶，骨碌骨碌地滾到旭的高跟鞋前面，停了下來。

「旭，快退後！」

就在松平大叫時，站在群眾最前面一排的男人們跳過矮欄杆，試圖闖入石板地。

忽然，一個人影推倒麥克風，衝入視野，松平不由得作勢防備。「我們是大阪府警察，」穿著西裝的魁梧男人很快地對他耳語，像盾牌一樣站在他面前說：「我們會護送你回到府廳內。」不知何時，體格強壯的四個男人已經包圍了他。

「不要亂來！」

松平的聲音顯然充斥著怒氣，甩開對方正要抓住他手臂的手。此時，又從遠處飛來一個寶特瓶，掉進門廊旁邊的樹叢裡。

「現在狀況非常危急，你待在這裡，恐怕會使整個事態失控。」

「先把後面那位小姐帶走，我還沒聽到對方的答案。」

「不，我要待在這裡。」旭聲音尖銳地回應。

「不行，妳要離開。」松平回過頭，嚴厲地看著旭。

「我有責任要看到最後。」

這句話讓松平的表情瞬間呈現靜止狀態，但他很快就對旁邊的人說：「拜託，先帶她走。」男人屈服在松平剛烈的視線下，儘管略顯猶豫還是點頭說：「知道了。」男人的兩個部下留在松平旁邊，其他三個走向了旭。

「請趕快到玄關，快！」

在男人們的包圍下，旭被強行帶到通往玄關的階梯。松平緊繃著臉，看著旭比那些男人高的頭頻頻往回望，最後消失在玄關處。

「大家冷靜，不要丟東西。」

從第一個寶特瓶飛過來時，真田就一再透過麥克風誠懇地要求大家。然而，騷動不安的嘈雜聲還是不斷蔓延。「你們是警察啊？」、「警察滾一邊去，快滾！」、「不關警察的事吧！」充滿殺氣的聲音此起彼落。「喂，不要丟東西！」、「冷靜點！」、「不要推！」另外也響起不少這樣的聲音。

「三十五年前，你們或許就是用這樣的脅迫手段，嚇阻了會計檢查院的追查，但是，我不會讓你們得逞的。沒時間了，快告訴我答案。」

松平沒有抬起倒地的麥克風架，以混雜著憤怒與輕蔑的眼神瞪著真田。

「不，大阪國絕不會訴諸暴力。」

即使雙方再啟對談，還是平息不了四周的嘈雜聲。真田舉起手，向松平示意暫時停止，他環視周遭後大聲叫喊：「大家請安靜聽我說！」這時候，一個穿工作服的男人大叫：「你懂什麼！」接著便跨越欄杆，衝進了石板地。

站在松平右手邊的警察很快使出擒拿術，把男人壓倒在地上。另一個警察立刻衝到松平面前，大叫：「松平先生，快回府廳內，快！」

松平從背後看到警察把右手伸進西裝裡面，他的視線不由得跟著那隻手移動，赫然看到放在皮套裡的黑色手槍。

「你帶這種東西來做什麼……」

瞪大眼睛的松平正想按住警察的右手肘時，剃著光頭的巨漢大吼大叫，從跟第一個人不同的方向衝過來了。

「這是從我們老爸就守護到現在的東西，怎麼可以被你這種人毀了！」

「停下來！」警察從西裝裡面伸出右手。

但是，光頭男人太過激動，沒有發覺對著自己的東西是什麼。彼此之間已經不到兩公尺距離，他仍然雙眼佈滿血絲地衝了過來。

警察把槍口朝下，對準男人的大腿。

「住手！」松平從背後壓住警察的手。

「砰！」

輕微的炸裂聲，與什麼東西在石板上彈跳的尖銳聲重疊。

這時候，光頭男才意識到對方手上拿的黑色物體是什麼，像斷了線的木偶般，當場虛脫地跌坐在地上。

「混帳！」

警察拿著手槍呆呆站立著，松平抓住他的衣領，粗暴地把他往後摺倒。

剛才一直被警察圍住的真田，總算又出現在松平正前方。

真田的膝蓋稍微內彎，表情詭異地看著松平。

松平正疑惑地皺起眉頭時，真田的身體便緩緩地癱倒在柏油路上。

✤

大輔在宇喜多背後拚命追趕，走向電梯。

即使是在等電梯時，宇喜多也一樣邊踱步邊按著按鍵。好不容易電梯來了，他一進電梯就粗魯地用手抹起臉來。

「怎麼會這樣！」宇喜多的聲音充滿懊惱，指著大輔的衣領說：「我早該察覺的，最近警察的電腦工作大增，我的眼力也越來越差了……一直以為那是校徽。那已經是十多年前的事了，我也曾戴著這個徽章，跟父親走過隧道。」

老實說，大輔還沒完全搞清楚自己現在究竟處於什麼狀況。

當他在電視機前脫口喊出「爸爸」時，看都沒看他一眼的課長突然臉色大變地衝了過來。

「你、你叫什麼名字？」

「真田大輔。」

大輔滿頭霧水地報上名字後，課長的臉色轉為蒼白。「地址也要確認才行……」儘管臉色蒼白，還是顯得半信半疑的課長，一看到大輔的衣領，整張臉頓時變成土灰色。他完全沒注意到少年穿著水手服的奇妙裝扮，所有注意力都落在衣領的某個點上。大輔訝異地循著他的視線望向自己，看到那是自己忘了還給父親，還戴在衣領上的五七桐紋徽章。

「宇喜多！」課長在桌上的空罐裡把才剛開始抽的煙捻熄，近乎怒吼地叫喚部下的名字，「跟、跟這孩子一起被帶來的女孩叫什麼名字？」

「好像是……橋場茶子。」

跟大輔一樣摸不清課長為什麼變臉的宇喜多，支支吾吾地回答。

「原來還是個國中生啊……」課長喃喃自語，「雖然不太可能，我還是想確認一下，」他用顫抖的聲音問：「那個叫橋場的女孩……是『王女』嗎？」

面對課長直視的眼神，大輔不由得嚥下嘴邊的話。他想否認，舌頭卻乾澀不已。

「拜託你，告訴我……我跟這位宇喜多都是不折不扣的大阪國國民。在擔任公務員期間，根據規則必須脫離大阪國，但是退休後還是會恢復大阪國國民的身分，所以我知道『王女』的存在，也去過地下議事堂。」

課長瘋狂地抓住大輔的手。這個突發狀況讓大輔腦中一片空白，還來不及判斷課長話中的意思，就因為承受不了那股壓力而撇開了視線。但是，經驗豐富的警官知道，那是再明白不過的「YES」。

「可惡，原來是這樣。」

課長放開大輔的手，狠狠地踢了桌旁的垃圾桶一腳。轟然聲響，紙屑撒滿地毯，大輔臉色發白地往後退。

「怎、怎麼了？課長。」宇喜多狼狽地問。

「笨蛋，你還不知道嗎？他是真田家的孩子，我們把『王女』強押回來啦！」

課長橫眉豎目地杵立著，宇喜多被他的話嚇得表情凍結。

「大阪府警局被設計了。」

壓低聲音暗自咒罵後，課長拿起桌上的電話。

「我來跟上面說，然後馬上放『王女』回家。聽好，若被發現她在這裡就完了，快讓這孩子去傳話，說女孩回家了。」

拿著聽筒、額頭青筋暴露的課長激動得口水四濺。大輔還沒聽懂課長話中意思，宇喜多就抓起他的手說：「快、快走！」不管三七二十一催促他走。就這樣，大輔跟宇喜多進入了電梯內。

「剛才課長先生說被設計了……是什麼意思？」

宇喜多表情凝重地看著樓層顯示燈，大輔戰戰兢兢地問他。

「我聽課長說，有來自東京的命令，叫我們不准把你們的事透露給外面知道。我們都覺得很奇怪，這些小毛頭到底什麼來歷，沒想到竟然是『王女』……那些人早就知道我們帶回來的是

『王女』。」

「那、那麼……沒人知道我們在這裡囉？」

「是的，對不起。」

宇喜多向大輔深深低下了頭。不知不覺中，宇喜多的聲音已經少了高傲。

「為、為什麼要那麼做？」

「他們是想製造『王女』被拘押的假象，促使大阪國展開行動吧！」

「展開行動？」

「是的，現在正是行動的高潮，所以你父親正在努力。但是沒辦法，狀況太危急了，因為大家都以為『王女』被囚禁了。」

剎那間，幸一穿不慣西裝的表情、被燈光照得通紅的大阪城，在腦海中重疊浮現。

「我跟課長兩人在看攝影機畫面時，還談到應該不會關在我們這裡吧！設計這件事的人，完全沒替我們想。萬一談判破裂，大家知道『王女』被關在大阪府警局裡的話，不知道聚集的群眾會怎麼暴動呢！畢竟就在他們面前啊！」

「聚集的群眾……是什麼人啊？」

宇喜多短短回說：「你看到就知道了。」這時候，門旁的液晶畫面亮起「1」的燈號，門打開了。

「請再告訴我一件事，為什麼剛才你聽到我是真田家的孩子時，表情那麼驚訝？」

門一開就要往外走的宇喜多，訝異地「啊？」一聲，轉過頭來。

「怎麼……你不知道嗎？」

「知道什麼？」大輔老實地反問。

「真田家的男人，隨時都要守護在『王女』身旁，只要是大阪國的人都知道這件事。還有，一般人要滿十八歲才能進入地下議事堂，你還是國中生就有那個徽章，一定是真田家的男人。」

宇喜多看著大輔的眼神，從見面以來，第一次浮現淡淡的笑意。

「你真辛苦呢！還打扮成這樣，都是為了守護『王女』吧？」

似乎有些誤解的宇喜多手向前指，對呆呆站立的大輔說：「來，從後面繞過去。」很快走出了電梯。

兩人從平時出入的大門走出大阪府警局。

看到眼前的景象，大輔嚇得張口結舌。

「不要停下來，快走。」

很快就聽到宇喜多的催促聲，大輔趕緊邁開步伐。父親比平常低沉的聲音響徹夕陽殘照的天空，大輔邊聽著父親的聲音，邊快步穿過與大阪府警局相鄰的停車場。關於「毫無意義」這個詞的來源，後藤老師在國語課教過，大輔也曾在「太閤」跟父親說過。不知道為什麼，父親現在正照本宣科地述說著。

大輔擠過人滿為患的府廳與警局之間的馬路，從後門進入大阪府廳。聽到宇喜多忍不住說「你很慢呢」，大輔趕緊在不見半個人影的走廊快跑起來。

「聽著，你要告訴你父親，『王女』很快就會回家了，還有，大阪府警局跟這件事毫無關係，拜託你了。」

雙頰鼓脹、氣喘如牛的大輔點點頭，裙子窸窣作響，領巾飛揚，衣領上的五七桐紋閃爍著淡淡光芒。在響著兩人腳步聲的走廊前方，逐漸出現玄關大廳的朦朧燈光。

那時候的事，大輔不是記得很清楚。

他跟宇喜多穿過玄關大廳，衝出了正面玄關。

視野豁然開朗，絢麗的夕陽覆蓋著一望無際的天空。

熊熊燃燒般的橙色光芒，把正前方的大阪城天守閣照耀得璀璨絢爛。大輔不記得有聽到槍聲，只是在彷彿減緩了十倍的時間流逝中，看著父親在紅通通的天守閣底下無聲地倒下來。

「爸爸！」

當時間再度流逝時，大輔不由得大叫，衝下了樓梯。他匆匆跑過石板地，從在倒地的麥克風前扭打成一團的兩個男人旁邊經過，一直線跑向父親。

「是槍！」有人大叫。

群眾隨著陣陣慘叫聲向後退，除了真田四周外，柏油路上出現中空的半圓形。

「爸，你還好吧？」

大輔推開大人們的背，撲向倒在地上的幸一身上大叫著。

臉色蒼白的幸一閉著眼睛，向右側躺在地上。

有人透過麥克風，聲嘶力竭地呼籲大家冷靜。

「爸爸！」大輔繼續叫著父親。

「喲，是大輔啊！」幸一終於半張開眼睛，聲音有氣無力。

「爸，你不可以死！」

幸一又閉上眼睛，點點頭說：「我沒事，有沒有其他人倒下？」

好幾個人低頭看著幸一，其中一人很快回應：「沒有，只有你一個。」

「是嗎？那就好。」幸一喃喃說著，慢慢張開了眼睛。

「是不是哪裡被擊中了？有沒有哪裡痛？」大輔緊張地問。

「我以為被擊中了，可是好像沒有。」

幸一眉頭深鎖，好像在確認全身上下的感覺。

「那、那麼，為什麼會倒下來？」

「我以為被擊中了，所以嚇了一大跳。」

儘管幸一這麼說，大輔還是翻開他的西裝上衣，檢查他的襯衫，幸好沒看到任何血跡。

「大輔，你怎麼在這裡？」

這句話問得有點悠哉，跟周遭的緊張氣氛大不協調。大輔趕緊說出宇喜多要他傳達的話，幸一跟周遭大人一樣聽得滿臉驚訝。

「茶子可以回家了嗎？那就好，初子很擔心她呢！」

幸一笑笑，提起茶子姑姑的名字。

「大輔，沒關係，我們從剛才到現在都沒有提過大阪府警局的事。在這裡提起的話，不知道會發生什麼事，大家都拚命在忍，但是，已經有幾個人沉不住氣了，事到如今更不能說出來。」

在幸一旁邊，頭又圓又禿、鼻下鬍鬚濃密得有點假的男人，對大輔用力點著頭。

「那麼，大輔，你跟茶子都沒有被帶去會計檢查院……？」幸一偏頭問。

「你說什麼？」大輔反問。

「原來是這樣啊……」幸一喃喃說著，「對不起，扶我一把，」他伸出左手說：「快，抓住我。」

在幸一的催促下，第一隻手戰戰兢兢地伸出來了，接著伸出了第二隻、第三隻，幸一在大輔擔心的眼神下，撐起了上半身。

「啊！不要碰到我右手臂。」

中間，幸一的臉一度皺成一團，但還是穩穩地站了起來。

「爸，你……你的右手臂受傷了。」

幸一沒有回應大輔，環視整個上町筋。「真糟糕。」正如他的感言一般，上町筋籠罩在動盪不安的氣氛中，四周接二連三響起「不要推！」、「危險！」等充滿殺氣的怒吼聲。

在議事堂見過的長宗我部站在麥克風架前，欲哭無淚地再三呼籲著：

「請大家冷靜！」

幸一走向前，拍拍小學老師的肩膀。長宗我部驚訝地回過頭，幸一微微低下頭說：「謝謝你，我來吧！」

右手臂稍微內彎，用左手抓著麥克風架的幸一高聲呼籲：

「請大家冷靜！」

但是，聲音好像出不來，音量很小，就算透過麥克風也蓋不住群眾的喧囂。

「各位，請聽我說。」

他再次呼籲，大家還是聽不到。

「各位，請千萬不要受傷，請站在原地不要動，大阪國總理大臣平安無事。」

他極盡所能地發出聲音，還是沒能平息騷動。

「各位，請聽我說，拜託！」

他露出悲哀的眼神，看看左右，繼續呼籲。

大輔站在稍後方，看著父親比平常向前傾的背部。

他覺得有股從未體驗過的憤怒，像熊熊火焰從心底油然而生。他把充滿敵意的熾烈眼神轉向背後的群眾，咬住嘴唇，握起拳頭。

不自覺地，他走到幸一旁邊，抓過麥克風架，用力吸口氣，扯開嗓門說：

「你們聽我爸爸說話啊！」

叫聲伴隨著喇叭共鳴聲，在大阪城的上空繚繞。

瞬間，上町筋的喧囂靜止了。

每個人都停止說話、停止動作，把視線轉向大阪府廳。

被突來的靜寂與眾多的視線所包圍，大輔才猛然回過神來。

原本只是映在視野裡的圖畫，突然有了意志，變得鮮明起來。

在被左右柱子和天花板切割成方形的府廳玄關前，宇喜多回頭看著大輔。宇喜多和幾個跟他一樣有著壯碩體格的男人正架著某人，要返回大阪府廳內。他們的旁邊有個身材特別修長、穿著黑色西裝的女人，像影子般站著。

松平站在女人的正前方。

調查官不理會倒在腳下的麥克風架，皺起眉頭，繃緊神經看著大輔。

「謝謝你，大輔。」

聽到背後的低喃，大輔轉過頭。

幸一看著轉頭仰望著自己的大輔，輕輕接過他手上的麥克風架。

大阪國總理大臣沉穩地開口了。

「我們再次開始會談吧！松平先生。」

✤

松平沒有透過麥克風，而是直截了當地確認對方是否沒事。

「不用擔心，沒有人受傷。」幸一對他點點頭。

但是，松平的觀察力很敏銳，他很快就看出幸一的右手肘不自然地彎曲，大拇指掛在西裝口袋上，顯然是為了支撐整隻手臂。而且，為了不讓背後的群眾看見而刻意靠向身體內側的右手腕，不時有黑點滴落，松平還看到黑點滲入柏油路的瞬間。但是，他還來不及說穿這件事，幸一就開口了。

「在回答你最後一個問題前，有件事我無論如何都要告訴你。」

他以強硬的眼神制止松平。

「大阪國的人都聚集在這裡，他們都是被『信號』引導來的。當『王女』的安全受到威脅或大阪國面臨危機時，就會發出『信號』。看到『信號』的人，就會在指定時間內到大阪城集合。我們每年的補助金，就是用來維護這個架構的設備。你剛才所說的五億，千真萬確就是用在這種用途上。」

幸一稍作停頓，調整右手肘的位置，嘴巴瞬間歪了一下，但很快就恢復平靜的表情，又接著說：

「松平先生，我想你應該早已發覺。」

毫不強勢的聲音響徹上町筋。四下鴉雀無聲，每個人都在聽幸一說話。微微響起高跟鞋踩在石板地的聲音，松平回過頭看，不知何時，旭已經回到原來的位置。她絲毫不給松平說話的機會，壓低聲音說：「沒關係。」剛才開槍的男人，已經被自己的警察同事帶出場外。可能擔心自己的存在反而會刺激群眾，警察們都在通往大阪府廳玄關的樓梯上待命，石板地跟剛開始時一樣，只站著兩名調查官。松平只嚴厲地看了旭一眼，什麼都沒說，就把頭轉回了正前方。大阪國總理大臣還繼續說著話。

「如你所見，這麼多人聚集在這裡，年輕人卻很少，幾乎見不到二十多歲、三十多歲的人，大家幾乎都超過四十歲了，說不定最多的是五十多歲、六十多歲的人。為什麼這裡沒有年輕人？因為他們都還不夠資格。要符合兩個條件，才能成為大阪國的人民，一個條件是滿十八歲，另一個條件……」幸一直視著松平，沉著地說：「就是父親已經不在這世上。」

這時候，騷然蠢動的黑影湧現松平胸口，他的上半身微微搖晃，眉間擠出深深的皺紋。

「松平先生，兩天前，你曾走過長長的隧道去議事堂。大阪國的人，一輩子只有兩次機會走過那條隧道，一次是被父親帶去時，一次是帶自己的兒子去時。」

又有一種模糊的感覺在松平的胸口瞬間亮起又熄滅，他緊抓著那種模糊不清的感觸，用手掌抹著臉。明明覺得肌膚是冰涼的，卻有些冒汗。

「在進入那條隧道前，孩子們都不知道大阪國的存在，必須跟父親一起走在隧道裡，才會知道大阪國的存在。父親會告訴孩子大阪國的歷史，還有豐臣家後裔的事。你在議事堂做實地檢查時，也有一組父子來到那裡。在那個議事堂的某個房間，孩子會知道預備好的『信號』，並接下將這個信號傳達給他人的任務，這就是大阪國的一切。」

夕陽逐漸接近尾聲，天守閣的金鵄尾戀戀不捨地將餘暉留在尾巴。大阪府廳背對著西沉的太陽形成的陰影，慢慢吞噬了眼前的男人們。

「接下來我說的話，請當成是一個在大阪國出生的男人所說的話，而不是大阪國的總理大臣。」

松平默不作聲，麥克風架依然躺在石板地上，只有幸一的聲音，在逐漸迎接夜色的天空沉穩地響著。

「我們所做的事，看不到有形的成果，也沒有任何利益，看在會計檢查院眼裡，或許只是無謂的浪費。在會計檢查院否認我們的存在時，大阪國就滅亡了。不只是補助金，少了戶籍資料、居民訊息、都市開發計畫等行政協助，我們也不可能存續下去。那些都是曾經由大阪國掌管的機能，想必你也知道，現在已經無法拋開那一切，從頭開始了。」

建築物的陰影與橙色的餘暉交錯浸染著上町筋，被染上了色的男人們，像在地面生了根般文風不動。

「要摧毀很容易，但是，一旦摧毀，就再也無法復原了。」

彷彿等著幸一把話說完似的，血從幸一的右手背滴落下來。他在西裝上摩擦著清楚留下血痕的手背，松平只是默默看著。

「你們為什麼會相信？」松平沒有提手背的事，聲音嘶啞地說：「我親身去過大阪國議事堂，也親眼看過很多資料。然而，在我看到這個景象之前，還是無法確信大阪國的存在。而你們所有人卻不可思議地深信大阪國的存在，還愚蠢到願意奮不顧身地守護『王女』。你說過，平常在外面不可以談大阪國的事，也就是說，只能憑去過一次的地下議事堂來判斷所有事。為什麼光是這樣，就能相信這種童話般的世界？我就無法相信。」

「松平先生，因為那是父親說的話。」幸一立即回答。「當時，只有父子兩人，慢慢走在那條隧道裡。不管是去程與回程，孩子都要配合父親的腳步，花一到兩個小時走路。這時候，父親會把真相告訴孩子。松平，你長大後，曾跟你的父親在只有兩人的空間中交談過嗎？」

幸一的問題，松平無言以對，只在眉間蹙起深深的皺紋，看著幸一真摯的雙眼。

「是的，男人通常一輩子都不會有這樣的時間。父子兩人往返於隧道的時間，將成為只屬於兩人的記憶，而且不會有第二次。父親在那裡說的話，也將成為不可能再聽到第二次的兩人之間的承諾。這之中，可能有人不相信父親說的話，也可能有人跟你一樣半信半疑。但是，看到今天的景象，大家都知道父親說的話是真的。」

柔和的風，拂過松平的短髮。夕陽褪去，黑夜像溶入水面的顏料，逐漸與暗紅色的天空混合。

「如果孩子不住在大阪，也能告訴他這件事嗎？」

松平的聲音似乎有所壓抑，微微顫動。

「當然可以告訴他大阪國的事，而且，將來只要符合居住大阪的條件，也可能成為大阪國的人，負責『信號』的傳達。」

「父親什麼時候會把大阪國的存在告訴兒子？」

「確定自己快死的時候。」

聽到這個回答，松平才了解千野問最後那個問題的目的。

「兒子會問父親，自己要在什麼時候告訴兒子們大阪國的事？聽到父親的答案後，兒子就會了解眼前的父親做了什麼樣的覺悟，也會知道父親把餘生與未來都託付給了自己。那份沉重感，一輩子都不會忘記。」

緩緩抬頭看著天空的幸一，似乎回想起往日的時光。

「但是，也有來不及的時候。有時會因為父親的健康狀態、意外事故、兒子的工作無法配合，而來不及傳達，這時候，很遺憾，歷史就中斷了。不過，這四百年來，所有的父親都希望自己能把由父親傳來的這件事，繼續傳給自己的兒子。所以，松平先生……」

眼神十分悲戚的幸一叫喚著調查官的名字。

「你的父親也曾經想告訴你什麼吧？」

松平感覺得出來，注視著自己的幾千道視線已經不再有憎恨，男人們的身影，突然變得朦朧。

「這四百年來，我們傳承的事，就只是把大阪國的事情，透過我們身為人父的身分，親口告訴兒子。你也許會說這是毫無意義的事，但是，裡面有著無法替代的情感。今後，我們仍然會繼續守護『王女』、守護許許多多我們所珍愛的東西、守護大阪國。以上就是我對你所有問題的答案。」

幸一說完後，深深一鞠躬，往後退一步。

大阪國總理大臣、圍繞在他周邊的人、光頭的水手服少年、在他背後排排站的群眾們——所有男人看著松平的眼神，都是那麼的純真、那麼的熾烈。

松平彎下腰，扶起倒在石板上的麥克風架。在調整麥克風角度時，低沉嘈雜的聲音響過上町筋。

就在松平放開麥克風，正要開始說話時，忽然響起尖銳的手機來電鈴聲。

每個人都大吃一驚，往聲音來源望去。在幸一旁邊的千野趕緊從口袋拿出手機，激動地說：「怎麼可能？明明顯示收不到訊號啊！」

松平轉過身去，看到大阪府廳聳立的黑影，背景是滲著血般的夕陽殘照。另一個高瘦的身影踩響高跟鞋，進入松平的視野。

旭遞給他的不是平常那支橙色機種，而是從沒見過的黑色手機。

「副局長，你的電話。」

「這支手機的通話，是使用跟一般線路不同的頻率。」

松平默默接過電話，靠向耳朵。他看過白天新聞播放的某人從東協回來的歸國記者會，當時聽到的帶點沙啞的嗓音，現在正震盪著他的耳朵。

「松平，我借來了大阪府警局樓頂上的監視攝影機錄影帶，你剛才的行動，我全都看到了。昨天在外地聽到這件事，我還真擔心會怎麼發展呢！你真的是窮追不捨，不愧有『鬼之松平』的稱號，能力果然名不虛傳。大阪國這件事，在一代傳一代的幾件案例中，是屬於完全碰不得的案件。包括我在內，歷代總理都覺得不妥，卻還是不得不默認。政治家、官員都不敢隨便出手，因為對方畢竟有兩百萬人。所以，這次可謂機不可失。三十五年前，眼看著就要成功了，最後卻功虧一簣。不過，那時候是發生得太突然，彼此之間來不及合作，這次總算可以配合你的行動，嚴陣以待，搶先一步操控了大阪府警局。松平，接下來的事由我全權負責，現在你只要照你的意思，宣判他們死刑就行了。」

中間，松平沒有隨聲附和過，只有聽到最後一句「拜託你了」，才回說：「知道了，失禮了。」結束了與日本政府內閣總理大臣的通話。將電話扔進西裝口袋後，松平又鄭重地面向了大阪國的男人們。

由於不知道發生了什麼事，每個人都難掩不安的神色，緊盯著調查官的一舉手一投足。

松平緩緩把左手舉到頭上。

他邊看著麥克風，邊玩味短髮的觸感，就這樣摸頭摸了一分多鐘。這期間，沒有任何人出聲，大家都吞著口水等待松平的下一個動作。

松平從西裝褲右口袋拿出手帕，左手從頭頂放下來，抓住手帕對角線上的一角，邊不停地扭轉手帕，邊面向麥克風說：

「總理，根據法律規定，我們會計檢查院的調查官，是不屬於內閣的獨立機關。」

松平從麥克風架前離開，走向人行道。

隔著矮欄杆，站在幸一前面的松平，猛然抓住幸一沾著血跡的右手臂。右手肘下方有綻裂的痕跡，袖子已經泛黑。松平不容分說就把手上的手帕，用力綁在手肘與綻裂處之間止血，完全不理會幸一的慘叫，低聲說：「快去醫院。」不讓聲音從麥克風傳出去。

接著，松平把幸一面前的麥克風轉向自己，以淡淡的口吻說：

「隨便你們怎麼做。我不知道什麼大阪國，我什麼都沒聽說、什麼都沒看見；來社團法人OJO檢查過後，也沒發現什麼大問題。會計檢查院在大阪的工作，到此全部結束，我們馬上回東京。」

「那、那麼……」

「我們輸了，今後你們儘管守護你們的大阪國吧！」

瞬間，圍繞大阪城的一百二十萬人爆出歡呼聲。

從來沒聽過的有如地鳴般的音波，以天守閣為震央，撼動了暗紅色夕陽正要褪去的大阪天際。

松平背對男人們如排山倒海而來的吶喊聲，把手機還給呆然佇立的旭，然後頭也不回地走上樓梯，消失在大阪府廳內。

松平從玄關大廳走下通往地下室的狹窄樓梯，進入沒有半個客人的販賣部，買了最中冰淇淋後，走到外面。

坐在靠牆的長椅上，他把手肘抵在膝蓋上，身體向前傾，看著地面。

就在他撕開冰淇淋包裝的封口，從邊緣咬起時，不知為何，以前的出差記憶突然在混沌不清的大腦中甦醒。那是十一年前去廣島時的光景。不知道為什麼是廣島的疑惑，與似乎已經知道答案的感覺相互交錯，松平在這樣的情境中反芻著記憶。他想起半夜母親打電話來旅館的事，說父親臨終前一直很想見他一面。

吃完冰淇淋，松平把包裝袋夾在手指中間，從右至左將袋子扯平，再毫無意義地拉長。上面的印刷字變得模糊，他覺得奇怪，摸摸眼睛，發現手指有些濕潤。這時候松平才知道，自己哭了。

他試著回想自己上一次哭泣時發生了什麼事，但他想不起來。

他把身體靠在椅背上，抬頭看著老舊的天花板。

在沒有人的走廊，他哭了好一會。

✣

高跟鞋的聲音在走廊深處響起。

天花板的日光燈在地面上映照出歪斜的光波，聲音在光波中留下黑色殘影，逐漸接近販賣部旁的自動販賣機。

松平緩緩抬起頭，臉上已經恢復調查官原有的冷靜表情。

「是我把社團法人ＯＪＯ列進了檢查名單裡。」

旭蒼白的臉，被自動販賣機的燈光照得迷濛發亮。

「妳知道多少？」松平低聲問。

「全部。」旭・甘絲柏格垂下佈滿血絲的眼睛。「這次對社團法人ＯＪＯ的檢查，一開始就是在政府的強烈關注下進行的。我被派來會計檢查院，就是為了針對大阪國相關社團法人，完成純粹形式上的檢查。除了ＯＪＯ之外，其他社團法人都已經做好書面檢查。這次針對ＯＪＯ的檢查，也是與這一連串處理事件相關的最後一件。原本打算跟其他案件一樣，只做書面檢查，但是，恰巧知道副局長要去大阪出差，我就改成了實地檢查。」

「為什麼？」

「因為我想看，」旭聲音沙啞地說：「我想親眼看看大阪國是什麼樣子，屬於那裡的人又是怎麼樣的人。」

「可是，當時應該已經決定出差人員了。」

「我私下運作，讓ＧＡＯ指名大久保去參加研究發表會。」

「局長知道這件事嗎？」

「局長什麼都不知道，他應該以為純粹只是ＧＡＯ的安排。不過，他多少知道，會計檢查院為了對三十五年前引發的騷動負起責任，在那之後，被迫跟政府許下承諾，永不再對大阪國進行相關檢查。」

這些聽都沒聽過的事，讓松平眉間掠過凝重的神色。

「但是這樣的承諾，造成原本三到五年就該檢查一次的案件，被擱置了三十五年，而且全都集中在大阪。政府的擔憂急速攀升，怕這樣下去會受到來自外界的指責，於是決定針對大阪國相關社團法人，一併進行檢查。為了不讓三十五年前的騷動重演，事前與大阪國一再討論過，應該也私下交代過局長，要以和平手段來處理，所以，局長對我處理的大阪國書面檢查，都是採取不碰觸的一貫姿態。我要求取代大久保去大阪時，局長也馬上就答應了。大久保把檔案交接給我，我就在鳥居出差時，把ＯＪＯ加入了檢查名單裡。」

松平像雕像般靜止不動，抬頭看著旭，冷靜地問：

「那麼，為什麼第一次去長濱大樓做實地檢查時會吃閉門羹？不是應該都聯絡好了嗎？」

「因為我故意對大阪國說成其他時間。」

「為什麼？」

「為了把爽約的責任推給對方，好讓實地檢查可以在大阪國議事堂進行而非長濱大樓，這樣一來就能把副局長送進那個地方。」

聽到旭這麼說，松平的濃眉末梢顫動了一下。

「我被派去會計檢查院，是因為在內閣法制局時代，曾在調查某件案子時接觸到大阪國的情資。從短短一頁的資料，我知道了議事堂的存在，也看到了附加的『條約』影印本。其中一條註明，當日本政府表示『拜訪』的意願時，大阪國必須待之以誠。我跟大阪國重新調整檢查行程時，就是根據那個條文，強烈要求大阪國必須帶副局長去議事堂。大概是對第一次的爽約感到歉疚，真田先生就答應帶調查官去議事堂了。」

「但是，我不見得會進行檢查吧？第一次時我就交給了妳跟鳥居。」

「不，」旭輕搖著頭說：「我很肯定，只要告訴副局長對方三十五年來都沒有檢查過，副局長就會親自去做實地檢查。不過，因為檢查進度的延宕，致使ＯＪＯ的檢查延到倒數第二天，這倒是我的失算。後來一直沒接到大阪國的回覆，最後一天到新大阪車站時，我就放棄了這次的計畫。就在這時候，副局長突然決定要繼續留在大阪。之後，如副局長所知，禮拜天我一接到真田先生的回覆，就趕緊跟副局長聯絡，當場，副局長就指示我和對方約定檢查時間了。」

「為什麼是我？」

「因為我認為，副局長可以揭開大阪國的真相，不但不會承認大阪國的存在，還會毫不留情地追究到底。我在內閣法制局時代得知的大阪國相關情報，都是片片段段的，其中也有我認為極度缺乏正確性的部分，譬如：『當後裔遭遇危險時，大阪國就會展開行動』這樣的描述。」

「所以妳想測試？」

旭默默地點點頭。面對松平如錐子般銳利的視線，她的臉完全失去血色，肌膚顯得更白了，然而這更襯托出一種致命的美。

「『王女』的住處，也是我告訴了鳥居。」

「妳怎麼知道的？」

「資料上有記載。政府全都做過調查，因為基於國家的安全，絕不能無視大阪國的存在。」

「鳥居知道『王女』的事嗎？」

「鳥居什麼都不知道，我是給了他其他理由，讓他去接近『王女』，亮一下會計檢查院的名字，希望可以從對方的反應，掌握到大阪國與『王女』之間的連帶關係，沒想到弄假成真，變成『王女』被囚事件，我也不知道為什麼。」

「但是這件事果然成為導火線，使大阪國展開行動，一切都如妳所願了。」

「不，不是那樣。」旭淡茶褐色的眼睛泛動著水紋般的亮光，搖搖頭說：「我並不知道副局長的雙親是大阪人，如果事前知道，絕不會讓副局長捲入這件事。」

「妳並不是對大阪國全盤了解才採取這樣的行動，所以這只是結果論。」

瞬間，旭似乎想反駁松平這句話，但最後只默默點了點頭。

「聽到大阪國議事堂的報告時，我感到一陣衝擊，全身戰慄。接到真田先生說要『展開行動』的通知，知道很多人聚集在大阪城時，我的心跳幾乎停止了。當我發現自己挑戰的是超乎想像的對手時，事情已經發展到無法收拾的地步了。萬一被聚集在大阪城的群眾知道『王女』的下落，後果將不堪設想。我好害怕，不知道什麼時候會從真田先生的口中聽到『大阪府警局』這幾個字，我所做的事竟然以這樣的形式報應回來。」

「那個男人對自己說的話負責任，他絕不會說出那種話。」

松平充滿自信而冷靜的話在走廊回響著。

「有關這次的連續出差，我都逐一向中央報告了大阪國的動靜。發生大阪府警局事件後，政府開始利用副局長的窮追不捨，採取了行動，這時我才發現自己真的做錯了。政府被突來的慾望沖昏了頭，企圖跨越界限，破壞至今以來的平衡……幸虧在連鎖產生更大衝突之前，副局長就化解了危機。」

旭深深一鞠躬，表示一切都是自己的責任。

「回東京後，我馬上遞出辭呈。在這之前，請陪我去一個地方。」

眼睛紅腫的旭抬起頭說：

「陪我去接鳥居。」

✤

上町筋一片靜寂。

到處都感覺不到幾十分鐘前的喧囂痕跡，在政府機關所在的街道上，只飄盪著熟悉而靜謐的夜晚氣息。松平從口袋拿出手機，訊號恢復了，表示大阪國已經退場。迷茫的計程車大燈，悠閒地從無人的上町筋駛過，街燈無聲地照耀著人行道，松平不由得看看前後，因為剎那間，有種從夢裡醒來卻還置身夢中的感覺。白色燈光灑落的天守閣，在覆蓋大阪城公園的幽暗森林前，抬頭仰望著黑夜。大阪的天空，難得看到星光閃耀。

「真田先生的兒子剛才跟我說了鳥居的事，他說他跟鳥居一起在大阪府警局少年課過了一夜。」

少年課？松平驚訝地反問。

「鳥居報警想阻止國中生打架，結果自己也被帶走了。雖然有點難以相信，但聽說他被當成了國中生。」

「他只要證明自己是會計檢查院調查官，就可以出來吧？」

「這個嘛……」旭把大輔說的話原原本本地告訴了松平：「因為鳥居擔心會計檢查院如果知道他被帶到大阪府警局的事，會影響他的升遷。」

松平大大嘆口氣，從人行道走向大阪府警局大樓。一進大廳玄關，就有人叫住了他。千野舉起手，站在正前方。

「讓您久等了。」旭先上前點頭致意。

「剛才聽到大輔說的話，我就趕快去查了，結果鳥居調查官還在少年課。另一個少年剛剛跟他母親一起回家了。鳥居先生本來也可以馬上被釋放，但是有點小問題。」

千野幾乎不看松平，只對著旭說話。

「什麼問題？」

「就是地址，還有父母。我也是剛剛才搞清楚怎麼回事，起因聽說是國中生打架，所以已經送回家的『王女』、剛才那個少年以及他們的家長，都被嚴厲訓誡打架一事。當然，我必須說，警察沒通知父母，擅自將國中生拘留一晚，是非常不恰當的處理方式，所以這次我們不打算追究。」

千野光禿禿的頭被天花板的燈照得閃閃發亮，他接著帶兩人去搭電梯。

「少年課的警察也跟鳥居先生說，要找他的父母來，所以向他要地址和電話，可是他怎麼樣都不肯說，我們自然沒辦法放他走。詳細情形我不清楚，但聽大輔說他是被當成了國中生……這位鳥居先生到底是怎麼樣的人？」

「總之，是個充滿奇蹟的人。」旭回答，千野敷衍地附和一聲「是哦」。

「我想只要我們去說他是會計檢查院的調查官，所有事就解決了，你們認為呢？」

「這樣就會馬上放他走嗎？」

「不知道呢！說不定會覺得他不表明身分很可疑，又另外偵訊他其中的原因。」

旭和松平不約而同地看著對方。

「不如交給我來處理吧？」

「妳要怎麼做？」

「當他母親。」

鏘的一聲，電梯門打開了。

進入電梯後，旭解開綁在後面的頭髮。她甩甩頭，讓帶點褐色的頭髮散開來，然後把手指伸入髮間，窸窸窣窣地抓起頭來。燙著小波浪的劉海，像簾子般蓋到鼻子上，變裝成如此慘不忍睹的髮型後，旭又從皮包拿出濕巾和睫毛膏，把睫毛膏抹在濕巾上，再豪邁地用濕巾擦拭眼睛周圍，對滿臉驚訝的兩個男人說：

「我一直到高中，都是參加話劇社。」

旭又喃喃地說：「不過，都是演男生。」接著解開西裝前面的鈕扣，弄亂裡面的白色針織衫的領口，讓自己看起來有點放蕩。「不會吧！」千野叫出聲來，旭點點頭說：「就是要這樣。」

「妳這張臉怎麼可能生出那張臉？」松平一語道破。

旭說：「放心吧！」

就在這時候，電梯到達八樓，門打開了。

「你們兩個都會被認出來，所以請在這裡等。」

旭說完，就走向了少年課。大概是被她充滿自信的表情說服，松平默默地點點頭，接過部下手上的行李。

頂著一頭亂髮的旭走到了少年課的櫃台前。躲在牆後偷看的松平和千野，發現站起來應對的年輕女警在看到旭的臉時，露出了驚訝的表情。聽旭說話時，女警不時點頭附和，沒多久就快步離開了。成為其他所有人目光焦點的旭，雙手掩面，肩膀顫抖著。不久後，連松平都聽到了她的嗚咽聲。有個年紀較大的女警走到旭旁邊，開始親切地安慰她。

「女人真可怕……」

千野用從丹田擠出來的聲音嘟囔著。

「喂！木下，你媽媽來了。」

聽到宇喜多的叫聲，躺在床上的鳥居「啊？」地發出癡呆的聲音。

「我不是跟你說過嗎？你再怎麼莫名其妙地逞強，還是可以聯絡上你媽媽，幹嘛不一開始就老實報上你的名字呢？都怪你穿了別人的運動服，才把事情搞得這麼複雜。」宇喜多毫不客氣地指著還穿在鳥居身上那件貼著「2—B　真田」名牌的運動服，接著說：「啊！我總算也可以回家了。」

「呃……你是說我媽媽來了？」

搞不清楚狀況的鳥居支支吾吾地問。

「你這個不孝子，怎麼可以讓媽媽哭呢？」

等在門外的年輕女警說得怒氣沖沖，瞪著鳥居。

其他兩名國中生都離開後，鳥居還是堅持不說出自己的名字。雖然他知道已經無計可施了，但是既然事情已搞成這樣，更不能說出會計檢查院調查官的身分。不知道將會發生什麼事的鳥居，戰戰兢兢地走在走廊上。途中，女警問他：「木下，你媽媽是外國人嗎？」他不知道該怎麼回答。一到少年課樓層，就看到一個身材高瘦的女人站在櫃台前。

「快去向你媽媽道歉，說你害她擔心了。」

「咦，我媽媽是哪個？」鳥居正想問推他背部的女警時，就聽到站在櫃台前的女人高聲叫著：「阿忠！」

「咦？」

鳥居不由得停下腳步，看著女人以極快的速度衝向自己，那種強悍的感覺很熟悉，當鳥居想起來對方是誰時，女人已經猛然往他右臉摑了一巴掌。

「你為什麼不承認我是你媽媽！」女人又給了鳥居左臉一巴掌。「你爸爸也哭了呢！」被突發狀況搞得驚慌失措的鳥居，好不容易才能抬頭仔細看對方的臉。對方頭髮凌亂，雙眼哭得紅腫，眼眶一團黑暈。長得像外國人，身高也像，但千真萬確是旭。他正要喊出「旭」時，又被狠狠打了一巴掌，打得他頭暈目眩。

「等、等等。」鳥居把手舉到臉前，想保護自己。

「你是我們家的恥辱！」

旭充分利用手長的優勢，一巴掌就把鳥居打飛了出去。

「快道歉！」

「對、對不起。」

「不夠！」

「對不起，媽媽。」

鳥居遭到狠狠一擊，豐滿的臉頰響起氣球破裂般的聲音。

「好了、好了，這位母親。」

被這麼暴力的場面嚇得呆若木雞的宇喜多，這才介入他們之間，救出了鳥居。還想繼續打的母親，被兩名女警極力勸阻。

警察已經無話可以訓誡他們了。鳥居茫然若失地盯著天花板，旭在他旁邊用歪七扭八的日文填寫資料上的地址，最後在簽名欄簽下「夏綠蒂木下」的名字，交給宇喜多。

「走吧！」

母親敲一下鳥居的頭，這對奇妙的母子就從櫃台前離開了，誰都沒有說話。

「她那樣子，孩子當然不想喊她媽媽。」宇喜多喃喃說著，其他女警也「嗯、嗯」表示同意。鳥居聽著背後的這些竊竊私語，離開了少年課。

到電梯間時，其中一座電梯的門正好開著。鳥居跟著旭進去，就看到等著他們的松平。滿臉無奈的松平低頭看看鳥居，只「嗯」地點點頭，就按下了電梯的按鍵。

覺得自己有輕微腦震盪的鳥居，抬頭看著樓層顯示燈。旭向他道歉說：「真的很對不起。」他不但在紅腫的臉上勉強擠出微笑，還說：「不，謝謝妳把我救出來。不過，突然聽到妳喊我的名字，還真嚇我一大跳呢！」努力表現自己寬宏大量的心。

「為什麼會嚇到？只有你的母親會直呼你的名字呀！」

聽到旭從頭頂上傳來的清脆聲音這麼說，鳥居開始有點生氣，覺得她做得太過分了。

「你真是夠倒楣了。」

松平這句話說到了鳥居心坎裡。

「真的很像國中生呢！」

站在松平旁邊的陌生男人感嘆不已，尖銳的聲音讓鳥居覺得很刺耳。

到一樓時，自稱長宗我部的男人正等著他們。

「剛才，我跟真田大輔一起去公園把東西拿回來了。不知道是誰把衣服摺疊整齊，放在廁所角落。很遺憾，錢包不見了，不過，其他證件應該還在。大輔幫你找回來的手機也放在公事包裡，只是昨晚淋到雨，好像壞了。」

說完，他便把鳥居的西裝、襯衫和公事包一併交還。鳥居一再致謝，接過所有東西。

「那麼，我們先告辭了。」

在電梯裡自稱是千野、留著濃密鬍鬚的律師，跟長宗我部一起走向了出口。臨走前，千野簡明扼要地對松平說：「你絕對沒有輸給任何人，謝謝你。」鳥居完全聽不懂他在說什麼。

旭追上急著去廁所換衣服的鳥居說：

「鳥居，運動服！」

「啊，對哦！」

鳥居當場脫下運動服交給旭。已經把頭髮綁到後面，戴起大墨鏡的旭，看起來完全不像日本人。

「可以幫我交給剛才那些人嗎？他們好像認識真田。」

旭點頭說知道了，鳥居就穿著內衣衝進了廁所。

等他換上西裝回來時，只剩松平一個人站在出口前。

「咦，旭呢？」

「她先走了，她說她在警局的資料上亂填，所以不能久待。」

「原來如此，真是個讓人難以招架的女人。」鳥居摸著還紅紅腫腫的臉，感嘆地叨唸著。

「啊！終於被釋放了。」一走出大阪府警局，鳥居就用力挺直背脊說：「對不起，把事情搞成這樣，明天開始我會努力工作。」

「我們現在要回東京了。」

「咦，是嗎？ＯＪＯ的案子怎麼樣了？」

兩人站在車流量已經恢復正常的上町筋，松平低聲問：

「你……真的什麼都不知道？」

載著兩名調查官的計程車，緩緩地向前行駛。

「請到新大阪。」

誰是奇蹟？鳥居這麼問時，正好有計程車停在舉手叫車的松平面前，掩蓋了他的聲音。

聽到鳥居正經八百的回答，松平難得噗哧笑出聲來，愉悅地說：「你真是奇蹟呢！」

「知道什麼？」

✤

在新幹線「希望號」列車的指定席上，打開鰻魚便當時，鳥居下定決心把話說清楚。

「我覺得這種事在背後竊竊私語不太好。」

坐在鳥居旁邊的松平吃著杯裝冰淇淋。原本要在新大阪車站跟旭會合的，結果卻只有他們兩人回去。明天到辦公室，鳥居還有很多話要跟旭說，但是，現在要跟松平說的話，最好利用旭不在場的機會。

「老實說，旭之前找我談過副局長的私生子的事。」

正用湯匙舀起冰淇淋的松平停下了動作。

「我想應該是檢查完後，免不了會收到的怪信。人事課收到一張傳真，上面說副局長在大阪有私生子，所以人事課的女生把這件事告訴了旭。」

「你相信？」

「不，我怎麼會相信。」鳥居拚命搖頭。「八成是這次出差，被檢查對象挾怨報復。可是就算被懷疑，也很氣人吧？而且連名字都寫出來了，說在意還真有點在意，所以我想證明絕沒有那種事。我向旭要了傳真上寫的那個女孩的名字和地址，決定去看看長得像不像。旭也說，副局長問起時，會幫我矇混新幹線的時間。我本來打算只看一眼，就馬上趕到大阪府廳，沒想到會被捲入那樣的麻煩。」

鳥居從便當角落夾起奈良漬[64]，用門牙啪哩啪哩咬著，「結果，根本不像。」以肯定的語氣下了結論。

「不管怎麼看，都跟副局長完全不像，大概只有好強的個性勉強可以說有像，可是那種強悍的女人，現在到處都是。」

啊！臉好痛。鳥居一陣埋怨後，又吃起了便當。

「不過，大阪人為什麼可以那麼幽默風趣呢？我跟兩個國中生在大阪府警局過了一夜，總覺得他們說話都跟相聲一樣好笑。他們自己好像沒有自覺，自然而然就說出那樣的話，真的很不可思議，那應該就是所謂無形的傳統吧！」

「應該是吧！把那麼天大的秘密藏在心底，要不瘋狂也難。」松平把最後一匙冰淇淋送進嘴裡。

秘密？什麼意思？不管鳥居怎麼問，松平都不回答。

「啊！對了，富士山的魔咒結果怎麼樣？」

鳥居只好改變話題。

「你還記得嗎？上禮拜在前往大阪的新幹線上，從窗戶看到雄偉的富士山，那時候我們說，應該會在檢查地查出大案子，結果呢？我是因為與檢查無關的事惹了大麻煩，副局長，你呢？對了，ＯＪＯ怎麼樣？果然很可疑吧？有沒有查到什麼？」

鳥居盯著便當，小心地用筷子把撒滿山椒粉的鰻魚切開。

「副局長？」

一直等不到回應，所以鳥居轉過頭看。

原來松平已經睡著了。便當連碰都沒碰，頭微偏，發出規律的鼾聲。忙著把鰻魚送進嘴裡的鳥居，不禁感嘆他連睡覺時都是眉頭深鎖呢！

那之後，一直到東京，松平都沒有醒來過。

64 奈良漬是奈良的名產，不用任何人工色素，僅以酒糟醃漬的醬菜，充滿了酒香味。

終章

小聲向「阿巳」說謝謝後，大輔抬起了頭。

不知道該說些什麼，乾脆全部歸納成一句「謝謝」，他確信神明應該可以感受到他的心意，便轉身離去。

茶子抬頭看著橫跨頭頂的榎木大明神的神木。

大輔鑽過鳥居，站在茶子身旁。兩人並肩仰望時，「阿巳」從臨風搖曳的綠葉間送來了陽光。

「昨天挨罵了嗎？」大輔問。

「被打了一巴掌，」茶子鬱悶地說：「我娘第一次這麼生氣。」又反問大輔：「你呢？」

「我爸的手有點受傷，所以被罵得比我更慘，我媽罵他說：『你是不想做生意了嗎？』」

大輔調整胸前的領巾位置。

「伯父怎麼了？」

「不小心跌倒……手肘一帶受了傷，不過不會很嚴重，休息兩、三天就可以工作了。」

「那麼今天沒開店囉？」茶子遺憾地說：「我很想吃大阪燒呢！」說著走向榎木大明神旁邊的階梯。

「不過，昨天我真的嚇了一大跳。」茶子邊下階梯邊說：「想來真的很對不起我娘，我一直跟她住在一起，有時卻還是覺得孤單。昨天被她罵得那麼慘，才發現有人這麼關心我，真不知道我都看到哪裡去了。」

「很多人都很關心妳呀！茶子。」

「是嗎？」

「多到妳無法想像。」

「什麼意思？」

大輔走到長堀通的斑馬線前停下來，抬頭看著萬里無雲的藍天說：「總之就是這樣。」茶子把細長的眼睛瞇得更細長了，看著大輔的側臉說：「嗯，我知道。」

號誌轉綠的同時，兩人走上了斑馬線。迎面而來的風微微掀動了兩人的裙子。他們進入空堀商店街的拱廊，與空堀中學的學生們一起慢慢走上坡道。有些學生頻頻回頭看穿水手服的大輔，嘰嘰喳喳地交頭接耳，大輔卻很沉著地面對了那些視線，沉著到連他自己都覺得驚訝。

經過鐵門緊閉的島商店時，大輔喃喃地說：「不知道島有沒有事。」茶子也擔心地接著說：「島媽很兇呢！」

被留在大阪府警局裡時，島把蜂須賀幫派事務所發生的事從頭到尾告訴了大輔。

「我只有拉開百葉窗而已。」

據島說，當他打開二樓事務所的門時，茶子正在噴灑滅火器，還跳到桌上大吵大鬧。幫派事務所裡有兩個男人企圖抓住茶子，但是到處都是煙霧，連一公尺前都看不清楚。大概是聽到有人叫「橋場」的聲音，茶子在煙霧的另一邊高聲大叫：

「魚乾店，拉開百葉窗！」

搞不清楚狀況的島走到窗邊拉起百葉窗時，茶子抱著匾額從煙霧中跑出來，扭動身體，奮力把匾額往外扔。接下來的事，大輔也都看到了。茶子大叫：「快跑！」便飛也似地衝出了房間，在一樓大門的地方撞上了大輔。

大輔摸著還有點痛的額頭，壓低聲音說：「會不會怎麼樣呢？」

看到他憂鬱的神情，茶子也表情僵硬地搖搖頭說：「不知道。」

不必說出口，也知道彼此想的都是蜂須賀的事。兩人打從心底開始發冷，覺得體溫逐漸下降，抬頭看著稍微左彎的坡道。大輔還是很怕蜂須賀，但他已經決定，不管受到怎麼樣的壓迫，他都會勇敢面對，再也不會脫下這身水手服了。

走過谷町筋的斑馬線，越過短短的拱廊，就看到空堀中學的校門了。大輔放開無意識中抓住裙襬的左手，做了個深呼吸。

呼地吐氣時，就看到一輛白色賓士車，彷彿以這口氣為信號似地，從路邊緩緩開了過來。

大輔有股不祥的預感，茶子也一樣，緊張地看著賓士車向這裡開過來。才前進二十公尺，賓士車就停了下來。在和煦陽光的照射下，所有窗戶都貼著黑色隔熱紙的賓士看起來更顯壓迫感。

「快跑，大輔。」

茶子瞪著停在離校門約五公尺處的賓士，低聲說著。

就在她抓住反應遲鈍的大輔的手，正要衝向校門時，賓士後座的門打開了。

「快！」

茶子放聲大叫，猛拖著大輔的手，但是，一看到從賓士車下來的人，她那雙細弱的腳就停滯不前了。

站在那裡的是蜂須賀。

緊緊抿著嘴巴的蜂須賀，視線飄忽不定，望著自己在人行道上的影子，臉色十分蒼白。最令人驚訝的是，他的頭被剃得光禿禿的。

接著，另一個男人從敞開的車門下來，體型壯碩，超過一百八十公分。男人也剃著大光頭，還穿著印有家徽的和服褲裙。看到突然出現在校門前的異樣景象，上學途中的學生們，有的停下來看，有的跑向校門口，沒有人出聲，四周卻充斥著騷動不安的氣息。

男人整理好褲裙的形狀，面向前方，開口問：

「妳是橋場茶子吧？」

聲音低沉渾厚，嚇得兩人同時往後退。

「這位是真田大輔吧？」粗眉下的眼睛瞪得斗大，看著大輔。「我是蜂須賀勝的父親，我叫蜂須賀正六。」

報上自己名字的男人慢慢走到茶子面前。兩人像被男人的視線釘住般，杵在原地動彈不得。和服外褂的繩子在男人的身體中央搖晃著，大輔眼睜睜看著那條繩子在搖晃中逐漸逼近。大輔認得這個男人，他在附近的烤肉店，看過這個男人帶著一大群人往二樓包廂走。那群人離開後，竹子偷偷告訴他，最前面那個就是蜂須賀組的組長。

組長走到茶子面前停下來，大輔感覺到茶子抓住他的手變得更用力了。

「妳就是橋場茶子吧？」男人又用低沉的聲音問。

「是的。」茶子萬念俱灰似地點點頭。「昨天……啊！不對，是前天，真的很對不起，我會賠償窗戶的錢。」

聲音有點顫抖的茶子正要低下頭時，男人突然大大地攤開了雙手，前方視野被和服外褂遮蔽的兩人反射性地往後退。

然而，緊接著，男人的身影從正面消失了。

「對不起！」

男人發出響徹天際的洪亮聲音，趴倒在地。

「真要說起來，應該拿命來抵罪，可是勝還是個國中生，所以，請你准許他剃成光頭來抵罪。你看，我也跟他一起剃光了。真是的，這小子還不知道自己幹了什麼事，恐怕要等我死的時候，他才會知道自己犯了什麼大錯。可是我也有錯，我總是說很忙、很忙，從來不管這小子，我聽他說，才知道他常打著我的名字，到處胡作非為……真是丟臉啊、丟臉啊！下面鬧成那樣，這小子還是只顧著打電動，什麼都不管……可是這小子再怎麼沒用，都是我唯一的兒子，所以，無論如何都要請你們原諒他，再給他一次機會。如果他再對你們怎麼樣，你們就直接來找我，到時候，我會馬上跟他斷絕父子關係。這次真的要請你們原諒他，原諒他吧！」

組長豪邁地跪伏著，額頭貼在人行道上。

「我們幫派也太丟臉了，連小姐一個人都安撫不了，不只東逃西竄，最後還有人喊著要報警，結果把事情搞成這樣……我已經教訓過那些年輕小夥子了，叫他們要知道羞恥。喂！勝，你要在那裡站多久？還不快過來！」

挺起上半身的組長把兒子叫過來，表情兇狠得彷彿要吃了他。校門周圍擠成了圓形人牆，蜂須賀在眾多學生的注視下，踉踉蹌蹌地走到跪坐在人行道上的父親旁邊。

「喂，快好好道歉！」

被父親往背部一拍，蜂須賀搖晃了一下。仔細看他剃成光頭的模樣，會發現他跟父親不太一樣，體格非常纖細瘦弱。

「對不起。」蜂須賀低頭道歉，聲音嘶啞，感覺有點彆扭。

「別這麼說，我才該道歉，」茶子很快在鼻子周遭畫個圈，低下頭說：「我不該踢你這裡。」

「也要向真田道歉，你害他的頭變成那樣。」

組長的大手掌，毫不留情地往兒子剃光的後腦勺打下去。蜂須賀完全不看對方，低頭說對不起，大輔也僵硬地低頭回應。

「至於你父親那裡，我會親自去道歉。」

隨後，組長又壓低聲音問：「幸一先生的傷勢要不要緊？」大輔有些猶豫地說：「應該很快就能回去工作了。」組長猛點著頭說：「那就好。」

當組長「嘿咻」吆喝一聲站起來時，後藤氣喘吁吁地從校門口現身了。

「蜂須賀先生，你在做什麼？」

「啊！老師，打攪了，真對不起。」

「什麼打攪了，你一早就穿這樣站在學校前面，太奇怪了吧！」

「對不起，事情已經解決了，我現在就走。」

「你家離這裡很近，走路來就好了嘛！那是你的車吧？這麼短的距離，不需要開那種車來耍威風吧？」

面對後藤出人意表的強悍態度，組長從頭到尾都是卑躬屈膝的樣子。

茶子戰戰兢兢地說：

「呃……破掉的窗戶我會賠償，還有，好像還踢了什麼裝飾品之類的東西……」

「妳、妳說什麼啊？讓妳賠償會遭天譴的！」

男人誇張地大叫後，又作勢要跪在人行道上。

「蜂須賀先生，可以了，」後藤慌忙抓住他和服外褂的袖子，指著他的車說：「你快走吧！」然後大聲對周圍的人牆叫喊：「你們也不要站在那裡，快點進學校！」

把薄薄的書包抱在腋下的蜂須賀，也混進開始緩緩動起來的學生行列，無精打采地走向校門口，表情沮喪得教人同情。

組長邊連聲說著震撼人心的「對不起」，邊消失在車內。看到賓士車緩緩向拱廊駛去，

「你們也趕快進學校。」後藤催促大輔和茶子走向校門。

「所有的事我都聽說了，下課後，你們兩個來學生指導室，還有島。你們真是胡鬧，萬一受傷了怎麼辦！」後藤疾言厲色地瞪著兩人。

「對不起。」兩人乖乖地低頭致歉，跟在後藤背後，並肩走向校門口。

「真搞不懂那個歐吉桑，不過，事情好像圓滿解決了。太好了，太好了！連蜂須賀都向我們道歉了。」

茶子開心地在大輔耳邊低聲說，大輔還來不及回應，她就說要去社團辦公室拿課本，匆匆跑向操場了。

被扔下的大輔，只好跟後藤一起走向穿堂。途中，他問後藤：「呃……老師認識那個組長嗎？」因為他總覺得他們之間的對話，聽起來不太像老師跟學生家長之間的關係。

「昨天很晚的時候，大阪府警局的宇喜多警官帶著蜂須賀先生來我家。你也知道那位警官吧？他說了今天發生的事。蜂須賀先生聽完後，就臉色蒼白地衝回家了。蜂須賀向來很怕他父親，所以，這樣的結果也不錯吧？」後藤低聲笑起來，但很快又轉為嚴肅的表情，指著大輔的水手服，以班導的聲音說：「真田，你的運動服呢？」

大輔抬頭看著後藤，堅定而有力地說：

「這就是我的制服。」

後藤注視著大輔好一會，苦笑起來，輕輕地搖了搖頭說：

「真田家的人都很頑固呢……」

從喇叭傳出預備鈴聲，眼前的學生都小跑步跑進了穿堂。

「好，我知道了，就這樣先看看情形吧……不管怎麼說，我們都欠你人情。」

聽到這句話，大輔訝異地看著後藤。

「昨天你表現得很好。學校結束後，我也立刻趕去了大阪城。我人就在本丸，周遭氣氛可以說一觸即發，是你的聲音鎮住了大家。」後藤說：「不過，耳膜幾乎被你震破了。」接著笑了起來。

大輔一時無言以對，後藤拍拍他的背說：「上課鈴聲響啦！還不快跑？」

仍然不知道該說什麼的大輔行了個禮，跑向了穿堂。

✤

「他們真的很囉唆。」

一再重複這句話的島，跟大輔並肩走出校門。

多麼祥和的一天啊！

一早就發生蜂須賀父親那件事；下課時間不斷有人跑來看他穿水手服的模樣；下課後跟茶子、島一起，被後藤和體育老師大野狠狠訓了一頓。然而，自從上禮拜一穿水手服來學校後，大輔的心第一次得到平靜。待在大阪府警局的二十四小時期間，一直穿著水手服的大輔，即使畏縮後悔，也沒有回頭的餘地了，於是，他抱著奇特的覺悟，坐進了教室的椅子。很擔心自己會莫名地焦慮起來，沒想到他可以平靜地坐到放學，一直到現在還這樣摸著裙襬。

在谷町筋的斑馬線前，大輔邊等紅綠燈邊問島：「你昨天怎麼樣？」

「你被帶走後，大阪府警局就通知我媽來接我了，回去搭計程車時，我媽嗚嗚哭得好大聲。最讓我難過的是，她說我爸在那個世界也很傷心。」島望著隔著大馬路的拱廊入口，嘀咕地說：「我又沒做什麼天大的壞事。」

「はいからほり」的文字下面，掛著「空堀商店街」的招牌，最前面還畫著商標圖案，是空堀（karahori）的K字與葫蘆重疊的圖案。

說到一年前去世的島的父親，喚起了大輔昨日的記憶。從醫院回家途中，大輔問過幸一，島會怎麼樣？還沒十八歲就失去父親的他，是不是永遠沒有機會知道那件事了？

「把新人帶進大阪國，也是大阪國總理大臣從以前延續至今的任務。不過，大阪這麼大，一個人當然做不來，現在共分成五十個區域，各自有人負責。也許幾年後，也許幾十年後，我不知道，但是，我想總有一天島會知道。」

幸一其實縫了三針，但是為了裝成扭傷的樣子，故意打上石膏固定。他摸著右手的石膏，回答大輔。

前方，號誌燈轉綠。主婦們提著為晚餐而買的購物袋，同時邁出了步伐。

「蜂須賀會學乖嗎？看他今天早上那樣子，應該暫時不會鬧事了。」

走過斑馬線時，島碎碎唸著。

「不知道，」大輔老實地回答，「但是，不管怎麼樣，我都不會再認輸。」

哦？島看著大輔。

「我覺得這世間會在無形中逐漸改變，不管看似多荒謬的事，都會有讓世人理解的一天。所以，我想總有一天大家也會接納我，不再以異樣的眼光來看我……即便需要很長一段時間。」

島肅然起敬地看著大輔豐滿的臉，握起拳頭輕敲他圓潤的肩膀說：「你真是帥呆啦！」大輔嘛嘴說哪有，掩飾自己的靦腆。

過了斑馬線，大輔和島就分道揚鑣了。「我不想從店前面經過，再看到我媽那張臉。」島這麼說著，沒進拱廊，沿著谷町筋回家了。

大輔也不太想見到島的母親，正要快步經過店前時，突然停下了腳步。因為他看到「太閤」的格子門裡有燈光，入口處掛著「準備中」。他覺得很奇怪，父親明明說今天休息不開店的，但還是拉開了格子門。

「咦？」

只有一個戴眼鏡的外國女人，獨自坐在櫃台處。

「你好。」

突來的招呼，讓大輔手足無措。

「不認得了嗎？是我啊！」

女人摘下眼鏡放在櫃台上，再把披在雙肩上的淡茶褐色頭髮抓到後面。

「啊！」

大輔不由得指著對方。她是會計檢查院的旭．甘絲柏格調查官，昨天要從大阪城回家時，就是她來詢問鳥居的事。

「認出來了嗎？」

調查官把眼鏡戴回臉上，笑了笑。她拿起櫃台上的麥茶，小啜一口，又轉向大輔。坐在櫃台專用的高腳椅上，卻還是能完全著地的修長雙腿，吸引了大輔的目光。大輔的腳只能搆到中間的橫槓，她卻連膝蓋都超過了那條橫槓。

不過，也難怪大輔認不出來。她的打扮跟昨天正式的西裝大異其趣，全身都是運動服，還有，遣詞用字也不一樣。

「我來是想跟真田先生說聲對不起，可是，他今天還是沒辦法來店裡。不過聽你母親說，傷勢不是很嚴重，我也鬆了口氣。啊！我當然沒有跟她說受傷的真相。」

「呃……我媽呢？」

「她說去買點東西，剛才出去了。我說我有事找你，她就拜託我看店了。」

「有事找我？」依然渾身不自在的大輔問。

「我們鳥居麻煩你了。」

女人伸出修長的手，把塑膠袋遞給大輔。打開一看，是他借給鳥居的運動服。

「我雖然長這樣，可是，從幼稚園到高中半途都住在大阪，老家在桃谷一帶，今天也是從那裡來的。對了，運動服我洗過了。」

「可、可是，妳怎麼會知道這裡？」

「因為我來過一次啊！」

聽到旭出乎意料的回答，大輔停下把手伸入塑膠袋的動作。

「上禮拜來這附近檢查時，鳥居帶我來這裡吃過午飯。那時候，看到那張……我就知道這裡是真田先生開的店。因為在那之前我就跟他通過幾次電話，認得他的聲音，又看到他的名字跟檢查對象社團法人的代表人一樣。」

大輔望向掛在入口處旁的匾額，裡面裱的當然是營業許可證，上面登記著店負責人父親的名字。

「這次的事，全都是我的錯，我應該直接向真田先生致歉……真的給他帶來了很大的麻煩。」旭深深彎下修長的身軀。「只因為我想看……想知道男人們至今都做了些什麼事，才會引發這次的事件。」

聽不懂旭在說什麼的大輔，傾側著白白胖胖的臉。

「大輔，昨天發生什麼事，其實你母親全都知道。不，不只你母親，全大阪的女人都知道昨天的事。」旭平靜地說。

大輔向右傾的臉龐，表情頓時凍結了。

「不管哪個電視頻道，都沒有播昨天的新聞吧？報紙也是，所有人都當沒發生過任何事。男人們當然是約好了三緘其口，那麼，女人呢？為什麼佔大阪人口一半的女人，應該不知道內情，卻也不聞不問、保持沉默呢？一定有不少女人看到大阪城四周的景象，以及只讓男人搭乘的環狀線，卻沒有人提起這些事，這是為什麼呢？」

大輔依然動也不動，盯著鏡片後閃著可疑神情的淡茶褐色眼眸。

「大阪的女人全都知道男人在做什麼，所以什麼也沒說。」

旭蹺起腳來，撥撥頭髮，那優雅的動作怎麼看都像外國人，但是，往腳下看，那雙顏色暗淡的涼鞋卻是標準的日本歐巴桑裝扮。

「男人們都以為是他們包辦了所有事情，其實根本不是如此。」

旭稍作停頓後，提起了大輔也耳熟能詳的名女人，就是太閤秀吉的正室。

「全都是『她』籌劃的。為了不讓豐臣家的後裔捲入男人無謂的爭戰中，得以度過安穩的一生，也為了把丈夫的回憶留在這片土地上，她安排了這樣的機制。能逃過德川家族的監視，偷偷在大阪城的地下建造那樣的建築物和隧道，一定也都是靠她的力量……」

剎那間，掛在茶子房間的五七桐紋匾額閃過大輔腦海。他想起茶子說過，那是「高台寺蒔繪」。但是，他並不知道，高台寺是「彌」為了替死去的丈夫秀吉祈福，在四百年前建立的寺院。他也不知道「彌」在出家後被稱為高台院。他只是深信，「彌」的情感被仔細地傳承下來，現在也在空堀小小的長屋綻放著光輝。一股暖意，在他心中緩緩地擴散開來。

「大概是在我高中的時候吧……我母親告訴了我這件事。她說男人都是愚蠢的動物，所以會拚了老命想憑自己的力量守護什麼重要的東西，叫我不要去管他們，即使發現他們在做什麼，也要假裝沒看見。她還說，女人不會像男人那樣，在地底下建造那麼誇張的東西，或什麼事都小題大作。母親是趁父親去洗澡，跟我一起收拾廚房時告訴我的。」

嘴角浮現淡淡笑容的旭，帶著幾分得意接著說：

「女人跟男人不一樣，可以隨時談這件事，只要對方是大阪人，跟誰說都行。但是，跟男人在一起時，就不能在人前說了。這是女人之間的秘密，卻也不是什麼天大的秘密。內容就是一開始會提到的一小段歷史，還有，不管男人們在做些什麼愚蠢的事都不要管他們——如此而已。我們也懶得知道哪裡住著怎麼樣的後裔，但是……」

旭稍作停頓，把櫃台上的麥茶送到嘴邊。

「偶然間，我因為工作的關係，看到了某份資料，我想，這應該是以前不曾發生過的事，因為沒有女人在這個職位工作過，而我正好坐上了這個位子。看透資料中的含意後，我再也忍不住了，無論如何都想具體知道男人們在做些什麼，結果引發了這次事件。」

旭恢復嚴肅的表情，又說了一次：「惹出這麼大的禍，真的很對不起。」深深低下了頭。

「不過，中間有許多偶然事故也是事實……譬如，我去空堀中學檢查時，在教職員辦公室前湊巧碰到了橋場茶子。」

咦？大輔不由得叫出聲來。

「資料上有橋場的名字，現在想來，那應該是交換條件。資料日期是十二年前，應該就是橋場登上『那個位子』的時候……提出資料的一定是大阪人。站在日本政府的立場，你們是非常可怕的存在，因為平常像是摸不到實體的幽靈，必要時卻會有幾百萬人動員起來。日本政府認為面對這樣的對手，不可能有勝算，所以，大阪人為了解除政府的戒心，也為了證明自己並沒有打算與政府相爭，因而公佈了重要的名字。若沒有堅強的意志，真的做不到。」

旭說的「堅強意志」，十分震撼人心。大輔不禁想起在大阪府廳前看到的父親背影。在夕陽照耀下的眾多男人臉孔，一一浮現腦海。

「不過，話說回來，空堀中學也在檢查名單中，就是一大偶然了。還有，最大的巧合應該是鳥居吧！」

聲音突然變調的旭，像個調皮的孩子般笑了起來。大輔也隱約知道對方想說什麼，嘴角也自然地浮現笑容。

「真是委屈他了，一直被關在大阪府警局裡。」

「其實不關鳥居先生的事，全都是我們的錯。」

「不，無法與外界取得聯繫，都是我害的。啊！不知道要道歉幾次才夠。我真的很感謝真田幸一先生，還有你……還有松平。」

旭把杯子裡的麥茶喝光，邊回想昨天的事，邊看著裝飾在前方架上的今宮戎神社的吉祥物。

把風吸進來的換氣扇咔啦咔啦響著，好不容易停了，又換相反方向開始轉起來。從前面坡道往下騎的腳踏車發出吱吱吱的尖銳煞車聲，揚長而去。

旭盯著吉祥物中間笑咪咪的大財神，大輔支支吾吾地問她：

「為……為什麼告訴我這麼重大的事？」

咦？旭訝異地看著他。

「你以後不是要當女生嗎？」

如此簡單的反問，反而把大輔問得狼狽不堪，不知該說什麼。

「剛才我大約聽你母親說過了。沒辦法，男生穿水手服，難免讓人好奇呀！」

旭從高腳椅站起來。

「不過，當女生也不盡然都是好事哦！我從事這份工作，不知道有多少次都希望自己能變成男生。也有無數次，不甘心地大哭過。要以一個女生的身分活下去，真的不容易呢！這樣你還是想當女生嗎？」

旭站在大輔面前，直視著大輔。

「是的。」大輔沒有撇開視線，用力點著頭。

旭笑了，把大大的手掌搭在大輔雙肩上，叫他好好加油。

「那麼，我差不多該告辭了。」

聽到旭這麼說，大輔拉開了背後的格子門。

站在入口處的大輔看著坡道上的旭說：

「妳回去後也要努力工作。」

「工作啊……」旭茫然地望著下坡道前方，「回到東京，我就要提出辭呈了，我必須為自己做的事負起責任。啊！請不要露出那種表情，放心吧！事情總會解決的。」然後，她勉強擠出笑容，「請幫我轉告你父親，好好保重身體。」又深深一鞠躬說：「再見。」揮了揮手，朝上坡道走去。

慢慢走上坡道的她，全身散發著與四邊景觀不甚搭調的氛圍，像極了來日本參加國際大賽的排球選手，正在當地參觀。

忽然，大輔看到茶子從坡道走下來。離開學生指導室後，又去了社團辦公室的茶子，像平常一樣，有點外八字地匆匆走下坡道。

大輔屏氣凝神地看著兩人擦身而過。

先出聲的是旭。

茶子疑惑了一下，但是當旭像做給大輔看一樣，摘下眼鏡、綁起頭髮，茶子就跟大輔一樣驚訝地把手指向了她。

然後兩人嘻嘻哈哈地交談一陣子，旭就揮手告別了。不久後，旭的身影就消失在坡道上來來往往的人群中了。

茶子小跑步來到大輔面前，看起來神采飛揚。她比手劃腳地說，不久前就在學校見過那個人，長得好漂亮，不知道是不是住在這附近。

「對了，她最後說了很奇怪的話。」茶子不解地說。

什麼話？大輔問。

「她說：『再見，公主。』」茶子眉頭微皺。

「是什麼意思呢？」大輔裝傻。

「可能真的是外國人吧！」茶子認真地思考著。

店裡的電話響了，大輔回到店裡。拿起聽筒，他重複了好幾次「沒問題嗎？」最後說「知道了」，就掛斷了電話。

「怎麼了？」

「我爸說現在要來開店。」

「他不是受傷了嗎？沒問題嗎？」

「他說要翻面時幫他翻就行了。」

太好了，可以吃到大阪燒了！茶子在櫃台坐下來時，「啊！茶子，妳沒事嗎？啊、啊！好重。」竹子一回來就很聒噪。

「咦，那個大美女呢？」

「她走了。剛才爸爸打電話來，說現在要來開店。」

「當然啦！連自己的店都守護不了，還能守護什麼呢？對吧？茶子。」

茶子「哦」地點點頭，竹子在她面前重重地放下雙手的購物袋。看來竹子早已猜到幸一會來，所以去買了材料。

大輔有種難以言喻的感覺，彷彿新世界的門啪地一聲打開了。他從購物袋裡拿出高麗菜。茶子已經說起今天早上在校門口發生的事。「什麼啊！」就在竹子張大眼睛聽著時，幸一用打上石膏的右手夾著體育報，悠閒地走進了店裡。

「喲！茶子，妳還好嗎？大輔，你穿這樣，後藤老師沒說什麼嗎？」

又開始了「太閤」平常的一天。

✤

禮拜一早上七點，旭到會計檢查院時，不知為什麼鳥居已經坐在位子上了。上禮拜五旭謊稱感冒沒來上班，所以鳥居一看到她，就邊攤開報紙邊說：

「早，聽說妳在大阪感冒了？啊，臉色還不是很好呢！」

「早，我的身體沒問題，已經痊癒了。」

旭冷冷地回話，在自己的位子坐下來。

打開筆記型電腦，正在整理不在辦公室時堆積成山的文件，旭又聽到咔啦咔啦的輪子聲，是鳥居連同椅子一起靠過來了。

「你今天來得真早呢！」

「我等一下就要出差了，所以先來把上禮拜沒做完的工作做完。」

「去哪出差？」

「去長野，待到禮拜五，我現在就很期待中午的蕎麥麵呢！」

鳥居停下椅子，把透明檔案夾放在旭的筆記型電腦上。

「可不可以麻煩妳確認後蓋章，再交給副局長？是社團法人ＯＪＯ的報告。結果從頭到尾都是副局長一個人進行檢查，所以報告也是副局長自己寫的，他的動作真的很快。關於結論，我還是有所疑問，可是既然副局長那麼寫了，就應該沒錯吧！只能說我的直覺也有不準的時候。我打算寫其他檢查報告，可是這次大阪出差的檢查件數實在太多了，有點煩。對了，副局長問我下個月初的行程怎麼樣，好像是臨時要去越南做ＯＤＡ（政府開發援助案）的實地檢查。我猜他應該也問過妳吧？旭，因為需要有語言能力的人。」

「怎麼樣？妳有什麼出差行程嗎？」鳥居緊接著問。

「我想他應該不會找我。」

旭喃喃自語，又開始埋頭整理文件，沒有回答鳥居的話。

「妳看起來……不太好呢！不要太勞累了。我的臉頰也消腫了，不必放在心上。」

鳥居說了些關心的話，旭還是看著文件，沒有反應。

看著旭秀麗的側臉好一會，顯得有些落寞的鳥居，這回沒再讓輪子咔啦咔啦作響，安靜地倒退回自己的座位。

「那麼，我走了。」鳥居整理好行李，準備前往東京車站。

旭勉強擠出笑容說：「慢走。」目送他離去。

當鳥居小小的背影消失時，旭從公事包裡拿出了辭呈。把辭呈放在桌上之後，她拿起鳥居留下的透明檔案夾，一頁一頁仔細地閱讀內容，檢驗原本是她在完成被派來會計檢查院的任務後，該做的總結工作。

到上班時間，還是不見松平進來。旭問隔壁同事，才知道松平上午去台場做實地檢查。她默默做著文書工作，等松平進來。

下午兩點多時，松平進來了。

旭站起來，走向松平。

松平見到旭，緊緊皺起了眉頭。因為從部下的表情，他可以清楚猜到接下來的發展。「好吧！我聽妳說。」松平點點頭，自己走向了角落的接待區。

隔著靠窗的白色桌子，旭與松平面對面坐下來。旭告訴松平，她要向局長提出辭呈。

松平聽著旭說話，自始至終保持沉默。她說完後，松平也沒停下撫摸頭部的左手。

過了一會，松平才慢慢放下左手，看著臉色蒼白地低頭等待回覆的旭，低聲說：「如果妳辭職，我也會遞出辭呈。」

「不行，因為這次的事都是我……」旭驚訝地抬起頭。

「我也積極參與了妳擬定的計畫。面對種種選擇時，是我下的決定，把對方逼到絕境的人也是我，不是妳，旭。」松平語氣明快地說。

「可是我麻煩了很多人，還有人因此受傷，很明顯必須負起責任。」

「不，」松平搖搖頭，嚴肅地說：「關於這件事，上面已經悄悄下了指示，不追究任何人的責任。因為政府也感到理虧吧？不過，我一點都不在乎這些政治上的考量，我相信我自己對這件事的判斷，這是我不讓妳辭職的唯一理由。讓妳辭職，就等於承認我的判斷是錯的。而且，今後妳必須繼續為這個世界，運用妳優秀的頭腦。妳還要待在會計檢查院多學點東西，把這些經驗帶回中央。」

松平的眉頭更加深鎖了，直視著綻放著搖曳光芒的淡茶褐色眼眸。

「這件事就到此為止。」松平逕自宣佈著，雙手在桌上交握。「接下來我要妳做業務聯絡，盡快把行程整理出來，我們要飛到越南做ＯＤＡ相關檢查，從七月二日開始共四天，妳可以空出時間吧？」

張大眼睛的旭喃喃地說：「為什麼對我……」

「那還用說嗎？」松平氣沖沖似地加強語氣說：「因為妳是我的重要部下呀！之前是，將來也是。」

旭咬住嘴唇，低下頭。「這是鳥居交給我的報告，我沒有印章，所以只簽了名。」她仍然低著頭，把透明檔案夾放在桌上，站起來。

「不准去局長那裡，我不准！」

松平的語氣十分強烈，旭看都沒看他一眼，就快步離開了接待區。

看著被留在桌上的檔案封面，松平整個人靠向了椅背。他那平常絕不會在人前顯露的動搖眼神，正望向窗外。眼前的霞關彌漫著淡淡的煙霧，被塗抹成憂鬱而暗淡的色彩。

現在來談談在那之後，大阪國發生的事。

儘管有那麼多的群眾在全大阪行動，電視、廣播電台、報紙和雜誌卻都沒有報導五月三十一日下午在大阪發生的事。

突然出現在校園的數字「16」，也只有大阪的電視台播放，沒有發展成全國性的話題，而且只播放了一天，完全沒有後續報導。儘管在自己校園親眼見過數字的學生們之間，有過種種揣測，但是，大約十天過後熱度就降了，三個禮拜過後，就沒人再提起了。

有其他地方的人，正好在五月底去大阪旅行，就在部落格描述「看到不可思議的光景」，還公佈照片。但是，不知道為什麼，這些部落格都接二連三落得關閉的下場。格主會在不自覺中，被駭客入侵，連帳號都被消除，但是格主永遠沒機會知道為什麼。也有去大阪出差的營業員寫下所見所聞，在部分的網路留言版成為話題，但是，大阪人都沒有反應，留言版又被大量不相關的留言淹沒，話題完全炒不起來。其他類似例子也一樣，最後都無疾而終。在大阪城周邊，也有小孩子看到夜空中紅通通的大阪城，就去問父母，通常父親會露出訝異的表情、母親會溫柔地笑著，聽孩子把話說完，然後指著床說：「好奇怪的夢啊！快去睡吧！」

也有目擊了現場，卻不知道發生了什麼事的男人，譬如：有地下鐵駕駛員聽從上司的指示，運送了許多男人；有上班族從林立於大阪ＯＢＰ商業區的摩天大樓辦公室，看到男人們圍繞大阪城的景觀；有快遞員因為禁止通行的牌子，就在高速公路入口處迴轉，卻看到十幾輛全都載著老人的大型巴士，毫不在乎地從他旁邊開上了高速公路。第二天，他們都會興奮地告訴同事自己看到的事，或者要求上司做說明，試圖掌握事情的真相，但是都沒能得到正確的答案。不管他們怎麼往下挖洞，都像身處無底洞般徒勞無功，往往會被周遭「知道真相」的人的曖昧誘導拖著走，洞才剛挖好，就馬上被掩埋了，最後只剩下疲憊。其中，只有一個二十六歲的地下鐵駕駛員，至今仍清楚記得老前輩駕駛員不勝唏噓的低語：「總有一天，你不想知道也會知道。」一還有一個高中棒球隊員，因為學校突然停課，一個人在大阪城公園運動，就那樣被捲入了聚集的群眾裡。這個十六歲的少年在三之丸地區的森林裡，就這麼坐在樹根上，聽著兩個大人從喇叭傳來的交談內容。事情結束後，少年就回家了。他並不打算把在大阪城看見的事告訴任何人。父親像平常一樣，穿著老舊的西裝，比少年晚一點回到家。少年的祖父三年前去世了。想到自己終究也要面對那一天，少年的心就緊緊糾結起來，平常不太跟父親說話的他，難得對父親說：「回來了啊？」才走向浴室。

或許還有微不足道的傳言殘存，但國內「五月三十一日」的餘波，都在有形或無形力量的運作下，到了六月中旬就全部銷聲匿跡了。

然而，這股力量還是無法運作到當天從台灣台北來大阪觀光的趙先生。

四十三歲的趙先生在台北市經營鞋店，五月下旬跟小他十九歲的新女朋友來大阪觀光。三十一日，他們滿心期盼的大阪城參觀行程，在沒有確切理由下被取消了。怒不可抑的趙先生扔下喊累想睡午覺的女友，下午四點自己衝出了難波的旅館。

出了旅館，趙先生就搭地下鐵，一路前往大阪城。他不知道這輛電車為什麼都是男人，又為什麼會這麼擁擠，在百思不解中來到了大阪城。那之後，趙先生就混在男人堆裡環繞大阪城，直到太陽下山，晚上八點多才回到旅館。雖然他聽不懂日文，還是感覺得出來氣氛非比尋常，所以他避開男人們的耳目，把攝影機藏在袋子裡面，偷偷拍攝。

回台灣後，趙先生就寫成日本遊記，把攝影機拍到的畫面，放在全球性的動態影片網站上。從那時候開始大約三個月的時間，全世界的人都可以看到「五月三十一日」在大阪發生的事。

趙先生上傳的影片沒有被封殺，是因為文章標題取名為「與她在日本之美好回憶17/23」，所以日本無從查起。

然而，趙先生的手抖得太厲害，所以有耐性看影片看到第十七回的人，由播放次數來看，三個月只有十三人。留言欄有兩則留言：「是什麼慶典嗎？」、「夕陽很漂亮！」兩則都是來自趙先生的朋友，還有趙先生的一則回覆：「應該是政治示威吧？」

從環繞二之丸的石牆上拍攝時，有稍微拍到在府廳前對峙的兩個男人的身影。某天，那個影像突然跟全數二十三回的紀錄一起被刪除了。

因為趙先生的年輕女友，毅然提出了分手的要求。

就這樣，「五月三十一日」的訊息，從世界消失了，大阪國再次無聲無息地潛入了地底深處。

✤

七月二日，上午十一點五十分，在成田國際機場第二航站。

在通往國際線出發大廳的手扶梯上，出現了一個穿著西裝的男人。男人的濃眉分外深鎖，吃著最中冰淇淋。手扶梯快到終點時，他抓起大行李箱，戀戀不捨地吃下了最後一口冰淇淋。

接著，又出現一個臉圓嘟嘟的男人。這個腰圍很可觀，個子卻非常矮小的男人揮著紅色護照說：

「你看呀！副局長，這張照片的左上方，不是有五七桐紋標誌嗎？」

走在最前面的男人完全不打算回頭看。

最後出現的是戴著墨鏡的高個子女人。圍在脖子上的領巾隨風飄揚，及膝裙下的修長雙腿輕盈地從手扶梯走上大廳。挺直背脊、踩響高跟鞋前進的身影，美得讓空姐們也忍不住頻頻回頭。

「喂！會計檢查院的英文怎麼說？」

帶頭的男人偏著頭問。

「Board of Audit of Japan。」

發音太過漂亮，男人又問了一次：「咦，什麼？」

女人只微微泛起笑容，沒有再回答。

松平、鳥居、旭三名調查官，以「川」字形排成一列，英姿颯爽地越過了大廳。

飛往越南的航空公司櫃台，映入松平眼簾。

【解說】

萬城目學又來了

【日本文化名家】茂呂美耶

◎編按：本文內容涉及主要故事情節，敬請您先讀完全書再讀此文，除了更能享受閱讀樂趣外，將書中角色與本文的介紹相對照，在恍然大悟之餘，更有會心一笑的趣味！

讓奈良的鹿開口說話，並在京都讓大學生指揮隱形小鬼打仗的萬城目學又來了。這回，他到底帶來了什麼荒唐無稽的故事欲與大家共享呢？對讀過前兩部作品的讀者來說，以大阪為舞台、以日本戰國時代為背景的這部《豐臣公主》，或許缺乏了前兩部作品的搖滾式節奏，無法讓讀者有一氣呵成的快意，但絕對具有交響曲般的雄偉氣勢，配上細膩的景物描寫，讀者可以在前半段的低聲慢拍吟哦與後半段的洶湧怒濤急弦中，帶著微笑闔上最後一頁。

《豐臣公主》與《鴨川荷爾摩》一樣，主角、配角的姓氏均有其歷史背景隱意。大部分日本讀者都知曉十五世紀後半葉至十六世紀末的日本戰國時代背景，更清楚德川家康在東京開創江戶幕府後，如何殲滅豐臣秀吉後裔的來龍去脈，因此一看小說中的人物姓氏，不但能立即聯想到戰國時代的歷史武將人物，也能分得清德川派東軍與豐臣派西軍之別。只是，台灣讀者可能對這段日本歷史不大熟悉，所以我在此先大致說明這段歷史背景，之後再來談這部小說中的人物造型。

十六世紀中旬，日本戰國時代出現了三位英雄：織田信長、豐臣秀吉、德川家康。江戶時代有一首形容這三位英雄的著名滑稽和歌，謂「織田先搗樁，羽柴（豐臣秀吉）揉捏天下糕，躺著吃的是德川」，意思是織田信長先奠定統一天下的基礎，卻在夢想即將實現的前夕遭襲擊而自戕；之後由豐臣秀吉繼志統一天下，並確立了豐臣政權，一步登天；但豐臣秀吉過世後，德川家康逐步擴展勢力，最後於關原合戰掌握了天下大權，並在東京創立江戶幕府。

十年後，德川家康召集全國大名圍攻豐臣秀吉遺孤秀賴及其母親淀君居住的大坂城，史稱「大坂冬之陣」；翌年四月再度開戰，史稱「大坂夏之陣」，根絕了豐臣秀吉的ＤＮＡ。兩次戰役在日本史合稱為「大坂之陣」，而在激烈的「大坂之陣」中又出現了不少青史留名的豐臣派武將，《豐臣公主》中的小說人物姓氏便是取自這些歷史武將人物的名字。

故事開頭的三名調查官松平、鳥居、旭，正代表來自東京的德川派，而大阪方面的主角和配角甚或路人甲乙丙丁等均為豐臣派。德川家康的舊姓是松平，萬城目在小說中將松平塑造為深鎖眉頭、不假辭色的會計檢查院調查官副局長；另一位綽號「奇蹟鳥居」的調查官代表著名歷史人物鳥居強右衛門；第三位日、法混血女子調查官則為豐臣秀吉的妹妹朝日姬（「旭」與「朝日」同音），她於戰國時代基於懷柔政策，奉哥哥之命與原任丈夫離婚，再嫁給德川家康當正房。綽號「奇蹟鳥居」的調查官姓氏也是有根源的，歷史上的鳥居強右衛門本為一個名不見經傳的步卒，但曾奉命當密令使者，不惜犧牲性命拯救了一座德川派城堡。

這三名調查官自東京出發前往關西追查公帑流向時，「無意中」揭開了不留任何文字，僅靠代代父子間口傳，國會議事堂中央大廳位於大阪城地底下的「大阪國」之存在事實。總人口約二百萬的「大阪國」，是個只許男性參與並默默傳承了四百年的秘密結社，他們的主要目的是代代暗中保護豐臣家唯一的倖存孩子，而這孩子的後裔在四百年後是個中學生孤兒「王女」。大阪國的每個地下國民均肩負保護「王女」的義務，當「王女」的安全受到威脅或大阪國面臨危機時，幹部身分的人會立即發出信號暗中呼籲各個地下國民展開行動，而這些人均以父子代代相傳的口傳方式得知自己的任務或義務。

再回頭來看大阪方面的兩名主角人物造型，這兩名主角均為國中生，一是男孩真田大輔，一是女孩橋場茶子。日本讀者看到「真田」這姓氏，會馬上聯想到歷史人物的真田幸村。歷史上的實際人物真田家本為長野縣戰國大名武田信玄的家臣，而真田幸村在兩次大阪戰役中均浴血奮戰，很得大阪人的人心。至於「王女」身分的橋場，由於發音與豐臣秀吉的舊姓「羽柴」一樣，日本讀者很容易猜出這女孩正是暗中受大阪國男性保護的豐臣家後裔。綽號「魚乾店」的配角男孩姓島，這個姓也是取自歷史人物島左近，島左近是石田三成的家臣，而石田三成正是豐臣秀吉的親信忠臣，於豐臣秀吉死後率領西軍與德川家康的東軍展開關原合戰。

當大阪國男性國民看到危難信號紛紛展開全方位連鎖行動時，那些路人甲乙丙丁的姓氏也是取自往昔豐臣秀吉家臣的姓氏，例如住在同一條巷道的兩位名為竹中、黑田的鄰居老人，表示歷史上豐臣秀吉的雙璧軍師竹中半兵衛與黑田官兵衛，這兩人通稱「兩兵衛」或「二兵衛」。至於扮演在學校欺負真田大輔的蜂須賀，雖然也是豐臣派家臣，但實際是擁有獨立勢力圈的土豪，因此萬城目在小說中將這號歷史人物安排為黑道大哥。

總之，倘若對日本戰國史具有基本知識，讀起這部《豐臣公主》時應該會興味倍增，情不自禁竊笑不已。我個人覺得這部小說的高潮是大阪國男性國民同時展開連鎖行動時的描寫，火紅的大阪城、葫蘆、用桌子在學校操場排成暗號數字「16」、負責運送大阪國男性前往大阪城的各種交通工具等等。但小說中除了「大阪國」這個虛構王國外，還描寫了父子間的親情信賴關係，也不言而喻地表達出關東人與關西人之間的歷史恩怨情結。萬城目甚至還藉由旭的閒談，道出其實世世代代的大阪女人都知道男人到底在做些什麼愚蠢事，只是佯裝不知情而已，這點應該可以令大部分的女性讀者深有同感吧！

許多日本讀者非常喜歡小說中那三位調查官的角色造型，紛紛在網路書評中提出想看這三位調查官的後續故事之感想，我個人卻對「奇蹟鳥居」說過的富士山麓巨大白色十字架深感興趣，期待萬城目有朝一日會寫出以富士山為舞台，以巨大白色十字架為謎題的作品，以滿足我的好奇。

二〇〇九年十一月於日本埼玉縣所澤市

萬城目學之神話奈良

鹿男

茂呂美耶：「萬城目學這位新生代作家，對我來說，的確不是一般天才！」

- 入圍日本文壇最高榮譽「直木賞」！入圍日本全國書店店員推薦票選「書店大獎」！暢銷突破二十萬冊！
- 改編成電視劇「鹿男的異想世界」，由超人氣偶像玉木宏主演！
- 【日本文化專家】茂呂美耶專文導讀！五月天阿信、李欣頻、青木由香、艾瑪、喻小敏、蝴蝶、盧郁佳、陳穎青等各界名家一致絕讚推薦！

有點神經質的年輕男老師，原本只是去奈良一所女子高中代一學期的課，結果不但第一天就跟女學生槓上，還糊里糊塗地被迫接下一樁事關重大的神秘任務！而本來看似簡單的差事，卻因為重重的意外波折，竟變成了倒數計時的驚險大挑戰！

被譽為「不世出天才」的萬城目學，寫出這個以古都奈良為舞台的故事，將日本神話和歷史融合成高潮迭起的奇幻冒險。全書有如宮崎駿動畫電影般充滿想像力，加上浩瀚的構思、縝密的結構、躍動的情節，與字裡行間處處可見的幽默，讓人在會心大笑之外，還有滿滿的感動！

7大熱門參賽隊伍分析

1 卡希爾姊弟

父母雙亡的孤兒艾咪和丹分別是14歲的少女和11歲的男孩。不喜歡受到別人注意的艾咪，隱藏情緒的方法是沉浸在書堆裡，最愛待在圖書館。活潑好動的丹則喜歡收集東西，不時會迸出讓人驚訝的獨特觀點和數學天賦。艾咪廣博的閱讀習慣加上丹過人的數字能力，還有謠傳他們因為和外婆葛蕾絲來往親密，可能獲得「額外」的提示幫助，不容忽視！

戰力評估：？ 但似乎潛力無限

2 卡布拉兄妹

出身豪門的伊恩和娜塔莉兄妹，就像完美無缺的小天使，簡直是青少年界的超級名模，但其實是內心狠毒的小惡魔。伊恩俊美的外型卻常讓艾咪語無倫次、不知所措，丹則戲稱他們是「可怖啦」兄妹。天使般俊美的兄妹，擅於利用外型攏絡別人和使用毒標槍使人「沉睡」，不擇手段的態度使勝利指數也跟著上升。

戰力評估：★★★★½☆

3 史達林三胞胎

欣德（女）、奈德（男）、泰德（男）三個人就像由複製人所組成的常春藤聯盟曲棍球隊，總是同進同出地穿著一模一樣的學校制服。三胞胎意念相通、默契過人，能夠快速作出反應，但因為目標顯著，也容易一起遭人暗算。

戰力評估：★★★

4 侯特一家人

由父親艾森豪、母親瑪莉塔，兒子漢彌頓，女兒麥蒂森和芮根，以及鬥牛犬阿諾所組成的這家人全都壯得不像話，每個人都有厚厚的手掌、粗粗的脖子，碰到事情，喜歡用「武力」解決。雖然沒有什麼「腦力」，卻擁有所有參賽隊伍中最強的「蠻力」，而且擁有軍隊般鐵的紀律。

戰力評估：★★★

5 阿里斯達·歐

阿里斯達是個神秘的韓裔老人，拿著一根頂端鑲著鑽石的手杖，總是堅持要艾咪和丹稱呼他為表舅公。他似乎對卡希爾家族的過去非常了解，但他對這一切總是既不承認也不否認，給人莫測高深、敵友難辨的感覺。看似親切和善的老人，其實城府極深，可能掌握了一些其他隊伍不清楚的秘密。

戰力評估：★★★★

6 愛琳娜·史本基

俄羅斯人，因為有一隻眼睛歪掉了，所以大家都在背後稱她為「死笨雞」。擁有一身KGB的特務本領，總是無影無蹤地神出鬼沒。單打獨鬥的能力過人，能夠設下重重陷阱和機關，要小心她藏著毒針頭的指甲。

戰力評估：★★★½☆

7 喬納·韋瑟父子

喬納是廣受年輕女孩愛慕的當紅偶像明星，所到之處身邊總是簇擁著一大群熱情的粉絲和瘋狂的狗仔隊。他的身家大概有十億美元，住在比佛利山莊，還擁有私人飛機。他的父親則身兼經紀人、保鑣和私人秘書，為他打理演藝圈的一切事務。雖然擁有大筆可使鬼推磨的金錢，但最大的障礙是，身為大明星想要隱密地追蹤線索幾乎是不可能的事。

戰力評估：★★★

國家圖書館出版品預行編目資料

豐臣公主／萬城目學著；涂愫芸譯. -- 初版. -- 臺北市：皇冠, 2010. 1[民99]. 面;公分. --(皇冠叢書；第3929種)(大賞；029)
譯自：プリンセス・トヨトミ
ISBN 978-957-33-2614-4(平裝)

861.57 98023075

皇冠叢書第3929種

大賞｜029

豐臣公主

プリンセス・トヨトミ

作　　者—萬城目學
譯　　者—涂愫芸
發 行 人—平雲
出版發行—皇冠文化出版有限公司
台北市敦化北路120巷50號
電話◎02-27168888
郵撥帳號◎15261516號
皇冠出版社(香港)有限公司
香港上環文咸東街50號寶恒商業中心
23樓2301-3室
電話◎2529-1778　傳真◎2527-0904
印　　務—林佳燕
校　　對—鮑秀珍・熊啟萍・丁慧瑋
著作完成日期—2009年
初版一刷日期—2010年1月
初版八刷日期—2020年4月
法律顧問—王惠光律師

讀者服務傳真專線◎02-27150507
電腦編號◎506029
ISBN◎978-957-33-2614-4
Printed in Taiwan
本書定價◎新台幣320元/港幣107元

100-8941

東京都千代田區霞關三—二—二

會計檢查院

「社團法人OJO」

實地檢查相關報告

a. 檢查方針
b. 檢查所見概況
c. 個別事項

檢查結果，並未發現任何違法或不當行爲，詳細內容將於後續說明。

以上

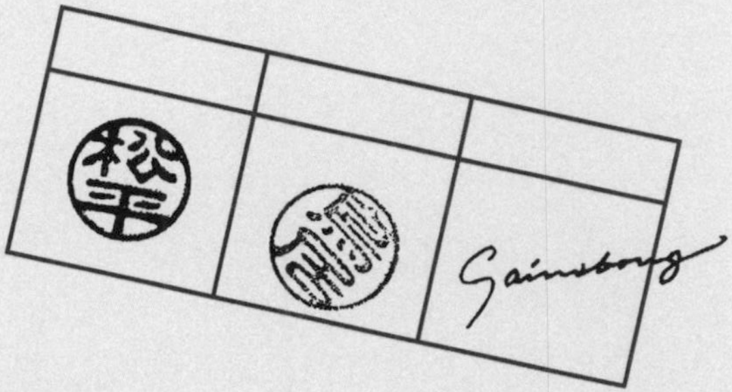

第6局局長
第6局首席調查官

平成××年6月3日

第6局副局長　松平元

實地檢查相關報告

記

平成××年5月29日，針對社團法人OJO所進行之實地檢查，茲報告如下，並附上以下資料。

1. 附帶資料
2. 出差行程表
3. 目次
4. 報告事項

會計檢查院第六局

副局長：松平

調查官：鳥居・甘絲柏格